Philipp Gurt

Bündner Blutmond

Ein Fall für Giulia de Medici

Roman

Kampa

Für den Blick hinter die Verlagskulissen:
www.kampaverlag.ch / newsletter

www.kampaverlag.ch
Satz: Tristan Walkhoefer, Leipzig
Gesetzt aus der Stempel Garamond LT / 2401120
Druck und Bindung: Friedrich Pustet, Regensburg
Auch als E-Book erhältlich
ISBN 978 3 311 12077 3

Für meine Leser – ich danke euch herzlich.

Zeig mir dein Gesicht, damit ich das Böse
in mir darin erkennen kann …

1

Laura Bonorand saß vor einem Notebook. Vor ihr blinkte auffordernd der Cursor in einem bedrohlich leeren Word-Dokument. Auch sie hatte von dem Verbrechen gehört, das am letzten Wochenende in Chur verübt worden war. Eine Auszubildende, deren Mutter ausgerechnet bei der Stadtpolizei Chur arbeitete, war auf verstörende Weise ermordet worden, und als wäre das nicht schon grausam genug, wurde die Leiche an einem Ort aufgefunden, der alle sprachlos zurückließ, vor allem die Polizei!

Diese schreckliche Nachricht hatte Laura am Sonntagmittag über den WhatsApp-Chat ihrer Girls-Clique erreicht, nachdem sie endlich aufgestanden war. Die Nacht davor war sehr kurz gewesen, denn sie hatten gemeinsam den 18. Geburtstag einer der Freundinnen am Crestasee gefeiert, bis der Himmel hell wurde und sie alle heiser waren. Wie Laura aus dem Gruppen-Chat erfuhr, hatten die Boulevardmedien das Verbrechen erst kurz vor Mittag publik gemacht. Brisant am Geschehen: Die Chefermittlerin der Kantonspolizei Graubünden, Giulia de Medici, schien irgendwie in den Fall verwickelt zu sein, hieß es in der Schlagzeile. Ein Foto der Schwarzhaarigen war übergroß im Artikel abgebildet. Die 34-jährige Polizistin trug eine dunkle Jeans, weiße Turnschuhe und ein apricotfarbenes T-Shirt mit dem Schriftzug *Columbia University* auf der Brust, ihre Waffe steckte im Schulterholster. De Medici stand hinter dem rot-weißen Band der Polizeiabsperrung. Sie trug ihr Haar offen und blickte durch eine dunkle Sonnenbrille seitlich zurück, direkt ins Objektiv des Pressefotografen. Auf dem von der Polizei abgesperrten Platz standen diverse Einsatzfahrzeuge mit eingeschaltetem Blaulicht. Auch die Spurensicherung in ihren weißen Overalls war auf dem Foto zu erkennen. Deren Beamte standen hinter einem achselhohen weißen Sichtschutz, der wohl das Opfer abschirmte. Neben Giulia de Medici stand eine blonde Frau, die ihr Haar zu einem Pferdeschwanz zurückgebunden hatte. Deren rechte Hand lag auf Giulias linker Schulter, so als würde sie ihr gut zureden. Beide Frauen trugen eine mit *POLIZEI* beschriftete Oberarmbinde. Gemäß Bildlegende handelte es sich bei dieser zweiten, ebenfalls bewaffneten Frau um Nadia Caminada, die Profilerin der Kripo und zugleich beste Freundin der Chefermittlerin.

Das Opfer, das wusste Laura schon, war bereits Tage zuvor von der Mutter als vermisst gemeldet worden – nun herrschte fassungslose Gewissheit!

Laura interessierte sich gleich aus mehreren Gründen für diesen Fall: Ihr Vater, Arnold Bonorand, ein ehemaliges Mitglied der Sondereinheit Enzian bei der Kantonspolizei Bern, stand seit zehn Jahren im Dienst der Kantonspolizei Graubünden, war dort bei den Grenadieren, den harten Kerlen sozusagen. Er hatte ihr tags zuvor beim Mittagessen vom Fall erzählt. Dabei hatte er nicht viel preisgegeben, wie es seine Art war, aber doch genug, damit Laura schlussfolgerte, dass es sich bei der vermissten jungen Frau nicht bloß um eine Ausreißerin handeln konnte, wie es in den Tagen zuvor in den Medien geheißen hatte. Die Verschwundene war gleich alt wie sie, das hatte ihr Pa explizit erwähnt, auch im Hinblick darauf, dass Laura am Samstagabend mit ihren Freundinnen zum Bergsee fahren wollte.

»Nicht jeder ist ein Verbrecher, aber es gibt mehr davon, als manch einer denkt«, pflegte ihr Vater hin und wieder zu sagen, und beim Mittagessen am Samstag hatte er hinzugefügt: »Laura, halt einfach deine Augen und Ohren ein bisschen offen, bis wir mehr wissen. Du weißt, was ich meine, ja?«

Sie hatte mit einem gedehnten, leicht genervten »Jaaa, Pa« geantwortet und eine weitere Gabel Pasta in den Mund geschoben, die Augen ein wenig verdreht und sich ihrer Mam zugewandt, die entspannt lächelte. Ihr Vater hatte bloß genickt und in seiner ruhigen Art gesagt: »Dann ist ja gut.«

Ein weiterer Grund, weshalb Laura den Fall seit Bekanntwerden vor einigen Tagen so genau verfolgt hatte, war ihr persönliches Interesse an der Polizeiarbeit. Sie selbst wollte nämlich nach der Matura und dem Erreichen ihres 21. Geburtstags schnellstmöglich zur Polizeischule gehen.

Der blinkende Cursor riss Laura aus ihren Gedanken, sie atmete angespannt. Falten durchzogen ihre Stirn, in ihrem Blick lag Schrecken. Ihre Finger schwebten zitternd über der Tastatur, Angstwellen pulsierten unrhythmisch durch ihren Körper, denn sie war sich sicher, dass nun auch sie diesem Mörder in die Hände gefallen war!

Sie befand sich in einem kleinen Raum, der nicht mehr als sechs oder sieben Meter im Quadrat maß. Längst wusste sie, dass sie in einer Berghütte gefangen gehalten wurde. In dem beengten Raum mit niedriger Holzdecke stand mittig ein Bett, daneben ein kleiner Tisch samt dem Stuhl, auf dem sie jetzt saß. Neben dem Notebook vor ihr lag ein Notizblock und ein Bleistift. Der Boden der Hütte war aus naturbelassenen alten Holzbrettern gefertigt, wie auch die Wände. An der einen Wand hingen drei Jagdtrophäen: ein mittelprächtiges Hirschgeweih, links und rechts davon die kalkweißen Schädel von Gämsen, aus deren Augenhöhlen nur Leere starrte. In einer Zimmerecke hingen an einer Strebe aus Holz drei Glocken, die Riemen reichhaltig bestickt mit Edelweiß-, Enzian- und Alpenröslimotiven. Es roch nach Heu. Wahrscheinlich wurde es über ihr im Giebel gelagert.

Das Bett und der kleine Holztisch waren von einem stabilen Käfig aus Metall umgeben, der bis zu den beiden Holzbalken an der Decke reichte und in dem sie wie ein Tier gefangen gehalten wurde. Aus einer der Ecken des Raums fing sie zudem bei Tag und Nacht eine Kameralinse ein.

Es war ihr dritter Tag in Gefangenschaft. Morgen müsste sie sterben, am Freitag, dem 23. Juni 2023, um genau 11:06 Uhr!

Ihr Peiniger, der nur als lieblose Stimme aus einem Lautsprecher zu ihr sprach, hatte sie dies unmissverständlich wissen lassen und wiederholte die Ansage jeden Morgen um dieselbe Zeit, als könnte sie es in der Zwischenzeit vergessen haben. Mit jedem neuen Morgen rückte das Ende näher, und Laura hatte noch immer keinen Ausweg gefunden. Der Lautsprecher verstärkte die Kälte des Mannes noch zusätzlich, denn mit einer körperlosen Stimme kann man nicht verhandeln, nicht auf Mitgefühl pochen, sich nicht wehren. Der Lautsprecher besaß keine Ohren geschweige denn ein Herz. Jede Anweisung von ihm war wie eine Bahnhofsdurchsage, taub für jegliche Widerrede.

Emotionslos sagte der Mann jeden Morgen: »Es ist Punkt 8:00 Uhr, ich wünsche dir einen guten Morgen«, und nannte ihr dann im selben Atemzug die Anzahl der noch verbleibenden Tage – heute, als er vor 36 Minuten zu ihr gesprochen hatte, war nur noch ein Tag übrig.

Am Dienstagmorgen, nach der ersten Nacht in Gefangenschaft, musste Laura sich nach dieser »Begrüßung« an den kleinen Tisch neben dem Bett setzen und mit Bleistift Stichworte niederschreiben. Stichworte, die ihre Gefühle beschreiben sollten. Sie schrieb:

ANGST UNSICHERHEIT
VERZWEIFLUNG PANIK
WARUM? HILFLOSIGKEIT
VERLORENHEIT
HOFFNUNG

Am zweiten Tag wünschte ihr die Stimme via Lautsprecher ebenfalls einen guten Morgen und verkündete dann die verbleibende Zeit von Lauras »Restleben«, so nannte er es. Dann blieb es still im Lautsprecher, bis eine halbe Stunde später um genau 8:30 Uhr der tiefe Gong ertönte. Auch den kannte sie vom Vortag und wusste, was zu tun war. Sie stellte sich in die hintere rechte Ecke des Käfigs und drehte den Rücken zur Gittertür. Dort, das hatte er ihr am Vortag genau erklärt, musste sie sich entsprechend positionieren: die Beine etwas abgespreizt und die Arme über den Kopf wie bei einer polizeilichen Durchsuchung. Ihre Hände umgriffen dabei die fingerdicken Gitterstäbe, den Kopf musste sie gesenkt halten. Dann hörte sie, wie die Zimmertür aufging, dann die schweren Schritte des Mannes, das metallische Geräusch, als er die kleine Luke im Käfig öffnete, die sich auf Knöchelhöhe befand.

Erst nach dem hellen Gong durfte sie sich wieder aus ihrer Starre lösen. Als sie sich dann gestern Morgen zur Luke umgedreht hatte, hatte da zu ihrer Verwunderung ein Notebook auf dem Boden gelegen.

Die Stimme erklärte via Lautsprecher, was dies zu bedeuten hatte: Sie habe nun knapp 30 Minuten Zeit, um den ersten von drei Abschiedsbriefen zu schreiben.

Das war gestern gewesen, am Mittwoch, heute war der zweite Brief dran, morgen, Freitag, dann der dritte, am letzten Tag ihres Lebens. Bis um Punkt 9:00 Uhr musste sie auch heute das Gerät wieder zurück zur Luke legen.

Gestern hatte sie ihrer Mam geschrieben, heute wollte sie die Zeilen an ihren Pa richten. Morgen würde dann der dritte und letzte Brief folgen, nur etwas mehr als zwei Stunden vor ihrem Tod. Dieser würde an ihre kleine Schwester Mia gerichtet sein, doch daran mochte Laura gar nicht denken, denn es zerriss ihr fast das Herz.

Vor ihr blinkte weiterhin auffordernd der Cursor, der in seinem Rhythmus die Zeit emotionslos teilte. Oben rechts auf dem MacBook stand das Datum und die Uhrzeit: Donnerstag, 22. Juni 2023, 8:36 Uhr.

Laura strich sich ihr braunes nackenlanges Haar zurück und legte ihre Hände danach gefaltet auf ihren Kopf, wie eine Fußballspielerin, die soeben eine Torchance vermasselt hatte. Sie blickte sich mit ihren himmelblauen Augen einmal mehr um: Der Raum hatte ein doppelflügeliges Fenster, dessen hölzerne rote Läden geschlossen waren. Dennoch konnte Laura durch eine nicht richtig geschlossene Holzlamelle einen Blick nach draußen erhaschen. Sie sah nicht viel und konnte wegen des Käfigs nicht näher ran, aber durch die verstaubte Fensterscheibe erkannte sie schemenhaft Chur in der Ferne unter sich im Talausschnitt. Genauer gesagt sah sie nur einen schmalen Streifen der südwestlichen Quartiere, die sich fast bis zum Rhein hin erstreckten. Dahinter erhob sich der fast 3000 Meter hohe Calanda.

Laura war in Chur geboren, in der Stadt mit ihren knapp 40 000 Einwohnern aufgewachsen; sie kannte daher Land und Leute so gut wie ihr Handy. Deshalb war sie sich sicher, dass sich die Hütte, in der sie gefangen gehalten wurde, irgendwo Richtung Churwalden oder Tschiertschen befinden musste.

Laura starrte wieder auf den Cursor, der blinkte wie der unbarmherzige Herzschlag des Bösen. Shit, dachte sie, es ist so schwer, diese Worte des Abschieds überhaupt nur zu denken. Wahrscheinlich verschaffte ihre Seelenqual diesem Psycho eine dunkle Lust, mutmaßte sie, und es lief ihr kalt den Rücken hinunter.

Wie in den ersten beiden Nächten hatte auch in der vergangenen Nacht gedimmtes Licht den Raum durchgehend erhellt. Das half zwar nicht beim Einschlafen, doch Laura war dennoch froh um die Sparglühbirne, die an einem lose über die Wände verlegten Kabel neben dem Käfig von der Decke baumelte. Sie hatte verständlicherweise kaum geschlafen, seit sie hier war. Sie war auch letzte Nacht nur in einen erschöpften Dämmerzustand gefallen, in dem sich das Gefühlschaos etwas glättete, wie die Landschaft, wenn man vom bergigen Graubünden Richtung Zürich fuhr. So schaffte sie es, ihren Geist vor der grausamen Realität zu bewahren, zu verstecken, klein zu halten. Doch auch der heutige Morgen war irgendwann mit seinem fahlen Licht angebrochen, erweckte die unfassbare Gewissheit, dass das alles nicht nur ein Albtraum war. Morgen, morgen musste sie sterben! Darüber ängstigte sie sich, denn noch am Montag hatte sie aus den Boulevardmedien erfahren, wie das erste Opfer umgebracht worden war, was mit ihr am Ende geschehen war.

Einzig Lauras Blick vermochte es, hin und wieder dem Käfig zu entfliehen. So wie in diesem Moment. Sie hob in Gedanken versunken ihren Blick vom Notebook, spähte unauffällig durch die offene Lamelle. Der Blick nach draußen schenkte ihr einen Funken Zuversicht, auch wenn sie wusste, dass dies einzig und allein ihrem unbändigen Lebenswillen geschuldet war und jegliche Hoffnung wahrscheinlich töricht und vergebens war.

Laura blickte an sich herunter. Sie trug nur eine hellblaue Panty und ein weißes Trägertop. Diese Kleidungsstücke gehörten ihr nicht, sie hatten sorgfältig zusammengelegt auf dem kleinen Tisch neben dem Bett gelegen, als sie zum ersten Mal in diesem Käfig zu sich kam. Laura hatte nicht gezögert, diese ihr fremde Kleidung anzuziehen, die immerhin sauber aussah und nach Waschmittel roch, denn sie war splitternackt aus einem Dämmerzustand erwacht, fast so, als wäre sie hier zur Welt gekommen. Die beiden Kleidungsstücke passten ihr wie eine zweite Haut, was sie verwunderte.

Ekliger, als diese ihr fremden Sachen anziehen zu müssen, war für sie der Umstand, dass ihr Entführer sie, während sie weggetreten war, mit einer Hauptpflegelotion, die feinsten goldenen Glitzer enthielt, eingecremt haben musste, und das am gesamten Körper. Der süßliche Geruch von Kokosnuss und Mandeln brannte sich verstörend in ihre Sinne ein. Sie hatte es mittlerweile fast aufgegeben, darüber zu grübeln, wieso er ihr dies angetan hatte: aus einer krankhaften Lust heraus, weil sie wehrlos vor ihm gelegen hatte? Hatte ihn das aufgegeilt, er sich dabei befriedigt, sie gefilmt, gar fürs Internet? Oder war es eine Art letzte Ölung gewesen, die sie damit erhalten hatte?

Auf jeden Fall hatte das Ganze mit Macht zu tun, da war sich Laura sicher. Das war wohl auch der Grund, warum er ihr zwei Mal am Tag einen Eimer in den Käfig schob, über dem sie ihre Notdurft zu verrichten hatte – und das alles im Blickfeld dieser Kameralinse!

Das Einzige, das Laura mit Sicherheit wusste, war, dass alles nach einem exakt vorgegebenen Zeitplan ablaufen musste. Der Entführer brachte ihr das Essen um 9:00 Uhr und um 18:00 Uhr. Zum Frühstück gab's Flocken mit Milch, abends ein Sandwich. Beides stellte er durch die Luke auf den Boden, während sie ihm den Rücken zukehren musste. Sie bekam aber sowieso nichts runter. Misstrauisch nahm sie nur die Getränke. Der Eimer für die Notdurft kam immer um 10:00 Uhr und um 22:00 Uhr.

Wenn etwas passierte, ertönte immer erst der tiefe Gong, dann klang seine Stimme aus dem Lautsprecher. Laura hatte sich in die Ecke zu stellen. Wie zum Beweis für seine zeitliche Exaktheit hing eine große rote Digitalanzeige an der Wand neben den Jagdtrophäen und zählte die Zeit samt Sekunden runter, bis Laura sterben würde. Im Moment waren es noch 26 Stunden, 23 Minuten und 14 Sekunden, 13, 12, 11, 10 …

Wie genau er sie umbringen würde, davon hatte er bisher nichts gesagt. Nur dass sie leiden und sich die Erlösung herbeisehnen würde, wenn sie bis dahin nicht tue, was er ihr auftrage.

Laura verstand längst, dass sie einem sadistischen Psychopathen in die Hände gefallen war, einem, dessen Befriedigung darin lag, sie zu erniedrigen, ihr seine Macht zu demonstrieren.

Laura war gescheit, gehörte zu den Besten ihrer Klasse. In Fächern, in denen andere sich den Lernstoff mit Müh und Not erarbeiten mussten, floss dieser einfach so in sie hinein wie ein Glas Wasser. Früh hatte man in ihrem Leben von Hochbegabung gesprochen, und die Tests waren allesamt entsprechend ausgefallen. Einen IQ von über 150 wurde bei ihr schon vor Jahren festgestellt, und man hatte ihr somit eine große akademische Karriere in der Wirtschaft oder Wissenschaft prophezeit. Doch Laura wollte ungeachtet dessen nach ihrem Abschluss zur Kriminalpolizei gehen, wie ihr Vater es damals getan hatte. Sie wollte Ermittlerin werden, hoffte, eines Tages mit Giulia de Medici ermitteln zu dürfen, stellte sich in den kühnsten Träumen sogar vor, irgendwann mal einen Fall mit ihr gemeinsam zu lösen. Sie hatte mit der Chefermittlerin sogar einmal geredet, vor etwa einem Jahr, als sie am Zukunftstag ihren Vater im Kommando besuchen durfte. Da hatte de Medici mit ihrer ganzen Persönlichkeit und ihrem Elan den Raum betreten. Es schien Laura damals so, als würde sich mit ihrer Präsenz die Energie im Raum verändern. Laura war tief beeindruckt gewesen. Diese Frau war ja so cool! De Medici hatte sich sogar die Zeit genommen, mit Laura ein paar Worte zu wechseln, hatte ihr Mut zugesprochen und gesagt: »Mädchen wie du können alles, was Jungs auch können, und manchmal können sie's auch einfach besser.«

»Wir reden nach der Matura nochmals darüber«, hatte hingegen Lauras Vater mit einem Lächeln gesagt. Er, der in Graubünden den Polizeigrenadieren angehörte, war skeptisch, erklärte seiner Tochter, dass der Alltag als Beamter nicht immer leicht sei, dass der Respekt gegenüber Polizisten abnehme, die Gewalt gegen sie sich häufe. Lauras Mam Chloe, eine Psychologin, pflegte dazu jeweils zu sagen: »Denk immer daran: Dir stehen alle Türen offen. Nimm die, welche für dich passt, denn du bist du, und von all den anderen gibt's ja schon genug.«

Doch Lauras Entscheid war längst gefallen. Nächstes Jahr würde sie die Matura in der Tasche haben, dann einige Praktika im sozialen Bereich absolvieren, ehe sie mit 21 endlich die Polizeischule in Zürich beginnen könnte.

Sie wusste, dass jeder Beamte in Graubünden und darüber hinaus längst von ihrem Verschwinden wusste – seit Tagen wurde bestimmt in der ganzen Schweiz fieberhaft nach ihr gesucht. Erst recht nach dem unfassbaren Verbrechen, das nur ein Tag vor ihrer Entführung geschehen war. Auch wenn das öffentlich niemand zugeben würde: Dass sie die Tochter eines Kriminalbeamten war, machte einen Unterschied. Polizeibeamte waren eine Familie, erst recht, wenn jemand von ihnen zu Schaden kam oder bedroht wurde, dann rückten alle noch näher zusammen, bildeten eine gemeinsame Front. Beispiele dafür gab's genug: Polizistenmörder wurden Tag und Nacht gehetzt, und das mit einem unvergleichlich größeren Eifer, als wenn Hans Muster vor einer Kneipe niedergestochen wurde.

Dass dieser Umstand ihr das Leben retten würde, daran zweifelte sie dennoch, denn sie fand nicht den geringsten Anhaltspunkt, anhand dessen sie ihren Entführer mit sich in Verbindung hätte bringen können. Sie sah kein Motiv, keinen Zusammenhang, außer, dass sie ebenfalls jung war, wie das erste Opfer, und wie dieses in Chur wohnte. Mehr aber wusste sie von der anderen Frau nicht. Doch dass sie nur einen Tag nach dem Auffinden der Leiche entführt worden war, deutete darauf hin, dass der Täter im Blutrausch einer dunklen Euphorie handelte.

Das Letzte, woran sich Laura erinnern konnte, war, dass sie am Montagnachmittag nach der Schule auf dem Weg ins Fußballtraining war, wo sie im lokalen Frauenteam die Kapitänin stellte. Es war heiß gewesen, ein leichter Südwind ging, als sie auf ihrem Fahrrad hinunter zu den Sportanlagen der Oberen Au radelte, die am Rhein lagen. Auch wenn sie sich nur noch bruchstückhaft zu erinnern vermochte, so war sie sich sicher, den üblichen Weg genommen zu haben, auch wenn ihr Pa ihr mehrmals davon abgeraten hatte. So wie Hebammen überall Schwangere sehen, sah er nun mal überall Verbrecher. Ob sie im Fußballtraining angekommen war, wusste sie nicht mehr, auch nicht, ob sie danach mit ihren Freundinnen ins Freibad gegangen war, das unmittelbar an die Fußballplätze angrenzte, um eine Runde schwimmen zu gehen und danach den Tag ausklingen zu lassen. Das jedenfalls wäre der Plan gewesen.

Sie versuchte fieberhaft, sich zu erinnern, fragte sich: War ich überhaupt im Training, im Schwimmbad? Die letzten Erinnerungen waren von Nebelschwaden umgeben, die sich zunehmend verdichteten, je näher sie ihrer Entführung kommen wollte. Die letzten glasklaren Erinnerungen hatte sie ans Frühstück am Montagmorgen. Ihre elfjährige Schwester Mia hatte sie einmal mehr genervt. Da hatte ich echt noch andere Probleme, dachte Laura, jetzt wo es um ihr Überleben ging.

Da sie keine Verletzungen an sich festgestellt hatte, keine Beule am Kopf, die ihre Ohnmacht erklärt hätte, war sie sich sicher, dass sie unter Drogen gesetzt worden war. Sie hatte deshalb ihre Armbeugen und Handgelenke akribisch auf Einstichstellen untersucht – nichts. Sie hatte keine Ahnung, wann und wie ihr die Droge verabreicht worden war, aber sie wusste, dass es Substanzen gab, deren Wirkung eine Amnesie herbeiführen konnte, die Tage vor der Einnahme zurückreichte.

Wieder fiel ihr Blick zurück auf den Cursor. *Schreib, schreib, schreib, schreib, schreib* … forderte dieser sie mit jedem Blinken auf.

Immerhin wusste sie seit heute Morgen, wie ihr Entführer aussah. Sie hatte sich, als der dunkle Gong vorhin erklang, brav in die Ecke gestellt, den Kopf nach unten gesenkt, Arme über dem Kopf, die Hände umfassten die Gitterstäbe – alles wie von ihm angeordnet. Diesmal aber hatte sie zur Seite geschielt und dadurch in der Spiegelung der Fensterscheibe einen Blick auf ihn erhaschen können, als er etwas auf den Boden legte, das sich im Nachhinein als Laptop herausstellte. Der Mann trug einen schwarzen Bart und eine braune Hose, darüber ein weißes Hemd. Auf seinem Kopf saß ein dunkelbrauner breitkrempiger Hut. Weitere Details blieben ihr verborgen, denn sie konnte es nicht riskieren, den Kopf zu drehen.

Der Mann musste ein sehr vorsichtiger Mensch sein, da sie ihm immer den Rücken zudrehen musste, obwohl er sich ihr, seiner einzigen Zeugin, ja sowieso bald für immer entledigen wollte. Oder aber er brauchte diese Distanz für seine Taten, wollte oder konnte ihr weder direkt begegnen noch mit ihr persönlich sprechen. Falls er sich auch sonst überall so vorsichtig verhielt, schmälerte dies Lauras sowieso schon kleine Chance, rechtzeitig von der Polizei gefunden zu werden, erheblich. Doch sie gab noch nicht auf. Die Angst schärfte ihre Sinne, denn noch war sie nicht tot!

Deshalb musste sie tun, was er verlangte. Es blieb ihr auch jetzt nichts anderes übrig, als sich wieder auf das leere Dokument vor sich zu konzentrieren. Sie musste einen weiteren Abschiedsbrief schreiben, ob sie wollte oder nicht.

Gestern hatte sie den ersten, denjenigen an ihre Mam, verfasst, ihr darin unter Tränen für all das Gute gedankt, vor allem für ihre Liebe und die wunderschönen Momente, die sie gemeinsam erlebt hatten. Auch dafür, dass sie ihr immer Freiraum ließ, auch um Fehler zu machen, sich zu verändern, ohne sich für andere verbiegen zu müssen. Auch dass sie ihr beibrachte, Meinungen von anderen als das zu sehen, was sie sind, nämlich Blickwinkel, entstanden durch das jeweils eigene Erleben, die weder als falsch noch als richtig bewertet werden mussten. Sie dankte ihr auch dafür, dass sie ihr stets Mutter und Freundin in einem war.

All diese schönen Erinnerungen in diesem Käfig aufzurufen, im Wissen, dass es bald zu Ende ging, schmerzte Laura. Die Lebenszeit wurde plötzlich unsäglich kostbar, und all die Alltagsprobleme, die sie davor hatte, lösten sich in der Frage auf, warum sie diese überhaupt je so sehr gewichtet hatte. Doch eines half ihr: Ihre Mam war eine außerordentlich starke Persönlichkeit, sie würde in diesen Zeilen auch viel Trost und Kraft finden.

Heute war der Brief an ihren Pa dran. Der war ungleich schwieriger zu schreiben, fand Laura, denn er war nie ein Mann der großen Worte gewesen, was nicht hieß, dass er ihr nicht Nähe und Wertschätzung geschenkt hätte. Er war es, der sie, seit sie klein war, auf seinen kräftigen Schultern in die Welt hinausgetragen hatte, und das über den Horizont hinaus. Er war es auch, der Hindernisse als Herausforderungen ansah, der ihr immer Mut zugesprochen hatte, ihr versicherte, dass Mädchen genauso stark sind wie Jungs, dass Stärke nicht von Muskeln käme, sondern eine Kraft sei, die Menschen von innen heraus forme. Aber durch seinen Beruf hatte er sie zu viele Male ermahnt, vorsichtiger durch die Welt zu gehen, und ihr damit sein Misstrauen aufgedrängt, aber nicht mitgegeben. Deswegen hatten sie immer wieder Streit gehabt. Er hatte ihr beispielsweise verboten, sich nachts alleine auf den Nachhauseweg zu machen; wollte sie immer und überall mit dem Auto abholen. Natürlich hatte sie sich als Teenager meist nicht daran gehalten, ihn deswegen angelogen. Einmal hatte er zu ihr gesagt: »Laura, ich kenne eben auch das Böse im Menschen, denn ich sehe es jeden Tag in den Augen, die mich anstarren.« Dieser Satz kam ihr nun wieder in den Sinn.

Laura rang nach Worten für ihren Abschiedsbrief, doch es war ihr schmerzlich klar, dass ihr Pa Arnold mit dem Verbrechen, mit ihrem Tod niemals klarkommen würde. Während sie dies dachte, leuchtete plötzlich am oberen rechten Bildschirmrand das WLAN-Symbol auf, eine Verbindung nach außen!

Laura versuchte sich nichts anmerken zu lassen, rückte langsam etwas näher an das Gerät. Die Kamera hinter ihrem Rücken konnte den Monitor sowieso nicht einfangen. Sie neigte den Bildschirm dennoch vorsichtig ein wenig mehr nach hinten und stützte beide Ellenbogen auf den Tisch, tat so, als ob sie sich beim Überlegen schwertue und bemühte sich, den Bildschirm vollständig abzudecken.

Mit den zittrigen Fingern ihrer rechten Hand fuhr sie nun über das Touchpad und tippte das Symbol des Browsers an, klickte geistesgegenwärtig auf Privates Fenster … Google erschien.

Sie traute sich kaum zu atmen, als sie die Seite der Kantonspolizei Graubünden aufrief. Ihre Gedanken rasten, dabei versuchte sie sich nichts anmerken zu lassen, rieb mit der linken Hand ihr Gesicht. Sie füllte mit nur zwei Fingern der rechten Hand das Kontaktformular aus. In ihrer Nachricht teilte sie mit, wo in etwa sie sich befand, wie lange sie noch zu leben hatte und dass ein Mann mit dunklem Bart und Hut sie gefangen hielt. Zum Beweis, dass dies kein übler Scherz war, tippte sie die Handynummer ihres Vaters ein und auch dessen Geburtsdatum.

Sie schrieb, dass sie in exakt 24 Stunden wieder versuchen würde, diese Seite aufzurufen, dass also eilends ein Chatfenster eingerichtet werden solle, damit sie sich live mit der Polizei verständigen könnte. Sie schloss ihre Nachricht mit:

BITTE HELFT MIR! Die Zeit läuft mir davon!

Laura drückte auf Absenden. Unten rechts auf der Webseite stand nüchtern:

Ihre Nachricht wurde übermittelt.

Gott sei Dank, dachte sie in einem Anflug der Erleichterung und schloss das Fenster. Sie kontrollierte den Suchverlauf des Browsers, er war leer. Sie klickte nochmals auf das WLAN-Symbol, erkannte, dass sich das Gerät automatisch mit einem Handy verbunden hatte, das somit bereits irgendwann als Hotspot für dieses Notebook fungiert haben musste. Alles andere hätte sie in einer solchen Alphütte auch gewundert. Gestern schon hatte sie versucht, die Systemeinstellungen des Notebooks aufzurufen, doch dafür hätte sie das Admin-Passwort gebraucht. Daran hatte sich auch heute nichts geändert, somit konnte sie ihren Standort auch trotz aktiver Internetverbindung noch immer nicht bestimmen. Ihre Aufregung über den soeben verschickten Hilferuf und die Hoffnung, die er barg, waren enorm, denn es war nun realistisch, hier lebend rauszukommen, doch noch rechtzeitig befreit zu werden. Sie konnte vor lauter Aufregung kaum mehr klar denken.

Nun musste Laura sich zwingen, die aufkeimende Hoffnung zu bändigen, damit ihr Entführer keinen Verdacht schöpfte. Sie schrieb daher weiter den Abschiedsbrief an ihren Vater, schrieb, wie dankbar sie ihm für alles war, dass sie stark sei, wie sie es auch von ihm vorgelebt bekommen habe, dass es ihr zwar fast das Herz zerreiße, aber sie fest daran glaube, dass sie sich wiedersehen würden und dass jedes Unrecht irgendwann ans Licht käme. Mit Letzterem hatte sie gemeint, dass er den Täter irgendwann stellen würde, ob sie nun überlebte oder nicht, ihr Vater würde dem Kerl eines Tages in die Augen schauen. Nun wusste sie, vor welchen Augen er sie gewarnt hatte!

Kurz vor neun Uhr legte sie das Gerät in der Nähe der Luke auf den Boden, der tiefe Gong ertönte, und sie stellte sich wieder in die Ecke des Käfigs, fühlte sich einmal mehr erniedrigt und ausgestellt in dem knappen Höschen, bis der helle Gong erklang.

Danach setzte sich Laura im Schneidersitz auf das Bett, das nicht mehr war als eine einfache Bettstatt mit einer Matratze, die bestimmt schon Jahre auf dem Buckel hatte. Mit einer Hand zog sie die dünne Decke an sich, um sich etwas weniger nackt zu fühlen.

Viele Gedanken keimten in ihr auf: Was, wenn sie morgen das Gerät nicht mehr bekäme? Oder was, wenn der Internet-Hotspot dann nicht mehr aktiv war? Im Gegensatz zu gestern musste sich heute das Handy mit offenem Hotspot ganz in ihrer Nähe befunden haben, gehörte möglicherweise sogar dem Täter. Telefonieren hatte sie ihn bis anhin aber noch nicht gehört. Sowieso verhielt sich der Mann jeweils mucksmäuschenstill, kaum hatte er den Raum verlassen und die Tür hinter sich verschlossen.

Wie würden sie sie finden?

Vielleicht mittels IP-Adresse? Oder reichte ihre Beschreibung, ihre Vermutung, wo sie sich in etwa befand, bereits aus, um die Hütte zu lokalisieren? Wahrscheinlich nicht, denn hier oben gab es bestimmt nicht nur eine Hütte. Würde die wenige Zeit ausreichen? Und wenn es nicht gelingen sollte, würde sie morgen hier drin sterben, oder würde er sie nach dem letzten Abschiedsbrief wegbringen? Der Fundort seines ersten Opfers hatte ja für große Aufregung und Angst gesorgt.

Die Zeit lief nun gegen und für sie: Einerseits brauchte die Polizei Zeit, um sie hier oben aufzuspüren, andererseits konnte es Laura nun nicht schnell genug gehen, bis sie morgen herausfinden konnte, ob der Chat tatsächlich zustande kam, denn dann wäre plötzlich alles möglich.

Die roten Ziffern der Digitalanzeige an der Wand zählten derweil die Sekunden, Minuten und Stunden weiter runter, eine digitale Sanduhr der Finsternis.

Der Tag kroch getaktet dahin, ehe durch die Lamelle hindurch die Abenddämmerung zu erkennen war.

Laura fand auch in dieser Nacht keinen Schlaf, starrte in einem seltsamen Dämmerzustand in den matt erhellten

Raum und lauschte nach draußen, in der Hoffnung, die Stimmen ihrer Retter zu hören.

Das Licht durch die Lamelle kündigte irgendwann das Erwachen eines neuen Tages an.

Endlich wurde es 8:30 Uhr, und der tiefe Gong ertönte. Wieder begab sich Laura auf ihre Position. Als der Mann den Raum verlassen hatte und der helle Gong erklang, musste sie sich zwingen, ihren Kopf nicht sogleich herumzureißen, um zu sehen, ob das Notebook wieder auf dem Boden lag.

Da liegt es!, stellte sie erleichtert fest. Doch befand sich auch das Telefon wieder in Verbindungsnähe?

Sie wagte noch einen Blick Richtung Fenster und sah, dass draußen ein sonniger Morgen anbrach, Freitagmorgen, der 23. Juni. Die roten Digitalziffern an der Wand zeigten noch 2 Stunden 33 Minuten und 36 Sekunden, zählten die Zeit bis zu ihrer Ermordung.

Laura setzte sich an den Tisch und öffnete das Notebook diesmal etwas schneller, aus Angst, das Handy könnte außer Reichweite gelangen. Es blieb ihr nichts anderes übrig, als nun alles zu riskieren.

Das WLAN-Symbol leuchtete auf!

Ihre trockenen Lippen formten geräuschlos ein »Gott sei Dank!«.

Wieder rief sie die Seite der Kantonspolizei Graubünden auf und fand wie erhofft einen Button beschriftet mit CHAT, den sie sofort anklickte. Ein kleines Fenster öffnete sich, sie schrieb in die leere Zeile:

Ich bin Laura Bonorand.

Sofort kam eine Antwort: *Allegra Laura, Giulia de Medici, Chefermittlerin Kapo. Wir haben uns schon mal auf dem Kommando gesehen. Somit weiß ich, wer du bist. Lass uns keine Sekunde vergeuden.*

»Oh mein Gott«, flüsterte Laura, und Tränen rannen ihr über die Wangen. Sie wusste, das schadete nicht, denn der Entführer musste glauben, dass es ihr schwerfiel, den Abschiedsbrief zu schreiben.

Du siehst hinunter nach Chur, ja? Und den Calanda, richtig?

Ja.

Was denkst du, Laura? Auf welcher Höhe befindest du dich ungefähr?

Das hatte Laura gestern in der Anspannung und Euphorie vergessen zu schreiben.

1000 bis 1500 Meter vielleicht? Richtung Churwalden oder oberhalb von Tschiertschen. Vielleicht auch weiter hinten im Tal, doch dann müsste die Hütte höherliegen. Auf jeden Fall unterhalb der Baumgrenze. Ich sehe nur durch einen kleinen Spalt aus dem Fenster. Einen Ausschnitt vom Rheinquartier, etwa bis Mitte Calanda.

Das ist gut. Ein Polizeihubschrauber ist bereits in der Luft. Wenn du eine Linie vom Fenster aus ziehen müsstest, wo über der Stadt träfe die auf den Calanda?

Über der Oberen Au.

Bene. Siehst du jetzt auch aus dem Spalt?

Vorsichtig drehte Laura ihren Kopf und wischte sich die Tränen aus dem Gesicht.

Ja.

Sehr gut, Laura. In einer Minute solltest du den Heli hören, wir hielten ihn bis jetzt fern von dem Gebiet, damit es nicht auffällt. Doch jetzt wirst du ihn gleich hören und sehen. Schreib mir: höher, tiefer, links oder rechts, sobald du ihn siehst, okay?

Ja!

Gut, es sind Grenadiere an Board, die holen dich dann raus.

Erleichterung wallte in Laura auf.

Giulia schrieb: *Kannst du schon was hören, oder siehst du vielleicht das grelle Blinklicht, das wir extra eingeschaltet haben? Das solltest du in der Dunkelheit gut erkennen können.*

Laura schrieb einen Tick zu lange nicht zurück.

Bist du noch dran?, fragte Giulia.

Dunkelheit?, antwortete Laura.

Ja, es ist doch mitten in der Nacht.

Laura spähte verwirrt durch den Spalt. Das Rheintal schimmerte in der Ferne in der Morgensonne.

Ich verstehe das nicht …

Laura, was verstehst du nicht?

Draußen scheint doch die Sonne!

»Was?!«, stieß Giulia aus und starrte ungläubig auf den Bildschirm, dann links und rechts zu den sie unterstützenden Beamtinnen. Der Monitor vor ihr leuchtete grell. Sie schrieb: *Bei dir ist es Tag?*

Ja, kurz nach halb neun Uhr am Freitagmorgen! Das zeigt mir auch das Notebook an!

Giulia saß in der Einsatzzentrale des Kommandos und blickte völlig perplex auf den Chatverlauf. Freitagmorgen, dachte Giulia verwirrt, das konnte nicht sein, draußen dämmerte ja in ein paar Stunden erst der Donnerstagmorgen heran. Wie konnte es sein, dass Laura Bonorand das Gebiet bei Chur in der Morgensonne sah, und das am Freitagmorgen, während sie hier im Kommando saßen, mitten in der Nacht von Mittwoch auf Donnerstag, wahrscheinlich nur wenige Kilometer von Laura entfernt?

Hallo?, schrieb Laura, *Was soll ich jetzt tun? Der Kerl wird mich umbringen …*

Giulia nahm ihre linke tätowierte Hand vom Mund und

legte sie auf die Tastatur. Ihre Gedanken kreisten wie verrückt, sie vergaß für einen Moment, wo sie war, ehe ihr Blick wieder aufklarte.

Laura, wir geben nicht auf.

Etwas läuft hier völlig verkehrt, dachte Laura und fragte sich, ob da überhaupt die Polizei am anderen Ende der Verbindung saß, oder möglicherweise sogar der Täter selbst, der sein Spiel mit ihr spielte, denn wie war es sonst zu erklären, dass es bei ihr Morgen war und bei de Medici dunkle Nacht?

Eine neue Zeile von Giulia de Medici, falls sie es denn war, riss Laura aus ihren Gedanken.

Laura, ich habe einen Plan, es geschieht nun Folgendes …

2

Eine Woche zuvor, Donnerstag, 15. Juni

Der Mai war in Graubünden viel zu kalt und nass gewesen, deshalb lag auch im Juni in den Höhen noch etwas Schnee. Doch der Frühsommer zeigte sich nun von seiner besten Seite.

Giulia de Medici war bereits am späten Donnerstagnachmittag aufgebrochen und für ein verlängertes Wochenende ins Schanfigg hochgefahren. Weit hinten im Hochtal Sapün hatte sie wie immer ihren roten Audi Q5 beim Berggasthaus Heimeli geparkt. Von dort aus lief sie nun zu Fuß die halbe Stunde hoch zu ihrer Hütte. Die Abendsonne schien mild, der Tag versank in vorabendlicher Stille, die ihr für einen Moment das Gefühl gab, losgelöst zwischen den Tageszeiten zu schweben.

Bis zum Mittag hatte sie noch gearbeitet. Sie hatte sich mal wieder zwingen müssen, den lästigen Papierkram zu erledigen, der einen beachtlichen Teil ihrer Arbeit ausmachte, den sie aber gerne vor sich herschob. Die Vorfreude, bis am Montagabend in ihrer geliebten Berghütte verschwinden zu dürfen, hatte sie aber beflügelt.

Nun hatte die 34-jährige Chefermittlerin ihren Rucksack geschultert und schritt zügig den Berg hoch. Sie trug wie meist in ihrer Freizeit ein NY-Cap, diesmal ein weißes, aus dem ihr zu einem Pferdeschwanz gebundenes pechschwarzes Haar herausfiel und beim Gehen hin und her wippte. Der Rucksack war schwer, denn sie musste die Vorräte in der Hütte aufstocken, und da sie sich nicht sicher sein konnte, ob ihr Brunnen neben der Hütte schon Wasser führte, musste sie welches hochschleppen, was am meisten ins Gewicht fiel. Letztes Jahr um diese Zeit war die Zuleitung zwischen der Quelle bis hin zum Brunnen noch gefroren gewesen. Da hatte sie halt warten müssen. In den Bergen tickten die Uhren gottlob noch immer anders.

Der kalte Mai in diesem Jahr hatte aber auch sein Gutes gehabt. Die Schneedecke hatte den Boden vor dem strengen Nachtfrost auf dieser Höhe geschützt, sie erwartete daher, dass das Wasser diesmal floss.

Als sie vor der kleinen Hütte mit den roten Fensterläden ankam, schwebte die Sonne über dem gegenüberliegenden Bergrücken, als wolle sie sie willkommen heißen, wie eine alte Bekannte, was ja irgendwie stimmte.

Wie immer ging Giulia zuerst zum steinernen Brunnentrog, der unter der alten Arve stand. Sie freute sich darüber, dass das Wasser munter aus dem etwas rostigen Eisenrohr plätscherte, noch nicht viel, aber mehr als genug. Giulia beugte sich hinunter und nahm ein paar erfrischende Schlucke, ehe sie sich mit dem Handrücken über den Mund wischte. Sie dachte sich dabei, dass jeder im Leben einmal dieses kühle, kristallklare Quellwasser trinken sollte.

Neben der uralten Hüttentür stellte sie ihren Rucksack auf die Steinplatten und setzte die Sonnenbrille auf. Da war er, dieser vertraute Ausblick über das Hochtal, und da war sie, diese tiefe Stille, in der Giulias Atem und der zarte Wind die einzigen Geräusche waren. Giulia nahm einen tiefen Atemzug, die untergehende Sonne legte sich sanft auf ihre klar geschnittenen Gesichtszüge, auf ihre formschönen Lippen und auf die Narbe, die rechts über diesen schräg bis zum Wangenknochen verlief.

Der Talausschnitt unter ihr lag mittlerweile im Schatten,

die Gipfel hinter ihrem Rücken fingen das letzte orangegelbe Leuchten ein. Giulia setzte die Sonnenbrille auf das Cap und schloss die Augen, lehnte sich an die warme Hüttenwand.

Diese angenehme Milde sagte ihr, dass es das Leben gerade gut mit ihr meinte, wirklich gut. Sie fühlte ihren Herzschlag, der sich nach der Anstrengung schon wieder beruhigt hatte, und atmete achtsam, sog dabei den würzigen Duft der Bergwelt in sich ein, sodass das Gefühl von Heimat, von losgelöstem Ankommen in ihr erwachte.

Die Sonnenstrahlen hatten sich aufs Hüttendach verzogen, das vor langer Zeit aus massiven hellgrauen Schieferplatten erbaut worden war, die stellenweise von rötlichen Flechten überzogen waren, als Giulia die Hüttentür aufstieß. Der Geruch von Holz und kalter Asche begrüßte sie.

Sie stieß die schweren roten Läden nach außen auf, ließ die drei Fenster sperrangelweit offen, kontrollierte, ob die kleine Solaranlage auf dem Dach und der daran angeschlossene Stromspeicher funktionierten. Dafür drückte sie den Schalter an einer der beiden LED-Lampen. Das Licht ging an. »*Va bene*«, sagte sie und löschte es wieder.

Im oberen Stock, der nur aus einer Schlafkammer bestand, die direkt im Giebel eingebettet war, hatte sie sich zu Anfang öfters den Kopf gestoßen. Sie schüttelte die Daunendecke auf und bezog auch das Kissen neu, das gefüllt war mit hauchdünnen Arvenspänen. Dann verschwand sie wieder im unteren Stock, der ebenfalls aus nur einem einzigen Raum bestand. In diesem stand der gusseiserne Herd, einer wie zu Urgroßmutters Zeiten, sowie die alte Eckbank mit dem Holztisch und Giulias Lesesessel. Auch ein kleines, aber bequemes Gutschi aus den fünfziger Jahren fand seinen Platz, sodass der Raum noch mehr an Wärme und Behaglichkeit gewann.

In der Hütte gab es weder fließendes Wasser, geschweige

denn ein WC. Es gab nur ein altes Holz-Kabäuschen abseits im Berghang, in dessen Tür ein kleines Herz ausgespart war.

Als es dunkel wurde, feuerte Giulia den Herd ein. Der kleine Schornstein zog gut, das Holz knisterte und knackte. Der Holzstapel hinter der Hütte war ordentlich gefüllt, denn sie hatte letzten Herbst reichlich Buchenholz gehackt. Es war längst Tradition: Am ersten Abend kochte sie immer Älplermagronen mit geriebenem Alpkäse und angebratenen Zwiebeln. So auch an diesem Abend. Sie sah zu, wie die Butter in der gusseisernen Bratpfanne zerrann, gab die auf einem Holzbrettchen zerhackten Zwiebeln bei, es zischte und brutzelte, der würzige Geruch stieg ihr in die Nase.

In der Mitte des Holztisches stand die alte Petroleumlampe und spendete angenehmes Licht und verströmte dabei den typischen Geruch, der Giulia an ihre Kindheit erinnerte; an damals, als sie in den Pfadfinderlagern war. Nur das Besteck war beim Essen zu hören und das Wasser, wenn Giulia es aus der am Brunnen aufgefüllten Flasche in ihr Glas goss, hin und wieder auch das Knacken eines Holzscheites – alles war gut so, wie es war.

Seit acht Monaten war Giulia wieder Single, und ihre beste Freundin Nadia Caminada, ihre Schwester im Herzen, hatte am ersten Januar ihr langersehntes Kind bekommen, eine kleine Tochter, von der Giulia die Patin war. Die Kleine war gar süß und bekam den Namen Amira. Über die Bedeutung hatten sie gemeinsam gelacht: die Prinzessin und die Herrscherin. Nun war Giulia bereits von zwei Mädchen die Patin: von der kleinen Stella, der Tochter ihres Bruders Massimo in Italien, und nun eben auch von Amira Caminada.

Giulia hatte Zeit gebraucht, um das endgültige Ende ihrer Beziehung mit Erkki emotional abzuhaken. Der Kopf hatte damals sofort verstanden, dass es nie wieder eine Zukunft mit ihm geben würde, doch das, was letzten Herbst geschehen war, ging ihr eine Zeit lang tiefer unter die Haut, als sie es sich selber zugestehen wollte.

Sie hatte nach dem Rauswurf von Erkki neu anfangen wollen und müssen, hatte ihre Wohnung dafür neu eingerichtet; alle Möbel flogen raus, Bilder, Lampen, alles, was ihr nun nichts mehr bedeutete, auch die Bettwäsche und sogar das Geschirr. Nun wohnte sie so schick und wohnlich eingerichtet wie noch nie. Es war nun wieder ganz ihr Zuhause, und ein echter Neuanfang.

Erst vor Wochen, Mitte Mai, hatte sie Erkki und diese Saskia Futterknecht in der Stadt zusammen gesehen und war seither vollends befreit, auch wenn diese Begegnung ihr zuerst einen gehörigen Stich ins Herz versetzte, und das aus gutem Grund: Giulia hatte mit Nadia vor dem Restaurant Calanda in der Gartenbeiz gesessen, als Erkki händchenhaltend mit dieser blutjungen und zweifellos attraktiven Saskia Futterknecht einen Platz suchte. Saskia blickte dabei kurz zu Giulia, strich ihr rotblondes Haar mit der Linken zurück und hielt zeitgleich ihre rechte Hand sanft über den leicht gewölbten Bauch, fast so, als schwebe sie darüber. Saskia war schwanger! Giulia hielt in diesem Moment die kleine Amira in den Armen, die tief und fest schlief, der Kinderwagen stand an der Tischseite. Giulia gönnte Saskia keinen zweiten Blick. Zu Nadia sagte sie: »Schräg hinter dir ist soeben Erkki mit Saskia gekommen … sie sind nicht allein …« Die letzten vier Worte sprach sie gedehnt aus, als summte sie diese.

Nadia reckte sich kaum merklich über den Tisch zu Giulia, ihr blondes Haar fiel nach vorne. Nadia verzog gekonnt keine Miene, tat unbeteiligt. »Wie meinst du das, sie sind nicht allein … ach, du meinst … ist aber jetzt nicht dein Ernst?«

Giulia lächelte, tat unbefangen. »Genau, aus Spaß wird Ernst, und Ernst geht in sieben Jahren zur Schule. Yes, sie ist schwanger.«

»So schnell?« Nadia lehnte sich wieder zurück, blickte durch ihre dunkle Sonnenbrille Giulia an. »Dann hoffen wir, dass sie so richtig fett wird und Haarausfall kriegt und Füße wie Shrek«, scherzte sie.

»Wetten, dass Saskia eine von denen ist, die nichts tun müssen, um immer gut auszusehen? Aber was soll's? Wünschen wir den dreien nur das Beste, sie werden schließlich nun eine kleine Familie, und Familie ist immer heilig, nicht wahr?« Giulia küsste milde lächelnd das Köpfchen von Amira. Die Kleine duftete nach Karamell und Milch. Vielleicht, dachte Giulia in diesem Moment, werde ich irgendwann ja selber mal Mamma. Vielleicht.

Es war das Wissen, dass ein neues Leben am Tisch nebenan heranwuchs, das Giulia den Weg öffnete, sich zu lösen, sich gänzlich von der alten Beziehung zu befreien.

Als Nadia und sie eine Viertelstunde später aufbrachen, mussten sie am Tisch von Erkki und Saskia vorbei. Erkki suchte verhalten Blickkontakt. Giulia blieb bei den beiden stehen, die Blicke der anderen Gäste fielen kurz auf Giulia und Nadia. Sie sagte: »Ich wünsche euch dreien alles Gute.« Ihr Lächeln war ehrlich. Erkki schluckte, dankte mit einem Nicken. Saskia, die erst den Blick gesenkt hielt, blickte hoch, hatte aber Mühe, den Blickkontakt zu Giulia zu halten.

»Es tut mir, uns leid, die Art und Weise … na ja, es war nicht fair.«

Nun war es Giulia, die nickte. »Ist angenommen, Saskia. Du wirst Mamma, schauen wir alle noch vorne. Also, macht's gut.«

Eine Woche später, es war Montag, der 22. Mai, und einer der wenigen schönen Maitage, als Giulia um kurz nach 18 Uhr einen Anruf erhielt. Sie war noch in ihrem Büro der Kriminalpolizei im Hansahof, direkt unterhalb des Bahnhofs von

Chur. Ein Gian Manetsch war in der Leitung. Er sagte, er stehe unten vor dem Hauseingang zu ihrer Wohnung und habe vergeblich geklingelt. Sie hätten doch einen Termin.

»Shit! Habe ich doch glatt vergessen. Sorry, bin unterwegs«, sagte sie und griff eilends nach ihrem Schlüsselbund auf dem Tisch und fuhr ihren Laptop herunter, bevor sie das alte Treppenhaus hinuntereilte und zu ihrem Wagen lief.

Gian Manetsch wartete gegen einen alten hellblauen vw-Bus gelehnt, dessen Heckklappe offen stand.

»Sorry nochmals«, rief Giulia, als sie auf den Mann zuging. Sie schätzte ihn etwas älter ein, als sie es war. Er hatte warme, leuchtend schieferblaue Augen, trug eine schlichte Jeans und ein unifarbenes Shirt. Sein dunkelbraunes Haar war etwas zerzaust, aber so, als hätte es System. Der gepflegte Dreitagebart passte zu ihm. Und er war barfuß.

»Ich bin Gian, wenn's recht ist«, sagte er, während sie sich die Hand gaben.

»Ich bin Giulia. Hoffe, du musstest nicht zu lange warten? Ist sonst nicht meine Art.«

»Alles gut, nun bist du ja hier. Übrigens eine schöne Aussicht auf Chur habt ihr von hier oben. Vor allem hin zu den Bergen der Surselva und auf den Calanda.«

»Ja, und erst recht von meiner Wohnung aus. Da könnte man glauben, über Chur zu fliegen. Also, ich führ dich zum Patienten.« Giulia war noch immer im Durchzugsmodus, wie sie ihr Verhalten manchmal nannte, dann, wenn sie es eilig hatte, obwohl kein Grund dafür bestand.

Oben in der Wohnung blieb sie vor dem Schlafzimmerschrank aus Arvenholz stehen, den Gian Manetsch nach dem Rauswurf von Erkki für sie geschreinert hatte. Bei einer Tür funktionierte eines der Scharniere nicht mehr richtig, die Schranktür ließ sich nicht mehr vollständig schließen.

»Das ist schnell behoben, ich habe Ersatzmaterial dabei, und das geht selbstverständlich auf die Garantie«, sagte er und stellte eine alte Werkzeugtasche aus Leder auf den Boden.

Der Mann hat schöne Hände, dachte Giulia, die neben ihm stand, während er geschickt die neuen Verschläge einbaute. Sie ließ nie jemanden unbeaufsichtigt in ihrer Wohnung, nicht mal für eine Sekunde. So auch damals nicht, als die Möbel geliefert wurden. Weil es ihr letzten Herbst derart eilte, hatte Gian einen Schreinerkollegen damit beauftragen müssen, ihr die Möbel zu liefern und aufzubauen. Sie bestellte damals nebst dem Schlafzimmerschrank auch ein neues Bett, eine Kommode und den großen Esstisch, auf dessen dicker Tischplatte aus Arvenholz eine dünne Glasplatte lag, die das schöne Holz schützte.

»Das wär's schon gewesen«, sagte Gian nach wenigen Minuten und öffnete und schloss zum Beweis drei Mal die Schranktür. »Hoffe doch, die Möbel machen dir noch immer Freude?«

»Auf jeden Fall. Der Duft von Arve ist einzigartig und das Holz wirklich schön gemasert. Hab ja die Rechnung auch sofort beglichen.« Sie schmunzelte.

Er lachte warm. »Tja, so war es nicht gemeint. Meine Arbeiten sind ja nicht gerade günstig.«

»Wenn es mir nur ums Geld gegangen wäre, dann ständen hier jetzt IKEA-Möbel.«

»Auch die haben für manche ihren Reiz.« Er packte sein Werkzeug und den kaputten Verschlag in seine Ledertasche.

»Irgendwann hätte ich gerne noch einen neuen Schreibtisch. Einen, der so schlicht wie möglich gehalten ist«, sagte Giulia und verschwieg, dass dieser für ihr Ermittlungsbüro im Zimmer nebenan gedacht war. »Und endlich einen großen Tisch für die Terrasse, einen, an dem bis zu zehn Personen Platz finden.«

Sie waren mittlerweile aus dem Schlafzimmer getreten. Giulia zeigte durch den Flur und das Wohnzimmer auf die Terrasse.

»Ich nehme an, der Schreibtisch soll aus schönem Arvenholz und der Tisch für die Terrasse dürfte etwas gröber sein, aus Lärche vielleicht, oder denke ich da falsch?«

»Ja, so was in der Art.«

»Gut, dann mache ich dir einen Vorschlag: Mein Berghof Mättali steht in der Nähe von Malix. Dort habe ich auch meine kleine Schreinerei. Wenn du möchtest, komm doch mal bei mir vorbei, dann zeig ich dir, von was ich spreche.«

»Berghof?«

»Berghöfchen, etwas größer als nur zur Selbstversorgung. Ich habe auch Tiere: Hühner, Schafe und Geißen, ein Hausschweinchen und eine Kuh, die Miss Helvetia.«

»Kreativer Name, aber hört sich alles in allem nach viel Arbeit an.«

»Darum arbeite ich auch nur Teilzeit als Schreiner und Zimmermann. Doch diese Arbeit finanziert einen Teil des Hofs.«

»Also habe ich sozusagen eine gute Tat vollbracht mit meinem Auftrag?«

»Durchaus.« Er lächelte. »Denn in meinen Weiden rund um den Hof, da lebt die Biodiversität wieder auf. Wenn es für dich passt, dann komm vorbei.«

Giulia begleitete ihn hinaus zum hellblauen vw-Bus, der auf dem kleinen Vorplatz stand.

»Danke fürs Reparieren«, sagte sie, als sie vor der Fahrertür stehenblieben.

»Geht wie gesagt aufs Haus.« Er suchte den Augenkontakt mit Giulia, die sich dafür verwünschte, nach einem strengen Arbeitstag nicht wenigstens etwas Deo unter die Arme gesprüht zu haben. »Dann bis vielleicht bald mal.« Er hob die Hand.

Giulia nickte. Sie schenkte ihm nur ein zurückhaltendes Lächeln, doch sie wusste, dass er ihr gefiel, und sie fühlte, dass es ihm ähnlich ging.

Während sie zurück ins Treppenhaus ging, hörte sie, wie der alte Bus knatternd an Fahrt aufnahm. Oben in der Wohnung schwebte dezent noch sein Duft im Raum; es roch nach Holz und einem Hauch erdig-süßem Parfüm.

»Jetzt ist aber gut«, mahnte sie sich lachend und zog sich um, um eine Runde joggen zu gehen.

Sie hörte Musik über ihre AirPods, während sie erst über die nahen Weiden der Prasserie, dann hoch Richtung Mittenberg lief. Spotify schlug ihr »Lift me up« von Rihanna vor. Das Lied gefiel ihr auf Anhieb, sodass sie es gleich ein zweites Mal hörte.

Ob sie wollte oder nicht; ihr ging der strahlende Gesichtsausdruck dieses Gian Manetsch nicht mehr aus dem Sinn. Zugegeben, er sah auf eine besondere Art und Weise verdammt gut aus. Er war mit geschätzt 1,85 Meter wenige Zentimeter größer als sie, seine Gesichtszüge waren männlich, aber nicht zu kantig, trugen eine Milde in sich, wie auch seine Augen, die eine innere Zufriedenheit ausstrahlten. Der Typ schien dort angekommen zu sein, wo immer er auch hingewollt hatte, dachte sie. Oder was war es sonst, das dieses Lächeln ausdrückte?

Giulia hielt nicht nach einem neuen Mann in ihrem Leben Ausschau, über diesen Punkt war sie längst hinaus. Und den Moment dieses Zusammentreffens soeben würde sie daher als unverhofft betiteln. Das Leben hatte sie sich überraschend begegnen lassen, nach einem anstrengenden Tag mit elend viel Bürokram. Kam noch hinzu, dass sie diesen Termin ganz vergessen hatte, nicht gerade der beste erste Eindruck, für den es bekanntlich keine zweite Chance gab. Aber das alles schien keine Rolle zu spielen, denn dieser Gian hatte sie irgendwie anders angeschaut als alle anderen Männer. Sie wusste, auch wenn es sich kitschig anhörte, und sie mochte keinen Kitsch: Er hatte sie wahrgenommen, sie wirklich gesehen, etwas ihn ihr erkannt, das über das Verstehen hinausging.

Sie konnte es drehen und wenden, wie sie wollte: Da war dieses Gefühl in ihrer Brust, und sie kannte sich gut und wusste, dass sie ihn wiedersehen musste, aber sie würde einen Teufel tun, ihm das zu zeigen, und auf keinen Fall von sich aus den nächsten Schritt wagen, und wenn sie warten müsste, bis sie grau und tattrig war.

Drei Tage danach, es war später Donnerstagnachmittag, der 25. Mai, klingelte Giulias Handy. Sie hatte sich soeben mit einem kleinkriminellen Asylsuchenden rumgeschlagen, einem sogenannten »Stammkunden«, der morgen wieder irgendwo auf der Straße war und seinen nächsten Ladendiebstahl beging. Immerhin hatte er diesmal nicht versucht, sie anzuspucken. Sie hatte sich beim letzten Mal zum Glück noch rechtzeitig zur Seite abgedreht. Noch immer wurden Frauen im Dienst von Delinquenten öfter mal angegangen als ihre männlichen Kollegen, aber auch die bekamen beinahe täglich so einiges zu hören. Dem Mann wurde danach Blut abgenommen, das auf ansteckende Krankheiten hin untersucht wurde. Solche Typen empfand Giulia als eine Bürde und Schande für all die Asylsuchenden, die aus größter Not ihre Heimat hatten fluchtartig verlassen müssen.

Giulia hatte an diesem Tag daher eine kurze Zündschnur. Als ihr Handy klingelte, nahm sie den Anruf mit entsprechend forscher Stimme entgegen: »Leutnant de Medici!«

»Gian Manetsch. Allegra, Giulia. Sag mal, arbeitest du beim Militär?«

Giulia setzte sich gerader hin, strich sich über ihr zurückgebundenes Haar.

»Gian? Allegra.« Sie lachte. »Nein, bei der Kantonspolizei.« Da er sie mit dem romanischen Allegra begrüßte, wechselte sie direkt in ihr Oberengadiner Romanisch.

»Okay, ich dachte schon, ich muss gleich salutieren, so zackig wie du abgehoben hast. Also bei der Kantonspolizei … Und was tust du dort?« Auch Gian, der ein anderes Idiom sprach als Giulia, redete jetzt nur noch Romanisch.

»Ich bin bei der Kripo. Ermittlerin. Überrascht?«

»Jein.«

»Jein?«

»Dir traue ich so einiges zu.«

»Ist das jetzt ein Kompliment?« Giulias Stimme klang längst wieder hell und freundlich.

»Auf jeden Fall, Leutnant de Medici. Das war ein Kompliment.« In Gians Stimme lag Schalk.

»Dann ist ja gut. Also, rapportier mir doch den Grund deines Anrufes.« Giulia ließ sich darauf ein.

»Verstanden. Ich wollte dich höflich ersuchen, hierher in den Einsatz zu kommen, habe Holz, das verdächtig gut aussieht.«

Giulia lachte.

»Ok, ich rücke aus. Mit Festtagsbeleuchtung auf dem Dach und Begrüßungssirene oder doch besser mit einem Überfallkommando?«

Sie hörte ihn leise lachen, dann wurde seine Stimme ruhiger. »Giulia, ich würde dich gerne sehen. Das ist der wahre Grund, warum ich dich anrufe. Das mit dem Holz stimmt aber auch, es liegt für dich parat.«

Giulia schwieg. Ein Lächeln huschte ihr über die Lippen. Sie hatte auf diesen Anruf gehofft.

»Okay«, sagte sie bewusst etwas trocken und gedehnt und

hatte den ganzen Ärger mit dem Kleinkriminellen von soeben schon vergessen.

»Magst du heute am frühen Abend kommen? Es ist ja noch lange hell.«

»Ach, du meinst, damit ich das Holz noch bei Tageslicht gut erkenne oder damit ich keine Angst haben muss, alleine in der Dunkelheit nach Hause zu gehen?«

»Das Erste.«

Giulia schwieg.

»Bist du noch dran?«

»Ja.«

»Und was sagst du zu meiner Einladung?«

»Ist gut, wie komm ich sonst an meine beiden Tische.«

»Schön, dann gebe ich dir meine Adresse.«

»Danke, die hätten wir bestimmt auch in der Datenbank geführt. Bevor ich komme, muss ich sowieso erst dein polizeiliches Führungszeugnis studieren, du weißt ja, heutzutage ... Also, bis dann.«

Kurz vor 18 Uhr fuhr Giulia im Sonnenschein unter einem von kleinen Quellwolken gespickten Himmel hoch nach Malix, das an der Bergstraße Richtung Churwalden, Lenzerheide lag.

Nach nicht mal einer Viertelstunde Autofahrt musste sie am Ende des Dorfes unmittelbar nach einer Tankstelle scharf links abbiegen. Sie war einmal mehr froh darüber, dass ihr roter Audi über Allradantrieb und viel Bodenfreiheit verfügte, denn der Feldweg mit einem erhöhten begrünten Mittelstreifen führte sie hinunter durch steile Weiden und einen kleinen Wald in ein Tobel. Sie dachte nach wenigen Fahrminuten, dass sie sich verfahren hätte, als sich nach einer weiteren scharfen Kurve unverhofft eine sanft ansteigende Weidenlandschaft vor ihr auftat. Ein Hof fügte sich in dieser Abgeschiedenheit harmonisch in die Landschaft, ein kleines Paradies. Weit vor sich sah sie hinter schattigen Tobelwänden Maladers am Berghang im Sonnenschein ruhen. Chur hingegen konnte sie nur irgendwo links unter sich erahnen, da ihr ein Blick auf die Stadt wegen des Bergrückens vor ihr verwehrt blieb.

Sie war richtig, denn sie erspähte den hellblauen vw-Bus, der vor einem Stall geparkt war. Auf dem Kiesplatz zwischen den Gebäuden hielt sie an und hupte zwei Mal, ehe sie ausstieg.

Gian hatte sie mit einem Schmunzeln am Telefon vor dem Hofhund gewarnt, einem gar finsteren Gesellen. Doch Giulia hatte sich noch nie vor Hunden gefürchtet, in den entscheidenden Situationen aber immer den nötigen Respekt gewahrt. Doch so wie Gian sie am Telefon schmunzelnd »vorgewarnt« hatte, erwartete sie höchstens einen batteriebetriebenen Plüschhund.

Sie machte ein paar Schritte von ihrem Wagen weg, etliche Hühner staksten und fünf Gänse latschten frei herum. Letztere schnatterten aufgeregt zur Begrüßung, als wäre Giulias Besuch das Ereignis des Jahres. Dann kam ein kleines Hausschwein neugierig grunzend angezottelt. Giulia lachte herzhaft, ging in die Hocke, strich sich ihr schwarzes Haar zurück, das sie offen unter ihrem weißen Cap trug, und tätschelte das borstige Tier, als plötzlich ein helles Bellen ertönte. Sie blickte zur Seite und schmolz wie Butter in der Sommersonne dahin, als ihr ein nur wenige Wochen alter Schäferhund mit tapsigen Schritten entgegengelaufen kam und sie im Abstand von einigen Metern anbellte. Seine Neugierde war groß, seine Angst aber ebenso.

Giulia, die eine neongrüne leger sitzende Shorts aus leichtem Stoff trug, darüber ein weißes Shirt mit dem Paillettenaufdruck einer Welle, blieb in der Hocke und lockte den

Hund mit ihrer Stimme, bis er sich von ihr streicheln ließ. In dem Moment ging die Haustür vor ihr auf und Gian trat heraus. Wie der Wind eilte der Hund zu seinem Herrchen, bellte aufgeregt, als wollte er ihm sagen: »Schau, was ich entdeckt habe.«

»Habt ihr zwei euch also bereits gefunden …«, stellte Gian fest. »Giulia, das ist Lux. Lux, das ist Giulia.«

»Die Polizei findet alles«, sagte Giulia, während sie ihm die wenigen Meter entgegenging. Und mit Blick auf den Welpen fügte sie hinzu: »Ist Lux ein Altdeutscher Schäferhund?«

»Ja, du hast ein gutes Auge. Einer von der ursprünglichen Rasse, der noch nicht von diesen gestörten Züchtern ein runder Rücken angezüchtet wurde.«

»Viele Züchter sollte man wegen ihrer Überzüchtungen allesamt der Tierquälerei anklagen«, sagte Giulia. »Lux aber ist jetzt schon ein prachtvoller Hund.« Der kleine Kerl hatte ein schwarzes Fell, wache Augen und einen perfekt geraden Rücken.

»Schön, dass du so denkst. Ich habe lange nach einem solchen Wurf suchen müssen.«

Giulia lächelte mit Blick auf Lux, dann schenkte sie ihren Blick wieder Gian. »Hier wohnst du also?« Sie steckte ihre Hände in ihre Gesäßtaschen.

»Es ist mein Zuhause. Möchtest du einen kleinen Rundgang machen?«

»Gerne.« Giulia trug wie meist nur dezentes Make-up, sodass ihre Sommersprossen nicht überdeckt wurden und somit auch die Narbe nicht, die sie sich bei einem Kletterunfall zugezogen hatte. Die gut sichtbare Narbe verlief von ihrer Oberlippe schräg hoch zum Wangenknochen und zeichnete sich noch immer hell ab. Giulias Füße steckten in weißen Flip-Flops. Turnschuhe hatte sie wie immer im Kofferraum dabei, wer weiß, vielleicht ging es heute noch auf einen Spaziergang.

Gians Tiere, auch die Kuh Miss Helvetia, waren zur Sömmerung auf der Alp, erfuhr sie, außer seine 30 Hühner, die Gänse und das kleine Hausschwein Seppa-Toni, das ihnen auf Schritt und Tritt folgte und dabei etwas mürrisch grunzte, als ginge es ihm zu schnell. Immer wieder hoben Lux und Seppa-Toni neugierig ihren Kopf zu Giulia und erwarteten eine kleine Aufmerksamkeit, die sie ihnen noch so gerne schenkte.

Die Schreinerei war ordentlich gehalten, wie der ganze Hof, stellte Giulia fest, und überall roch es nach dem gelagerten Holz. Dann betraten sie den Stall. Gian ging auch heute wieder barfuß.

»Das heißt, du hast eine Kuh, die Miss Helvetia, eine Handvoll Schafe und Ziegen und einen Esel obendrein«, fasste Giulia zusammen, als sie den kleinen, hellen Stall wieder verließen und auf den Garten zusteuerten. Beim Esel musste sie zwangsläufig an Nadia denken, deren Großvater, der Landjäger Caminada, bis kurz vor seinem Tod ebenfalls einen Esel gehalten hatte, der ein biblisches Alter erreicht hatte. »Da hast du ja so einiges zu tun«, sagte sie und blickte auf den großen Garten, der von einem vom Wetter und der Sonne dunkel gefärbten Lattenzaun eingefasst war. »Du bist also quasi Selbstversorger, ja?«

»Sozusagen. Doch da Spaghetti nicht auf Bäumen wachsen, muss ich doch hin und wieder einkaufen gehen.« Gian lachte.

Giulia, bei der zu Hause bisher jede Zimmerpflanze dem sicheren Tod geweiht war, überblickte den großen Garten, der naturbelassen aussah; so viel Grün. Am Rand des Gartens standen an der Hausmauer drei große blaue Regentonnen, in denen Brennnesseln schwammen.

»Für Schuhe hat's bisher aber noch nicht gereicht?« Sie blickte augenzwinkernd zu seinen Füßen.

»Ach, passt doch irgendwie zu meinem Hobby, dem Nacktwandern.«

»Du gehst nacktwandern? Nicht dein Ernst, oder?« Giulia hob die Augenbrauen.

Er lachte herzhaft. »In den warmen Sommermonaten barfuß laufen reicht mir vollauf.«

Gian bat sie ins zweistöckige Holzwohnhaus. Zu Giulias Überraschung war es im Innern schick ausgebaut; hell und modern mit viel Holz und Böden aus hellem Naturstein und Zwischenmauern aus Sichtbeton. Dazu boten einige Fenster einen grandiosen Ausblick übers Schanfigg und das Churer Rheintal samt erhabenem Calandamassiv, das sich in den Maihimmel erhob.

Auf Giulias Nachfrage hin erzählte Gian, dass er das Haus vor drei Jahren mit der Unterstützung seiner Zwillingsschwester Gianna selbst gebaut habe. Giulia erfuhr, dass Gianna Zimmerfrau war und mittlerweile in der Innerschweiz lebte. Dort führe sie zusammen mit ihrer Lebenspartnerin eine Zimmerei und ebenfalls einen Hof. Ihre Partnerin sei eine Bayerin, die Landwirtschaft studiert und auch Gian maßgeblich bei der Planung seines Gartens unterstützt habe.

Gian führte Giulia hinaus auf die in den Hang hineingebaute Terrasse. Auf den Wiesen rund um den Hof blühten viele Blumen. Ein süßlicher Duft nach Honig wehte zu ihnen herüber.

Sie setzten sich.

»Magst du eines meiner Lieblingsgetränke probieren?«, fragte Gian.

»Wenn es ohne Alkohol ist, dann gerne.«

Er brachte ihr ein Glas kaltes Wasser von der eigenen Quelle, darin ein wenig Honig, einen Spritzer Zitronensaft und etwas Holunderblütensirup. Es schmeckte frisch, und Giulia erfuhr von ihm, dass er weiter oben in den Weiden ein Bienenhäuschen besaß. Gian erzählte, dass es in seinen Augen nicht viel Schöneres gebe, als während der Honiggewinnung zuzusehen, wie das gelbe Gold aus der handbetriebenen Zentrifuge fließe.

Als Giulia ihr Glas abstellte, ertappte sie sich dabei, wie ihre Blicke kurz aneinander hängenblieben. Sie und er quittierten es mit einem dezenten Lächeln. Seine gepflegten Zähne kamen zum Vorschein. Giulias sizilianische Großmutter hatte ihr eingeschärft: »*Cara mia*, wenn du einen Kerl siehst, und glaub mir, die werden eines Tages in Scharen vor dir stehen, dann achte auf seine Hände, seine Fingernägel, seine Zähne und darauf, wie er isst. Und auf die Schuhe. Vergiss die Schuhe nicht.« Auf Letzteres musste Giulia im Fall von Gian noch warten.

Die Sonne stand bereits tief, als Gian aus einer kleinen Mappe die beiden Skizzen der Tische hervornahm, die er auf Giulias Wunsch hin angefertigt hatte. Sie fand, dass es bis auf ein paar kleine Änderungen genau so war, wie sie es sich vorgestellt hatte. Das Holz, das er für die unterschiedlichen Tische verwenden wollte, hatten sie beim Rundgang bereits ausgesucht; Lärche und Engadiner Arve, so wie Giulia es sich wünschte. Sie war der Typ Mensch, der sich in solchen Sachen sofort entscheiden konnte, entweder passte es oder eben nicht.

Sie wurden sich also beim Kauf der beiden Tische schnell einig und kamen danach wieder über allerlei ins Gespräch, während die untergehende Sonne ihre Strahlen die Gipfel hochklettern ließ und sich zuhinterst ins Schanfigg verzog, dorthin, wo Giulias Hütte stand.

Gian war ein gelassener Erzähler und zugleich ein guter Zuhörer. Gottlob kein Palaveri, der sich und seine Erfolge wortverliebt rühmte, fand Giulia, die ihr Temperament nicht immer zu zügeln vermochte. Ihr Feuer, ihre sizilianische Engadinerseele, wie sie es nannte, brannte unverkennbar in ihren dunklen Augen und war auch aus ihrer leicht heiseren, kraftvollen Stimme herauszuhören.

Während sie sich weiter angeregt unterhielten, schien es ihr, als wären sie sich schon mal begegnet, so vertraut kam ihr alles hier vor, sogar der Ort, an dem sie mit Gewissheit noch nie zuvor gewesen war. Aber auch den Namen Gian Manetsch hatte sie schon anderweitig gehört, glaubte sie zu wissen. Sie wusste nur noch nicht, in welchem anderen Zusammenhang. Möglicherweise weil sie letzten Herbst mit ihm wegen der Möbel telefoniert hatte.

Gian erzählte, dass er die Weiden hier unten vor Jahren von seinem Onkel geerbt hatte. Damals habe hier nur eine lotterige Scheune gestanden und eine Hütte, die dann vor drei Jahren dem Holzhaus weichen musste. Gians Eltern wohnten in Churwalden, waren Landwirte, betrieben ebenfalls einen eigenen Hof, erfuhr Giulia. Vor fünf Jahren hatte dann Gians älterer Bruder Linard diesen mit seiner Frau mehr oder weniger übernommen.

»Alle, die mich nicht gut kennen, fragen mich als Erstes, ob es hier unten nicht einsam wäre, so weit weg von allem und allen. Du aber nicht«, sagte Gian, schnitt etwas dunkles Birnenbrot und bestrich es mit Butter. Kaffee stand nun ebenfalls vor den beiden.

Giulia erzählte von ihrer Hütte im Sapün, nicht viel, denn das brauchte sie nicht, er verstand sofort.

Die Zeit verflog wie im Nu. Die Dämmerung floss samten in die Abgeschiedenheit dieses Ortes, als Gian sie nochmals in den Hühnerstall führte. In einer Hand hielt er eine kleine Laterne, in der anderen eine Eierbox. Giulia durfte sich sechs Eier aus den Gelegen suchen, die Gian an diesem Tag extra noch nicht gelesen hatte, und er gab ihr diese als Geschenk mit.

Anschließend standen sie auf dem Platz zwischen den Gebäuden vor Giulias Wagen. In der Stille war das Zirpen der Grillen und das Abendgezwitscher der Vögel zu hören. Lux umkreiste die beiden freudig. Nur Seppa-Toni, das kleine Hausschwein, hatte sich schon zum Schlafen zurückgezogen.

»Schön, dass du hier warst, Giulia.«

Giulia richtete ihr Cap. »Ja, es war schön. Danke.« In ihrer Stimme lag eine für sie ungewohnte Ruhe, sogar ein wenig Zurückhaltung.

»Sehen wir uns wieder?«

»Hey, ich muss dich zuerst noch was fragen.«

»Nur zu.«

»Dein Name kommt mir bekannt vor, und ich weiß, ich irre mich in solchen Dingen nie. Also frage ich mich, wie kommt's?«

Er lächelte vielsagend. »Dann hast du mich nicht gegoogelt?«

Sie schüttelte kaum merklich den Kopf.

»Es ist so: Ich stehe bei dir zu Hause in deiner Wohnung. Aber nicht als Möbel.«

»Jetzt verstehe ich nur noch Bahnhof.«

»Giulia, als ich deinen Schrank repariert habe, da habe ich auch kurz einen Blick auf dein Bücherregal geworfen. Klingelt es nun bei dir?«

Giulia dachte einen Moment lang nach. »Ach du bist der Manetsch, der schreibt? Der Schriftsteller?«

»Genau. Mein zweites Buch habe ich bei dir stehen gesehen. Es ist erst letzten November erschienen.«

»Stimmt! Es heißt, lass mich überlegen … Nadia hat es mir

zu Weihnachten geschenkt, es heißt, *Die Stille der Melody* oder so.«

»Fast, *Die Melodie der Stille*. Ein Roman.«

»Stimmt. Aber ich muss zugeben, dass ich es noch nicht gelesen habe. Auch sonst noch nichts von dir. Ich lese vor allem Biographien.«

»Es ist ja auch erst mein zweites Buch. Mein Debüt veröffentlichte ich vor fünf Jahren, aber kaum jemand hat's gemerkt.« Er lachte.

»Und das zweite, ist es gut angekommen?«

»Zur großen Überraschung von mir und meinem Verleger, ja. Vor allem in Deutschland.«

»Ich hatte vor, es mal zu lesen.«

»Weißt du, Giulia. Ein Buch ist geduldig, wartet immer auf den Moment, um gelesen zu werden. Bei mir warten einige Bücher seit Jahren darauf, dass ich sie lese, und ich weiß, dass ich fühlen werde, wenn die Zeit dafür gekommen ist.«

Giulia schwieg.

»Geschockt?«, fragte er.

»Du meinst, weil du Schriftsteller bist?«

Er nickte.

»Eher überrascht, aber wie du mir, so traue ich auch dir so einiges zu.«

»Dann zurück zu meiner Frage: Sehen wir uns wieder?«

Giulia lächelte. »Grazia fitg für den Abend«, bedankte sie sich und streichelte Lux, bevor sie in ihren Wagen stieg. Sie ließ das Fahrerfenster heruntergleiten. Der Geruch von Holz und Heu lag in der Luft, und das Zirpen der Grillen erfüllte die anbrechende Nacht.

»Ja, Gian. Ich möchte dich gerne wiedersehen. Ich ruf dich an. Buna notg.« Ihr schönes Gesicht lag im Widerschein der beleuchteten Armaturen, ihre Augen glänzten, ihre tätowierte linke Hand lag auf dem Steuerrad.

3

Dieser Besuch bei Gian, an den Giulia nun in ihrer Hütte zurückdachte, war drei Wochen her. Sie hatte Gian danach einige Tage warten lassen, bevor sie sich für einen Spaziergang im Fürstenwald trafen. Natürlich hatte sie in der Zwischenzeit sein Buch gelesen: eine berührende Geschichte über den Sinn des Lebens, über Einsamkeit und Liebe, über die Ehrlichkeit von Menschen, auch die zu sich selbst, und über die berühmte Blume am Wegrand, die viele erst sehen, wenn zuvor Einschneidendes geschehen war.

Er hatte, was seinen Erfolg als Schriftsteller betraf, arg untertrieben. Sein zweites Buch hatte Anfang des Jahres gleich mehrere Wochen auf Platz 1 der deutschen Bestsellerliste gestanden. Daher wurde er über Nacht bekannt, auch in den literarischen Kreisen der Schweiz. Speziell fand sie, dass er aber scheinbar bis anhin kein einziges Interview gegeben hatte. Sie hatte zwar viele Artikel im Netz über ihn gefunden, die alle erst in diesem Jahr verfasst worden waren. Doch in jedem wurde nur über seine Bücher geschrieben, kaum etwas zum Autor selbst. Ebenso gab es nur ein einziges Foto von ihm online, keine eigene Autorenwebseite, nur die seines Hofes. Auf dieser hatte sie das Foto von ihm gefunden, das auch auf der Seite des Verlags verwendet wurde.

Nach jenem Spaziergang telefonierten sie einige Male bis tief in die Nacht. Während eines dieser Gespräche fragte sie nach dem Grund für seine Zurückhaltung in Bezug auf seinen Erfolg als Schriftsteller. Er antwortete: »Weißt du, Giulia, fast ein jeder versucht heutzutage seine 15 Minuten

Berühmtheit zu erhaschen. Was tun diese Menschen nicht alles, nur um gesehen zu werden? Doch werden sie dabei wirklich gesehen? Und wenn ja, ist das wünschenswert? Ich schreibe, weil ich es gerne tue, und ich möchte gelesen werden, aber nicht zwangsläufig berühmt. Wir verschleudern doch unsere wertvolle Privatsphäre heutzutage nur zu gern für ein paar Likes, statt uns zu fragen, welche Leere das alles in uns füllen soll.«

»Und wie gehst du mit dem Erfolg um? Ich weiß, dein Buch stand immerhin auf Platz 1 in Deutschland«, fragte Giulia nach.

»Der Erfolg freut mich wirklich, doch er ändert nichts an meinem Schreiben oder daran, was ich über mich denke, was ich von mir halte. Offen gesagt, habe ich einfach auch das nötige Glück, dieses Buch zur anscheinend richtigen Zeit geschrieben zu haben, und dann wurde es von den richtigen Leuten in die Medien getragen. Weißt du, mein Debütroman wurde bis dahin gerade mal zweitausendmal verkauft, und das in fünf Jahren, obwohl ich diesen nicht schwächer einschätze als meinen neuen. Doch plötzlich schnellten auch diese Verkaufszahlen in die Höhe, dies obschon ich keinen einzigen Buchstaben meines Debütromans umgeschrieben habe.«

»Verstehe. Und schreibst du bereits an einem neuen Buch?«

»Ja.«

»Magst du mir darüber was erzählen?«

»Gerne. Der Roman handelt von der Geschichte einer Bergbauernfamilie im 19. Jahrhundert. Und damit auch von der Abwanderung aus der Schweiz und darüber, wie viele ihr Glück damals weit weg suchen mussten.«

Er erzählte auf Giulias Fragen hin, dass er Jahre brauche, um ein Buch aus seiner Sicht vollenden zu können. So war es zumindest bei den ersten beiden gewesen, und so werde es wohl auch diesmal sein.

Vor Kurzem hatten sie sich noch zwei Mal in Chur getroffen, waren essen gegangen. Erst vor drei Tagen war Giulia so weit und hatte ihn hier hoch in ihre Hütte im Sapün eingeladen. Sie erwartete ihn schon morgen zum Mittagessen. Das Menu hatten sie gemeinsam ausgesucht: hausgemachte Rösti und Spiegeleier, dazu würzigen Bündner Alpkäse und Salsiz. Beides hatte sie von einem befreundeten Bergbauern gekauft. Gian seinerseits versprach, frischen Salat, Tomaten und Kräuter aus seinem Garten mitzubringen, und Giulia würde für die Sauce sorgen; mit dem Olivenöl, das ihre Nonna in Sizilien herstellte – aus den eigenen Oliven kalt gepresst.

Als sie nun an das morgige Mittagessen dachte, fand sie, dass nun doch alles sehr schnell ging mit ihm, auch wenn sie sich schon bald seit einem Monat kannten. Es fühlte sich eben alles richtig an. Das Verrückte daran war, dass es nicht Gian war, der aufs Tempo drückte. Als sie ihm nach dem ersten Treffen auf seinem Hof gesagt hatte, dass sie sich melden würde, da hatte er ihren Entscheid vollkommen respektiert und gewartet. Doch in seinen Augen hatte sie es längst erkannt: Auch er war bis über beide Ohren verliebt.

Ihr Handy riss sie aus ihren Gedanken; eine Sprachnachricht von Nadia. Selbstverständlich musste Giulia ihre beste Freundin jeden Tag über ihr Gefühlsleben auf dem Laufenden halten, zum Rapport antreten, wie Giulia das manchmal scherzhaft nannte.

Jedes Mal, wenn sie sich in den letzten Tagen gesehen hatten, hatte Nadia zu ihr gesagt: »Giulia, ich brauch dir nur in deine Augen zu schauen, dann ist dein Fall so was von gelöst. Aber ich befürchte, dass der arme Kerl noch etliche

Tests durchlaufen oder gar ein Gütesiegel vorlegen muss, bevor ihr das Paar werdet, das ihr im Herzen doch längst schon seid.« Dabei lächelte sie vielsagend.

»Na ja, ich gehe es halt lieber – wie würde es dein Neni, der Landjäger Caminada, sagen – patschifig an. Gian und ich müssen uns doch erst noch besser kennenlernen. Du weißt, ich brauchte für so was schon vor der Sache mit Erkki meine Zeit. Ohne Liebe, ohne Vertrauen geht bei mir gar nichts.«

»Bella, ich verstehe dich doch total. War bei Mark und mir ja auch so. Doch eure Liebe hat längst das Ruder übernommen, da kannst du machen, was du willst.«

»Das befürchte ich auch«, Giulia lächelte wissend, »aber ich bestimme noch immer, wer neben mir im Boot sitzt.« Giulia war noch vorsichtiger geworden, seit sie von Erkki hintergangen worden war. »Liebe macht bekanntlich blind, aber mich nicht dumm«, pflegte sie seither zu sich zu sagen. Vertrauen war was für Fortgeschrittene, doch zu denen gehörte sie nicht. Nadia schon. Nadia konnte dem Leben diese Leichtigkeit abgewinnen, das war schon immer so. Giulia hingegen musste dafür manchmal in die Berge steigen oder ans Meer fahren, brauchte hin und wieder diese intensiven Momente, damit auch auf ihrem ausgestreckten Zeigefinger ein Schmetterling landete.

Was die beiden Freundinnen fundamental unterschied, war, dass Giulia noch immer ihr inneres Zuhause suchte, Nadia hingegen war bereits ihr eigenes Zuhause. Doch wie fand man diese innere Ruhe, das Gefühl, angekommen zu sein, das auch Gian mit seinen leuchtend schieferblauen Augen ausstrahlte, fragte sich Giulia immer wieder ratlos. Nadia hatte ihren Vater früh verloren, Giulia vor wenigen Jahren ihre Mutter. Dennoch konnte Nadia mit ihrem Verlust viel besser umgehen als sie, fand Giulia. Nadia hatte zu ihr mal gesagt: »Bella, du bist ein Kind der Landstraße, der Berge und des Meeres, du bist unterwegs zu Hause.«

Das hatte sie bestimmt auch gesagt, weil sie beide wussten, dass Giulia dieses innere Getriebensein gar nicht wirklich loswerden wollte, dass diese Höhenflüge und Tiefpunkte in ihrem Leben das Tor zu ihren intensiven Lebensgefühlen erst öffneten, sie spüren ließen, dass sie lebte, intensiv lebte. Erst dann spürte sie nicht nur den Bergwind in ihrem Haar und auf ihrer Haut, sondern verband sich mit ihm zu einem Gesamten, löste sich für Momente in dieser glückseligen Schwere auf. Gleichmäßigkeit und Eintönigkeit hingegen wären Giulias Untergang, das wusste sie und das wusste Nadia.

An dem Abend in der Hütte schickten Nadia und Giulia sich noch einige Sprachnachrichten hin und her, da die Verbindung in der Hütte beim Telefonieren zu oft unterbrochen wurde. Sie redeten über die Liebe, das Leben. Im Hintergrund der Sprachnachrichten hörte Giulia die kleine Amira. Nadia hatte nun eine kleine Familie, und Giulia freute sich so sehr mit ihrer Freundin.

Wenig später hockte Giulia in einer schlabbrigen Trainerhose und dicken Wollsocken auf dem Gutschi aus den fünfziger Jahren und las, oder versuchte es zumindest. Der Geruch vom knisternden Feuer im Herd lag heimelig im Raum, der orangegelbe Schein drückte flackernd aus der Feuerungsklappe. Sie las im Schein ihres Leselichts auf dem Sofa, neben ihr stand eine große Tasse Kräutertee.

Später, der Himmel war längst von einem Sternenmeer übergossen, als hätte ein Sämann die funkelnde Saat mit riesiger Hand gestreut, kroch Giulia in die einfache Bettstatt, die direkt am kleinen Fenster stand. Sie blickte hinaus auf die Berge, die ruhten wie uralte Riesen, die sich seit Ewigkeiten nichts mehr zu erzählen wussten. Sie dachte an Arkon, ihren Schäferhund, der nun für immer bei Erkki war. Der Platz neben dem Bett, wo das Tier für gewöhnlich geruht und gewacht hatte, blieb deshalb schmerzhaft leer. Erkki hatte Giulia bei der Trennung vorgeworfen, dass sie oft nicht auf Arkon achtgegeben, diesen immer ihm überlassen habe, wenn der Hund nicht in ihren Lebensrhythmus gepasst habe. Sie musste zugeben, dass das stimmte. Dennoch war Arkon so oft mit ihr hier oben gewesen, hatte Wache gehalten, wenn sie schlief, und mit ihr manche schöne Wanderung unternommen. Sie hätte jetzt gerne seinen großen Kopf gekrault. Aber Erkki nahm sich tatsächlich viel Zeit für das Tier, und Giulia wusste, dass es Arkon gut bei ihm hatte. Das tröstete sie.

Ihre Gedanken schweiften ab zu dem kleinen Lux mit dem treuherzigen Welpenblick und auch zu Gian. Sie stellte sich vor, wie sein kleiner Berghof Mättali in der idyllischen Senke ruhte. Just in diesem Moment kam eine Nachricht von ihm rein, darin ein Foto von Lux, darunter stand: *Giulia, wir freuen uns, dich bald zu sehen. Mein Herrchen wird mich übrigens morgen den Berg hochtragen.*

Giulias Gesichtszüge erhellten sich im Schein des Displays. Ihre Lippen formten ein warmes Lächeln. Sie ertappte sich dabei, wie sie den beiden dezent ein Küsschen schenkte.

Sie blickte wieder aus dem Fenster. Dann stand sie auf und schoss ein Foto der schlafenden Bergwelt, schickte es Gian mit den Worten: *Und ich freu mich auf euch beide. Schlaft gut.*

Nach einem letzten Blick hinaus in die nächtliche Einsamkeit legte sie sich zurück ins Bett. Sie fühlte, dass ein neues Leben begonnen hatte. Sie konnte ja noch nicht ahnen, in welche tiefschwarzen Abgründe sie bald stürzen würde.

Am nächsten Morgen, es war Freitag, saß Giulia um kurz nach neun Uhr draußen vor der Hütte am kleinen Holztisch. Ihr Kaffee dampfte aus der Tasse, die Bergweiden lagen im morgendlichen Sonnenschein. Sie hatte vor, die Hütte etwas in Schuss zu bringen, bevor Gian und Lux kamen.

Um kurz nach zehn Uhr war sie damit beschäftigt, die Fensterscheiben zu putzen. Eine weitere Tasse Kaffee stand auf dem Fenstersims in der Sonne. Aus ihrem mobilen Lautsprecher tönte Rihannas »Lift me up« und beflügelte sie noch mehr. Gian würde gegen zwölf Uhr ankommen, hatte er soeben geschrieben. Giulia hatte bereits den alten Lärchentisch, den sie im Winter im kleinen Schopf hinter der Hütte verstaute, so unter der Arve platziert, dass er halbseitig im Schatten lag. Sie fand es schön, wenn man beim Essen das Wasser im Brunnen plätschern hören konnte und dabei die Aussicht übers schmale Tal vor Augen hatte.

Sie deckte gegen halb zwölf Uhr den Tisch. Ein sanfter Bergwind ging. Sie klemmte die Stoffservietten unter das Besteck, während aus der Hütte ein würziger Duft wehte. Die Rösti brauchte aber noch ihre Zeit. Den Rotwein hatte sie so gut wie möglich im kalten Brunnenwasser gekühlt, die Gläser saubergerieben. Die Bergwelt zeigte sich auch heute von einer ihrer vielen schönen Seiten, und schön hieß für Giulia nicht zwangsläufig sonnig, denn auch bei Wind, Regen oder gar in der Stille stockdicken Nebels lag hier oben ein Zauber.

Sie blickte den Berghang hinunter und sah Gian. Er befand sich noch etwa eine Viertelstunde unterhalb der Hütte. Sie winkte ihm mit ausgestrecktem Arm, wie in einem dieser kitschigen Heimatfilme von früher. Er winkte zurück.

Giulia wartete vor der Hütte auf ihn. Nur zwischendurch verschwand sie immer wieder im Haus, um Scheite nachzulegen und nach der Rösti zu schauen, schön goldbraun und knusprig musste die äußere Schicht werden und innen schmackhaft weich. Für die letzten 100 Meter ließ Gian Lux aus dem Rucksack, aus dem zuvor nur der schwarze Kopf rausgeschaut hatte. Neugierig und übermütig erkundete der Kleine die für ihn neue Welt, bis er Giulia witterte und freudig wedelnd auf sie zurannte und dabei bellte, als müsste die ganze Welt es wissen.

»Hey, mein Lieber, hast mich also nicht vergessen«, sagte Giulia, während sie in der Hocke den überschwänglichen kleinen Kerl herzte. Dann erhob sie sich, Gian stand vor ihr.

»Allegra«, grüßte sie ihn. Die Sonne stand fast senkrecht über den beiden, als hätten sie sich genau an der Stelle treffen müssen. Sie begrüßten sich mit Küsschen auf die Wange, dabei war Giulias Cap ein wenig im Weg.

»Das hier, Gian, das ist eines meiner Zuhause.«

»Eines?«

»Ja, und ein besonderes.« Giulia erzählte ihm auch vom Oceano Blu, dem kleinen Familienhotel in der Nähe von Genua, zu dem sie mehrmals im Jahr fuhr, immer dann, wenn ihre sizilianisch-ligurische Seele das Meer vermisste, an dem sie die ersten fünf Lebensjahre aufgewachsen war. Vom Tod ihrer Mutter sagte sie nichts, es schien ihr nicht der passende Moment zu sein. Aber sie schwärmte von ihren sizilianischen Großeltern, vor allem von ihrer Nonna Donatella, von der sie ihr Temperament geerbt hatte, und von ihrem Sizilien, das sie dieses Jahr endlich wieder besuchen wollte. Und sie erklärte, dass das Engadin, wo sie aufgewachsen war, wie auch Chur, wo sie seit einigen Jahren nun wohnte, ebenfalls Zuhause waren.

Während sie in der Hütte die goldbraune Rösti gekonnt mit einem Teller ein letztes Mal wendete und danach die Eier in die andere Pfanne schlug, stand Gian neben ihr und schnitt den Salsiz in dünne Scheiben, rüstete den Salat und die Tomaten, die er aus seinem Garten hochgebracht hatte. Sie kochten so eingespielt zusammen, als wäre es nicht das erste Mal.

Gemeinsam trugen sie alles nach draußen, auch die beiden gusseisernen Bratpfannen. Der alte Holztisch, unter dem Lux gähnte, lag im Schattenspiel der Arve. Sie setzten sich, Giulia goss den Rotwein ein, ihre verliebten Blicke fanden sich, als sie die Gläser hoben und anstießen.

»Viva«, sagte Giulia, während die Gläser klangen. Ihre Augen schimmerten. Ihr wurde warm, als sie Gians schöne Hände sah und seinen Blick, der ihr all die Aufmerksamkeit schenkte, die sich eine Frau nur wünschen konnte.

Das Essen schmeckte ihm, sie war erleichtert, denn sie war noch nie die große Köchin gewesen. Das Lichtschattenspiel legte sich über ihre Gesichter, während sie sich angeregt unterhielten, wobei Giulia wie erwartet diejenige war, die mehr erzählte, und das wie immer auch mit ihren Händen und viel Mimik.

Kaum hatte sie mit einer Brotrinde den Teller sauber ausgewischt und einen weiteren Schluck vom Roten genommen, ging ihr Funkgerät, das sie in der Nähe platziert hatte.

»Sorry, ich bin eigentlich nicht im Dienst, daher muss es wohl dringend sein.« Sie stand auf und entfernte sich vom Tisch. Lux hob den Kopf, schien aber sehr müde zu sein, denn er konnte seine Augen kaum offen halten.

»De Medici.«

»Korporal Wenger. Leutnant de Medici, es ist dringend«, rauschte es aus dem Handfunkgerät. Giulia setzte den Ohrstöpsel ein und machte eine entschuldigende Geste in Gians Richtung.

»Was ist passiert?«, fragte sie den Korporal.

»Vor einigen Tagen, genauer gesagt am Montag, ist doch

Ramona Gwerder spurlos verschwunden. Sie kennen ja den Fall.«

»Also Fall scheint mir ein zu großes Wort. Es hieß von Seiten ihrer Mutter, dass die Tochter einmal mehr zu Hause abgehauen sei. Das dritte Mal schon, wenn ich es korrekt in Erinnerung habe. Läuft denn da die Fahndung noch?«

»Sie wurde wahrscheinlich entführt.«

»Wie das?«

»Ramona Gwerder hat heute Morgen um kurz nach 8:30 Uhr an verschiedene Leute eine Mail verschickt mit einem Hilferuf und der Aufforderung, dass man uns sofort verständigen soll. Sie sei entführt worden, heißt es in den Zeilen, die uns vor wenigen Minuten erst von einem der Empfänger zugestellt worden sind.«

Sofort war Giulia ganz Ohr. Sie drehte sich nochmals kurz zu Gian um, der ihr signalisierte, dass sie sich nicht stressen lassen solle.

Giulia entfernte sich weiter von der Hütte, blieb am Abhang stehen mit Blick auf das weit entfernte Chur, das hinter dem Talausschnitt nur zu erahnen war.

»Die junge Frau schreibt, dass sie irgendwo in einer Alphütte gefangen gehalten werde von einem Mann, der sie bald umbringen werde, dass sie davor aber jeden Tag einen Abschiedsbrief schreiben müsse, auf einem Notebook, über dessen Browser sie soeben ihr Webmail aufgerufen habe, um uns zu alarmieren.«

»Hört sich irgendwie unglaubwürdig an. Vielleicht will sie ihre Mutter in Sorge versetzen, denn welcher Entführer ist so saublöd und gibt seinem Opfer ein Notebook mit Internetverbindung?«, fragte Giulia geistesgegenwärtig.

»Leutnant de Medici, darüber hat sie nichts geschrieben. Aber sie schreibt, dass sie morgen um 8:30 Uhr den Laptop zum letzten Mal für den dritten Abschiedsbrief bekäme, zwei Stunden bevor sie sterben müsse. Deshalb hat Kommandant Hartmann mich beauftragt, Ihnen nun den Fall zu übergeben, es scheint sich ja jetzt um ein potenzielles Kapitalverbrechen zu handeln. Die Mail von Ramona Gwerder habe ich Ihnen bereits zur Verfügung gestellt, sie liegt in der Datenablage. Wir müssen uns also für morgen bereithalten, für den Moment, wenn sie wieder schreibt. Der Kommandant hat mich des Weiteren beauftragt, Ihnen auszurichten, dass Sie unverzüglich ins Kommando kommen sollen, zwecks Lagebesprechung.«

»Sagen Sie ihm, dass ich mich in einer Viertelstunde auf den Weg mache, aber im Moment in meiner Hütte bin, im Sapün. Es wird daher dauern.«

»Verstanden, ich werde es so vermelden.«

Giulia zog ihr Handy aus ihrer Gesäßtasche und öffnete die Software für den Zugriff auf die Datenablage der Kriminalpolizei. Die Verbindung war schlecht. Erst nach einigen Versuchen erhielt sie Zugriff auf die Mail.

Hallo zämma, diese Mail geht nochmals an einige meiner Freunde. Denn ihr wisst bestimmt schon, dass ich vermisst werde. Aber ich bin diesmal nicht abgehauen! Glaubt mir bitte!!! Ich habe euch gestern schon kurz gemailt. Da mein Postfach aber noch immer leer ist, schreibe ich ausführlicher, damit ihr mir diesmal glaubt und endlich jemand etwas unternimmt, verdammt noch mal! Bitte nehmt meinen Hilferuf also ernst. Leitet deshalb diese Mail UNBEDINGT *an die Polizei weiter, ich fand auf die Schnelle keine Mailadresse.*

Ich werde irgendwo in einer Alphütte gefangen gehalten. Als mein Entführer mich hergebracht hat (ich muss unter Drogen gestanden haben), da sah ich die Hütte von außen, während ich reingetragen wurde. Tannen stehen hinter dem Haus, und ich habe ein Fenster gesehen mit geschlossenen roten Fensterläden aus Holz. Ich werde seit Tagen in einem Käfig im Inneren dieser Hütte gefangen gehalten, eine digitale Uhr zählt die Stunden und Sekunden bis zu meinem Tod herunter. Der Psycho hat mich von Kopf bis Fuß mit so einer Glitzer-Lotion eingecremt – was für ein kranker Dreckskerl! Eine Stimme hat mir über einen Lautsprecher befohlen, drei Abschiedsbriefe zu schreiben, auf diesem Notebook, auf dem ich JETZT *dies hier schreibe. Wieso es hier in den Bergen Internet gibt, weiß ich nicht, aber ich schreibe diesen Hilferuf, der wirklich echt ist!!! Also glaubt mir gefälligst. Mein Entführer ist ein verdammter Freak, alles dreht sich irgendwie um Zeit, was aber auch heißt, dass ich morgen zum dritten Mal vor dem Notebook sitzen muss, um den letzten Abschiedsbrief zu schreiben, damit ich einen kurzen Tod und nicht ein Martyrium erleiden »darf«. Wer der Mann ist, weiß ich nicht, aber er hat einen Bündner Dialekt. Ich lösche gleich den Browser-Verlauf, die Polizei kann mir ja auf meine Mail zurückschreiben. Falls morgen alles klappt, bin ich ab 8:30 Uhr erreichbar. Es ist kein Scherz! Ich habe panische Angst! Es ist mein verdammter Ernst!!!!!!!!!! Leitet diese Mail weiter!!!*

Romi

Giulia war als Chefermittlerin auch über diesen Fall in Kenntnis gesetzt worden, die Fahndung lief seit Tagen. Da die Vermisstenmeldung aber als Bagatellfall eingestuft worden war, wurde der Fall zwei Neuzugängen zugeteilt, damit diese Praxiserfahrung sammeln konnten. Die letzten beiden Male wurde Ramona spätestens nach einer Woche bei irgendeinem älteren Liebhaber aufgespürt und nach Hause gebracht. Giulia hoffte daher inständig, dass der Hilferuf bloß ein Scherz war, ein Ausdruck einer anderen Not, die die 18-Jährige plagte, vielleicht ein Ruf nach Aufmerksamkeit.

Der letzte Stand, den Giulia in einem gemeinsamen Rapport von dem ermittelnden Duo erfahren hatte, war, dass Ramona, die eine Lehre als Bäckerin und Konditorin absolvierte, einen Konflikt am Arbeitsplatz gehabt hatte und wohl im Dauerstreit mit ihrer sehr dominanten Mutter stand. Außerdem war Ramona dafür bekannt, oft maßlos zu übertreiben, sogar Lügen zu erzählen. Ihre Mail musste man dennoch ernst nehmen, die Datenspezialistinnen waren bestimmt schon an der Arbeit, um die elektronischen Spuren nachzuverfolgen, war sich Giulia sicher.

Sie steckte ihr Handy wieder in die Hosentasche ihrer Shorts, ging zurück zum Tisch und sagte zu Gian: »Genau das, was eben passiert, ist ein Teil meines Lebens. Das kommt echt immer im ›perfekten‹ Moment. Da sitzt man gemütlich im Kino oder liegt im Freibad, und dann klingelt das Telefon. Und nun heute hier mit dir.« Sie zuckte mit den Schultern. »Wirklich schade, aber ich muss leider sofort in den Einsatz, so ist das eben mit mir.«

Gian hatte gelassen die Ellenbogen auf dem Tisch aufgestützt, sein Kinn auf die gefalteten Finger gelegt. »Ja, schade, aber es war dennoch sehr schön hier oben mit dir.« Er erhob sich. »Komm, ich helfe dir noch beim Abräumen und dem Abwasch, oder hast du dafür keine Zeit mehr?«

Giulia reichte ihm ein großes Plastikbecken, das er am Brunnen mit Wasser füllte, um darin am Tisch unter der Arve das Geschirr zu spülen. Sie unterhielten sich, während Lux aus dem Brunnen Wasser soff und mit den Pfoten das Wasser spritzen ließ, bevor er allen Mut zusammennahm und reinsprang.

Giulia trocknete das Geschirr, sagte mit Blick auf den Teller in ihrer Hand: »Eine junge Frau wird vermisst. Der Fall scheint plötzlich eine dramatische Wendung genommen zu haben. Mehr kann ich dir leider nicht sagen, auch wenn ich es gerne mit dir teilen würde.«

»Du hast mir ja gesagt, dass du bei der Kriminalpolizei arbeitest, eine Fahnderin im Bereich Gewaltverbrechen bist. Da muss ja mal so was passieren.«

»Ja, und zugleich bin ich da auch noch die Chefermittlerin der Kripo.«

Nun war er überrascht.

»Das hättest du mir nicht zugetraut, was?«, provozierte Giulia gespielt, und doch war es eine ernst gemeinte Frage.

»Überrascht bin ich nur, weil du doch noch so jung bist. Aber wie ich dir schon mal gesagt habe: Dir traue ich vieles und noch mehr zu.«

»Ich ermittle sowieso immer mindestens im Zweierteam, meist mit meiner besten Freundin Nadia Caminada, die du bestimmt auch noch kennenlernen wirst. Sie hat sich während der Schwangerschaft im letzten Jahr zur Profilerin ausbilden lassen, arbeitet nun 50 Prozent, seit ihre Tochter da ist.«

Gian hielt beim Abwasch kurz inne, blickte Giulia an. »Weißt du, Giulia, es war auch so schön. Die Fahrt und die Wanderung hier hoch, unser gemeinsames Essen, aber vor allem du … für mich ist alles gut.« Er lächelte.

»Ach, der Wein …« Giulia blickte zu der angebrochenen Flasche. Sie hatte das Glas halb leer getrunken und musste bald am Steuer sitzen, ein No-Go.

»Giulia, stell sie irgendwo kühl und genieß sie ein anderes Mal.«

»Ich glaube, ich komme die nächsten Tage nicht so schnell wieder hier hoch. Nimm du sie lieber mit.«

»Meinst du, du findest an einem der nächsten Abende ein

Stündchen Zeit, um nach Malix zu fahren? Wenn ja, dann genießen wir dort noch ein kleines Gläschen, sodass du noch mit dem Wagen heimfahren kannst.«

»Schön wär's. Aber eben, der Fall …«

Giulia verschloss die Läden und die 450 Jahre alte Hüttentür, die sie nach einem Brand in einem uralten Walserhaus gekauft hatte. Gemeinsam liefen sie danach zum Berggasthaus Heimeli runter. Immerhin fanden sie so noch Zeit, um miteinander zu reden, obwohl Giulia bereits in Gedanken bei dem Fall um die Verschwundene war. Auf dem Weg blickte Lux neugierig mit seinen schwarzen kugelrunden Augen aus dem Rucksack, den Gian trug.

Vor Giulias Wagen blieben die beiden stehen. Giulia streifte sich eine lose Haarsträhne aus dem Gesicht. »Gian«, sie blickte ihm in seine schieferblauen Augen, »es fühlt sich richtig und gut an mit dir. Okay?«

»Okay?«, sagte er in einem Ton, der wortlos fragte: Und was genau möchtest du mir jetzt sagen?

»Es geht bei mir um sehr vieles, das braucht Zeit. Ich brauche Zeit.«

»Giulia, Vertrauen ist etwas Befreiendes, wenn man es besitzt, und schwierig zu finden, wenn man es verloren hat. Wir beide werden und müssen unsere Leben nicht für jemand anderen ändern, nur damit wir nicht ›allein‹ sind. So gut kennen wir uns mittlerweile, meine ich, um dies sagen zu dürfen. Dein Beruf, mein Leben auf dem Mättali, das alles gehört zu uns, ist ein entscheidender Teil unseres Lebens. Ich möchte nicht, dass du meinetwegen auch nur irgendwas an dir ändern musst, und auch ich möchte der bleiben, der ich bin, meinen Weg weitergehen.«

»Das hört sich sehr literarisch und verdammt kompromisslos an«, sagte Giulia mit leiser Stimme und dachte, dass das, was er sagte auch ihre Meinung war, wenn auch in anderen Worten.

»Stimmt. Man kann und soll Kompromisse im Leben eingehen, aber keine, bei denen man sich selber verleugnen, sich verdrehen muss. Giulia, ich glaube, dass zwei Wege gemeinsam einen breiten bilden können.«

»Ist das jetzt schon ein Antrag?« Giulia lächelte.

»Giulia«, seine Augen suchten die ihren, »ich habe mich verliebt in dich, seit dem Moment, als du aus deinem Wagen gestiegen bist, nachdem du mich vor deinem Haus hast warten lassen.« Er streckte ihr seine Hände entgegen. Sie legte ihre hinein. »Wir lernen einander ja erst kennen, dennoch fühlt sich alles mit dir so vertraut an. So ein Gefühl hatte ich noch nie, es nahm meinen Bedenken schon längst die Luft.«

Giulia war bewegt. Sie dachte: Also hatte auch er Angst gehabt. Beide hatten noch nicht im Detail über vergangene Beziehungen gesprochen. Giulia wollte Gian soeben erklären, dass er wissen müsse, dass sie auf die Dauer, wenn der Alltag käme, schwierig sei, als sie endlich verstand, was er ihr soeben gesagt hatte. Sie machte einen Schritt auf ihn zu, löste ihre Hände von den seinen und küsste ihn zärtlich auf seine Lippen, ihre Hand legte sie für einen kurzen Moment auf seine rechte Wange.

»Wir werden sehen, mein Lieber«, sagte sie, als sich ihre Lippen lösten, sie lächelte, während sie ihm liebevoll in die Augen blickte. »Jetzt muss ich aber leider los. Das Verbrechen schläft nie.« Sie stieg in ihren Wagen, nicht ohne davor Lux auch noch Ciao gesagt zu haben.

4

Giulia fuhr auf direktem Weg nach Hause, die Zeit war knapp. Sie war freudig aufgeregt wegen Gian und gleichzeitig aufgewühlt ob des möglichen Verbrechens, das sich wie ein Schatten über alles legte, denn es ging um das Leben einer jungen Frau.

Im Wohnzimmer zog sie sich eine legere lange Jeans an, ein weißes Damenhemd, darüber einen sportlich geschnittenen dunkelblauen Blazer, um ihr Schulterholster zu verdecken. Sie warf einen letzten Blick in den Spiegel. Aus ihrem gebräunten Gesicht, das unverkennbar die Berglerin und die Süditalienerin in einem widerspiegelte, schimmerten ihre fokussierten Augen. Ihr Haar trug sie nun als Pferdeschwanz unter einem dunkelblauen Cap. Zeit, um zu duschen, hatte sie keine, dafür sprühte sie ein wenig Parfüm an ihre Halsseiten. Dann schlüpfte sie barfuß in ihre weißen Adidas Turnschuhe, ein Retromodell aus den Achtzigern.

Um 14:55 Uhr betrat Giulia das Besprechungszimmer im Kommando.

Oliver Peterelli saß bereits am Kopfende des Tisches. Der Chef der Kriminalpolizei mit seinem schmalen Gesicht und den stechenden Augen, die ihn wie einen Adler wirken ließen, hob nur die Hand zur Begrüßung, beugte sich gleich wieder über die Unterlagen vor ihm.

Giulia hatte auf dem Weg nach Chur bereits mit Nadia telefoniert und wusste daher, dass diese bei der Besprechung ebenfalls anwesend sein würde. Keine Minute später kam die blonde Beamtin in den Raum. Nadia arbeitete zurzeit halbtags, vor allem im Backoffice, um Daten zu ermitteln, Profile zu erstellen. Darin war sie kaum schlagbar. Zum Glück konnte Nadias Mutter, Lena Caminada, die mittlerweile 72-jährige Tochter des berühmten Landjägers, oft spontan auf die kleine Amira aufpassen, wenn es Nadias Job kurzfristig erforderte. Mark, Nadias Mann, hatte sein Pensum ebenfalls reduziert, um sich um seine kleine Tochter zu kümmern. Sowohl Nadia als auch Giulia vertraten die Auffassung, dass Mütter nach einer Geburt genauso arbeiten gehen dürfen wie Väter, unabhängig davon, welchen Beruf sie ausüben. Gewisse Leute hatten Nadia aber vorwurfsvoll wissen lassen, dass sie es unverantwortlich finden, dass sie nicht 24 Stunden am Tag bei ihrer halbjährigen Tochter sei und sich stattdessen der Gefahr, die ihr als Beamtin der Kriminalpolizei drohe, aussetze. Aber diese Leute waren bei Nadia an der falschen Adresse. Denn schon Nadias Großmutter Menga ging in den fünfziger Jahren drei halbe Tage in der Woche als Ärztin arbeiten, während Lena im Kindergarten betreut wurde. Dies hatte, zu einer Zeit, als Frauen noch nicht mal das Stimmrecht hatten, vielerorts für Kopfschütteln gesorgt. Und noch etwas verband die drei Caminada-Frauen: Sie alle bekamen ihr erstes Kind im Alter von 36 Jahren. Die Gründe dafür waren aber sehr verschieden.

»Was wissen wir über Ramona Gwerder?« Peterelli blickte zu Nadia. Diese hatte sich mit den beiden bisherigen Ermittlern abgesprochen und war bereits die alten Vermisstenanzeigen von Ramona durchgegangen. Außerdem hatte sie heute, nach dem Eingang der Mail, kurz mit der Mutter der Verschwundenen telefoniert.

»Ramona verschwand am frühen Montagmorgen auf dem Weg von der Backstube nach Hause. Wir wissen, dass sie um kurz vor halb sechs Uhr zu Fuß den Lehrbetrieb in der Innenstadt verlassen hatte, das beweist die Kameraaufnahme vom Eingang. Zu Hause in der Schellenbergstrasse kam sie aber nie an.« Ein Foto der Entführten wurde via Beamer groß an die Leinwand projiziert.

Giulia blickte ins Gesicht der 18-Jährigen. Diese hatte kupferrotes Haar, ein Piercing in der Nase und eines in der linken Augenbraue. Sie war gertenschlank, wie auf dem Gesamtkörperfoto zu erkennen war. Ihre braunen Augen wirkten rebellisch und gleichzeitig etwas traurig. Und sie hatte einen Ausdruck im Gesicht, den Männer wahrscheinlich anziehend fanden, dachte Giulia. Das Foto stammte vom internen Erkennungsdienst. Es wurde nach dem letzten Auffinden der Vermissten vor nur vier Monaten erstellt, damals, so erfuhr man aus der Aktenlage, hatte sie sich, wie in den Fällen davor, mit einem älteren Mann eingelassen und war mehrere Tage nicht zu Hause aufgetaucht.

»Leutnant de Medici«, sagte Peterelli mit seiner tiefen Stimme, die so gar nicht zu seinem Habichtgesicht und dem schlaksigen Körperbau passte, als würde eine Geige die Töne eines Kontrabasses erzeugen, »wir stehen unter enormem Zeitdruck. Sie übernehmen ab sofort die Leitung der Ermittlungen. Wir müssen auf morgen einen Plan A, B und C haben, aber das muss ich Ihnen ja nicht sagen.«

Giulia blickte in die Runde. »Motiv der Entführung? Irgendwelche Ideen?«

Nadia, die soeben ihr Glas abgestellt hatte, meinte: »Viel habe ich noch nicht an Hintergrundinfos, wie ich Giulia am Telefon bereits gesagt habe. Ramona scheint eine nicht einfache Kindheit gehabt zu haben: Scheidung der Eltern, rebellierte früh in der Schule, kam in eine Time-out-Klasse. Ihr Drogenkonsum hielt sich mit Cannabis in Grenzen, wenn man denn alles glauben will. Früh zeigte sich, dass sie mit gleichaltrigen Jungs nichts anzufangen wusste, ihre Freunde waren immer älter gewesen, viel älter. Nächstes Jahr könnte sie übrigens ihre Lehre abschließen, wenn auch nur mit Ach und Krach, was das Schulische betrifft, wie ich vom Lehrmeister am Telefon erfahren habe. Dieser hat aber im selben Atemzug stolz erwähnt, dass sie fachlich ein Naturtalent sei. Ein mögliches Motiv sehe ich bisher noch keines.« Nadia hielt kurz inne. »Aber nochmals: Sie hatte in der Vergangenheit mehrere toxische Beziehungen zu älteren Herren; 50 und älter und allesamt eher komische Gestalten, wie ich aus Protokollen der Sozialarbeiterin und von Aussagen der Mutter weiß. Außerdem scheint Ramona in den Augen ihrer Freunde alles andere als glaubwürdig zu sein, denn sie hatte gestern, am Donnerstag, bereits eine Mail an verschiedene Leute verschickt, die aber offenbar niemand ernst genommen hatte. Und auch die Mail von heute wurde uns nur von einem einzigen Empfänger weitergeleitet, und das mit einigen Stunden Verspätung. Traurig, aber das sagt viel über die Tragfähigkeit der Beziehungen und die Glaubwürdigkeit dieser Ramona Gwerder aus.«

Giulia nickte. »Und es schafft ein stimmiges Bild ihrer Persönlichkeit. Hoffen wir deshalb, dass sie alles bloß erfunden hat, möglich wär's ja. Vielleicht will sie auch nur ihrer Mutter eins auswischen. Dennoch müssen wir davon ausgehen, dass sie die Wahrheit sagt. Ich denke deshalb mal laut: Ramona Gwerder wird von einem ihr Unbekannten in einer Alphütte gefangen gehalten, in einem Käfig. Dazu zählt ein Countdown, den sie als digitale Uhr immer vor Augen hat, die Zeit bis zu ihrem Tod herunter ...« Giulia blickte zu Nadia und Peterelli. »Hört sich nach einem Sadisten an. Dazu noch die ganze Geschichte mit den Abschiedsbriefen, ein gestörter Triebtäter?«

Nadia nickte.

Giulia fuhr fort: »Die Hütte muss sich in bewaldetem Gebiet befinden und hat rote Fensterläden. Diese Information nützt uns aber so gut wie gar nichts. Hier in Graubünden könnte die überall stehen. Könnte sogar meine sein. Mal abgesehen von den Bäumen hat auch meine Hütte rote Fensterläden. Das heißt, wir können nie und nimmer in den 150 Bündner Tälern alle in Frage kommenden Hütten rechtzeitig ausfindig machen und durchsuchen – sicher nicht bis morgen früh. Außerdem ist uns wegen der Mail, die gestern nicht weitergeleitet wurde, ein wichtiger Tag verloren gegangen.«

Nadia lehnte sich etwas vor. »Falls das Opfer nicht außerkantonal verschleppt wurde, muss ich noch erwähnen.«

»Stimmt, das kommt ja noch erschwerend hinzu«, gab ihr Giulia recht. »Ich schlage daher vor, dass die Kolleginnen von der IT versuchen, die Spuren der Mail irgendwie zurückzuverfolgen. Außerdem müssen wir Ramona Gwerder eine Mail zurückschreiben, damit sie morgen direkt erfährt, dass wir an dem Fall dran sind.«

»Diesen Auftrag habe ich den Zwillingsschwestern längst erteilt«, sagte Peterelli gereizt und meinte damit Cora und Corine, die beiden Informatikerinnen der Kantonspolizei, die so viele Piercings hatten, dass die beiden spaßeshalber mal meinten, dass sie nach ihrem Tod auf dem Alteisen landen werden.

»Warum ist dann keine der beiden hier?«, hakte Giulia nach.

»Die sind längst bei der Arbeit, versuchen morgen per Mail ein Ortungs-Programm auf Ramonas Computer einzuschleusen. Wobei dies ein Spiel mit dem Feuer ist«, knurrte Peterelli. »Ziel wäre es, die Standortbestimmung zu aktivieren, doch da der Hotspot wahrscheinlich von einem Handy gestellt wird … so oder so, sie werden ihr Bestes geben. Wir treffen uns daher alle morgen bereits um sieben Uhr hier in diesem Raum.« Nun wechselte er zu seinem Befehlston: »Wir alle stehen per sofort auf Abruf, Mobiltelefone sind Tag und Nacht an, falls wir vorher von ihr hören sollten!« Er ließ den Blick schweifen, niemand sagte etwas. In einem gemäßigteren Ton fragte er: »Weitere Vorschläge?«

Giulia blickte ihn selbstbewusst an. »Ja, denn ich will mit ihr ja nicht nur mailen.«

»Ihr Vorschlag, Leutnant?«

»Ramona wird morgen, falls sie überhaupt online gehen kann, maximal eine halbe Stunde via Mail erreichbar sein, richtig? Es bleibt also nicht viel Zeit. Falls das mit der Standortbestimmung schiefläuft, und davon gehe ich leider aus, denn für die Installation eines Programms braucht man Admin-Rechte, müssen wir sie sonst irgendwie aufspüren können. Für den Fall, dass es aber doch klappt und wir den Standort bestimmen können, müssen wir zwei Einsatzkommandos bereitstehen haben: zwei Helikopter, einer hier und einer auf dem Flugplatz Samedan im Engadin.«

»Wieso?« Peterelli und Giulia waren sich einfach nicht grün.

»Dann wären wir innert maximal 15 Flugminuten mit dem entsprechenden Heli an jedem Ort im Kanton. Ich schlage daher vor, dass ihr im Engadin Corina Costa schon mal aufbietet, damit sie mit einem Einsatzkommando das Engadin abdeckt, denn die kennt sich dort aus wie kaum jemand sonst.« Alle am Tisch wussten, dass auch Giulia jeden Fleck im Engadin bestens kannte, da sie, als sie mit fünf Jahren mit ihrer Familie in die Schweiz kam, in Pontresina heimisch wurde; zu einer Engadinerin mit italienischen Wurzeln. »Und wir bilden hier ein zweites Team. Das wäre meine Ergänzung zu der vorgeschlagenen Variante eins.« Sie hob den Finger. »Das funktioniert aber nur, wenn die Vermisste, wie wir vermuten, in Graubünden ist.«

»Und Variante zwei?« Peterelli hatte die spitzen Ellenbogen seiner schlaksigen Arme auf dem Tisch aufgestellt, sodass es allein beim Hinschauen fast schmerzte. Der Schnauz, den er trug, passte nicht in sein schmales Gesicht, und das nicht nur, weil er wie immer schief geschnitten war.

»Ihr kennt mich, ich will positiv denken, aber so realistisch wie möglich bleiben. Nur wenn wir sie morgen innert weniger Minuten zuverlässig orten können, ist es möglich, dass wir sie da noch lebend rausholen können, bevor der Countdown abläuft. Würden wir hingegen versuchen, bis morgen in der Früh alle Hütten in allen Bündner Tälern aufzusuchen, bräuchten wir die Armee.« Sie hob kurz die Hände, als ob sie Peterellis Einwände schon im Vorfeld abwehren wollte. »Ob dies organisatorisch überhaupt möglich wäre, weiß ich nicht, aber das ist eine weitere Variante, bevor ich zur letzten komme.«

»Die Armee also.« Peterelli schüttelte leicht den Kopf. Der Major war im Kanton Aargau aufgewachsen, und bevor er nach Graubünden gezogen war, war der Kirschbaum im Dorf der höchste Punkt, den er je erklommen hatte, hatte Giulia gegenüber Nadia mal gespottet, als er ihr etwas über die Bündner Berge weismachen wollte. Noch immer verstand er nicht, was Graubünden aus Giulias Sicht war; nicht nur der größte Kanton der Schweiz, sondern auch der vielfältigste, was Talschaften und Leute betraf.

»Na gut, und der letzte Vorschlag?«

»Dieser Vorschlag zielt darauf hin, den Täter wenigstens nach dem Mord zu fassen. Natürlich ist und bleibt es unser oberstes Ziel, die junge Frau zu retten, aber wenn wir morgen keine Handhabe kriegen, müssen wir uns dennoch mit diesem unfassbaren Gedanken auseinandersetzen und alles versuchen, um wenigstens zu verhindern, dass er ein zweites Mal zuschlägt.« Giulia blickte in die schweigende

Runde. Sie wusste, sie hatte recht, doch über so was redete niemand gerne, auch sie nicht. Sie fügte hinzu: »Ein wirklich frustrierender Gedanke, ich weiß, aber ich will morgen nicht mit leeren Händen dastehen, egal wie die Sache ausgeht.«

»Na gut, dann schießen Sie mal los.«

Giulia hob die Augenbrauen. »Sie sagen es, wir schießen los.«

Alle blickten sie verwundert an. »Wie wir aus Ramonas Mail wissen, verfügt die Hütte über eine Zufahrt und ist nicht hochalpin gelegen, wegen der Bäume, die sie gesehen hat. Wenn wir morgen um die entsprechende Zeit genug Leute in den Tälern strategisch gut verteilt postieren, können wir den Standort der Hütte grob eingrenzen, und zwar so …« Giulia zog das Notebook, das mit dem Beamer verbunden war, an sich und rief eine Karte von Graubünden auf. Dann stand sie auf und positionierte sich neben der Leinwand. Sie deutete auf verschiedene Punkte. »Wenn jeder dieser im ganzen Kanton verteilten Beamten nach Anweisung einen Schuss mit einem großkalibrigen Gewehr in die Luft feuert, natürlich verwenden wir Platzpatronen, während wir mit Ramona in Kontakt sind, könnten wir anhand ihrer Wahrnehmung des Schusses die Region sofort, wenngleich wie gesagt nur grob, bestimmen.«

Peterelli zeigte mit seinem Gesichtsausdruck bereits seinen Unmut.

»Moment«, Giulia hob erneut die Hand, »ich will meine Ausführungen fertig machen, für Prügel gibt's später noch genug Zeit. Also, im Detail: Wir feuern beispielsweise in Chur den ersten Schuss ab, dann strategisch gut gelegen in Churwalden, das deckt den vorderen Teil des Schanfiggs und hoch Richtung Lenzerheide ab. Wenn sie nichts hört, dann machen wir weiter bei Langwies, im Prättigau, und so weiter. Alle 15 Sekunden feuert gemäß Befehl der Einsatzleitung einer der postierten Beamten einen Schuss ab, so bleibt Ramona genug Zeit, um uns ein ›gehört‹ zu mailen.«

»Was für eine unausgereifte, seltsame Idee«, grätschte Peterelli rein.

Nun war es Nadia, die ihn auf ihre immer freundliche, aber klare Art zurechtwies: »Major, da bin ich anderer Meinung. Unser Zeitfenster ist der frühe Samstagmorgen, kein Arbeitstag, ein Schuss ist daher gut hörbar. Was ist denn Ihr Vorschlag, wenn das mit der Standortbestimmung über den Laptop nicht klappt? Die Helis aufs Geratewohl losschicken, damit Ramona deren Rotorenlärm hört? So schnell sind die aber nicht.«

»Die Sache ist die«, sagte Peterelli nun bedeutend ruhiger, »nehmen wir an, sie hört bereits den ersten Schuss, was dann?«

Giulia lehnte sich etwas vor. »Dann kommt der nächstpostierte der beiden Helis ins Spiel, der umgehend in diese Region fliegt. Ramona müsste uns dann anhand des zu- oder abnehmenden Rotorenlärms zu sich lotsen können. Aus der Vogelperspektive wäre die Hütte dann hoffentlich schnell zu erkennen … ich weiß, hört sich gewagt an, ist es auch, aber wir müssen doch alles versuchen.«

»Und wenn das nicht klappt?« Peterellis Unmut über den Vorschlag war noch nicht verflogen.

Giulia verschränkte ihre Arme. »Wie gesagt, die Variante hört sich an, wie unsere Situation sich darstellt: ziemlich aussichtslos. Aber auf diese Weise ließe sich immerhin das Gebiet deutlich eingrenzen. Was die Rettung der jungen Frau betrifft, so befürchte ich, dass die Zeit nur im besten aller Fälle reichen wird, dann, wenn wir sie über den Standort des Geräts heimlich orten können. Mit dem Rotorenlärm des Helis würden wir den Täter logischerweise aufschrecken, im schlimmsten Fall eine blutige Panikreaktion provozieren. Aber dennoch, wir kämen ihm auf die Spur.«

»Sie meinen nach dem Mord?« Peterelli gab sich spöttisch.

»Major, wir sitzen nun mal an einem verdammt kurzen Hebel. So sieht's doch aus. Wir können auch wie zuvor vorgeschlagen ganze Hundertschaften der Armee samt Polizei mobilisieren und bis morgen früh Alphütten und Maiensäße anfahren lassen, versuchen, den gesamten Kanton auf den Grind zu stellen, von mir aus gleich die ganze Schweiz. Aber wir müssen leider auch damit rechnen, dass wir zu spät kommen. Sollte das Furchtbare unvermeidlich sein, müssen wir den Kerl wenigstens nach der Tat erwischen, denn wie erwähnt, wer sagt uns denn, dass sie sein letztes Opfer ist?«

Nadia nickte. »Die Aktion mit dem Schuss und dem Heli könnte den Entführer möglicherweise sogar derart verunsichern, dass er sein mörderisches Vorhaben aussetzt.«

»Oder halt gleich in einer Kurzschlussreaktion begeht«, hielt Peterelli dagegen.

»Beides ist möglich«, sagte Nadia, »aber wir müssen, wie Giulia sagt, alles versuchen und vieles riskieren, so knallhart es sich auch anhört. Giulia hat recht, unser Hebel ist elend kurz.«

Peterelli kratzte sich am Hinterkopf. »Ich muss mich mit Kommandant Hartmann absprechen, auch in Bezug auf einen Militäreinsatz. Er ist, wie Sie wissen, wie ich ein ranghoher Militär. De Medici, Sie stellen die beiden Heli-Teams zusammen. Caminada, Sie gehen weiter ans Profiling des Täters und des Opfers, treiben die Hintergrundrecherchen voran, vielleicht kommen wir dem Täter auch so auf die Spur. Ich kümmere mich in der Zwischenzeit um die Strategie, spreche mit dem Kommandanten. Wir treffen uns somit morgen, Samstag, um Punkt sieben Uhr hier. Ich melde mich im Verlauf des Tages nochmals und erkläre, wie es genau weitergehen soll, allenfalls biete ich dann auch die entsprechenden Einsatzkräfte auf. Vergessen wir nicht, Ramonas Mutter ist eine ranghohe Beamtin der Stadtpolizei.«

»In erster Linie geht's aber um Ramona, wer ihre Mutter ist, interessiert mich nur am Rande. Ich werde immer alles geben, um ein Leben zu retten«, sagte Giulia und erhob sich. Sie war sich bewusst, dass sie manchmal etwas zu stolz war, so auch jetzt, ihr Kinn war kämpferisch erhoben. Wer bei ihr Wind säte, erntete Sturm. Peterelli quittierte ihren Auftritt mit einem entsprechenden Blick.

Gegen 18:30 Uhr erhielt Giulia einen Anruf von Peterelli auf ihr Handy. Auf den Einsatz der Armee werde verzichtet, erfuhr sie, das sei organisatorisch innert dieser kurzen Frist nicht zu stemmen, außerdem hätten es bewaffnete Einheiten sein müssen, was politisch gar nicht durchführbar gewesen wäre. Hingegen wurde Giulias Vorschlag mit den Platzpatronenschüssen als durchführbar beurteilt, wenngleich mit geringen Erfolgschancen, aber mangels besserer Alternativen wurden die entsprechenden Einsatzkräfte aufgeboten und orientiert.

Als der Anruf kam, lieferte der Pizzaservice Oldtimer soeben eine Pizza an Giulias Wohnadresse. Giulia und Nadia traten auf die große Terrasse und setzten sich an den kleinen Tisch. Zuvor hatten sie den ganzen Nachmittag ausgiebig den Fall besprochen, gebrainstormt, Fragen gestellt, Antworten gegeben, weitere Fragen gestellt. Beim Essen sprachen sie weiter.

»Ramona hat sich mit älteren Männern eingelassen, wiederholt, möglicherweise hat einer im Umfeld dieser Männer sie entführt. Vielleicht hat jemand mit falscher Identität sich im Vorfeld mit ihr in einem Chat ausgetauscht«, mutmaßte Giulia.

»Sexualverbrechen?« Nadia nahm einen Bissen von ihrer Pizza, kaute, während Giulia ein vorgeschnittenes Stück auf ihren Teller legte.

»Könnte sein. Oder er geilt sich an ihrem Ausgeliefertsein auf. Hat sie ja auch mit dieser Glitzer-Lotion eingecremt. Von einem weiteren sexuellen Übergriff hat sie aber nichts geschrieben.«

»Vielleicht hat sie es aus Scham nicht erwähnt?« Nadia griff nach der Serviette, die Pizza zog Fäden.

»Möglich. Dass er sich vor ihr versteckt, nur mittels Stimme mit ihr kommuniziert, muss auf jeden Fall seine Gründe haben.« Giulia öffnete die Flasche Mineral und goss beiden ein.

»Er hat sie betäubt, in die Hütte gebracht, sie in einen Käfig gesperrt. Vielleicht fühlt er sich ihr nur so überlegen, aus der Distanz, oder wenn sie bewusstlos ist.« Nadia blickte Giulia mit einem Schulterzucken an. »Geringes Selbstbewusstsein?«

»Ich glaube, er liebt es, sie zu steuern, zu manipulieren.«

»Vielleicht sind es ja auch mehrere Täter«, gab Nadia zu bedenken.

»Auch möglich.« Giulia nahm einen Schluck und stellte das Glas vor sich ab.

»Zu den Abschiedsbriefen. Er scheint ihr damit Leid zufügen zu wollen, hat eine Lust an ihrer Qual.« Nadia blickte gedankenverloren in die Weite des Tals. »Auf jeden Fall will er die komplette Kontrolle über sie haben, sogar über ihre Gedanken.«

»Einverstanden, Nadia. Ein psychisch gestörter Täter, der sie emotional quälen will. Der Countdown bis zu ihrer geplanten Ermordung deutet ja auch darauf hin.«

»Verdächtige?«

»Jetzt wird's schwierig, Nadia. Wir wissen nur, dass sie

den Mann nicht kennt und dass er einen Bündner Dialekt spricht. Seine Stimme ist das einzig Messbare für sie an ihm. Aber auch diese hört sie nur über einen Lautsprecher. Er muss sehr vorsichtig sein. Vielleicht will er damit sicherstellen, dass sie ihn nicht identifizieren könnte im Falle einer Flucht oder Rettung …«

»Oder«, ergänzte Nadia, »er hat wie gesagt ein derart gestörtes Selbstvertrauen, dass es ihm nicht möglich ist, vor sie hinzustehen. Er agiert immer nur aus dem Hinterhalt, braucht diese Distanz für sein krankes Spiel.«

»Das passt ins Bild. Suchen wir also in ihrem Umfeld nach so einem Verdächtigen, wobei diese Triebtäter meist sehr unauffällig unter uns leben.« Giulia blickte auf die in der Sonne liegenden Berge im Osten. »Ramonas Mutter lebt allein. Der Vater ist weit weg. Wir müssen vielleicht auch die Männerbeziehungen der Mutter, falls es solche gibt, beleuchten … wem ist Ramona da nur in die Finger geraten?« Leise fügte Giulia mit dem Blick auf die Berge hinzu: »Weißt du, Nadia, sie ist jetzt irgendwo da draußen, und ich fühle mich elend dazu verdammt, bis morgen zu warten. Hoffen wir, die Informatikerinnen finden digitale Hinweise zur Täterschaft und bringen uns alle so einen Schritt weiter.« Sie nahm ein Stück Pizza in die Hand und machte ein paar Schritte weg vom Tisch.

Sie wusste, die IT- und Kommunikationsspezialistinnen Corine und Cora waren schon seit dem Mittag dran, die Daten von Ramonas verschwundenem Handy zu analysieren und Zugriff auf ihren Facebook- und Instagram-Account zu erhalten. Außerdem wollte sich Frau Gwerder im Kommando melden, um ihnen die Namen der Männer durchzugeben, von denen sie wusste, dass diese mit ihrer Tochter irgendwann mal zusammen waren.

Nadia legte ebenfalls ein weiteres Stück Pizza auf die Serviette in ihrer Hand und trat neben ihre beste Freundin, die in der Mitte der Terrasse stehen geblieben war. »Giulia, ich verstehe dich total, aber wir müssen warten, der Kerl scheint gestört und raffiniert gleichermaßen zu sein, aber jeder macht früher oder später Fehler, und dann sind wir bereit.«

»Das Später bereitet mir in diesem Fall besonders Kopfzerbrechen.« Giulia blickte Nadia ins Gesicht. Milde lag die untergehende Sonne auf deren Gesichtszügen. Giulia wünschte sich manchmal, diese innere Ruhe in sich tragen zu dürfen, so wie Nadia es tat. Die Frau verstand es, das Leben mit einer Leichtigkeit zu leben und Scheiße dabei zu vergolden. »Weißt du, ich hoffe, diese Ramona verarscht uns bloß und steht plötzlich wieder vor der Tür ihrer Mutter und bindet ihr irgendeine Räubergeschichte auf«, sagte Giulia und blickte nachdenklich zurück zu den glänzenden Bergen der Surselva. Vielleicht steht die Hütte ja dort irgendwo, dachte sie, während sie einen tiefen Atemzug nahm.

»Komm, Bella, lass uns noch einmal alles durchgehen, Lücken erkennen, neue Fragen stellen, Antworten finden«, schlug Nadia vor und leckte sich etwas Tomatensauce von der Lippe.

Es war schon langsam spät, aber die beiden redeten weiter über den Fall, gingen wiederholt alles durch, lasen die Polizeirapporte über die beiden Male, als Ramona verschwunden war. Ebenso die Berichte, welche die zur Unterstützung zugezogene Sozialarbeiterin im Nachgang verfasst hatte. Sie suchten darin nach Namen, Verbindungen … Auch die beiden Hilferufmails gingen sie Wort für Wort durch, suchten darin nach versteckten Hinweisen, doch sie fanden nichts. Dann kam auf Giulias Handy eine Nachricht rein.

Sie blickte kurz auf das Display: Gian. Sie beschloss, seine Nachricht später zu lesen, und legte das Gerät weg, doch

Nadia hatte bereits an Giulias Gesichtsausdruck erkannt, dass es Gian sein musste.

»Und gibt es irgendwelche Neuigkeiten im Fall Gian?«

»Na gut, du Wundernase, etwas Ablenkung tut dir und mir gut«, sagte Giulia und berichtete ihr vom gemeinsamen Mittagessen im Sapün.

»Ein Kuss, Giulia!« Nadia machte gespielt große Augen. »Wow, wenn der wüsste, was das für ihn heißt.«

Giulia lachte. »Glaub mir, er weiß es.« Sie lenkte ab und zeigte Nadia das Foto von Lux, der allerliebst in die Kamera blickte.

»Oh meine Güte, Giulia, ist der niedlich.« Nadia fand alle Tiere lieb, nur würde sie niemals ein Haustier halten wollen, wegen des Drecks, den sie ins Haus bringen. »Bella, das hört sich alles wunderbar an, und der Kerl sieht verdammt gut aus, aber vor allem wirkt er bodenständig.«

»Bodenständig? Hallo, das ist doch kein Schwinger. Aber das heißt ja, dass du auf seiner Webseite warst!« Giulia tat gespielt entrüstet.

Nadia prustete los. »Ja logo, war ich auf der Webseite, keine Minute nachdem du mir von ihm erzählt hast. Ich bin Ermittlerin, schon vergessen? Bodenständig ist aber zugegebenermaßen das falsche Wort. Er wirkt so freundlich, gelassen …«

»… angekommen?«

»Präzis. Die Dame hat 100 Punkte. Und so schöne Augen hat er …«

»Gut bist du schon in besten Händen, sonst müsste ich ihn ja von dir fernhalten«, sagte Giulia und lachte. »Aber ja, seine Augen, allein in diese kann man sich verlieben.«

»Und er ist ein bekannter Schriftsteller obendrein«, sagte Nadia.

Giulia wusste mittlerweile, dass Nadia, als sie Gians Buch

für sie zu Weihnachten gekauft hatte, keine Ahnung hatte, dass er der Manetsch war, der auch Giulias Möbel geschreinert hatte.

»Das stört mich nicht«, sagte Giulia lachend. »Aber es freut mich für ihn. Er hat fünf Jahre auch am letzten Buch gearbeitet, ohne zu wissen, was daraus wird. Das finde ich stark.«

Nachdem die gelöste Stimmung wieder nachließ, machten sie sich erneut daran, alles bisher Recherchierte nochmals durchzukauen, und erstellten dabei eine finale Liste mit Fragen, die lang und länger wurde. Frau Gwerder hatte mittlerweile die Namen der Männerkontakte, sofern ihr diese bekannt waren, ans Kommando durchgegeben. Diese Daten wurden umgehend vom Hintergrunddienst überprüft, auch auf Vorstrafen jeglicher Art hin.

Giulia saß später, es war bereits nach 22 Uhr, alleine draußen auf der Terrasse. Ein Wirrwarr an Gefühlen herrschte in ihr. Einerseits waren ihre Gedanken bei der Entführten, sie mochte sich kaum ausmalen, wie schlimm es ihr wohl in diesem Moment ergehen mochte, ob sie noch Hoffnung hatte, nachdem sie gestern keine Reaktion auf ihre Mails erhalten hatte, und welche rabenschwarze Angst in ihr sitzen musste. Und andererseits schwebte da diese Leichtigkeit in Giulia, dieses Verliebtsein, sodass sie am liebsten sofort zu Gian gefahren wäre, ihn umarmt hätte, wortlos, nur der Sommernachthimmel über ihnen und Gians Herzenswärme in ihr.

Sie rief ihn an.

Er habe soeben die Hühnerklappe kontrolliert, denn der Fuchs sei hier nie weit, sagte er, bevor er sich mit einem Glas Rotwein auf seine Terrasse setzte. Er sagte zu Giulia, dass er zwar nicht bis zu ihr sehen könne, der Mittenberg sei im Weg, dennoch blicke er in diesem Moment in ihre Richtung.

»Wie geht's dir?«, fragte er mit seiner warmen, kraftvollen Stimme.

»Tja, ein schwieriger Einsatz steht uns morgen bevor. Ich bin entsprechend angespannt. So schräg es sich vielleicht für dich anhören mag, ich fühle mich in diesen Momenten der Herausforderung immer sehr lebendig, fast schon richtig gut, sodass ich manchmal ein schlechtes Gewissen deswegen bekomme. Doch heute Abend ist es nochmals anders, meine Gedanken sind auch bei dir, denn es war ein schöner Mittag heute.«

»Meine Gefühle und Gedanken sind ebenfalls bei dir, Giulia, und das ständig. Das Feuer, das ich in deinen dunklen Augen gesehen habe, brennt längst auch in mir. Ich weiß, wir haben uns erst wenige Male gesehen, es ist dennoch längst was in mir passiert, was du ausgelöst hast, das ich in dieser Art nicht für möglich gehalten hätte.«

Giulia nahm einen langen Atemzug. Die Berge um sie ruhten, gaben ihr in ihrer zeitlosen Mächtigkeit Kraft. »Gian, ich muss was loswerden. Meine letzte Beziehung brach letzten Herbst unschön auseinander.« Ihre Stimme wurde eine Spur leiser: »Ich wurde betrogen. Offen gesagt ist es mir verdammt peinlich, dir das zu sagen, denn betrogen zu werden suggeriert einem, nicht zu genügen, obwohl ich zugleich weiß, dass dies nicht stimmt. Und nun erwarten die beiden bereits ein Kind. Ich bin darüber hinweg, glaube ich, aber das war echt ein harter Schlag. Verstehst du?«

Stille.

»Bist du noch dran, Gian?«

»Ja.« Sie hörte ihn einatmen. »Weißt du, Giulia, ich habe mich soeben gefragt, was passiert wäre, wenn es diesen Betrug nicht gegeben hätte. Wärt ihr dann noch zusammen?«

Komische Frage, dachte Giulia im ersten Moment, dann dämmerte es ihr. »Es wäre so oder so nicht gut gekommen«, sagte sie und erinnerte sich daran, dass damals, als Erkki und sie die Kinderfrage und somit konkrete Zukunftspläne besprochen hatten, auch sie ein inneres Zweifeln gespürt, es Erkki gegenüber aber nicht zugegeben hatte. Was sie Gian in diesem Moment nicht sagte, war, dass sie in der Beziehung mit Erkki grundsätzlich davon ausgegangen war, dass sie der schlechtere Part der Beziehung gewesen war, und der Betrug sie daher noch mehr verunsichert hatte. »Gian, ich habe nach dieser Geschichte Angst, loszulassen und mich dahin fallenzulassen, wo mein Herz doch längst schon ist.«

»Giulia, meine Sicht ist die: Vernunft schafft nie Vertrauen, aber manchmal schützt sie entscheidend, schafft den nötigen Abstand. Wer aber Freiheiten aufgibt, nur um Sicherheit zu erlangen, der wird am Ende beides verlieren. Die Kunst besteht für mich darin, Wege beherzt zu gehen und dabei darauf zu vertrauen, dass es manchmal die widrigen Umwege sind, die uns dahin führen, wo wir hingehören.«

»Du meinst, ohne die Geschichte mit meinem Ex hätte ich keine Möbel von dir gekauft?«

»Es ist zumindest eines der Puzzleteile, die uns zusammengeführt haben. Wir hätten uns aber auch so gefunden. Weißt du, als ich mich für diesen Ort hier, für das Mättali entschieden habe, da hat mich meine Partnerin keine Woche danach verlassen. Da merkte ich, dass ich mit ihr nicht den einen Schritt weitergehen wollte, und sie ihn auch nicht mit mir. Verstehst du, was ich damit meine?«

Giulia nickte, als könnte er es durchs Telefon sehen. Er fuhr fort:

»Es ging in meinem Fall im Guten auseinander. Doch genau dieses Freundebleiben, welches sie mir später vorschlug, weckte mich im Nachhinein auf. Da wurde mir klar, dass ich mit jemandem zusammen gewesen war, den ich geschätzt und in einer gewissen Art und Weise sicherlich auch geliebt habe, aber dieses Feuer, das jede Hürde überwinden kann, brannte nie, weder in mir noch in ihr. Daher darf ich mich im Nachhinein auch nicht über das Ende beklagen, denn, als ich mich für das hier entschieden habe, da wusste ich glasklar, obwohl ich es nicht hätte aussprechen können, dass sie niemals mit mir hier hätte leben wollen. Weißt du, Giulia, ich mag mein Leben, so wie es ist, auch wenn es zu zweit bestimmt auf eine andere Art schön und noch reicher wäre.«

»Du sprichst mir aus dem Herzen«, sagte Giulia und legte ihre Füße auf den Stuhl vor sich. Die warme Sommernacht hüllte sie ein, die Stadt summte leise unter ihr, es war Freitagnacht, die Leute gingen aus.

»Das alles mag sich etwas schwierig, möglicherweise sogar verknorzt anhören. Was ich damit sagen wollte, Giulia, ist: Wir beide sind hier, unsere Wege haben sich gefunden. Und das, was ich für dich fühle, ist neu für mich. Ich habe keine Angst davor, sondern genieße jeden Moment mit dir, egal was das Morgen bringt. Denn jetzt höre ich deine Stimme, die ich so mag. Du tust mir gut, jetzt, in diesem Moment.«

»Gian, danke für deine Offenheit. Ich bin eben ein Herz- und Kopfmensch in einem, und manchmal fechten die beiden Seiten gehörig ihre Kämpfe aus. Doch das mit dir … seltsamerweise habe ich das Gefühl, wir kennen uns schon immer. Ich weiß, das hört sich wie eine Floskel an, aber es ist so. Übrigens, mir gefällt das Mättali, und ich mag Tiere, und ja, ich habe mich auch in dich verliebt … und das so richtig.«

Eine Sekunde schwebte Stille zwischen den beiden.

»Dein Kuss heute, er hat es mir bereits gesagt«, sagte Gian leise. »Es fühlt sich an wie ein wunderschöner Traum.«

»Dann lass uns beide bitte niemals aus diesem erwachen.« Giulias Blick lag noch immer auf dem dunklen Bergkranz, der sie umgab.

»Einverstanden.«

»Dann hätten wir das nun geklärt.« Giulia lachte.

»Und das auch noch ziemlich effizient«, spaßte Gian. Dann sagte er leiser: »Giulia, ich gebe auf unsere Liebe acht.«

»Danke.« Giulia flüsterte fast, als dürfte dieses Versprechen nur im Geheimen erfolgen. »Ich ebenfalls.«

Sie redeten noch einen Moment miteinander, ehe sie sich verabschiedeten. Giulia versprach ihm, sich am nächsten Tag, falls irgendwie möglich, zu melden.

»Ich werde morgen in Gedanken bei dir sein«, sagte Gian, bevor sie auflegten. »Gib auf dich acht.«

5

Eine unruhige Nacht lag hinter Giulia, obwohl sie sich an keinen Traum erinnern konnte. Die Nacht war schwülwarm gewesen, ein leichter Südwind hatte die Temperaturen nicht unter 22 Grad sinken lassen. Bereits um halb fünf Uhr stand sie mit einem Kaffee in der Hand auf ihrer Terrasse. Es war Samstagmorgen, und daher schwebte nur ein leises Rauschen vom Wind über der Stadt, die sich noch nicht erhoben hatte. Es roch nach Wiese und Wald. Vor einer Stunde hatte es bereits gedämmert. Die ersten Sonnenstrahlen hatten die Gipfel des fast 3000 Meter hohen Calanda entflammt. Giulia wusste, sie war auf Abruf, musste jederzeit innert zehn Minuten im Kommando stehen können. Deshalb fuhr sie mit dem Auto zum Waldhausstall und joggte im Fürstenwald nur kleine Runden, sodass sie innert wenigen Minuten bei ihrem Wagen sein konnte. Der Morgen erwachte, die Vögel sangen fröhlich, während die Sonnenstrahlen die Flanke des Calandas hinabwanderten, hin zu den äußersten westlichen Quartieren der Stadt, als müssten sie behutsam die Leute in den Häusern wecken. Giulia schickte Gian ein Selfie vom Waldrand und schrieb: *Wünsche dir einen wundervollen Start in deinen Tag.*

Seine Antwort kam prompt, obwohl es erst kurz vor sechs Uhr war: *Schön, hast du dich gemeldet, ich fühle dich ganz nah bei mir.*

Du bist schon wach? Es ist Wochenende!

Gian schickte ihr eine Sprachnachricht: »Na ja, eher unfreiwillig. Herr Dr. Krähenbühl hat mich geweckt, so heißt mein Gockel, der nicht mehr alle Tassen im Schrank hat, seit der Adler ihn vor ein paar Wochen erwischt hat. Dr. Krähenbühl hat sich dabei aber derart gewehrt, dass der Adler ihn etwa 50 Meter oberhalb im Hang hat fallen lassen müssen. Seither hat der Kerl keine Ahnung mehr, wann es Zeit ist zu krähen. Der hat heute Morgen einen Riesenradau veranstaltet, ich glaube, es gibt daher bald einen Braten.« Im Hintergrund hörte Giulia tatsächlich den Gockel krähen, als würde er sein Ende regelrecht herausfordern.

Punkt 7:00 Uhr versammelten sich mehrere Beamte im Kommandoraum: Kommandant Hartmann, Kripochef Peterelli, Giulia, Nadia und die beiden IT-Spezialistinnen Cora und Corine sowie zwei Beamte vom Hintergrunddienst. Die beiden Heli-Crews standen ebenfalls einsatzbereit. Corina Costa meldete sich per Funk aus dem Engadin. Sie stand mit ihrer Mannschaft auf dem Flugplatz Samedan bereit, während der zweite Heli auf dem Waffenplatz Chur auf ein Kommando wartete.

Es gab reichlich Kaffee. Alle, außer den IT-Spezialistinnen, trugen ihre Waffen, da nicht klar war, was gleich geschehen würde. Giulia trug ihre Waffe über ihrem weißen Damenhemd, der dunkelblaue Blazer hing am Bügel bei der Tür.

Nun hieß es warten, während Nadia auf Google Earth über die Täler streifte und hin und wieder hineinzoomte, wenn sie eine Hütte ausmachte, die auf die Beschreibung passen könnte, und sich Notizen machte.

Cora und Corine, die kurzhaarigen blonden Zwillingsschwestern, die beide die gleiche hautenge dunkelblaue Röhrenjeans und lustig skurril bedruckte Hosenträger über ihren Shirts trugen, saßen vor vier Rechnern. Die beiden verstanden sich meist ohne ein Wort zu verlieren, so auch an diesem Morgen.

Einfach nur zu warten, das war etwas, das Giulia sehr schwerfiel. Sie setzte sich neben Nadia und starrte mit ihr auf einen der Monitore. Es herrschte totale Stille, nur das Summen der Computer war zu hören und hin und wieder leise gesprochene Worte, als könnte man den Täter sonst verscheuchen.

Die Spannung stieg ab halb neun Uhr weiter an, und plötzlich waren sie alle fokussiert, als um 8:36 Uhr eine Mail von Ramona reinkam. Giulia hatte ihr gestern Nachmittag geschrieben, dass sie sich kurzhalten solle, der Zeit wegen.

Hier Ramona, bin bereit.

Cora saß am Rechner, schickte ihr als Antwort eine Datei mit dem Ortungsprogramm, doch Ramona benötigte wie erwartet Admin-Rechte, um es zu installieren, und ein Passworthack war auf die Schnelle nicht möglich, wie sich zeigte. Daraufhin schickte Cora ihr eine kurze Anleitung zu, wo sie die Seriennummer des Geräts ablesen konnte. Damit würden sie möglicherweise dem Täter auf die Spur kommen, es sei denn, das Gerät war gestohlen. Ramona gab die Nummer durch. Cora nahm den Zettel, auf dem sie diese abgeschrieben hatte, und machte Giulia Platz. Drei wertvolle Minuten waren in der Zwischenzeit verstrichen. Cora würde nun mit Corine im Hintergrund sofort versuchen, Daten zu der Seriennummer zu recherchieren. Sie hatten mit den verschiedenen Anbietern bereits eine Linie geschaltet und klärten nun weitere Informationen direkt mit Apple ab.

Ramona, ich bin Giulia de Medici, Chefermittlerin der Kapo. Wir werden versuchen, dich zu befreien. Sag, hast du eine Vermutung, wo in den Bergen die Hütte steht?

Nein, die Fensterläden sind noch immer zu, nur eine Lamelle sitzt ein wenig schief, ich sehe daher, dass draußen die Sonne scheint, mehr aber auch nicht. Ich habe große Angst.

Ich hocke noch immer in dem Käfig, bitte, bitte helfen Sie mir.

Wir versuchen dich da rauszuholen. Gibt es irgendwelche Gegenstände im Raum, die dir helfen könnten, dich zu verteidigen, sodass du fliehen könntest? Ein loses Stuhl- oder Tischbein? Und ist der Käfig wirklich auch stabil?

Da ist nichts, außerdem ist der Entführer ein Mann und bestimmt viel stärker als ich. Und er ist extrem vorsichtig. Bitte helfen Sie mir! Was soll ich jetzt bloß tun? Die Zeit!!!

Wir werden alles versuchen, Ramona. Hör gut zu: Wie in meiner Mail beschrieben, werden wir nun an verschiedenen Orten Schüsse abfeuern und immer wenige Sekunden danach abwarten. Sobald du einen Schuss hörst, schreib einfach nur ein JA. Okay? So hoffen wir, dich rasch orten zu können.

Okay. Ich schreibe, sobald ich einen Schuss höre, ein JA. Wann geht's los?

Wir beginnen jetzt am Stadtrand von Chur, dann Tschiertschen, danach Churwalden, hinteres Schanfigg und so fort. Sobald du einen Schuss genug laut hörst, schicken wir den Helikopter. Hast du das Prinzip verstanden?

Ja, ich glaube schon.

Giulia gab das Zeichen an den Einsatzleiter, der am Funk saß.

Der erste Schuss mit Platzpatronen wurde oberhalb vom Waldhausstall abgefeuert. Giulia hörte ihn gut, sogar durch die dicken Fensterscheiben.

Ich habe was gehört. Leise einen Schuss, kam prompt die Antwort.

Sehr gut, Ramona, du kannst also nicht so weit weg von Chur sein. Nun folgt in fünf Sekunden ein weiterer Schuss, von einem Beamten, der in Tschiertschen postiert ist.

Der war etwas lauter, kam eine halbe Minute später die Mail rein.

Giulia blickte kämpferisch zu Nadia, die angespannt neben ihr stand und wie die anderen über Giulias Schulter hinweg auf einen der Monitore starrte.

Nun feuern wir einen Schuss in der Nähe von Churwalden ab, schrieb Giulia, und auch diesen Schuss hörte Ramona noch etwas lauter.

Gut, Ramona, das ist sehr gut. Wie wissen nun ungefähr, in welchem Gebiet du dich befinden musst. Der Heli startet jetzt, schreib sofort, wenn er näher kommt oder leiser wird, wir geben es per Funk dem Einsatzteam weiter, schrieb Giulia zurück.

Der Helipilot, der mit drehenden Rotoren auf dem Waffenplatz in Chur gewartet hatte, schraubte sofort die Drehzahl hoch und stach Richtung Lenzerheide in den Himmel. Er flog bewusst tief.

Ich höre den Heli in der Ferne, er kommt näher!!!!!

Das ist gut. Schreib, wenn du glaubst, dass er wieder leiser wird oder du ihn sehr nahe hörst.

Scheiße, der Kerl kommt.

»Shit!« Giulia stemmte sitzend die Hände in die Hüfte. »Warten wir einen Moment, vielleicht meldet sie sich gleich wieder«, sagte sie mit Blick zu den Kollegen, die um sie herumstanden, doch es passierte nichts.

»Das reicht nie und nimmer. Wir können das Gebiet so nicht genug eingrenzen.« Giulia blickte wiederholt auf ihre Omega Herrenarmbanduhr an ihrem rechten Handgelenk. »Sie kann im Gebiet Schanfigg, Tschiertschen oder Malix bis Churwalden sein. Von Tschiertschen aus hört man den Schuss wahrscheinlich sogar bis unterhalb Arosa. Der Heli soll dennoch das Gebiet abfliegen. Wir haben doch keine Wahl.«

Alle starrten weiter gebannt auf den Posteingang des Mailprogramms, doch da kam nichts mehr. Giulia stand auf, ging mit langsamen Schritten auf und ab, ihre Gedanken rasten, während der Helipilot das Gebiet abflog, in der Hoffnung den Täter damit zu verunsichern, doch Giulia ahnte bereits, dass sie den Kampf gegen die Zeit verloren hatten, auch wenn sie trotzdem weiter nach jedem Strohhalm suchte, während der Funk rauschte.

Aufgeben war für Giulia keine Option, es ging um das Leben einer jungen Frau. Nadia flog mittels Google Earth über die Region und hielt nach entsprechenden Hütten Ausschau. Wenn sie oder der Pilot irgendwo zwischen den Bäumen die Hütte mit den roten Läden entdeckten, könnten sich die Polizeigrenadiere per Seil im Nu absetzen …

6

Kanton Appenzell, Frühlingsanfang 1979

Kleinrene!« Elfi wackelte angesoffen an jenem Sonntagnachmittag durch das alte Haus im Appenzellischen Heiden und schrie nach ihrem siebenjährigen Sohn, der eigentlich Rene hieß und von dem sie mit Sicherheit wusste, dass er ihr Sohn war, denn sie hatte ihn schließlich unter Höllenqualen gebären und dann auch noch behalten müssen. Behalten müssen hatte sie ihn deshalb, weil sie es nicht übers Herz gebracht hatte, den Neugeborenen vor der Tür irgendeines Spitals auszusetzen. So hatte sie es eigentlich all die Monate der Schwangerschaft geplant, denn was wollte ausgerechnet eine wie sie mit so einem elenden Goof? Doch da hatte er seine Äuglein mit großer Müh und Not aufgesperrt und in diese beschissene Welt geblickt, als wäre ausgerechnet sie sein Paradies. Und irgendwann wimmerte er vor Hunger, und da gab sie ihm halt ihre pralle Brust, damit endlich Ruhe war und der Druck in ihren Brüsten nachließ. Als der kleine Junge trank, überkam Elfi ein seltsames, warmes Gefühl.

Wer der Vater sein könnte, davon hatte Elfi so gar keine Ahnung. Sie wollte nicht einmal darüber nachdenken, es würde sich sowieso nicht lohnen. Möglicherweise war ein Kondom geplatzt oder ein hinterhältiger Freier hatte den Gummi heimlich abgestreift, als sie es, sturzbesoffen, nicht bemerkt hatte. Das war leider nichts Neues in diesem Geschäft, in dem nur ihr Körper aber nicht sie als Mensch etwas zählte. So oder so, es musste auf jeden Fall ein Freier gewesen sein, denn ohne Geld tat sie es längst mit keinem mehr. Aus Liebe auch nicht. Da konnte die wasserstoffblonde 35-Jährige nur heiser lachen. So blöd konnte doch keine Frau der Welt sein, um auf das Lügengesülze dieser Kerle hereinzufallen.

Als Elfi gemerkt hatte, dass sie schwanger war, war sie unsicher, wie sie finanziell durch diese Monate kommen sollte. Doch zum Glück haben Menschen ja allerlei Vorlieben, stellte sie einmal mehr fest, und so war der eine oder andere sogar bereit, mehr Scheine hinzulegen als üblich, eben weil sie schwanger war. So kam sie viel besser als erhofft durch diese grauenhafte Zeit, nahm sogar nur noch einen Freier am Tag, erst recht als der Bauch kugelrund war.

Nun war Kleinrene schon sieben Jahre alt, als sie weiter wütend nach ihm rief, denn sie hatte ihm zuvor eingebläut, er solle gefälligst in der Stube vor dem Fernseher hocken, bis sie die beiden Kerle hinten im Schlafzimmer abgefertigt hatte. Die beiden Schrotthändler aus dem Rheintal, die immer zu zweit kamen und immer am Sonntagnachmittag, zahlten gut.

Doch was hatte der kleine Saugoof gemacht? Er musste natürlich an den Kühlschrank in der kleinen Küche, um sich was zu essen zu holen. Dazu musste er durch den schmalen Flur, der mit einem speckigen grünen Teppich ausgelegt war. Dort war er prompt einem der nackten Freier begegnet, als der mit einer halb schlaffen Pfeife mal kurz schiffen ging. Das war vor einer Viertelstunde gewesen, nun waren die Kerle weg, aber Elfis Ärger war in der Zwischenzeit nicht kleiner geworden, im Gegenteil!

»Kleinrene, was verflucht noch mal habe ich dir gesagt, was du tun und lassen sollst, wenn ich arbeite? Ich schwör dir, wenn du so weitermachst, kannst du morgen deinen ersten Schultag glatt vergessen.« Sie packte in ihrem Zorn seinen Schulranzen und schleuderte diesen an die Wand. Den Jungen fand sie hinter der abgewetzten Couch auf dem Boden kauernd, die angebrochene Tüte Milch in der Hand, die Schale mit Cornflakes stand auf dem Beistelltisch.

Der Bub schaute sie aus warmbraunen Augen angstvoll an, zog den Kopf etwas zwischen die hochgezogenen Schultern. Dann bekam er Schläge, die damit endeten, dass sie ihn aufs Sofa warf und schrie, dass sie verdammt noch mal ihre Ruhe beim Arbeiten brauche und wieso der Herrgott ihr so einen wie ihn angehängt habe, als wäre ihr Leben davor nicht schon beschissen genug gewesen. Dann holte sie die Flasche aus dem alten Küchenbuffet, knallte ihre Schlafzimmertür zu und ging in ihr anderes Zimmer, in das außer ihr nie jemand ging, auch die Männer nicht.

Meist dauerte es etwa zwei Stunden, bis sie angetrunken und mit rotgeränderten Augen wieder aus dem Zimmer kam. Sie weinte dann und umarmte ihren Sohn, sagte ihm, dass ihr alles so furchtbar, wirklich furchtbar leid tue, dabei tat sie ihm am meisten leid. Manchmal aber, wenn der Streit am Abend geschah, kam sie nicht mehr aus dem Zimmer, sondern verkroch sich mit der Flasche im Bett.

In dieses Bett traute sich Kleinrene nur manchmal, in den Nächten, in denen ihn schlimme Träume jagten und nur dann, wenn Mutters Rausch tief genug war. Dann kuschelte er sich ganz nah an ihren warmen Rücken und stellte sich vor, alles würde für immer so bleiben, während sie unrhythmisch schnarchte.

Nun war sie wieder in ihrem Zimmer, hatte soeben wütend die Tür zugeknallt, nachdem sie ihn geschlagen hatte. Er verhielt sich ganz still auf dem Sofa, denn er wollte auf keinen Fall seinen ersten Schultag verpassen. Leider hatte sie zuvor in ihrer Wut seinen Schulranzen in eine Ecke geschleudert, sodass der kleine Anhänger mit dem Bär dabei kaputtgegangen war, wie Kleinrene traurig bemerkte.

Als es im Zimmer ruhiger wurde, versuchte er vergeblich, den Anhänger mit Klebeband wieder heil zu machen, das Auge, das dem Bär ausgefallen war, wieder zu befestigen. Den Anhänger hatte ihm die Mutter geschenkt, als es ihr richtig gut gegangen war. Manchmal war sie nämlich die beste Mutter der Welt, fand der Bub, dann, wenn sie lächelte, sich eine Coca-Cola nahm und auch ihm eine öffnete. Das Zischen, wenn sie mit dem Flaschenöffner den Deckel wegspickte, gefiel ihm. Dabei hing in ihrem Mundwinkel eine Zigarette, die lustig wackelte, während sie sagte: »Komm, mein lieber Schieber, lass uns was Feines zum Essen kochen, und dann hocken wir vor den Fernseher und lassen es uns schmecken.«

Mit den vollen Tellern setzten sie sich dann gemeinsam vor den Fernseher und spachtelten das Essen rein, als wäre es das Ende der Welt. Danach gab's reichlich Pudding und Eiscreme, während sie zusammen Kleinrenes Lieblingsserie *Die Kinder von Bullerbü* schauten. Dabei bemerkte er, wie die Augen der Mutter schimmerten, als wäre auch sie noch ein Kind. Doch das war sie nicht. Aber in diesen Momenten wohl irgendwie schon. Er verstand nicht, wieso sie so traurig wirkte, obwohl sie dabei lächelte. Sie sagte mal zu ihm, dass dies Melancholie sei, etwas von dem er noch nichts verstehe, weil Kinder diese nicht kriegen könnten, denn für Melancholie müsse man länger leben. Er wollte es genauer wissen, da erklärte sie in einem Anflug mütterlicher Zärtlichkeit: »Kleinrenechen, es fühlt sich an, wie wenn man auf einem langen Spaziergang etwas verloren hat, aber keinen Schritt zurückmachen kann, nur zurückschauen, dahin, wo es liegt. Doch das Seltsame ist dabei, dass das Verlorene erst so wertvoll wurde, weil man es verloren hat. Damals, als man es noch hatte, war es einfach da, als hätte man es für immer. Doch nun wünscht man es sich sehnlichst zurück. Doch das geht nicht, denn die Füße laufen ganz alleine immer weiter und weiter vorwärts. Und dieses Gefühl, das ist Melancholie – schön, und zugleich sehr traurig.«

Er umarmte sie. Sie zog dabei die Nase hoch, wischte mit dem Handrücken die paar Tränen weg und lachte verlegen, sagte: »Deine Mama ist heute wieder eine saublöde Kuh.«

Er sagte: »Nein, das bist du nicht, du bist die Beste, für immer.« Dann blickte er zu ihr hoch. »Mama, glaubst du, ich werde auch mal zu so einer Melancholie werden?«

»Ach, Kleinrenechen, das bist du doch schon«, sagte sie laut schluchzend und drückte ihn nah an sich. Dabei dachte sie zurück an die Zeit, als er ein Baby war. An die stillen Stunden in der Nacht, als er weinte und sie ihn hochnahm und ihm im Wohnzimmer im alten Sessel die Brust gab. Sie streichelte dabei sein warmes feines Haar auf dem Köpfchen, während sie ihn glucksend trinken hörte. Nachdem er fertig getrunken hatte, lag er tiefschlafend zwischen ihren Brüsten. Manchmal zeichnete sich durch die gefächerten Jalousien dabei bereits der Morgen ab, während sie eine rauchte und sich nichts sehnlicher wünschte, als für immer in diesem Moment zu verbleiben.

Doch nichts war beständig geblieben. Oft waren sie umgezogen. Immer diese neuen Türen, an die musste Kleinrene sich erst gewöhnen. Doch am längsten, so schien es ihm, wohnten sie nun in diesem alten Haus mit den Türen, von denen an einigen Stellen die weiß-gelbe Farbe abblätterte und die alle drei quietschten, wenn man sie langsam auf- oder zumachte erst recht. Dabei hatte er rausgefunden, dass die drei Türen in jeweils einer anderen Sprache mit ihm redeten; außerdem hörte sich die eine jung an, die anderen beiden alt, wie zwei bärtige, dicke Brüder, die dauernd missmutig waren. Die Türen waren die Stimmen der Räume dahinter, glaubte er. Und wenn er durch eine dieser Türen ging, war es ihm, als würde er durch quietschende, jammernde oder hell singende Münder gehen, in Räume dahinter, die doch ganz verschieden waren, grad so wie Lebewesen.

Bis vor wenigen Tagen lebte auch noch seine Tante Marisa mit ihnen zusammen. Marisa hatte im Gegensatz zu seiner Mutter wirklich immer schlechte Laune, verteilte schnell mal ein paar Ohrfeigen, sodass sich sogar seine Mutter deswegen mit ihr in die Haare kriegte.

Vor einiger Zeit waren zwei Frauen zu ihnen nach Hause gekommen. Mutter hatte Kleinrene schon Tage davor eindringlich vor ihnen gewarnt und ihm eingebläut, was er alles sagen solle, wie er sich zu benehmen habe. »Wenn du nicht auf mich hörst«, drohte sie, »werden dich die beiden Frauen auf der Stelle mitnehmen, und das für immer und ewig und einen ganzen Tag.«

Er wusste, dass Mutter oft log, doch in ihren Augen erkannte er, dass es diesmal anders war. Sie hatte am Tag vor dem Besuch sogar aufgeräumt, die übervollen Aschenbecher geleert, das dreckige WC geputzt, und er hatte fleißig mitgeholfen. Sie hatte sogar andere Kleider angezogen, sodass er sie kaum wiedererkannt hatte. Schief gelächelt hatte sie am Tisch, an dem auch die Frauen Platz nahmen und auf dem ein ausgepackter Gugelhopf aus der Migros stand, von dem aber niemand außer ihm etwas abhaben wollte. Danach zeigte Mutter den Frauen sein Kinderzimmer, mit den neuen Bilderbüchern, die auf dem Bett lagen. Kleinrene hatte den Eindruck, dass die beiden Frauen trotz allem nicht zufrieden waren, obwohl er sich die größte Mühe gab und an Mutter hing, wie sie es ihm gezeigt hatte. Die Frauen kamen seither immer wieder.

An diesem Sonntag kam seine Mutter nicht mehr aus ihrem Zimmer, auch nicht am Abend. Kleinrene aß noch etwas von der kalten Pizza, die er im Kühlschrank fand, bevor er sich die Zähne putzte und kurz vor der Zimmertüre seiner Mutter stehen blieb und »Gute Nacht« flüsterte. Morgen würde er in die Schule gehen dürfen. Er war aufgeregt, denn noch nie war er mit anderen Kindern zusammen gewesen.

Am Montagmorgen klingelte Kleinrenes Wecker, den Mutter ihm vor Kurzem geschenkt hatte. Gewissenhaft zog er ihn wieder auf, denn morgen durfte er ja wieder in die Schule. Den Wecker fand er schön. Er war rot mit einem weißen Ziffernblatt und schwarzen Zeigern, die die Form von Herzen hatten.

Kleinrene war bereits vor dem Klingeln des Weckers wach gelegen und danach gleich aufgestanden. Er war ja so aufgeregt, denn in der Schule würde er endlich andere Kinder treffen, um mit ihnen zu lernen und zu spielen, denn er war nicht einen einzigen Tag im Kindergarten gewesen, immer nur mit Mutter zusammen, mal hier, mal dort.

Mit dem Schulranzen auf dem Rücken saß er eine halbe Stunde später in der Stube und wartete darauf, dass Mutter aus ihrem Schlafzimmer kam. Sie wusste ja, dass er seinen großen Tag hatte, würde bestimmt bald aufstehen.

Während Kleinrene wartete, hatte er Zeit zum Nachdenken. Die letzten Wochen war Mutter noch launischer gewesen als sonst. Sie und Tante Marisa hatten grauenhaft gestritten. Es ging wie immer ums Geld, aber beim letzten Mal auch um einen Mann, so viel hatte er trotz des lauten Fernsehers gehört. Dann war Marisa verschwunden und nicht wiedergekommen. Mutter hatte sich mit zitternden Fingern eine Zigarette angezündet und war im kleinen Wohnzimmer auf und ab gegangen, hatte Sachen gesagt wie: »Jetzt werden wir es besser haben, du wirst schon sehen. So einer weine ich bestimmt keine Träne nach. Ich scheiße auf dieses ganze Geschwistergesülze. Glaub mir, Kleinrene, alles wird irgendwann besser, und nun mach den verfluchten Fernseher wieder leiser, diese Schießerei macht einen ja wahnsinnig.«

Kleinrene war gestern nach dem Zubettgehen gleich wieder aufgestanden, denn er war zu aufgeregt, um einschlafen zu können. Er hätte sich auch letzte Nacht gerne an seine schlafende Mutter geschmiegt, denn er liebte den Geruch ihres Haars, das nach Rauch und Haarspray duftete. Letzteres kam aus einer goldenen Dose, die glitzerte, als gehöre sie einem Engel. Mama hatte ihm sogar mal spaßeshalber auch die Haare damit eingesprüht. Das war witzig gewesen. Doch letzte Nacht hatte sie, wie sie es manchmal tat, ihre Zimmertür von innen verschlossen. Deshalb hatte er lange Fernsehen geschaut. Einen Krimi.

Erst danach legte er sich in seinem Zimmer ins Bett. Er hoffte, dass kein Mörder ins Haus einbrechen und Mutter erwürgen würde, so wie er es tags zuvor in der Sendung *Aktenzeichen XY … ungelöst* gesehen hatte. Die tote Frau im Fernseher hatte dasselbe gearbeitet wie Mutter, aber sie hatte kein Haus, arbeitete auf der Straße und stieg zu den Männern in ihre Autos. In Häusern, da war sich der Junge ganz sicher, war es sicherer als bei fremden Männern im Auto. Falls aber doch ein Mörder ins Haus kommen sollte, würde Kleinrene ganz laut schreien oder das Küchenmesser holen, das ganz große. Diese Gedanken hatten sich in der letzten Nacht mit seiner Vorfreude auf den ersten Schultag gemischt und ließen ihn erst sehr spät einschlafen.

Und nun saß er mit dem Schulranzen am Rücken in der Stube und wusste nicht so recht, was zu tun war, wann genau die Schule anfing oder wo diese Schule eigentlich genau war, denn sonst hätte er ja alleine hingehen können. Es gab bestimmt auch andere Kinder, deren Mütter keine Zeit hatten, sie hinzubringen, war er sich sicher.

Kleinrene war aufgeregt, immer wieder stand er auf, ging zur Schlafzimmertür seiner Mutter und horchte.

Neben seiner Aufregung darüber, dass er heute zum ersten Mal zur Schule gehen durfte, lag aber noch etwas anderes in der Luft, für das er noch keine Worte fand. Ein dunkles Gefühl. Vielleicht hatte es etwas mit dem Postboten zu tun, der vorgestern so lange nicht aufgehört hatte zu klingeln, bis er Mutter einen Brief auf der Türschwelle überreichen konnte. Mutter hatte den Umschlag sofort geöffnet, sogar noch im kleinen Flur. Sonst warf sie die Post immer gleich in den Kehricht. Kleinrene stand vorgestern neben ihr, als sie den Brief entgegennahm, und sie wäre fast über ihn gestolpert, hätte er nicht rechtzeitig einen Schritt zur Seite gemacht. Ihr Gesicht, während sie den Brief las, würde er niemals vergessen können. Danach hatte sie ihn ganz lange umarmt, ihm mit ihren Händen übers Gesicht gestrichen, als ob sie ihm die Tränen aus dem Gesicht wischte, die doch sie weinte. Sie hatte ihn lieb, das fühlte er. Aber sie schien oft weit weg zu sein, obwohl sie direkt vor ihm stand.

Auch daran dachte Kleinrene nun, als er weiter auf dem alten Sessel hockte, den Schulranzen auf dem Rücken. Ihm stießen die gammeligen Cornflakes wieder hoch, die er zuvor gegessen hatte, und die Milch war einmal mehr sauer gewesen.

Langsam wurde Kleinrene noch ungeduldiger. Er stand auf, ging leise ins Badezimmer, kämmte sich sein wildes Haar erneut und sprayte sich etwas von Mutters goldenem Spray auf sein Haar, denn es war schließlich ein besonderer Tag.

Er stieß mit dem Schulranzen an den Türrahmen, der kaputte Bär wackelte lustig, aber sah mitleiderregend aus. Die

Unruhe in Kleinrene wuchs weiter. Er trat vor Mutters Tür, horchte ein weiteres Mal, doch es rührte sich nichts.

Er klopfte verhalten. Zu forsch durfte er sie nicht wecken, sonst wäre der ganze Tag schon versaut, ehe er anfing, und sie musste ihn doch in die Schule begleiten.

Dann drückte er die Türklinke. Die Tür war nicht mehr abgeschlossen, doch das Zimmer war leer. Mutter musste also in dem anderen Zimmer übernachtet haben, das Zimmer, das er noch nie betreten hatte. Das Zimmer, in das sie mit den Männern ging!

Etwas unentschlossen schritt er zu dieser Tür. Unsicher verharrte davor. Dann klopfte er.

Stille.

Er legte sein Ohr an die Türplatte aus Holz. Meist hörte er Mutter schnarchen, heute nicht.

Seine Mutter hatte ihm unter Androhung schlimmster Schläge verboten, jemals dieses Zimmer zu betreten, und er hatte sich immer daran gehalten, sogar wenn sie fort war. Doch er musste und er wollte nun endlich zur Schule!

Nachdem er mehrmals laut geklopft und ihren Namen gerufen hatte, drückte er die Türklinke nach unten, sein Herz schlug dabei voller Angst, die Tür gab nach.

Langsam schob er die Tür nach innen auf!

Die Angeln quietschten angstvoll hell, dann verzerrt dunkler, als hätte er ihnen wehgetan. Kleinrene trat nicht durch die Tür, streckte nur den Kopf ins Zimmer, spähte hinein: Mitten im Raum sah er auf Augenhöhe die Füße seiner Mutter baumeln. Sein Blick folgte den Beinen nach oben. Sie hing an der Decke, ihr Kopf lag schief, ihr Gesicht war verzerrt, und unter ihren Füßen war der Teppich dunkel verfärbt. Ihre Arme hingen schlaf nach unten, die Hände ganz ruhig, ja friedvoll.

Kleinrene blieb stehen. Er wusste, was er sah, und konnte

es dennoch nicht erfassen. Er wusste, dass Mama nun tot war. So was Ähnliches hatte er schon mal in einem der Filme gesehen. Da gab's eine Frau, die hatte sich erhängt, weil sie ständig traurig gewesen war, doch da war es ein Mann gewesen, der sie gefunden hatte.

Kleinrene zog die Tür leise hinter sich zu, der einäugige Bär wackelte. Dann setzte er sich in der Stube auf die Kante des Sessels, als warte er auf den Schulbus, der doch niemals den Weg in ein Wohnzimmer finden würde.

Eine Stunde später klingelte es an der Tür. Eine Männerstimme rief: »Frau Schertenleib, sind Sie zu Hause?«

Der Junge blieb sitzen. Mutter hatte ihm eingebläut, niemals die Tür zu öffnen, da sonst der Teufel ins Haus käme, ein Teufel, der alle Stimmen nachahmen könne, auch ganz freundlich und sehr schlau sei, immer das sage, was der andere hören wolle. Dies sei bei allen Teufeln der Welt so. Er solle sich mal die schlimmste Fratze ausmalen, die er sich vorstellen könne. So sehe der Teufel in Wirklichkeit aus. Kleinrene hatte sich in albträumerischen Nächten, wenn er wieder zu viel *Aktenzeichen XY* geschaut hatte, den Teufel immer so vorgestellt: einen großen, hässlichen Mann mit Bart, Hut und Mantel und Augen, in denen das Furchtbarste hauste.

Daran musste er auch jetzt denken, als es an der Tür klopfte. Er gab keine Antwort, auch als das Klopfen immer lauter wurde.

Dann krachte das alte Holz, und Licht fiel in den Flur auf den grünen speckigen Teppich.

Es war nicht der Teufel, der ins Haus kam, es war ein Polizist in Uniform und eine der beiden Frauen, die mal hier gewesen waren. Wie durch dicken Nebel hörte Kleinrene ihre Stimmen, sah ihre Gestalten, hörte dann den Beamten in ein

Funkgerät sagen: »Wir brauchen Verstärkung, wir haben hier einen Suizid. Weiblich, Mitte 30, hat sich aufgehängt.«

Kleinrene starrte nur auf die schweren, geschnürten Stiefel des Mannes und auf die dunkelblauen Hosenbeine, die darin steckten.

Die Frau nahm den Jungen an der Hand und führte ihn hinaus in den Frühlingstag, der kleine Bär-Anhänger wackelte. Ihre Lippen bewegten sich, doch er hörte nur dieses Summen, das aus allem und jedem kam, sogar aus ihm.

Er musste den Schulranzen ablegen, um in den Wagen steigen zu können. Dabei wackelte der Bär erneut und blickte mit seinem einen Auge zurück auf das Haus, das sie beide nie wieder betreten würden.

Die Autotüren gingen zu. Kleinrene hatte noch immer dieses Summen im Ohr. Die Frau sagte etwas, blickte ihn freundlich an, er hörte aber nichts, blickte nur stumm zurück.

Dann fuhr das Auto los, das Haus verschwand, Blicke des Bedauerns und des Unverständnisses begleiteten ihn auf der Fahrt, von der er wusste, dass sie nicht zur Schule führte.

7

Samstag 17. Juni 2023

Während der Helikopter das Gebiet um Schanfigg und Churwalden überflog, starrten Giulia und die anderen weiterhin gebannt auf den Maileingang, hofften, dass Ramona sich nochmals meldete, doch da kam nichts.

Die Zeit verstrich. Giulia hatte den Todes-Countdown auf ihrem Handy eingestellt; nur noch wenige Minuten verblieben. Wiederholt strich sie sich mit ihrer linken tätowierten Hand über den Mund und lief unruhig im Raum auf und ab. Sie fühlte sich zum Nichtstun verdammt, als geschähe das Verbrechen auf dem Mond, zu dem sie nur aus unerreichbarer Distanz hinaufblicken konnte.

Nachdem die letzten Sekunden verstrichen waren, herrschte Stille im Raum, als hätten sie eben durch ein Fenster aus Panzerglas einer Hinrichtung zuschauen müssen. Giulia fühlte sich, als wäre sie selbst schuldig. Nun blieb ihnen einzig die Hoffnung, dass der Täter »nur« ein grausames Psychospiel mit dem Opfer getrieben, aber den Mord nicht begangen hatte. Nadia startete derweil mit dem Hintergrunddienst eine Recherche darüber, wo und wie weit entfernt der entsprechende Schuss zu hören gewesen sein musste. Der Radius schien aber wegen der Bergflanken doch beträchtlicher, als sie vermutet hatten. Sogar einer der Beamten, der ganz hinten im Schanfigg positioniert war, in Langwies, hatte den letzten Schuss noch leise gehört.

Nichtsdestotrotz versuchte Nadia weiterhin, mit Google

Earth Maiensäße im Gebiet zu identifizieren und diese sogleich anfliegen zu lassen. Doch sie wussten alle, dass diese Vorgehensweise aussichtslos war.

Cora und Corine traten in den Kommandoraum, blieben neben Giulia stehen. Ihre Gesichter verhießen nichts Gutes. Ramona musste in der Eile oder in ihrer Angst die Seriennummer des Geräts falsch abgetippt haben. So führte auch diese so wichtige Spur leider ins Leere.

Eine Stunde war mittlerweile seit Ablauf des Countdowns verstrichen. Giulia erhielt vom Kommandanten die Genehmigung, mit der Air Grischa das Gebiet selbst zu überfliegen, in der Hoffnung, die richtige Hütte doch noch von oben zu erkennen. Immerhin wussten sie, dass die Hütte rote Läden hatte und mit dem Wagen erreichbar sein musste.

Giulia starrte eine halbe Stunde später angestrengt durch ihre dunkle Sonnenbrille aus dem Cockpit, der Funk rauschte in ihren Kopfhörern, das Mikrophon hatte sie vor ihrem Mund ausgerichtet. Nadia saß im Backoffice weiter vor Google Earth und meldete sich jedes Mal, wenn eine Hütte der Beschreibung auch nur ansatzweise entsprach, damit diese sogleich angeflogen werden konnte. An Bord der Maschine befand sich auch ein Bergretter, der besonders darin geschult war, Vermisste in unwegsamem Gebiet aufzuspüren. Auch er hielt seinen Blick nach unten gerichtet, während der Pilot von Chur ausgehend die Bergflanken im Tiefflug abflog.

Bei Malix überflogen sie auch das Mättali von Gian, denn eine Hütte befand sich nur wenige hundert Meter dahinter im Tobel. Doch als sie näher kamen, sah Giulia, dass die Hütte grüne Fensterläden hatte und außerdem gar lottrig aussah. Dennoch machte Giulia auf ihrer Karte einen Kreis um die Stelle.

Mittlerweile war es früher Nachmittag geworden. Nach eineinhalb Stunden musste der Hubschrauber hinter Churwalden unverrichteter Dinge abdrehen und flog Giulia zurück nach Chur. Immerhin wurden einige Hütten, auf die die Beschreibung passen könnte, identifiziert. Diese wurden im Laufe des Nachmittags von Einsatzkräften am Boden kontrolliert. Auch Giulia stand mit einem Team im Einsatz und überprüfte drei verschiedene Hütten.

Alle Bemühungen blieben erfolglos. Giulia musste einsehen, dass die Verbindung zu Ramona zu früh abgebrochen war, um einen brauchbaren Radius für ihre Suche zu ermitteln. Dennoch wurde unter Hochdruck weitergesucht.

Nach einer letzten Lagebesprechung am frühen Abend wurde Ramonas Mutter erneut informiert. Alle hofften, dass die Vermisste sich morgen in der Früh nochmals melden würde, dass es bei der Drohung blieb, dass der Täter dieses Spiel nun weiter mit ihr trieb. Auch wenn es eine Qual für Ramona sein würde, so wäre sie dadurch vielleicht doch noch zu retten. Um ihre seelischen Wunden würde man sich im Nachhinein kümmern können. Wichtig war nun, dass man sie schnellstmöglich lebend fand.

Giulia konnte an diesem Samstagabend keine Ruhe finden. Sie fuhr nach 22 Uhr in ihrem Dienstwagen nach Churwalden, das sie innert 20 Minuten erreichte. Auf dem Weg hoch rief sie Gian an, sagte, dass sie soeben durch Malix fahre, aber noch immer im Einsatz stehe und mit dem Kopf ganz woanders sei, sich aber sehr gerne bald bei ihm melden werde.

Kurz vor Churwalden bog sie in eine Bergstraße und hielt am Straßenrand an. Sie stieg aus. Das Schließen der Autotür hörte sich erschreckend laut an in der Stille dieser Nacht. Giulia schritt beherzt abseits der Straße in eine dunkle ansteigende Weide, dachte, dass irgendwo in der Nähe möglicherweise Ramona in Angst ausharrte, sich nach dem gescheiterten Rettungsversuch von heute Morgen verlassen und verloren fühlte. Ob der Täter seine Drohung am Ende des Countdowns wirklich in die Tat umgesetzt hatte, wusste schließlich niemand. Deshalb musste sie Ramona nun ein Zeichen schicken.

Giulia wusste, dass das, was sie nun tat, ziemlichen Ärger nach sich ziehen würde, dennoch zog sie ihre Glock, entsicherte die Waffe und feuerte drei Mal im Abstand von je drei Sekunden in die Luft. Jeder Schuss zerriss die Stille am Berg, füllte die Höhen und Tiefen um sie. Ramona musste, wenn sie denn noch lebte, die Schüsse hören und so wissen, dass weiter nach ihr gesucht wurde, dass man sie nicht aufgegeben hatte. Dann rief Giulia die Einsatzzentrale an, vermeldete, dass, falls Schüsse gemeldet würden, sie es gewesen war, die soeben deren drei abgefeuert hatte.

Erst jetzt war sie innerlich bereit heimzufahren.

Vor der Ortseinfahrt von Malix bog sie spontan ihren Gefühlen folgend scharf rechts ab. Zum Glück war sie eine ausgezeichnete Autofahrerin, die auch bei Nacht keine ausgesetzten Straßen scheute. Mit Abblendlicht fuhr sie die letzten Meter hin zum Mättali. Sie wollte Gian überraschen. Im kleinen Holzhaus brannte noch Licht. Im Wagen sitzend schrieb sie ihm eine Nachricht: *Für ein kurzes Hallo reicht es, bin hier draußen.* Das Armaturenbrett erhellte ihre noch angespannten Gesichtszüge.

Warmgelber Lichtschein fiel eine Minute später auf die Steinstufen, als Gian die Tür öffnete. Giulia verließ ihren Wagen. Es roch nach Sommer und nach Holz, Grillen zirpten, sonst war es still.

»Hey, Giulia.« Er umarmte sie kurz, blickte sie an. »Alles gut, habe vor etwa zehn Minuten Schüsse gehört?«

Sie nickte. »Das waren meine.«

»Was?!«

»Zwei der Eichhörnchen habe ich aber verfehlt.« Sie lachte verhalten. »Mehr kann ich nicht sagen, außer noch, dass ich meine Waffe gottlob auf keinen Menschen richten musste.«

»Das ist gut. Strenger Tag?«

»Oh ja.«

»Tee?«

»Gerne.« Sie folgte ihm ins Haus.

Der kleine Lux schlief tief und fest im Wohnzimmer in seinem Korb, neben ihm das Hausschwein Seppa-Toni, das ebenfalls keinen Wank machte, aber dafür schnarchte wie zwei besoffene Holzfäller. Giulia schmunzelte über das lustige Duo. »Wackere Wächter sind mir das.«

Gian kochte den Tee in der Küche und führte Giulia mit den großen Tassen in der Hand nach draußen. Es war angenehm mild. Giulia blickte nach Maladers, das weit entfernt am Hang schimmerte, als hätten Glühwürmchen dort ihr Nest gebaut.

Die beiden saßen unter dem Sternenhimmel, die Nacht hüllte sie ein. Das Aroma des Tees mischte sich mit dem des Sommers. Und da war Gians rechte Hand, in der Giulias linke lag. Und da waren sein Duft, seine Augen, sein Gesicht, die Herzenswärme, die er ausstrahlte.

Giulia fühlte sich trotz der Ereignisse des Tages in diesem Moment geerdet. Sie wusste, sie musste Kraft sammeln. Der Fall würde es erfordern.

Später, als sie sich verabschiedeten, blieb Giulia vor ihrem Wagen stehen. Ein klarer Sternenhimmel ergoss sich über die schwarzen Berge, während sie Gian zärtlich an sich zog und ihn küsste. Ihre schönen Lippen hauchten Küsse auf die seinen. Seine Hände berührten dabei ihren Rücken, fuhren sanft hinab zu ihrer Taille. Sie spürte seine kräftigen Hände.

Gian küsste liebevoll auch ihre Narbe. Giulia tauchte ein in diese Leidenschaft und wusste, dass Gian noch nicht von sich aus einen weiteren Schritt wagen würde, sie aber bereit war. Während sie sich weiter küssten, öffnete sie die Knöpfe ihres Damenhemdes. Langsam ließ sie es nach hinten zu Boden gleiten und zog ihm danach sein Shirt aus, dann öffnete sie ihren BH und ließ auch diesen zu Boden fallen. Sie zog Gian sachte an sich, ihre nackten Oberkörper berührten einander, ehe er ihren Hals küsste, als wüsste er, wie sehr ihr dies gefiel. Sie öffnete ihr Haar und legte den Kopf etwas in den Nacken. Zärtlich berührten seine Lippen ihr Dekolleté, während seine Hände ihren Busen liebkosten. Giulia atmete gedämpft, ihre Hände durchstreiften sein Haar, sie fühlte seine starken Schultern, seine Oberarme. Gian war athletisch gebaut, aber nicht zu muskulös, und er hatte eine traumhaft sanfte Haut, außerdem roch er so verdammt gut.

Gian kniete sich vor Giulia, küsste ihren Bauch hinunter bis zum Bund ihrer Hose, bevor sie ihn zu sich hochzog und ihm diesen Blick zuwarf. Er hob ihre Bluse und sein Shirt auf und führte Giulia in die kleine Scheune.

Er legte die Kleider aufs warme Heu, bevor er sich neben Giulia legte. Er fühlte ihre Leidenschaft, das Feuer, das sie kaum zu zähmen vermochte. Giulia glühte wie im Fieber, während sie sich küssten und sich nah aneinanderschmiegten.

Es brauchte für beide an diesem Abend nicht mehr, um sich beschenkt zu fühlen. Sie genossen das zärtliche Nebeneinander im Heu, die Küsse und die sanften Fingerkuppenberührungen. Durchs offene Tor blickten sie in die Nacht, hin und wieder strömte ein Schwall kühlere Luft in die Scheune.

Irgendwann wurden beide ruhiger, fühlten den Atem des andern auf den Lippen, da sie so nah beieinanderlagen. Giulia setzte sich als Erste auf, band ihr Haar zurück, ehe sie aufstand und ihr Hemd anzog, der BH lag noch beim Wagen.

Nach einer letzten langen Umarmung setzte sich Giulia in ihren Wagen. Durch das heruntergelassene Fahrerfenster sagte sie: »Damit hab ich heute wirklich nicht gerechnet. Es war schön, und mir ist noch immer heiß.«

»Da sind wir schon zwei«, sagte Gian und lächelte vielsagend.

Giulia startete den Motor, die Scheinwerfer warfen gleißendes Licht auf den gekiesten Vorplatz, als sie wendete. Während sie das Mättali verließ, drückte sie kurz das Bremspedal, sah im rötlichen Schein Gian, wie er ihr hinterher winkte. Dann fuhr sie in die Nacht.

Auf der Bergstraße hinunter nach Chur spielte das Radio Rihannas »Lift me up«. Ein Lied, das Giulia nun seit Tagen im positiven Sinn verfolgte. Sie mochte besonders die erste Strophe:

Brenne in einem hoffnungslosen Traum.
Halte mich, wenn du schlafen gehst.
Halte mich sicher in der Wärme deines Herzens.
Wenn du gehst, beschütze mich.
Sicher und geborgen.

Sie öffnete das Schiebedach, ließ die Seitenfenster heruntergleiten und sang laut mit, während der Fahrtwind durch den Wagen wirbelte, sodass sie ihr Cap fester aufsetzen musste. Während sie so erfüllt auf die Lichtkegel ihrer Scheinwerfer blickte, die die Landstraße vor ihr erhellten, und auf das unter ihr liegende Chur sah, überkam sie ein schlechtes Gewissen: Hatte sie das Recht, sich so lebendig zu fühlen, im Wissen, dass da jemand zur gleichen Zeit möglicherweise Todesqualen erlitt? Hatte sie das Recht, während eines solchen Falles zu leben, so zu leben?

Sie wusste aber, dass genau diese intensiven Momente eben mit Gian ihr die nötige Kraft verliehen, um weiterzumachen, auch wenn es in den nächsten Tagen möglicherweise noch schwieriger werden würde. Sie schob diesen dunklen Gedanken deshalb zur Seite und sang voller Lebenslust die dritte Strophe, denn sie musste leben, um zu ermitteln, und das Ermitteln ließ sie leben: intensiv leben, sehr intensiv, daher nahm sie die Kraft, niemals loszulassen, egal wie schwarz und lang der Tunnel sein würde, der sie zu verschlingen versuchte.

Brenne in einem hoffnungslosen Traum.
Halte mich, wenn du schlafen gehst.
Beschütze mich.
Wir brauchen Licht, wir brauchen Liebe!

Zu Hause angekommen stellte sie ihren Wagen in die Garage und stieg die vier Stockwerke des altehrwürdigen Treppenhauses zu ihrer Dachwohnung hoch. Das Gebäude, das im Hang über Chur stand, war schon zweihundertjährig und wunderschön renoviert.

Vom Heu juckte ihre Haut. Deshalb stellte sie sich unter die Dusche, auch wenn dann der Geruch von Gian leider abgewaschen wurde.

Nadia meldete sich per Telefon, kaum stand Giulia mit einem Handtuch um den Kopf gewickelt im Wohnzimmer. Während sie ihre Haare frottierte, legte sie ihr Handy im Freisprechmodus auf die Kochinsel: Giulia erzählte Nadia, was sie zu den Schüssen bewogen hatte und was danach im

Mättali geschehen war. Sie erzählte ihrer besten Freundin auch, dass sie nun ein schlechtes Gewissen habe, weil Ramona womöglich zeitgleich Todesängste ausstand.

Nadia las ihr die Leviten, sprach davon, dass Giulia nicht nur Ermittlerin sei, sondern in erster Linie Mensch, und dass wegen eines Falls nicht das gesamte Privatleben Kopf stehen müsse. Außerdem, betonte sie, wisse ja auch keiner, wie lange der Fall noch dauern würde. »Giulia, genieß deine Liebe mit Gian! Ich spüre, sie tut dir gut … aber erzähl mir ja immer alles!« Sie lachte.

Kurz vor Mitternacht meldete sich Gian per SMS, schickte ein Foto von sich, Lux und Seppa-Toni. Die beiden lagen noch immer im Korb und schliefen. Gian schrieb: *Giulia, ich werde dieses Geschenk, das wir uns eben machten, niemals vergessen. Ich fühle die Liebe, und doch habe ich Angst, zu träumen.*

Ich kann dich beruhigen, mein Lieber, es ist kein Traum, schrieb Giulia zurück. *Schlaf gut und gib Lux auch einen dicken Knuddel von mir und auch dem Seppa-Toni, wenn die beiden irgendwann mal wach werden sollten. Und ich hoffe, der Herr Dr. Krähenbühl lässt dich morgen etwas länger schlafen. Nun darf ich in »deinem« Bett einschlafen. Wäre hätte das gedacht?*

Giulia?

Ja?

Ich liebe dich.

Das ist sehr schön.

Sie hielt inne.

Gian?

Ja?

Ich dich auch.

Als Giulia eine halbe Stunde später ins Bett schlüpfte, waren ihre Gedanken bei Gian und dem Erlebten, aber auch bei Ramona. Bei ihr blieben sie schlussendlich hängen: Würden sie morgen nochmals eine Chance kriegen, sie zu retten? Oder war sie schon tot? Was hatte der Täter vor, und wieso tat er dies alles, was war sein Motiv?

Der Wecker zeigte 5:45 Uhr, als es an Giulias Wohnungstür so heftig polterte, als brenne das Treppenhaus.

Sie sprang aus dem Bett, schlich nur in Unterwäsche und Shirt bekleidet im Halbdunkeln an die Wohnungstür, spähte durchs gelblich erhellte Guckloch. Vor der Tür stand Frau Gruber, ihre 75-jährige Nachbarin, die ein Stockwerk unter ihr wohnte, deren Sohn, ein reicher Unternehmer, das Gebäude gehörte.

»Moment«, Giulia schlüpfte in eine Jogginghose und strich ihr Haar zurück, bevor sie barfuß vor die Tür trat. »Frau Gruber? Was ist passiert? Geht's Ihnen nicht gut?« Das Gesicht der alten Frau wirkte aschgrau.

Frau Gruber schien es die Sprache verschlagen zu haben. Sie stotterte nervös: »Vor der Tür unten …«

»Was ist los?«

Frau Gruber setzte sich auf den Boden, schien mit den Nerven am Ende. Da wusste Giulia, dass etwas Schlimmes geschehen sein musste. Aber was?

»Sind Sie überfallen worden, hat man Ihnen wehgetan?« Giulia ging neben der Frau in die Hocke. Sie sah keine sichtbaren Verletzungen.

Sachte schüttelte die Alte den Kopf, deutete mit ihren krummen Fingern wieder nach unten, brachte aber kein weiteres Wort heraus.

»Okay, ich gehe nachsehen. Kann ich Sie für einen Moment hier alleine lassen?«

Sie nickte, und Giulia holte in ihrer Küche schnell ein Glas Wasser und Traubenzucker. Dann schloss sie ihren kleinen Tresor auf, entnahm ihre Waffe, aber ohne Holster. An einem zweiten Ort holte sie die sicher verwahrte Munition und lud die Waffe.

Frau Gruber trank derweil mit zittrigen Händen das Wasser und lehnte sich an die Wand im Treppenhaus. Ihr Gesicht wirkte noch immer grau. Als sie Giulia bewaffnet aus der Wohnung kommen sah, nickte sie und zeigte wieder nach unten. Sie sagte mit zittriger Stimme: »Passen Sie auf. Vor der Tür ist das Böse!«

Schon im Treppenhaus, das stilvoll mit grünen Kacheln aus dem letzten Jahrhundert ausgekleidet war, war Giulia auf der Hut. Sie wusste, dass Frau Gruber immer schon um fünf Uhr auf war und jeden Tag um kurz vor sechs Uhr einen kleinen Spaziergang rund ums Haus machte, im Sommer wie im Winter. Früher tat sie dies vor allem wegen ihres Hunds, von dem ihr nur noch die Leine und ein Foto im Flur geblieben waren, und nun wahrscheinlich, um nicht den ganzen Tag alleine in der Wohnung oder auf dem Balkon sitzen zu müssen.

Unten angekommen, stieß Giulia die Haustür auf, die Waffe hielt sie in der rechten Hand, erhoben und entsichert. Sie spähte hinaus. Sofort sah sie zu ihrer Linken eine Gestalt bewegungslos auf dem Boden liegen, direkt vor ihrem Garagentor. Die Hände der Person waren hinter dem Rücken an die nach hinten hochgezogenen Füße gefesselt. Eine durchsichtige Plastiktüte war der Frau über den Kopf gestülpt und um den Hals mit Montageklebeband befestigt worden. Die Frau trug nur eine hellblaue Unterhose und ein weißes Spaghettiträgerleibchen.

Giulia blickte um sich, um die Lage abzusichern, doch da war niemand. Sie eilte zur Frau, ging neben ihr in die Hocke.

Die durchsichtige Plastiktüte war innen angelaufen. Giulia riss sie mit beiden Händen auseinander, und das Gesicht von Ramona Gwerder starrte sie aus toten Augen an!

»Ach, du elende Scheiße«, stieß Giulia erschüttert aus, während sie sich langsam erhob und um sich blickte. »So eine verdammte Scheiße aber auch ...«

Mit ihrem Handy alarmierte sie umgehend den Notarzt und danach die Einsatzzentrale, bevor sie ihre Garage öffnete und aus dem Wagen ein Stellmesser holte, das sie immer mit sich führte. Damit durchtrennte sie die Fesseln der Frau. Behutsam drehte sie Ramona auf den Rücken und begann mit einer Herzmassage, obwohl sie wusste, dass das zwecklos war. Nach einer Minute hörte sie damit auf.

Ramona Gwerder war umgebracht worden. Sie hatten den Kampf gegen die Zeit verloren, der Täter hatte sein mörderisches Spiel gewonnen, hatte noch zum Hohn die Leiche vor Giulias Garagentor abgelegt. Als Warnung oder als Herausforderung. Um zu sagen: Schaut her; ihr werdet mich niemals kriegen! Niemals! Und doch bin ich gefährlich nah bei euch!

8

Karl-Marx-Stadt, DDR, Sommer 1984

Die vierzehnjährige Kerstin Wagner saß im Schlafsaal des Kinderheims Geschwister Scholl in der Annaberger Straße und war wütend und gleichermaßen beschämt. Noch vor drei Monaten hatte sie ihr eigenes Zimmer in einer der altehrwürdigen Villen im noblen Stadtteil Kaßberg gehabt, einer Villa, die von Villen umgeben war, bewohnt von Staatstreuen, die ranghoch im Dienst der Deutschen Demokratischen Republik standen. Einer davon war ihr Vater Karl Wagner, der in Karl-Marx-Stadt in der Bezirksdienststelle im Ministerium für Staatssicherheit, der Stasi, dafür sorgte, dass das geliebte Vaterland nicht vom Klassenfeind unterwandert wurde. Die Familie Wagner war eine der Vorzeigefamilien schlechthin gewesen mit den allerbesten Verbindungen nach oben, hatte jedes Jahr Einladungen zu vielen großen Anlässen erhalten, so auch für den jährlichen Ballabend im Interhotel Moskau in der Straße der Nationen. Das lag nicht nur an den Verdiensten, die Kerstins Vater fürs Vaterland leistete; Karl und Karin Wagner waren das strahlende Paar schlechthin gewesen, beide äußerst attraktiv und stets mit einem gewinnenden Lächeln im Gesicht. Kerstins Eltern verkörperten die Ideologie des Kommunismus, waren überzeugte Antifaschisten und feurige Sozialisten gleichermaßen.

Das alles war nun weg!

Das konnte die Heranwachsende, die in den letzten Wochen viel Leid erfahren hatte, noch immer nicht glauben. Sie verstand nicht, was geschehen war, war sich aber sicher, dass ihre Familie Opfer einer schrecklichen Verschwörung geworden war, einer Intrige, die es aufzuklären galt. Doch niemand glaubte ihr.

Der Schrecken hatte am 5. Mai begonnen, nur 4 Tage nach dem Internationalen Kampf- und Feiertag der Werktätigen für Frieden und Sozialismus. Noch am Sonntag davor hatte Kerstin endlich die von ihr so herbeigesehnte Jugendweihe feiern dürfen, als Zeichen dafür, dass sie nun dem Kreis der Erwachsenen zugehörig war. Stolz hatte sie ihr Gelöbnis gesprochen:

»Seid ihr bereit, als junge Bürger unserer Deutschen Demokratischen Republik mit uns gemeinsam, getreu der Verfassung, für die große und edle Sache des Sozialismus zu arbeiten und zu kämpfen und das revolutionäre Erbe des Volkes in Ehren zu halten, so antwortet: Ja, das geloben wir!

Seid ihr bereit, als wahre Patrioten die feste Freundschaft mit der Sowjetunion weiter zu vertiefen, den Bruderbund mit den sozialistischen Ländern zu stärken, im Geiste des proletarischen Internationalismus zu kämpfen, den Frieden zu schützen und den Sozialismus gegen jeden imperialistischen Angriff zu verteidigen, so antwortet: Ja!«

Unisono ertönte aus den Mündern der Jugendlichen ein freudiges und feierliches »Ja, das geloben wir!«.

»Wir haben euer Gelöbnis vernommen. Ihr habt euch ein hohes und edles Ziel gesetzt. Feierlich nehmen wir euch auf in die große Gemeinschaft des werktätigen Volkes, das unter Führung der Arbeiterklasse und ihrer revolutionären Partei, einig im Willen und im Handeln, die entwickelte sozialistische Gesellschaft in der Deutschen Demokratischen Republik errichtet. Wir übertragen euch eine hohe Verantwor tung. Jederzeit werden wir euch mit Rat und Tat helfen, die sozialistische Zukunft schöpferisch zu gestalten.«

Diese Worte sprach kein geringerer als Erich Mielke, der Minister für Staatssicherheit, der Kerstin danach das Buch *Der Sozialismus – Deine Welt* als Erinnerung an die Jugendweihe überreichte, dazu einen bunten Blumenstrauß, den größten von allen!

Kerstin konnte den Stolz in den Augen ihrer Eltern leuchten sehen, die Schulter an Schulter in der Menge in der Stadthalle von Karl-Marx-Stadt standen. Es war ein angenehm warmer Frühlingstag gewesen. Alle Jugendlichen stellten sich danach fürs Erinnerungsfoto draußen vor das große Wasserspiel. Die Mädchen hielten ihre Blumensträuße in der Hand, und die Jungen zeigten stolz ihre Bücher in die Kamera.

Es war der letzte schöne Tag im Familienleben der Wagners gewesen, danach kam das Grauen.

Am darauffolgenden Samstag, dem 5. Mai, ging Kerstins Vater, ein groß gewachsener Mann mit dunklen Haaren und wachen Augen, die hinter einer dicken schwarzen Hornbrille saßen, in der Früh zum Angeln. Das tat er regelmäßig, denn es war seine Passion.

Kerstin war immer mit Vater fischen gegangen. Oft las sie dabei stundenlang die spannendsten Bücher, oder er erzählte ihr von seiner Arbeit, weihte sie sogar in kleine Geheimnisse ein. Er, der in der Stasi den Decknamen Wolf trug, hatte zu Kerstin vor einem Jahr, als sie stundenlang an einem kleinen See saßen und kein Fisch anbeißen wollte, gesagt: »Die besten Jäger sind die geduldigen und die, welche wie Schafe aussehen.«

Doch ausgerechnet an jenem Samstag Anfang Mai war Kerstin mit ihrer Mutter zu Hause geblieben. Nicht freiwillig. Sie hatte eine fiese Magen-Darm-Grippe, ihr war schon die ganze Nacht übel gewesen. Sie fragte sich danach noch oft, was gewesen wäre, hätte sie sich an dem Morgen anders entschieden. Was wäre, wenn sie mit ihrem Vater mitgegangen wäre?

Sie sah ihren Vater an jenem Samstagmorgen um kurz vor fünf Uhr in der Früh zum letzten Mal. Sie standen sich im Flur im oberen Stockwerk gegenüber. Unter ihren Füßen spürte sie den dicken dunkelgrünen Spannteppich, sie hatte dieses Weiche schon immer geliebt. Vater lächelte sie an. »Und meine Große, ich weiß, heute fangen wir einen Walfisch.«

Sie antwortete ihm, dass ihr noch etwas übel sei, sie sich nicht wohl fühle, und verschwand schlaftrunken Richtung Toilette.

Als sie rauskam, blickte er sie aufmunternd an, die Luft roch nach seinem Rasierwasser. »Ach, das vergeht an der frischen Luft bestimmt. Komm doch mit. Und sonst sind wir auf unseren Rädern ja schnell wieder daheim.«

Müde hatte sie abgewunken, hatte ihn nicht mal richtig angeschaut. Er hatte dann noch irgendetwas davon gesagt, dass er vor dem Fischen dringend noch eine halbe Stunde ins Büro müsse. Er käme dann nochmals zu Hause vorbei, bevor er zum Angeln fahre … Sie könne es sich also auch noch anders überlegen. Doch Kerstin hatte nochmals den Kopf geschüttelt und ohne sich nach ihm umzudrehen ihre Zimmertür hinter sich zugemacht. Wie sehr sie dies noch immer bereute!

Ihr Vater arbeitete nur drei Straßen weiter in der Bezirksdienststelle des Ministeriums für Staatssicherheit. Er war ein ranghoher und angesehener Offizier, trug mit Stolz den Decknamen Wolf. Dass er seiner Tochter diesen Decknamen schon vor einem Jahr preisgegeben hatte, zeigte, wie unerschütterlich sein Vertrauen in sie, wie eng das Band der beiden war. Ihr Vater hatte ihr schon mehrmals prophezeit, dass auch sie, seine Tochter, eines Tages der DDR dienen und ihn weiter stolz machen würde. Daher hatte er ihr schon einiges beigebracht: zum Bespiel wie man hinter die Gesichter der Menschen blicken konnte. Das hatte er sogar mehrmals erwähnt: »Hüte dich vor denen, die dich anlächeln, die dir ein gutes Gefühl zu vermitteln versuchen, denn vor den anderen, vor denen wirst du dich sowieso instinktiv in Acht nehmen.«

Kerstin eiferte ihrem Vater aus freien Stücken nach, denn er war seit jeher ihr Vorbild. So war es nicht erstaunlich, dass sie bei den Pionieren und der FDJ, der Freien Deutschen Jugend, viel Zeit verbrachte und ihr Vater wiederum so oft wie möglich an ihren öffentlichen Anlässen teilnahm, um ihr damit seine Unterstützung zu zeigen. Immer wieder sagte er ihr, dass sie das Zeug dazu habe, irgendwann mal ganz Großes zu bewegen, dass sie mal die beste Spionin abgeben würde. Deshalb solle sie sich jetzt schon einen Decknamen überlegen.

Kerstin war eher klein und schmächtig für ihr Alter. Sie trug ihr braunes Haar kurz, und sie war zäh wie Leder. Ihre hellwachen Augen wurden nimmermüde, ihre Umwelt zu betrachten, und zeugten von ihrem Ehrgeiz. Im Sportverein glänzte sie, vor allem im Turnen, und in der Schule schrieb sie Bestnoten, und sie war schon früh Mitglied im Schützenverein.

Nachdem ihr Vater an jenem Samstag alleine zum Fischen geradelt war, erwachte Kerstin erst gegen 10 Uhr, und das nur mühsam, sie kam kaum aus dem Bett. So hatte sie sich noch nie gefühlt. Übel war ihr zwar nicht mehr, aber ihre Beine fühlten sich im ersten Moment bleischwer an. Die Begegnung mit ihrem Vater am Morgen im Flur hatte sie schon wieder vergessen.

An diesem Tag hatte sie nicht viel vor, das letzte Wochenende und auch die Wochen vor der Jugendweihe waren anstrengend gewesen, außerdem musste sie Mutter später im Garten zur Hand gehen.

Nach dem Mittagessen fühlte sie sich schon besser, die Kraft kehrte auch in ihre Beine zurück. Deshalb half sie pflichtbewusst, wie sie war, ihrer Mutter im Garten.

Als ihr Vater um 16 Uhr noch nicht zu Hause war, Mutter und Tochter aßen selbstgebackenen Zwetschgenkuchen unter der Markise im Garten und tranken Kaffee und Limo, sagte Kerstin zu ihrer Mutter: »Heute bleibt Vater aber lange fort.« Der große Nussbaum, der schräg danebenstand, fing leise den Wind in seinem Blätterwerk ein.

»Vielleicht hat er ja einen Walfisch gefangen?«, sagte die Mutter lächelnd, doch Kerstin fiel auf, dass sie ihre Stirn etwas in Falten legte.

Bis kurz vor 18 Uhr widmeten die beiden sich weiter der Gartenarbeit. Immer wieder ging nun auch Mutters Blick hin zum Gartentor, hinaus zur ruhigen Quartierstraße. Karl Wagner war wie immer mit dem Rad Fischen gefahren, hätte schon längst zurück sein sollen, doch die Straße blieb leer.

Als er um 19 Uhr zum Abendbrot noch immer nicht zurück war, rief Mutter in die Bezirksdienststelle an, da Kerstin ihr gesagt hatte, dass Vater am Morgen in aller Frühe was Dringendes dort zu erledigen gehabt hätte. So zumindest habe sie es zwischen Tür und Angel verstanden.

»Gut möglich, dass er wegen eines Falls später noch mal zur Arbeit musste, doch auch dann hätte er angerufen«, sagte Mutter leise und schickte ihre Tochter auf dem Fahrrad los, nachdem der Anruf in der Bezirksdienststelle unbeantwortet blieb. Kerstin fuhr die drei Straßen weiter zum Bezirksgebäude der Stasi, doch das Fahrrad ihres Vaters stand nicht im Unterstand.

Als der Vater auch um 20 Uhr noch nicht zu Hause war, rief Mutter sichtlich besorgt bei der Volkspolizei an, meldete den Sachverhalt, entschuldigte sich im selben Atemzug, dass sie wahrscheinlich den Teufel an die Wand male.

Sie schickten sofort eine Streife los. Kurze Zeit später kam der Abschnittsbevollmächtigte der Volkspolizei mit einem Dienstkollegen in einem grün-weißen Funkstreifenwagen der Marke Lada angefahren. Die Polizisten wollten wissen, wohin Karl Wagner denn mit dem Fahrrad zum Fischen gefahren sei, an welchen Fluss oder See, doch davon hatte er zu Hause wie meist nichts gesagt. Da es sich bei der vermissten Person um ein ranghohes Mitglied der Stasi handelte, funkten die beiden Volkspolizisten die Zentrale an, baten um deren Anweisung. Sie wurden umgehend abgezogen, sagten auf der Türschwelle, dass Verstärkung käme, doch es würde dauern.

Erst nach 22 Uhr erschienen drei Männer am Eingang der Wagner-Villa. Die drei trugen lange beige Mäntel und helle Hüte, wie sie Stasi-Agenten trugen. Sie kamen nicht aus Karl-Marx-Stadt, sondern irritierenderweise von der Stasi-Bezirksverwaltung in Dresden. Wie sich herausstellte waren es Agenten, die spezialisiert darauf waren, Feinde der Republik aufzuspüren, und die somit auch bestens geeignet waren, ihresgleichen zu finden, wie sie betonten.

Die Agenten befragten in der Küche erst Karin und ihre Tochter Kerstin gemeinsam, dann die Mutter allein. Sie schauten sich danach in der Villa um, ehe sie kurz vor Mitternacht verschwanden. Interessiert hatten sie zur Kenntnis genommen, dass Genosse Wagner in der Früh in die Bezirksdienststelle gefahren sein soll. Einer der Männer notierte eifrig auch diese Information in seinem kleinen Notizbuch.

Erst am nächsten Tag, am frühen Sonntagmorgen, fand eine Streife das Fahrrad des Gesuchten. Es lag im begrünten Bord eines kleinen Bachlaufes, etwa zehn Kilometer von der Wagner-Villa entfernt, doch von Karl Wagner fehlte weiterhin jede Spur.

Spätestens jetzt war allen klar, dass ein Unglück geschehen sein musste. Er wäre nicht der erste Fischer, der aus Unachtsamkeit zu Tode gekommen war. Aber auch ein Verbrechen schlossen die ermittelnden Beamten nicht aus. Der Klassenfeind habe viele Gesichter. Möglicherweise sei Genosse Wagner im Zuge eines Racheaktes zu Tode gekommen, sagten sie.

Der Platz am Kopfende des Tisches blieb auch in den nächsten Tagen in der Wagner-Villa anklagend und fragend leer. Nur mit Müh und Not besuchte Kerstin in dieser schweren Zeit weiter die Volksschule, radelte jeden Mittag mit dem Fahrrad hoffnungsvoll nach Hause, doch ihr Vater kehrte nicht wieder heim. Die 14-Jährige fuhr sogar alleine stundenlang die nahe Umgebung und einige der Bachläufe ab, weit bis ins Hinterland von Karl-Marx-Stadt. Selbst einsame Waldwege scheute sie nicht, doch alles war vergebens, sie fand ihren geliebten Vater nicht.

Zugleich tauchten immer dieselben Fragen in ihr auf: Was war mit ihm passiert? Er war ja schließlich keiner, der nicht auf sich selbst hätte aufpassen können. Würde er noch leben, wenn sie sich an dem Morgen überwunden hätte und trotz ihrer Übelkeit mit ihm zum Angeln gefahren wäre? Oder wären sie nun beide tot?

Verschiedene Agenten in denselben Mänteln kamen und gingen. Redeten hinter verschlossenen Türen mit Kerstins Mutter, danach auch nochmals mit ihr. Sie stellten Fragen nach Vorzeichen, ob er schwermütig gewesen sei oder sich in den Tagen und Wochen davor anders verhalten hätte als sonst. Doch da war nichts dergleichen gewesen. Karl Wagner hatte an dem Morgen die Villa verlassen wie immer. Einzig, dass er noch etwas Dringliches in seinem Büro erledigen musste, und das zu dieser frühen Stunde, stach aus dem Bild eines normalen Samstagmorgens raus. Entsprechend wurde diese Aussage gewichtet und versucht, ihr weiter auf den Grund zu gehen.

Kerstins Vater blieb verschwunden, als hätte ihn der Erdboden verschluckt. Kerstin litt schwer unter dieser plötzlichen Leere, die sein Verschwinden zurückließ, als fehle ein Teil ihres Herzens. Sie hoffte auf Antworten, die diese klagende Leere mit Klarheit füllen könnten. Ihr Vater war ihr großes Vorbild gewesen. Er war stark, freundlich, ruhig, ein Fels in ihrem Leben, ein Fels, der sich nun in bange Leere und Fragen aufgelöst hatte.

Dann geschah am zweiten Sonntag nach dem Verschwinden von Kerstins Vater etwas für die Pubertierende völlig Verstörendes:

Zwei groß gewachsene Agenten und eine Stasi-Offizierin klingelten schon in aller Herrgottsfrüh an der Tür der Wagner-Villa. Kerstin war an diesem Morgen schon früh wach gewesen, hatte den weißen Vorhang vor ihrem Fenster vorsichtig zur Seite geschoben und nach draußen geblickt, schon bevor sie kamen. Sie hatte die hellblauen Blüten von Mutters geliebtem Straucheibisch auf dem gekiesten Zufahrtsweg liegen gesehen, während die Sonne sich über den östlichen Horizont reckte, als wolle sie mit ihrem Licht das Unerhörte erhellen, was sich sogleich in der Villa zutragen würde.

Die beiden Männer kamen in Zivil, nur die Offizierin trug eine grüne Uniform, in der sie aussah, als käme sie direkt aus der Sowjetunion. Durch das Grün des Gartens war vor dem Haus ein grauer Kleinbus, ein Wartburg, auszumachen, seitlich dahinter parkte eine schwere Limousine, ein russisches Fabrikat.

Als Kerstin die drei auf die Haustür zukommen sah, wusste sie, dass sie Vater gefunden hatten und nun die traurige Gewissheit ins Haus tragen würden, wie eine schlimme Krankheit, die nie mehr geheilt werden konnte. Doch mit dem, was nun geschah, hätte sie niemals gerechnet!

Kerstin blieb in ihrem Zimmer, auch nachdem es mehrmals an der Tür geklingelt hatte und auch als sie hörte, wie Mutter die Treppe hinunterging, um aufzuschließen.

Kerstin lauschte. Sie glaubte, wenn sie das Unvermeidliche nur aus der Ferne hören würde, würde es den Schmerz vielleicht erträglicher machen. Doch sie hörte nur gedämpft eine tiefe männliche Stimme, konnte nichts verstehen, dann wieder die Haustür. Sie trat zurück ans Fenster und sah zu ihrem großen Erstaunen, dass man ihre Mutter in Handschellen abführte und zu den Fahrzeugen brachte!

Was passierte da gerade? Träumte sie und schreckte gleich im Bett liegend auf?

Kerstin schloss die Augen, schüttelte den Kopf, als könnte sie das Gesehene hinausspedieren, doch die Wahrheit kehrte immer wieder zurück, wie ein Echo, das man so lange nicht los wird, wie man sich schreiend dagegen wehrt.

Sie hörte Schritte auf dem Teppich im oberen Flur. Es klopfte an ihrer Tür.

»Kerstin?« Es war die Frau. »Kerstin, ich bin Heike Strunke von der Staatssicherheit. Es geht um deinen Vater.« Dann wurde die Türklinke heruntergedrückt und die Frau trat ins Zimmer.

Die uniformierte Beamtin trug eine tannengrüne Soldatenmütze. Ihre Haltung war stramm, die Hände sehr kräftig, ihr Gesichtsausdruck reglos, die Augen schiefergrau, die Schuhe schwarz.

»Was ist denn los?«, fragte Kerstin, die in ihrem Schlafanzug nun vor ihrem Bett stand, als hätte sie bis jetzt darin gelegen. Sie schätzte die blonde Frau etwa gleich alt wie ihre Mutter, also um die 40. »Warum wurde meine Mutter abgeführt?«

»Zieh dich an, wir erklären dir alles, aber du musst sofort mitkommen.«

Draußen öffnete Genossin Strunke die hintere Tür des Tschaika, der russischen Limousine. Sie bedeutete Kerstin, dass sie einsteigen solle, während plötzlich mehrere Beamte, wie aus dem Nichts, durchs Gartentor schritten. In ihren schwarzen Schuhen gingen sie achtlos an Mutters blühendem Straucheibisch vorbei und verschwanden in der Villa, während der Wartburg, in dem ihre Mutter saß, wegfuhr und nur eine graublaue Abgaswolke zurückließ.

Im Innern des Tschaika roch es nach dem roten Leder, die beigen Vorhänge am Heckfenster und an den Seitenscheiben der Rückbank waren zugezogen. Vom Fahrer sah Kerstin nur die Mütze und sein seitliches Profil.

Genossin Strunke hatte neben ihr auf der Rückbank Platz genommen. Das Gesicht der Beamtin drückte keine Regung aus, blieb emotionslos und kalt.

Plötzlich startete der Motor, die tonnenschwere Limousine setzte sich in Bewegung.

Kerstin wurde zu den Gebäuden der Staatssicherheit gefahren. Dorthin, wo ihr Vater im zweiten Stock sein Büro gehabt hatte. Doch es ging nicht die Treppen hoch, sie wurde in die Untergeschosse geführt – ein langer Gang im dritten Untergeschoss, viele Türen, sparsames Licht aus lose hängenden Glühbirnen, Rohre, die den Wänden folgten.

Kerstin musste sich in einem zehn Quadratmeter großen Raum an einen Vierertisch aus nussbraunem Holz setzen, der dort, wo sie sich hinsetzen musste, tiefe Kratzer aufwies. Als sie ihre Hände auf die Tischplatte legte, verstand sie, dass diese Kerben bestimmt von all den Gefangenen herrührten, die hier in Handschellen gelegt schon hatten sitzen müssen.

Sie wunderte sich, fragte: »Warum bringt man mich hierher?«

Genossin Strunke gab keine Antwort, brachte Kerstin eine Tasse Tee und setzte sich ihr gegenüber hin.

»Du weißt ja«, begann sie mit ruhiger Stimme, »dass wir nach deinem Vater suchen mussten. Wir haben ihn gefunden. Er ist tot.« Sie presste dabei einen Moment ihre Lippen aufeinander, so, als hätte sie was Falsches gesagt. »Wir haben ihn bereits vor Tagen gefunden. Verschärfte Ermittlungen in diesem Fall ergaben nun ein klares Bild. Deshalb haben wir deine Mutter verhaftet. Sie ist die Drahtzieherin hinter einem perfiden Mordauftrag, bei dem dein Vater umgebracht wurde. Doch dies ist noch nicht alles.«

Der Raum rund um Kerstin begann sich zu drehen, so verworren klang das Ganze. Sie starrte Beamtin Strunke an.

»Kerstin, kennst du diesen Mann? Oder hast du ihn irgendwo mal gesehen?« Strunke schob ein Foto über den Tisch, das sie soeben aus einer Aktenmappe entnommen hatte.

Der Mann auf dem Bild trug eine braune Lederjacke, einen dunkelbraunen Schnäuzer und hatte wache braune Augen. Er schien ein freundlicher Zeitgenosse zu sein. Gesehen hatte Kerstin den Mann aber noch nie.

»Dieser Mann hier heißt Bruno Wohlen. Er ist ein Intellektueller aus dem Westen. Ein Klassenfeind, wie er im Buche steht. Ihn hatten wir schon lange auf dem Radar. Doch bisher konnten wir seiner nicht habhaft werden. Das hat sich nun geändert.« Strunkes Gesicht zeigte diese monotone, kalte Ausdruckslosigkeit, als ginge sie das alles nichts an.

Kerstin verzog fragend ihr Gesicht.

»Also, ich fasse zusammen«, Strunke saß so kerzengerade auf dem Stuhl, als hätte sie einen Stock im Hintern, der ihr bis hoch zum Genick reichte. »Dein Vater wurde Opfer eines Gewaltverbrechens. Er wurde hinterrücks beim Fischen erschossen.« Strunkes Logik schien ihr zu sagen, dass sie der noch jungen Kerstin etwas Zeit geben musste, damit diese überhaupt begreifen konnte, was sie da hörte. Doch mehr als Fassungslosigkeit formierte sich nicht im Gesicht der Teenagerin. Strunke fuhr daher fort: »Es gilt bereits jetzt als erwiesen, dass die Täterschaft von deiner Mutter zu dem Mord angestiftet wurde.« Sie deutete nochmals auf das Foto auf dem Tisch. »Bist du dir ganz sicher, dass du den Mann noch nie gesehen hast?«, hakte sie nach. »Denk scharf nach. Wie ich mittlerweile erfahren habe, bist du ja außerordentlich gescheit.«

Benommen nahm Kerstin das Bild in die Hand, doch wieder schüttelte sie den Kopf, dann holte sie tief Luft und fragte mit klarer Stimme: »Warum hat er das getan?«

»Dieser Bruno Wohlen hat den Mord an deinem Vater gestanden. Wir konnten darum die Leiche endlich bergen. Er hat sie weit entfernt und achtlos in einem Waldstück verscharrt.« Es schien Kerstin plötzlich so, als würde sie einen Anflug von Mitgefühl in Strunkes Gesichtszügen erkennen, als diese sagte: »Gelitten hat dein Vater nicht. Ihm wurde feige von hinten in den Kopf geschossen. Mit einem Gewehr. Aus 100 Metern Entfernung.«

Kerstin nickte stumm.

»Wir haben bei diesem Bruno Wohlen noch mehr Beweise gefunden. Diese belegen unmissverständlich, dass deine Mutter bereits seit drei Jahren eine Spionin des Westens ist. Sie führte mit Wohlen eine Liebesbeziehung. Sie haben den Mord an deinem Vater zusammen geplant und ausgeführt.«

In Kerstins Kopf und Magen drehte sich alles. Sie fiel tief und tiefer in diesen dunklen, sich drehenden Strudel, dorthin, wo der Verstand den Gefühlen niemals folgen konnte.

»Aber Mutter war doch an jenem Samstag zu Hause, wir waren im Garten. Sie kann es gar nicht gewesen sein.«

»Bist du dir da ganz sicher?«

Kerstin fiel ein, dass sie bis zehn Uhr wie ein Stein geschlafen hatte. Es war ihr ja übel gewesen. In der Zeit hätte Mutter das Haus unbemerkt verlassen können. Doch das war Unsinn, deshalb sagte sie nichts, nickte nur.

»Da kommt noch mehr«, Strunke blickte Kerstin unverhohlen an, als würde es sie fast freuen, noch einen draufsetzen zu können, »im Rahmen der Durchsuchung eurer Villa haben wir eindeutige Indizien gefunden, die belegen, dass deine Mutter eine Republikflucht geplant hatte. Heute Sonntag hätte diese erfolgen sollen, alles war wohl geplant – aber das weißt du natürlich, denn du wärst ja mit ihr gegangen!«

Kerstin hörte zwar zu, doch sie war längst woanders. Es kam ihr für einen Moment so vor, als hätte sie ihren Körper verlassen, als betrachte sie nun alles von oben; sie sah sich an diesem Holztisch mit den vielen Kerben sitzen, sie sah sogar den kleinen Lampenschirm von oben und die Soldatenmütze von Genossin Strunke ebenfalls.

Der sich nun verschärfende Ton der Beamtin holte sie zurück: »Kerstin, wir sind uns sicher, dass du eingeweiht warst in die Pläne deiner Mutter. Wir wissen nämlich mittlerweile, dass du sonst immer mit deinem Vater zum Fischen gegangen bist. Am fraglichen Samstag, als dein Vater ermordet wurde, jedoch nicht. Warum?«

Kerstins Augen sagten, was sie nicht sagen konnte; dass alles bloß ein böser Traum sein musste.

»Tu also nicht weiter so scheinheilig. Wir müssen alles

wissen über die Flucht und die Fluchthelfer, über die Pläne, die Hintermänner. Und du weißt, so was wird bei uns hier alles andere als unter den Teppich gekehrt! Hast du mich verstanden?«

Kerstin schüttelte den Kopf. »Ich weiß doch von alledem rein gar nichts. Mein Vater und ich …« Sie kämpfte mit den Tränen. »Es ging mir an dem Morgen nicht gut, mir war übel …«, sie zog die Nase hoch, »und ich war hundemüde, und ich will jetzt nach Hause.« Sie hörte wieder die warme Stimme ihres Vaters, wie er ihr mit seinen letzten Worten sagte, dass sie es sich doch noch mal überlegen solle, die frische Luft würde ihr bestimmt guttun. Und sie sah, wie er dabei lächelte. Sie wusste, sie war Vaters ganzer Stolz gewesen.

»Dein Zuhause gibt es nicht mehr.« Strunke blickte Kerstin durchdringend an. »Aber du weißt ja bestimmt, dass dein Vater, deine Mutter und du heute nach Berlin gefahren wärt. An die Normannenstraße, ja?«

»Ja, das haben meine Eltern mir als Geschenk gemacht, zur Jugendweihe, damit ich das Ministerium für Staatssicherheit in Berlin mal besuchen darf. Vater hätte mir alles gezeigt, und Mutter wollte einen Bummel durch Berlin unternehmen. Ich schwöre, dass ich nichts von einer geplanten Republikflucht meiner Mutter weiß. Niemals wäre ich freiwillig mitgegangen. Wieso auch? Wir haben hier doch alles, was wir uns wünschen. Ich liebe doch mein Vaterland.«

»Hat sie denn den Ausflug für heute abgesagt?«

Kerstin überlegte, was sie dazu sagen sollte. »Sie hat nur gesagt, dass wir dennoch etwas unternehmen sollten, da wir seit Vaters Verschwinden kaum das Haus verlassen haben. Aber nichts, überhaupt nichts, was auf eine Republikflucht hindeuten würde.« Dann wurde ihr Gesichtsausdruck trotzig. »Weder meine Mutter noch ich möchten die DDR verlassen. Karl-Marx-Stadt ist unser Zuhause.«

Die Stasi-Offizierin verschränkte die Arme, saß weiterhin kerzengerade da. »Gewesen, Fräulein Kerstin Wagner. Gewesen. Wir reden in den nächsten Tagen weiter. Jetzt wirst du in deine neue Unterkunft gebracht.«

Kerstin verstand die Welt nicht mehr, als sie an der Schulter gepackt und aus dem Verhörraum geschoben wurde.

Als sie aus dem Untergeschoss in den sonnigen Tag geführt wurde, blendete die Sonne sie.

»Steig ein«, befahl ihr Strunke und zeigte auf einen cremefarbenen Wartburg.

»Wohin fahren Sie mich?« Kerstin stieg ein, bekam aber keine Antwort. Sie blickte nach draußen, während sie Kaßberg verließen.

»Wir sind bald dort«, kam irgendwann die Antwort, und dann schwieg Strunke wieder, bis sie nach 20 Minuten Autofahrt in der Annaberger Straße vor einem großen Gebäude mit einem mächtigen Giebel hielten. Auf einer Tafel las Kerstin: *Kinderheim Geschwister Scholl.* Sie befand sich nun im Stadtteil Harthau. Strunke betrat mit ihr das Gebäude.

Es musste kurzfristig entschieden worden sein, sie hierher zu bringen, bemerkte Kerstin, denn Strunke verschwand mit der Oberschwester und kam erst nach zehn Minuten wieder zurück. Es gab wohl einiges zu bereden.

Strunke warf nur einen kurzen Blick zurück auf Kerstin, ehe sie das alte Kinderheim durch die doppelflügelige Tür verließ.

Eine andere Nonne kam hinzu und führte Kerstin nach oben in einen Schlafsaal. »Deine Sachen werden heute noch gebracht«, sagte sie. »Hier ist dein Bett.« Dann zeigte sie auf einen der Schränke. »Die linke Seite, die Nummer 27, das ist deine. Halte Ordnung, sonst schrubbst du bald auf den Knien mit der Zahnbürste den Fußboden im großen Speisesaal. Vorerst darfst du nicht mit den anderen zur Schule. Du wirst im Garten arbeiten.«

Für Kerstin begann eine schwere Zeit. Die anderen Kinder hielten rein gar nichts von ihr. Der Tochter eines Stasi-Offiziers konnte man nichts Gutes abgewinnen, denn es waren ja die Leute von der Stasi, die eigene friedliebende DDR-Bürger bespitzelten oder unter Druck setzten und erpressten, bis sich diese gezwungen sahen, Bekannte oder gar Freunde zu verraten.

Trotz der Anfeindungen hielt sich Kerstin nicht zurück, ihren Vater und das, woran auch sie glaubte, vehement zu verteidigen, auch wenn sie dafür mehrmals Schläge einsteckte. Sie war sich sicher, dass weder ihr Vater noch sie jene Schmutzfinken waren, als die eine Nonne sie bezeichnet hatte. Sie wusste längst: Der Klassenfeind schlief nie, verbreitete Lügen, um die Freunde der Republik in Verruf zu bringen.

Kerstin solle wieder verschwinden, auf den Kaßberg, wo sie bestimmt in Saus und Braus gelebt habe, ließen sie die anderen Kinder wissen. Aber wie hatte ihr Vater es mal gesagt? »Alles im Leben hat seinen Preis. Das, was wir tun, tun wir nicht, um geliebt zu werden, sondern aus Überzeugung und weil jemand es tun muss.«

Kerstin konnte auch nach Tagen kaum glauben, dass sie ernsthaft von Strunke verdächtigt wurde, eine Republikflucht geplant zu haben, mit ihrer Mutter unter einer Decke zu stecken. Ihre Mutter, da war sich Kerstin sicher, war einer hinterhältigen Intrige zum Opfer gefallen. Eine Intrige, die in erster Linie dazu diente, ihren Vater umzubringen, und in einem zweiten Schritt auch gleich ihre Mutter auszuschalten. Doch Vater hatte Kerstin gelehrt, standhaft und tapfer zu bleiben. Das wollte sie tun, und er wäre bestimmt stolz auf sie. Um das Band mit ihm noch weiter zu festigen, gab sich im Geheimen den Decknamen Wölfin.

Was die Kinder im Kinderheim alle einigte, das war das strenge Regime der Nonnen. Vor allem drei stachen durch ihre besondere Strenge hervor: Sie schlugen, rissen an den Haaren oder steckten Querulanten in Holzbottiche mit kaltem Wasser. Schwester Stefanie riss Kerstin erzürnt einmal so heftig an den Haaren, dass sie danach ein ganzes Büschel davon in der Hand hielt.

Doch Kerstin hielt verbissen dagegen und schrie: »Wer so was in der Tracht einer Nonne tut, ist die unheilige Schwester des Teufels.«

Vier Tage wurde sie deswegen im Kellerloch, wie es die Kinder nannten, eingesperrt und bekam täglich nur etwas Suppe zu essen. Doch Kerstins widerständige Wut wuchs in diesen Stunden in der schummrigen Dunkelheit nur noch mehr. Die Gedanken an ihren Vater gaben der jungen Wölfin Kraft. Sie sah ihn in ihren Erinnerungen, wie er am Frühstückstisch saß, immer mit geradem Rücken in einem sauberen, gebügelten Hemd. Seine innere Stärke, sein unbeugsamer Wille waren in jeder seiner Bewegungen zu erkennen gewesen, auch wenn er seiner Tochter nur die Butter reichte. Kerstin dachte im Kellerloch auch an die vielen Gespräche beim gemeinsamen Fischen zurück. Und immer wieder tauchte in ihren Erinnerungen sein Lächeln auf. Er war so warmherzig und geduldig mit ihr gewesen. Etwas vom Schönsten war, wenn sie in der Dämmerung eines Frühlingstages nach dem Fischen auf ihren Fahrrädern nach Hause radelten. Zu Hause empfing sie dann oft der Duft von Kuchen. All diese Erinnerungen schmerzten einerseits, andererseits gaben sie ihr Kraft, ließen Kerstin mehr aushalten als alle anderen Kinder im Kinderheim.

Kerstins Widerstand und ihre Standhaftigkeit nahmen nach und nach auch die anderen Zöglinge wahr, und Kerstin wandelte sich alsbald zu einer Art Anführerin.

Mehrere Wochen zogen ins Land, als plötzlich ein Wartburg vor dem Haupteingang vorfuhr. Zwei Männer in langen Mänteln stiegen an diesem kühlen Regentag aus. Der Sommer hatte vor einigen Tagen einem Sturmtief weichen müssen.

Kerstin war gerade dabei, den großen, dampfenden Misthaufen hinter dem Gewächshaus umzuschichten, als sie gerufen wurde. Ihr Haar war vom Regen klitschnass.

»Kerstin!«, schrie Schwester Stefanie, deren hartherzige Augen nur Abscheu für sie trugen. Sie hielt einen schwarzen Schirm über sich und schritt auf sie zu. »Du wirst uns sofort verlassen.« Dann blickte sie Kerstin einen Moment lang eindringlich an, ehe ihre schmalen Lippen die Worte formten: »Jetzt wirst du es besser haben. Du wirst schon sehen.« Häme stand in ihrem Gesicht. Kerstin wusste, dass dies nichts Gutes verheißen konnte, doch ihr Stolz ließ nicht zu, dass sie ihre Gefühle nach außen zeigte.

Nur von Weitem konnte sich Kerstin mit einem Winken von einigen der anderen Heimkinder verabschieden, ehe sie hinausgeführt wurde.

»Sie soll gefälligst saubere Kleidung tragen und ihr Haar trocknen können«, sagte einer der Männer mit unwirschem Blick auf Schwester Stefanie.

»Dahin, wo ihr sie nun bringt, spielt das doch keine Rolle mehr«, erwiderte die Nonne angesäuert, und Kerstins Verunsicherung stieg.

»Tun Sie, was man Ihnen sagt, oder wo bleibt Ihre Nächstenliebe?«, befahl der andere Mann im langen Mantel und zog an seiner Zigarette.

Die Nonne bedeutete Kerstin mit einer Kopfbewegung, dass sie ihr zurück ins Gebäude zu folgen habe.

In einem Nebenraum zog die 14-Jährige ihre Stiefel aus. Sie bekam eine saubere Hose und schlüpfte in andere Schuhe. Mit einem Tuch trocknete sie ihr Haar, ihre Wangen waren gerötet von der Nässe und der strengen Arbeit. Bevor sie wieder durch die schwere doppelflügelige Haupteingangstür traten, blieb Schwester Stefanie vor Kerstin stehen, blickte ihr einen Moment lang an ins Gesicht, als warte sie auf den passenden Augenblick, um ihr mit bedrohlich leiser Stimme zu sagen:

»Des Teufels Tochter bist du! Das Böse lebt in dir.« Dann bekreuzigte sie sich und stieß die schweren Holztüren auf.

Kerstin trat alleine nach draußen, während hinter ihr sofort die Tür geschlossen wurde, als wollte man das Böse auf keinen Fall wieder hineinlassen.

Die beiden Stasi-Agenten brachten Kerstin in einem Wartburg fort, der die Farbe des Regenhimmels trug. Die Seitenscheiben waren vom Regen gesprenkelt, Kerstin saß alleine auf der Rückbank.

Sie fuhren mit ihr zurück nach Kaßberg, wie Kerstin verwundert feststellte. Vielleicht war ja alles wieder gut, der Irrtum, diese Intrige aufgeklärt, regte sich eine leise Hoffnung in ihr. Doch so, wie sich die Männer benahmen, standen sie nicht mehr auf derselben Seite wie sie.

Die Fahrt dauerte 20 Minuten, ehe der Wagen zu Kerstins Unglauben vor dem Haupttor des größten Stasi-Gefängnisses der DDR, dem Kaßberg, anhielt. Es lag lediglich fünf Minuten mit dem Fahrrad von ihrem Elternhaus entfernt.

Keine vier Monate war es her, seit sie ihr Gelübde abgelegt und gemeinsam mit den Eltern das Parteilied gesungen hatte:

Die Partei, die Partei, die hat immer recht.
Sie hat uns alles gegeben,
Sonne und Wind, und sie geizte nie.
Wo sie war, war das Leben,
was wir sind, sind wir durch sie…

Der Stolz in ihren Augen war mehr Zeugnis gewesen als all die Strophen, die sie gesungen hatten.

Und nun? Nun wurde sie ins Gefängnis gesteckt.

Wieso?

Bestimmt hatte Schwester Stefanie davon gewusst, sie deshalb so angeblickt.

Kerstin wurde zwischen den beiden großen Agenten in die riesenhafte Strafanstalt geführt – Schlüsselrasseln, eine schwere Stahltür, die sich hinter ihr schloss.

Niemand sagte etwas. Kerstin wurde in eine enge Einzelzelle gebracht, mit einem vergitterten Oberlicht, dessen Glas milchig war. Nicht mal den Regen draußen konnte sie sehen oder hören.

9

Giulia erhob sich aus der Hocke. Sie blickte an diesem Sonntagmorgen um kurz vor sechs Uhr aufgewühlt in das leichenblasse Gesicht von Ramona Gwerder. Sie wusste, dass der Mörder mit dem Ablegen der Toten direkt vor ihrer Garage ein Zeichen gesetzt hatte. Ein Machtspiel, auch mit ihren Gefühlen spielte. Er hatte damit wohl seine Überlegenheit demonstrieren wollen, dass er alles im Griff habe, den Ermittlungsbehörden einen Schritt voraus sei, sodass er sich sogar traute, die Leiche hier, direkt vor dem Wohnhaus der Chefermittlerin, abzulegen – ein krankes Spiel um Macht und Gewalt, dessen Perversion ein junges Leben gekostet hatte.

Giulia meldete den furchtbaren Fund der Einsatzzentrale, nachdem sie zuvor die Rettung alarmiert hatte. Zeitgleich eilte sie die vier Stockwerke hoch, um zu sehen, wie es ihrer betagten, aber sonst rüstigen Nachbarin ging. Sie sagte zu ihr, dass es ihr leidtue, dass sie sie gleich wieder allein im Flur sitzen lassen müsse, Hilfe sei aber unterwegs.

Die Alarmierungskette verlief reibungslos. Giulia hörte bereits beim Verlassen des Treppenhauses die Sirenen heulen. Die ersten Beamten und der Notarzt waren innert Minuten vor Ort. Der Arzt verschwand samt Sanitäter im Treppenhaus, nachdem er, wie es seine Pflicht war, Ramonas Tod festgestellt hatte.

Giulia konnte es noch immer nicht fassen. Wiederholt starrte sie auf das junge Opfer, dessen gepeinigtes Gesicht, das aus der von Giulia aufgerissenen Tüte ragte, als trüge sie eine Kapuze aus Plastik. Gestern erst hatte Giulia noch mit ihr gemailt, ihr in der dunkelsten Stunde irgendwie beizustehen versucht, alles darangesetzt, ihr Leben zu retten. Was ihr in diesem Moment aber besonders naheging, jetzt, wo sie ihre Gefühle für einen Moment nicht unter Kontrolle halten musste, war, dass sie Ramonas Verzweiflung regelrecht aus jeder Mail herausschreien gehört hatte und ihr dennoch nicht helfen konnte. Doch anstelle von Tränen formte sich Kampfgeist in Giulia, und Wut. Wut über diese Tat, die so unfassbar wie sinnlos war.

Giulia strich ihr schwarzes Haar zurück, das seitlich sogleich wieder nach vorne fiel, während ein Kollege den Fundort mit rot-weiß gestreiften Bändern absperrte. Erst jetzt bemerkte Giulia, dass sie zwar bewaffnet war, aber noch immer barfuß und in einer Jogginghose am Fundort stand. Der Platz war nun gesichert, sie eilte in ihre Wohnung hoch und zog sich um. Der Notarzt hatte, wie Giulia im Treppenhaus feststellte, die alte Frau Gruber in ihre Wohnung gebracht, um sie dort zu untersuchen.

Dr. Kaspersky, die 50-jährige Forensikerin und Leichenbeschauerin, kam mit ihrem Gehilfen und Lebenspartner Adrian Hugentobler nach 30 Minuten angefahren. Den graublauen Bus parkte Hugentobler direkt hinter dem polizeilichen Absperrband. Hugentobler war es auch, der umgehend mit seinen Händen, die groß wie Schaufeln waren, das nötige Equipment durch die offene Schiebetür aus dem Fahrzeug hievte. Die blasse, spindeldürre Forensikerin Kaspersky stand derweil für einen Moment fast bewegungslos daneben und schaute gebannt auf den Platz und das Opfer. Das Einzige, was sich dabei an ihr bewegte, waren ihre Augen und ihre Kleider im Morgenwind. Sie trug wie immer eine dunkle Bundfaltenhose und eine weite Bluse, die stilvolle, kühle Eleganz verkörperte. Die Forensikerin roch nach Tannennadeln und einem Schuss Chlor. Kaspersky hatte ihr aschblondes Haar zu einem perfekten Dutt hochgesteckt, ihre Gesichtszüge verrieten nichts außer Konzentration und großes Selbstvertrauen. Hugentobler, der dick und über zwei Meter groß war, wirkte freundlich wie ein Teddybär. Nachdem er alles ausgeladen hatte, stiegen sie in ihre weißen Overalls, zogen die Kapuzen über, das Hochziehen der Reißverschlüsse ertönte.

Auf der Arbeit taten die beiden so, als wären sie distanzierte Arbeitskollegen, sprachen sich sogar mit förmlichem Sie an. Immer gab sie die Befehle, mit ruhiger Stimme und nur den nötigsten Worten, denen er unverzüglich folgte. Sie waren ein eingespieltes Gespann, das nie Hektik verströmte, sondern getaktete Perfektion. Frau Gruber verließ in der Zwischenzeit von dem Sanitäter geführt das Wohnhaus, wurde ins Krankenhaus gefahren. Die Seniorin hatte einen gehörigen Schock, wie der Arzt Giulia wissen ließ.

Dann rief Nadia endlich Giulia zurück.

»Verdammt, Nadia, der Täter hat mir, uns eine Botschaft geschickt!«, sagte Giulia aufgebracht, nachdem sie sich einige Schritte vom Arzt entfernt hatte. »Welches kranke Schwein tut so etwas?«

Nadia, die nie so impulsiv emotional war, antwortete: »Das ist furchtbar. Und das müssen wir nun Ramonas Mutter berichten. Hartmann kümmert sich persönlich darum, er hat gesagt, er gehe gleich bei ihr vorbei. Er kennt sie beruflich und wohl auch privat. Hey, und sorry, dass ich vorhin nicht ans Telefon ging. Mein Handy hatte ich wegen Amira nur kurz auf lautlos gestellt, danach aber leider vergessen, es wieder auf laut zu stellen …«

»Alles gut, ich hätte es sonst noch auf dem Festnetz probiert. Aber weil es noch so früh ist …« Giulia hatte sich während des Gesprächs 20 Meter von der Absperrung entfernt. Sie blickte die schmale Zufahrtstraße hinunter, die zu ihrem Wohnhaus hoch führte. Die ersten neugierigen Passanten wurden dort schon aufgehalten.

»Giulia, ich mach mich nächstens auf den Weg zu dir. Ich muss aber meine Mutter zuerst erreichen, damit sie auf Amira aufpassen kann, denn wie du weißt, ist Mark bis Ende nächster Woche im Berner Oberland an einer Weiterbildung«, sagte Nadia. »Ich komme so schnell ich kann. Okay?«

Giulia nickte, während sie Okay sagte, und steckte danach ihr Handy zurück in die Gesäßtasche ihrer Jeans. Der laue Morgenwind rauschte leise im Blätterwerk des alten Nussbaums, der vor dem Haus stand. Giulia ließ ihren Blick schweifen; es war ein typischer Sonntagmorgen im Sommer: der Himmel blass-blau, der Wald an den westlichen Berghängen glänzte in der frühen Morgensonne. Und doch lag über allem das Verbrechen, der Tod, dieser Mord. Sogar die Luft roch irgendwie anders an diesem Tag.

Um kurz vor neun Uhr gab Dr. Kaspersky endlich die Leiche zum Abtransport frei. Der Anblick der jungen Toten hatte allen außer der Forensikerin zu schaffen gemacht. Zwei Beamte trugen sie in einem schwarzen Leichensack aus dickem Kunststoff auf einer Bahre zum Leichenwagen. Die Tote würde nun in die forensische Abteilung des Kantonsspitals gebracht, in das Totenreich von Kaspersky und Hugentobler.

Die hochintelligente Forensikerin, die Hochdeutsch mit einem feinen polnischen Akzent sprach und als Beste ihres Faches in der Schweiz galt, trat an Giulia heran.

»Leutnant de Medici, der Täter muss kaltblütig und abgeklärt in einem sein. Ich kann jetzt schon mitteilen, dass er die junge Frau so gefesselt hier an Ort und Stelle hatte ersticken lassen.«

Giulia konnte es nicht fassen. »Wie bitte?«

»Tatsache. Die Reibspuren auf ihrer Haut belegen, dass sie sich in ihrer Not auf dem Asphalt gewunden hat. Feinste Gewebe- und Blutspuren haben wir auf dem Boden darstellen können. Ramona Gwerder starb somit erst vor wenigen Stunden, hier vor Ihrer Garage. Der kaum ausgeprägten Totenstarre nach zu urteilen, schätzungsweise um kurz nach drei Uhr.« Kaspersky blickte Giulia mit ihrer unterkühlten Art einen Moment schweigend an, als ob sie unsicher wäre, ob Giulia auch tatsächlich alles verstanden hatte. »Es hat ihm nicht gereicht, das Opfer hier abzulegen. Dass er sie hier sterben ließ, in Ihrer unmittelbaren Nähe … diese Sprache will niemand verstehen, und doch erfassen wir alle die Tragweite sofort.«

»Das kann doch nicht wahr sein!« Giulia schoss durch den Kopf, dass sie nur vier Stockwerke darüber geschlafen hatte, während die junge Frau hier erstickt ist! Sie hätte nur im richtigen Moment nochmals das Haus verlassen müssen, wegen eines Alarms aus dem Kommando oder so … dann würde die junge Frau jetzt noch leben. Sie hatten die Entführte überall gesucht, und dann wurde sie vor ihrer eigenen Haustür getötet. Giulia war geschockt. Als würde der Mörder sie auch noch verspotten, so kam es ihr vor.

»Ich sehe Ihnen an, Leutnant de Medici, dass wir dasselbe denken: Dieser Fall muss mit allen Mitteln aufgeklärt werden.« Dr. Kaspersky, die immer zurückhaltend, regelrecht kühl wirkte, sprach in ihrer seltsam emotionslosen Tonlage weiter, die man bereits wieder als elegant bezeichnen könnte: »Leutnant de Medici, Sie werden den Täter fassen. Wenn jemand, dann Sie! Denn das lassen wir uns nicht gefallen!« Dann sagte sie in der Art, in der Werbungen für Medikamente gesprochen werden: »Weitere Informationen und Vermutungen erhalten Sie, sobald im Labor die toxikologischen Befunde vorliegen und ich die Tote genauer obduziert habe.«

Nadia kam später, als Giulia gehofft hatte. Sie parkte ihren Wagen weiter unten an der schmalen Zufahrtstraße, da der kleine Vorplatz des Wohnhauses längst überfüllt war. Sie kam sofort auf Giulia zu.

»Sorry, konnte nicht früher. Meine Mutter, sie hat einen langen Morgenspaziergang unternommen, wie immer ohne ihr Handy«, erklärte Nadia, nachdem Giulia sie begrüßt hatte.

Giulia rapportierte ihr das Unfassbare: dass der Täter das Opfer mit Bestimmtheit vor dem Garagentor kaltblütig hatte ersticken lassen und dass er diese Tat erst vor wenigen Stunden begangen haben musste.

Diese Neuigkeit traf auch Nadia. Sie wirkte wie immer gepflegt, aber nie überschminkt. Giulia hingegen war zuvor in der Wohnung nur schnell in ihre Jeans geschlüpft und hatte sich das erstbeste Shirt übergezogen, ihr offenes Haar wehte etwas zerzaust im Wind. Sie sagte kämpferisch zu Nadia:

»Und jetzt jagen wir ihn! Ich schwöre es dir. Einen Menschen auf diese Art und Weise zu töten …« Sie presste ihre Lippen kurz zusammen. »Und das hier, das nehme ich verdammt persönlich.«

»Er hat dich damit in deinem Berufsstolz getroffen und somit herausgefordert, und das weiß er. Damit hat er eines seiner Ziele erfüllt. Aber offen gesagt, nimmst du ja alle Fälle sehr persönlich, doch in dem Fall weiß ich genau, was du meinst. Sogar ich empfinde es als Angriff gegen uns, die Polizei.«

»Und wenn wir jede noch so verlotterte Alphütte bis zum Nordpol eigenhändig durchsuchen müssen, wir werden ihn aufspüren.«

Nadia nickte, legte ihrer Freundin die Hand auf die Schulter. »Giulia? Hast du den Hasenfratz schon gesehen? Er richtet gerade sein Objektiv auf uns.«

»Meinen ›Lieblingsfotografen‹ vom *Blick*?« Giulia drehte ihren Kopf zur Seite, blickte durch ihre dunkle Sonnenbrille in seine Richtung. »Der schleicht schon seit einer halben Stunde hier herum. Hat doch längst schon Fotos geschossen.« Sie wusste, eine Leiche vor ihrer Garage, damit würde sie als Chefermittlerin zwangsläufig einmal mehr in den Schlagzeilen landen. Sie hasste diese reißerische Art der Berichterstattung und zog solche Berichte dennoch an wie das Licht die Motten. Mittlerweile ließ sie das aber völlig kalt. Ihre Mamma hatte ihr von Kindesbeinen an gesagt: »Die Leute reden immer, sogar darüber, dass es nichts zu reden gibt.« Und später, als Giulia in der Pubertät war, sagte ihre Nonna auf Sizilien zu ihr: »Stell dich nie auf die Bühne derer, die sich den Mund zu zerreißen suchen.« Diesen Rat hatte Giulia befolgt, auch wenn diese Leute nun von ihr dachten, dass sie arrogant sei. Doch genau diese Leute und deren Meinungen gingen Giulia am Arsch vorbei.

Um zehn Uhr traf man sich zur Krisensitzung im Kommando. Wie erwartet hatten verschiedene Medien längst Wind von dem Fall bekommen. Kommandant Hartmann und Kripochef Peterelli saßen mit am U-förmigen Tisch, an dem bis zu 15 Personen Platz fanden. Die Stimmung war bedrückt. Alle hatten gehofft, die junge Frau doch noch rechtzeitig zu befreien. Doch sie mussten konsterniert feststellen, dass der Täter ungestört eine Inszenierung aufgeführt hatte, sein dunkles Spiel auch mit der Polizei trieb, als wäre der Mord an sich nicht schon grausam genug. Doch nun wollten sie alle Kräfte bündeln, den Täter und gegebenenfalls seine Hintermänner zur Rechenschaft ziehen.

Kommandant Hartmann bestätigte, dass daher umgehend eine Sonderkommission mit dem Namen Bergschatten ins Leben gerufen wurde, mit Giulia an deren Spitze.

Gemeinsam grenzten sie im weiteren Gesprächsverlauf die Zuständigkeiten ab, bildeten schlagkräftige Teams mit klaren Zielsetzungen und zugehörigen Tasklisten.

Hartmann hatte vor einer Stunde persönlich mit Ramonas Mutter, Ines Gwerder, gesprochen, zwar nur telefonisch, da sie auf einem Spaziergang mit ihrem Hund gewesen war, weil sie es wegen der Ungewissheit nicht mehr zu Hause ausgehalten hatte. Da Ines Gwerder mittlerweile wieder zu Hause war, beauftragte Hartmann Giulia, mit ihm gemeinsam ihr einen Kondolenzbesuch abzustatten. Zugleich solle Gwerder befragt werden, dies natürlich mit angemessener Rücksichtnahme.

Nadia verließ nach der Krisensitzung das Kommando und fuhr nach Hause. Sie würde im Homeoffice weitere Hintergrundrecherchen vorantreiben, versuchen, das Profil des Verbrechens zu vervollständigen, mögliche Schnittstellen zum Opfer herausschaffen.

Giulia hingegen fuhr in ihrem Wagen in die Schellenbergstrasse, Hartmann folgte ihr in seinem dunklen Dienst-BMW. Gemeinsam betraten die beiden nur wenige Minuten später das Treppenhaus.

Frau Gwerder, die Mitglied des Führungsstabs der Stadtpolizei war, öffnete die Tür zu ihrer Fünfzimmerwohnung, die sich im obersten Stockwerk eines vierstöckigen, langgezogenen Gebäudes unterhalb der Heiligkreuzkirche in Chur-Masans befand.

Sie war allein zu Hause, denn Mutter und Tochter hatten nur zu zweit hier gewohnt. Die drei setzten sich gemeinsam ins Wohnzimmer, das wegen der wuchtigen Polstermöbel und der dunklen Wohnwand aus Eichenholz trotz des weißen Plattenbodens erdrückend eng wirkte, sodass man am liebsten die Vorhänge zur Seite gerissen und ein Fenster aufgemacht hätte. Gwerders Gesichtsfarbe war fahl, sie wirkte in ihrer gesamten Körperhaltung matt und eingesunken, als hätte man ihr jeden zweiten Rückenwirbel entfernt. Hinter den Tagesvorhängen sah man einen weißen Tisch mit Stühlen auf dem großen Balkon stehen, der Richtung Südwesten, hin zu den Bergen der Surselva zeigte, die im Lichtdunst dieses Sonntags harrten.

»Ich verstehe es einfach nicht«, murmelte Ines Gwerder, die jung Mutter geworden war. Sie war 40 und ihre Tochter Ramona 18. »Meine Tochter hatte immer eine untrügliche Nase für die falschen Leute, und das seit ihrer Kindergartenzeit ... Doch was hätte man auch tun können, wenn die Jungen glauben, alles besser zu wissen?«

Sie bestätigte, dass Ramona nach familiären Konflikten bereits zwei Mal polizeilich zur Fahndung ausgeschrieben werden musste, dies nachdem sie tagelang von zu Hause ferngeblieben war. Vorausgegangen waren dem jeweils oberflächliche Reibereien, klassische Uneinigkeiten bezüglich der Regeln des Zusammenlebens. Wo genau sich die damals minderjährige Tochter in dieser Zeit überall herumgetrieben hatte, das habe sie nie in Erfahrung bringen können, außer, dass ihre Tochter beide Male Kontakte zu Männern gepflegt hatte, die um die 50 gewesen seien. Sie schloss mit den Worten: »Ich habe ihr immer und immer wieder gut zuzureden versucht, erklärte ihr, dass so was mal übel enden kann, dachte aber nicht im Traum an ein Verbrechen, sondern war vielmehr besorgt, dass sie eines Tages schwanger nach Hause kommt.« Sie schüttelte den Kopf und hielt sich die Hand vor die schmalen Lippen, als hätte sie soeben zu viel gesagt.

»Wir suchen einen Ansatz«, sagte Giulia, nachdem sie ihr das Beileid ausgesprochen und mitfühlend Augenkontakt gehalten hatte. Sie musste sich bremsen, weil ihr so viele Fragen durch den Kopf schossen, als hätte jemand in ihrem Hirn ein 1.-August-Feuerwerk aus Neuronen gezündet. »Wir wissen, dass es sich bei dem Entführer um einen Mann handelt, der Bündner Dialekt spricht. Wie wir durch Ramonas Mail ebenfalls wissen, wurde sie in einer Alp- oder Jagdhütte irgendwo im Gebiet Schanfigg, Tschiertschen oder Richtung Churwalden gefangen gehalten. Möglicherweise auch in einem erweiterten Umkreis.« Sie hob fast entschuldigend die Hand. »Ich weiß, ein Gebiet mit vielen Berghängen, nicht überall gut zugänglich. Leider haben wir es bis zum jetzigen Zeitpunkt nicht geschafft, den Radius näher einzugrenzen. Aber vielleicht kennen Sie ja jemanden in Ihrem Umfeld, der so eine Hütte besitzt?«

»Nein, wir sind nicht die Berghütten-Typen, waren es auch nie. Ramona mag die Berge nicht. Wir gingen auch nie wandern. Nein, da kann ich leider nicht weiterhelfen.«

»Okay, aufgrund der bestehenden Aktenlage überprüft meine Ermittlerkollegin derzeit die Bekanntschaften, die Ihre Tochter in der Vergangenheit gemacht hat. Falls Sie weitere Angaben dazu machen mögen …«

»Frau de Medici, Ihr Ruf eilt Ihnen voraus, und dies bestimmt zu Recht. Ich weiß, und das ist das Einzige, das mich im Moment aufrechterhält: Sie werden niemals aufhören, dieses Monster zu jagen.« Dann wurde ihre Stimme verheißungsvoll: »Versprechen Sie mir nur eines: Legen Sie mir den Kerl eines Tages vor meine Tür. Sie wissen, wie ich's meine. Dieser Verbrecher glaubt, er könne erst grausam morden und dann mit uns, der Polizei, noch seine Spielchen treiben, uns verhöhnen. So was darf niemals ungestraft bleiben! Auch wenn es meine Ramona nicht wieder lebendig macht, der Täter muss für seine Tat büßen!« Tränen schimmerten in ihren Augen. Gwerder schien dennoch das meiste, was in ihrer Gefühlswelt geschah, nach außen gut verbergen zu können, wenn man bedachte, wie sehr der Schmerz nach dem vergeblichen Hoffen und hilflosen Bangen nun in ihr wüten musste.

Giulia nickte. »Was ich Ihnen versprechen kann, ist dies: Das wird kein Cold Case, ich werde diesen Fall niemals ad acta legen.«

Gwerder nickte, blickte zu Hartmann, der sich zurückhielt, weil er wahrscheinlich dachte, dass Giulia sich mit ihrer Aussage zu weit aus dem Fenster gelehnt hatte. Doch er schwieg.

Dieses Schweigen nutzte Giulia, um Ines Gwerder nach dem Zimmer von Ramona zu fragen. Ein heikler Moment zwar, denn welche trauernde Mutter betrat schon gerne das Zimmer ihres Kindes? Doch es musste leider sein.

Ramonas Zimmer war erstaunlich ordentlich. Giulia fragte sich daher, ob die Mutter zuvor noch schnell aufgeräumt hatte, da sie schon wusste, dass sie bald von der Kripo Besuch bekäme. Ramona war zweifellos AC/DC-Fan, überall hingen Plakate an den Wänden und an der Schranktür, und sie besaß eine ansehnliche Sammlung von alten Schallplatten, dazu einen Plattenspieler.

»Das ist ihr Reich«, sagte Gwerder, und als hätte sie Giulias Gedanken gelesen: »Ich habe nichts berührt.« Sie blieb in der Tür stehen. »Sie war tatsächlich eine Ordentliche.«

Giulia nickte, zog blaue Gummihandschuhe an und blickte sich genauer um. »Gab es wirklich keinen bestimmten Einschnitt im Leben Ihrer Tochter, der dazu führte, dass sie immer wieder mal ausriss?« Giulia hatte soeben die Schubladen einer Kommode aufgezogen und diese bedacht durchsucht, ehe sie diese mit der Hüfte wieder zurückstieß. Sie hatte zuvor natürlich registriert, dass es im Vorfeld immer mal wieder zu geringfügigen familiären Reibereien gekommen war, aber die Mutter hatte sich da sehr vage gehalten. Außerdem hatte Giulia ja nie Ramonas Sicht der Dinge hören können.

»Sie wollen es also genauer wissen? Na gut, ich habe nichts zu verheimlichen. Ramona war schon immer eine Rebellin, die ihren sturen Grind meist gehörig stoßen musste, ehe sie wenigstens ein bisschen einsichtig wurde. Vor etwas mehr als zwei Jahren verließ uns mein Mann, ihr Vater, der ist mit seiner Neuen ausgewandert, nach Lappland. Man stelle sich vor, sogar das Schweizer Fernsehen hat in der Serie *Auf und davon* ausführlich darüber berichtet. Diese Bilder hatten Ramona offensichtlich schwer getroffen. Mein Ex-Mann hat nach dem Wegzug nämlich nichts oder sagen wir kaum was von sich hören lassen, aber Zeit für die Fernsehaufnahmen, die hat er sich immer genommen, hat sich dabei von seiner schmucken Seite gezeigt.« Giulia nickte beim Zuhören, wollte den Redefluss nicht mit Fragen stoppen. »Dazu kam, dass seine Neue nach wenigen Monaten schwanger wurde. Im Fernsehen waren die ersten Ultraschallbilder zu sehen, ein Mädchen. Vor vier Tagen habe ich meinen Ex-Mann übrigens darüber informiert, dass Ramona erneut verschwunden ist, doch bis heute hat er nicht mal nachgefragt, was passiert ist. Er weiß daher noch nicht einmal, dass seine Tochter nun tot ist.« Sie blickte Giulia hilfesuchend an. »Ist das nicht himmeltraurig?«

»So weggestoßen zu werden, das schmerzt sehr und kann Lebenskrisen auslösen, nicht nur bei jungen Menschen«, sagte Giulia verständnisvoll.

Gwerder stand weiter im Türrahmen. »Aber was genau in meiner Ramona vorgegangen ist … offen gesagt, ich weiß es nicht. Ich konnte halt nie in ihren Kopf blicken, und eine Mutter kann den Verlust eines Vaters leider niemals heilen, geschweige denn ihn je ersetzen.«

Giulia wusste, bei solchen Ermittlungen musste sie tief in die Lebensgeschichten von Opfern und Hinterbliebenen eindringen, manchmal mehrmals dieselben Fragen stellen, wenn auch anders formuliert. Sie sagte: »Tut mir sehr leid, das alles aufwühlen zu müssen. Nun sehe ich Ramonas Verhalten aus einer etwas anderen Sicht. Leider muss ich dennoch weitere unangenehme Fragen stellen.«

»Nur zu, wir wollen ihn ja erwischen.«

»Was wir wissen, ist, dass Ramona die Stimme ihres Entführers nicht erkannte, aber die kann ja auch verstellt gewesen sein. Haben Sie einen Verdacht, wer aus Ihrem persönlichen Umfeld sie entführt haben könnte? Irgendjemand? Und damit meine ich Ihr Umfeld, nicht das Ihrer Tochter.«

»Sie meinen, ob ich mich mit einem Kerl eingelassen habe, von dem meine Tochter nichts weiß, er aber von ihr, und der später so zum Täter wurde?«

»So etwas in der Art. Oder vielleicht war mal ein Handwerker hier, der was in der Wohnung richten musste, ein Kurier, ein Postbote, der Ihre Tochter auf seiner Tour hin und wieder gesehen hat. Wissen Sie, ich bin mir ganz sicher: Der Täter muss einen Bezug zu Ihrer Tochter oder zu Ihnen oder zu Ihnen beiden gehabt haben. Wer so eine Tat begeht, der hat einen Plan, will damit etwas bezwecken.« Giulia machte eine ratlose Geste. Da Gwerder schwieg, fuhr sie fort: »Tut mir wirklich leid, dass ich so bohren muss, aber ich möchte jeden Anhaltspunkt nutzen, um den Täter zu erwischen. Darum frage ich: Haben Sie Feinde? Könnte der Tod Ihrer Tochter ein Racheakt gewesen sein?«

Gwerder schloss für zwei Sekunden die Augen. »Wer bei der Polizei arbeitet, stößt per se schon bei gewissen Leuten auf Ablehnung. Drohungen sind zwar bei mir nicht an der Tagesordnung, doch hätte ich in all den Jahren eine Liste geführt, so wäre die länger als lang. Aber nein, ich wüsste dennoch niemanden, der mir so etwas antun würde, und erst recht niemanden, der ihr so was antäte.«

Giulia trat hinaus in den sonnigen Sonntag, während Kommandant Hartmann noch in der Wohnung zurückblieb. Die Heiligkreuzkirche, die aussah, als hätte jemand in einem Anflug von Kreativität mit Betonklötzen etwas ungeschickt Tetris gespielt, nahm ihren Platz prominent ein. Ihre Glocken schlugen, es war Punkt 15 Uhr.

Beim Parkplatz der Heiligkreuzkirche setzte sich Giulia auf eine Bank und nahm ihr Handy hervor. Online waren weitere Berichte über den unglaublichen Mordfall zu lesen. In der *20 Minuten* und im *Blick* waren sie schon länger aufgeschaltet. Nun gab's auch auf dem Onlineportal der *Südostschweiz* dazu Neuigkeiten und sogar schon auf *SRF-News*. Der *Blick* wurde seinem Ruf wieder einmal gerecht: Er druckte ein großes Foto vom Fundort der Leiche. Darauf war Giulia in Shirt und Jeans zu sehen. Neben ihr stand Nadia, die ihr die Hand auf die Schulter gelegt hatte. Der Titel der Story:

DIE ERMORDETE 18-JÄHRIGE WURDE VOR DER HAUSTÜR DER CHEFERMITTLERIN AUFGEFUNDEN!
Ist die attraktive und streitbare de Medici persönlich in den Fall involviert? Was weiß sie?

Immerhin hatten sie Giulias Privatsphäre etwas respektiert. Das Wohnhaus im Hintergrund war nur unscharf abgebildet, die Adresse wurde nicht genannt.

Giulia kam erst Stunden später, gegen 18 Uhr, nach Hause. Sie hatte am Nachmittag diverse Gespräche im Kommando geführt. Auf dem Weg nach Hause fuhr sie in die Forensik, die sich im Kantonsspital in einem der unterirdischen Stockwerke befand.

Sie hörte schon vor dem Betreten, dass Dr. Kaspersky bei der Arbeit war, denn schon im langen, sterilen Flur war laute klassische Musik zu hören.

Sie trat ein und sah Ramona Gwerder entblößt auf einem der chromierten Seziertische liegen, die Musik steigerte sich einem infernalen Finale gleich, während Kaspersky und Hugentobler in ihren weißen Kitteln um die Tote standen.

Die Musik schwoll langsam ab, schwebte danach melancholisch schwer im großen, fensterlosen Raum, in dem es sechs Seziertische gab, die unter großen Leuchten standen.

Dr. Kaspersky machte eine langsame, elegant wirkende Handbewegung, die Giulia bedeutete, näher zu treten. Eine andere zu ihrem Gehilfen Hugentobler, der die Musik leiser stellte.

Giulia nahm einen langen Atemzug, bevor sie vor die Tote trat. Sie versuchte, ihr nicht ins Gesicht zu blicken, doch wie immer wurde sie magisch davon angezogen.

»Leutnant de Medici, ich kann Folgendes bereits sagen: Es hat kein Kampf stattgefunden. Des Weiteren hatte Frau Gwerder die letzten fünf Tage keinen ungeschützten Geschlechtsverkehr, wie wir mittels vaginalen Abstrichs bereits jetzt belegen konnten. Mit Sicherheit trat der Tod erst durch Ersticken ein. Die beiden Kleidungsstücke, die sie trug, das ist Massenware von H&M. Diese Kleidungsstücke wurden so gewählt, dass sie das Opfer ausstellten, das legt einen sexuellen Hintergrund der Tat nahe. Ebenso die Glitzer-Bodylotion, mit der sie am ganzen Körper eingecremt wurde.«

»Womit wurde sie bei der Entführung betäubt, kann man das schon sagen?«

»DNA-Profile und ein toxikologischer Befund, vor allem der hämatologische, stehen noch aus. Eine Blutprobe habe ich ins Rechtsmedizinische Institut in Zürich bringen lassen, mit einem Eilkurier.«

Giulia dachte nach. »Schwanger war Ramona nicht?«

»Nein, sonst hätte ich es Ihnen doch schon längst gesagt. Aber sie hatte eine Essstörung.«

»Wie zeigt sich diese?« Giulia blickte auf den toten Körper. Gwerder war schlank, aber nicht übermäßig dünn, weibliche Proportionen, kleiner Busen.

»Sie hat sich oft erbrochen. Kommen Sie nah zu mir«, sagte Dr. Kaspersky.

Giulia trat direkt neben die Forensikerin, die sich zum Kopf des Opfers herunterbeugte und dessen Mund etwas öffnete. Sie streckte die rechte Hand aus, Hugentobler legte ihr sofort eine eingeschaltete Taschenlampe in diese. »Der Zahnschmelz hat durch die viele Säure gelitten. Sehen Sie, hier und hier.«

»Davon hat mir die Mutter gar nichts gesagt. Ich frage mich, ob man dies so lange verheimlichen kann?«

»Kommt auf die Familienverhältnisse an. Aber ich denke, vielleicht müsste man das Zuhause der jungen Frau nochmals genauer unter die Lupe nehmen.«

Giulia nickte. Sie mochte diesen Raum gar nicht, den Geruch, die Opfer, das Licht, und die Musik lag schwermütig über allem.

»Leutnant de Medici, Sie fragen sich, wie man sich an all dies hier gewöhnen kann?«

Giulia nickte.

»Im besten Fall kann man es nie«, erwiderte Dr. Kaspersky in ihrer unterkühlten Art und schob den Kiefer der Toten wieder zu. Hugentobler nahm ihr die Lampe ab, die Musik erklang leise aus dem Lautsprecher, eine Melodie des Abschieds und der Unvergänglichkeit, empfand Giulia.

»Ich halte Sie wie immer als Erste auf dem Laufenden,

Leutnant de Medici«, sagte Dr. Kaspersky. Hugentobler stand wortlos daneben und hatte diesen treuherzigen Gesichtsausdruck. Ein Ausdruck, der einen selbst in diesem Raum noch an das Gute glauben ließ.

Als Giulia nur wenige Minuten später zu Hause ihren Wagen in die Garage stellte, das Tor von außen schloss und auf den Vorplatz trat, war von dem schlimmen Ereignis vom Morgen nichts mehr zu erkennen. Es war beinahe so, als hätte sie alles nur geträumt.

Giulia klingelte vergebens im dritten Stock an der Tür von Frau Gruber. Diese war dem Anschein nach noch im Spital. Sie setzte sich deshalb auf ihr Bike und radelte die paar Minuten hinüber zum Kantonsspital, von dem sie doch soeben gekommen war.

Frau Gruber ging es deutlich besser, abgesehen vom Schrecken, der ihr noch in den spröden Knochen saß. Sie lächelte, als Giulia eintrat. Die alte Dame blieb auch bei diesem kurzen Besuch wie eh und je sehr förmlich, wie damals, als Giulia vor vier Jahren über ihr eingezogen war. Auch heute bot sie ihr weiterhin nicht das Du an, sagte: »Fräulein de Medici, das ist aber ausgesprochen freundlich von Ihnen, dass Sie mich besuchen kommen und nach mir fragen.« Frau Gruber saß aufrecht mit aufgestelltem Rückenteil im Bett. Ihre wässrig blauen Augen schimmerten wieder vor Lebensfreude.

»Ich bin froh, dass es Ihnen wieder besser geht«, sagte Giulia und trat näher ans Bett, lächelte zurück.

»Das war ja auch furchtbar heute Morgen. Und so was Schauriges müssen Sie oft sehen? Das geht doch nicht für einen normalen Menschen.«

»Zum Glück nicht. Doch jeder solche Fall ist einer zu viel.«

»Ich habe leider weder etwas gehört noch gesehen, außer der gefesselten Frau, die schon reglos auf dem Boden lag, falls Sie auch hergekommen sind, um das zu fragen.«

Tatsächlich war Giulia auch deshalb hier. Sie wusste, die alte Gruber hockte manchmal bis in alle Nacht am Küchenfenster, das zum Vorplatz zeigte, und starrte hinaus, als wäre sie eine lebende Überwachungskamera.

»Der Mörder hat das Opfer nach Mitternacht vor unserem Wohnhaus abgelegt. Der kam bestimmt mit einem Fahrzeug. Na ja, vielleicht kommt Ihnen dazu noch was in den Sinn. So ein Schreck muss ja auch erst verdaut werden.« Giulia hütete sich, Frau Gruber zu sagen, dass Ramona Gwerder tatsächlich nur drei Stockwerke unter Grubers Küchenfenster umgebracht worden war.

»Oje«, seufzte Frau Gruber, deren blaue Adern an den hageren, von braunen Altersflecken übersäten Händen hervortraten. »Was ist das bloß für ein Mensch, der so was tut?«

»Das versuchen wir herauszufinden. Falls Ihnen nach dem ganzen Schrecken also noch etwas in den Sinn kommen sollte, dann wissen Sie ja, wo ich wohne.« Giulia lächelte und zwinkerte ihrer Nachbarin zu. »Auf jeden Fall wünsche ich Ihnen, dass Sie ganz schnell wieder auf die Beine kommen.«

»Mit einem Auto, sagen Sie? Richtig, der kann sie ja nicht den weiten Weg getragen haben. Seltsam finde ich das aber schon, denn normalerweise höre ich nachts jede Katze, die ums Haus schleicht. Sie müssen wissen, seit mein Mann das Zeitliche gesegnet hat, ist mein Schlaf nicht mehr derselbe. Sagen Sie, ist es nicht kurios, da hört man eigentlich schlechter im Alter und wird dennoch hellhöriger, als die Jungen es sind?«

Giulia nickte. »Das kann ich glauben. Also, erholen Sie sich gut.«

Nachdem Giulia das Kantonsspital verlassen hatte, einige Leute drehten die Köpfe und starrten sie an, da sie aktuell in den Medien omnipräsent war, fuhr sie mit dem Fahrrad systematisch alle Straßen ab, die zu dem kleinen Zufahrtsweg vor ihrem Haus führten, denn auf einer davon musste der Täter letzte Nacht gekommen sein.

Auf den Wegen und Straßen hielt sie Ausschau nach Kameras an Privathäusern oder vor Geschäftsliegenschaften, die den Täter möglicherweise hätten einfangen können. Dass das Filmen von öffentlichem Grund verboten war, wussten längst nicht alle, oder sie scherten sich nicht darum. Dennoch: Giulia wurde auch nach eineinhalb Stunden nicht fündig.

Gian schickte Giulia kurz nach ihrer Heimkehr, es war 19:50 Uhr, eine Sprachnachricht, sagte, dass er sie soeben in den Abendnachrichten gesehen habe und dass sich der Fall gar nicht gut anhöre. Er sei in Gedanken immer bei ihr.

Giulia antwortete ihm mit einem Kuss-Smiley und schrieb, dass sie sich später noch melden werde. Noch war sie von den Ereignissen des Tages zu aufgedreht, und in ihrem Kopf drehte sich alles um das Verbrechen. Während sie zuvor mit ihrem Bike die Straßen nach Kameras abgesucht hatte, war sie kurz bei Nadia vorbeigegangen, da die Täterschaft theoretisch auch auf der Loëstrasse unterwegs gewesen sein konnte. Sie hatten gemeinsam einen Eistee im Schatten der vier Bäume im Garten getrunken und ausgemacht, dass sie später, am frühen Abend, zusammen eine Runde laufen gehen würden.

Nadia erschien daher pünktlich um 20 Uhr. Ihre Mutter Lena war bereits den ganzen Tag mit Amira zu Hause, schaute auch jetzt nach ihrer Enkelin, da der Fall Nadias ganze Aufmerksamkeit erforderte.

Die beiden Freundinnen liefen zweimal die Woche ihre Runden und fuhren, wenn es heiß war, auch einmal zum Schwimmen hinunter in die Obere Au. Es war ihre Art, Stress abzubauen, Kraft zu tanken, ihre Freundschaft zu pflegen.

Giulia stand an diesem Sommerabend bereits umgezogen vor dem Haus, diesmal abseits ihrer Garage unter dem großen Nussbaum, als Nadia mit dem Bike angefahren kam.

Kaum hatte Nadia ihr Fahrrad abgeschlossen, sagte sie: »Giulia, es hat sich in der letzten Stunde was im Fall getan.«

»Okay, bin ganz Ohr.«

»Cora und Corine sind ja, seit wir die zweite Mail von Ramona aus der Hütte empfangen haben, daran, die Anrufliste ihres Handys zu verifizieren und ihre Soziale-Medien-Kanäle auf Spuren hin zu überprüfen. Nun, sie sind auf zwei Nummern gestoßen, die zwei über 45-jährigen Männern zugeordnet werden konnten. Corine und Cora haben die Nummern samt Personalien der Besitzer vor knapp einer Stunde auf dem Server abgelegt. Da habe ich ein wenig rumtelefoniert …«

»Du lächelst.«

»Muss erst recht auch in schweren Fällen möglich sein, oder?«

»Klar, ich möchte nur auch lächeln«, sagte Giulia.

»Na ja, ich habe die beiden Männer für morgen Vormittag vorgeladen. Einer der beiden, ein gewisser Willi Hofer, ein Anlageberater der Graubündner Kantonalbank, ein verheirateter Mann übrigens, hat schon am Telefon reichlich geplaudert.«

»Aha, aber ich nehme an, du hast nachgeholfen.« Giulia wusste, Nadia war eine Wadenbeißerin, die dennoch ihr Lächeln nie verlor.

»Zuerst wollte er gar nichts sagen. So musste ich ihn dazu

motivieren. Ich habe ihm gesagt, dass ich sonst noch heute Abend, Sonntag hin oder her, mit einem uniformierten Kollegen zu ihm nach Hause komme, um ihn im Kreise der Familie zu seinem Verhältnis zu Ramona zu befragen, dann hätte er es gleich hinter sich, und alle wären auf dem gleichen Stand.«

Giulia lachte. »Jetzt verstehe ich dein Lächeln. Ich hätte verdammt gerne seinen Gesichtsausdruck gesehen. Und?«

»Das Beste kommt erst noch. Er sagte am Telefon aus, dass Ramona auch noch einen anderen Kerl getroffen habe, einen Ex-Knacki. Das ist zwar für uns nichts Neues, ich meine, dass sie nicht wie eine Nonne gelebt hatte, aber er sagte mir, was Ramona ihm wütend an den Kopf geworfen haben soll, als sie sich deswegen gestritten hatten. Mal schauen, ob ich es aus dem Gedächtnis noch korrekt zitieren kann: ›Was soll ich noch mit einem wie dir? Der andere ist ein richtiger Kerl. Nicht so eine Lusche, wie du eine bist. Wer muss denn immer rechtzeitig an den Esstisch nach Hause, zu Kinderlein und braver Ehefrau, die du ja noch nie im Hellen gebumst hast, weil sie so ein Riesengebüsch trägt, dass es vom WWF wegen Biodiversität unter Naturschutz gestellt wurde?‹«

»Das hat sie ihm gesagt? Wow! Auf den Mund gefallen schien sie ja nicht zu sein.« Giulia konnte sich ein Lachen nicht verkneifen.

»Ja, das hat er gesagt, und er war noch immer entrüstet darüber. Er sagte, Ramona sei so eine gewesen, die mit allen ihr Spiel getrieben habe, auch mit ihm. Eine gnadenlose Grenzgängerin. Sie habe ihn ständig unter Druck gesetzt, so eine toxische On-off-Geschichte aus dem Ganzen gemacht, aus der er sich nicht zu lösen vermochte. Eine Geschichte, die ihn im Übrigen auch viel Geld gekostet habe.«

»Auf Deutsch gesagt: Sie hat ihn erpresst?«

»Ja. Er sagte, sie hätte gejammert, dass sie große Geldsorgen habe. Falls er ihr in ihrer Not nicht die nötige Unterstützung gewähre, müsse sie sich halt Hilfe bei einer dieser Amtsstellen holen und dort erzählen, wie alles gekommen sei. Dass dabei eben sein Name auch erwähnt würde, dafür müsse er dann halt Verständnis zeigen.« Nadia zuckte mit den Schultern. »Eines dieser Spiele halt, auf das nur notgeile und dumme Männer reinfallen. Aber von denen gibt's ja mehr als genug.«

»Das alles hat dir der Kerl so freimütig am Telefon erzählt?« Giulia wusste zwar, auch wenn Nadia immer höflich und eher zurückhaltend agierte, ihre Art überzeugte und entlockte den Leuten so manches Geheimnis. Sie fand immer den Weg ins Ziel, wenngleich mit viel weniger Reibungsfläche als sie selbst.

»Na ja, er saß allein in seinem Wagen, als ich anrief. Das war für ihn und für uns gut. Zuvor hatte ich ihn natürlich gegoogelt, auf Facebook und Instagram die Fotos angeschaut, die er öffentlich so postet. Dort zeigt er gerne sein heiles Familienleben. Das hat mir beim Befragen natürlich ein bisschen geholfen. Und ich muss dir ja nicht sagen, wie ungern ein Anlageberater grundsätzlich mit der Polizei zu tun hat. Wie gesagt: Ich habe ihm höflich mehrere Wege aufgezeigt, und er hat sozusagen freiwillig den genommen, den ich wollte.«

»Gut gemacht. Und der andere Mann?«

»Ein arroganter Occasion-Autohändler aus Chur, Marcel Bleisch. Der hat mich wissen lassen, dass er mit dem Mord nichts am Hut habe, und mir gesagt, dass es mich nichts angehe, in wen er seinen Pimmel stecke. Außerdem wollte er mich wissen lassen, was für ein Miststück Ramona gewesen sei. Übrigens, beide Männer schienen kein bisschen betroffen ob der Nachricht von Ramonas Tod. Ich glaube, durch deren Adern fließt eiskaltes Blut.«

»Oder Ramona hat's mit beiden auf die Spitze getrieben?«

»Sieht auch danach aus. So oder so. Beide kommen nun morgen zur Einvernahme aufs Kommando. Den Banker habe ich auf 10 Uhr, den anderen auf 10:30 Uhr bestellt. Letzterer werde mit seinen Anwälten auftauchen, hat er großkotzig verlauten lassen.«

»Soll er doch. Wir werden die ins Leere laufen lassen. Übrigens hat Ramona diesem Anlageberater auch noch etwas dezidierter gesagt, warum sie mit einem Ex-Knacki unterwegs sei? Gar einen Namen genannt?«

»Ja, nachdem der Streit verflogen war. Aber leider keinen Namen. Irgendwie konnten die beiden dem Anschein nach auch normal miteinander reden. In einer ruhigeren Minute habe sie ihm erklärt, dass ihr das mit dem Ex-Knacki den nötigen Kick gäbe, denn der sei einer der schweren Jungs, sei noch nicht lange auf freiem Fuß. Falls du es genau wissen willst, ich habe das Telefongespräch mit Hofer aufgezeichnet.«

»Weiß er das?«

»Ja, diesmal habe ich gefragt und sogar versprochen, dass seine Frau von mir nichts erfährt, mit der Anmerkung, falls er nicht gelogen habe.«

»Den nötigen Kick, sagst du?«, sinnierte Giulia. »Ich möchte gerne wissen, was der Kerl denn so verbrochen hat. Leider hat sie ja keinen Namen genannt.«

»Ja leider, aber der Entlassene soll wohl ein Zürcher sein, hat Hofer noch gesagt, mehr wisse er nicht. Er und Ramona seien wie gesagt darüber in Streit geraten, eine Woche vor ihrem Verschwinden, danach habe er sie nicht wiedergesehen. An dem Tag habe er ihr noch 300 Franken in die Hand gedrückt.«

»Nadia, wenn die Geschichte mit diesem Ex-Häftling wahr sein sollte und Ramona diese nicht aus irgendwelchen

Gründen, vielleicht um sich wichtig zu machen, erfunden hat, dann werden wir den Mann und dessen Straftat im Polizeiarchiv finden. Erst recht, wenn er erst in den letzten Wochen oder Monaten entlassen worden ist, wie wir aufgrund von Hofers Aussage annehmen können. Aber wir dürfen nicht vergessen, dass Ramona auch dafür bekannt war, ihr Umfeld mit Lügengeschichten einzudecken«, gab Giulia zu bedenken.

»Bella, nur noch etwas, das Ramonas Aussage zu dem ominösen Kerl stützen könnte: Sie hatte Tage vor ihrem Verschwinden eine Nummer gewählt, welche Corine und Cora niemandem zuordnen können. Bei der Nummer handelt es sich um eine Prepaid-Nummer, die vor über 20 Jahren zum ersten Mal benutzt wurde. Damals konnte man diese noch anonym an vielen Kiosken einfach so kaufen.«

»Wie lange dauerte der Anruf?«, wollte Giulia wissen.

»8 Minuten und 17 Sekunden. Corine und Cora versuchen weiterhin, mehr Hintergrunddaten über diese Nummer zu ermitteln, wir bleiben also am Ball. So, nun lass uns erst eine Runde laufen gehen, ich brauche dringend Bewegung«, sagte Nadia, die die bessere Läuferin der beiden war.

Nadia hatte schon bald nach der Geburt von Amira wieder angefangen, Sport zu treiben, war daher längst wieder topfit. Zu ihrem großen Bedauern hatte sie ihr kleines Mädchen nur wenige Wochen stillen können, doch auch darin konnte sie das Gute erkennen: So konnte Mark oder ihre Mutter die Kleine versorgen, ohne dass Nadia immer hätte Milch abpumpen müssen.

Außer Atem kamen die beiden Polizistinnen 40 Minuten später oben am Mittenberg an und blickten über Chur und das Tal bis zu den Bergen der Surselva, während sie dehnten und redeten. Nur noch die höchsten Gipfel schimmerten rotorange, während die Schatten die letzten Meter erklommen. Giulia blickte gedankenverloren zu Nadia. »Irgendwo da draußen steckt der Kerl gerade. Ich frage mich, was er als Nächstes vorhat.«

»Bella, ich weiß, wie sehr dich jeder neue Fall beinahe auffrisst. Aber vergiss nicht, du hast doch auch ein anderes Leben, du hast nun Gian, und eure Liebe ist doch noch so jung. Liebe braucht auch ihren Platz.«

10

Wochen zuvor, 17. April 2023

Rene Schertenleib hielt seine Adidas-Sporttasche, ein Modell aus den Achtzigern, in der Hand und blieb vor dem großen Tor und den hohen Mauern stehen, die mit Stacheldraht gekrönt waren. In Stahl gepackte Kameras starrten ihn gefühlt aus jedem Winkel an – die Augen des Systems, in dessen Mühlen er verarbeitet worden war.

Er blickte sich um: Von außen hatte er die JVA Pöschwies noch nie gesehen, denn als er vor 15 Jahren in einer stürmischen Frühlingsnacht in einem dunkelblauen Kastenwagen in dieses Gefängnis eingeliefert worden war, hatte er nicht aus dem Auto blicken können. Einzig ein gelbes kleines Licht hatte im Innern seines Käfigs gebrannt. Ja, ein Käfig war es gewesen, als wäre er ein Vogel oder ein Raubtier, aber keinesfalls ein Mensch. Dieser Käfig im Kastenwagen, der hatte ihn danach noch lange verfolgt. Es hätte doch mehr als genügt, ihn mit Handschellen zu fesseln und ihn in einem normalen Kastenwagen, ohne Käfig, zu überführen, oder hatten die gedacht, er wäre dieser grüne Hulk, sein Comic-Held aus Kindertagen?

Es ist schon verrückt, dachte er nun mit Blick auf die JVA, da hockt einer wie ich viele Jahre in diesem Loch, hinter unüberwindbaren Mauern und Gittern, und eines Tages lassen die mich einfach rausmarschieren, nur weil irgendein Sesselfurzer seine Unterschrift dafür gegeben hat. Er blickte hoch zu den Kameras. »Ja, da könnt ihr mich noch lange so saublöd anstarren, ich verpiss mich jetzt, und das auf Nimmerwiedersehen, ihr Arschlöcher.«

15 Jahre: 15 mal 52 Wochen, 15 mal 365 Tage. Es war eine lange Zeit gewesen, und doch, als er nun vor das große Tor trat, stieg ein komisches Gefühl in ihm hoch; ein Gefühl, dass diese Jahre dennoch wie ein Fingerschnipsen vergangen waren. 15 Jahre seines Lebens! Das war wahrscheinlich ein Fünftel seines Lebens, wenn er sich gut hielt. Rene war kräftig, sein stämmiger Hals trug einen breiten Kopf. Renes Nase hockte etwas schief im groben, bärtigen Gesicht. Dies wegen eines Faustschlages, den er im Suff mal kassiert hatte. Von wem wusste er nicht, und es spielte auch keine Rolle, würde ja die Nase auch nicht wieder gerade machen.

Sein Anwalt hatte ihm vor der Entlassung gefühlte eintausend Mal eingebläut, dass er ein Riesenglück habe, nach seiner Haft nicht noch die Kleine Verwahrung aufgebrummt zu bekommen, und nur deshalb bald ein freier Mann sei. Ansonsten hätten sie ihn nämlich so lange eingesperrt lassen können, bis irgendwann, wenn überhaupt, ein Gutachten seine Ungefährlichkeit bestätigt hätte, was vor seiner Entlassung ja gegenteilig ausgefallen sei! Doch nun habe er unverhofft die Chance, neu anfangen zu dürfen.

Von seinem Anwalt hielt Rene aber wie von den meisten Menschen nichts; nur ein weiteres Arschloch, halt eines mit Krawatte. Ebenso der Sozialarbeiter im Knast, den konnte Rene auch nicht ausstehen. Einmal die Woche hatte er seit einigen Monaten in dem riesigen samtgrünen Sessel Platz nehmen müssen, damit dieser Idiot ihn auf das ›Draußen‹ vorbereiten konnte, wie es obergeschwollen hieß. Dieser Sozialarbeiter sprach so über das ›Draußen‹, als würde Rene bald auf dem Mars ausgesetzt. Rene war sich sicher, dass sich da draußen in der Zwischenzeit genauso wenig verändert hatte wie er sich im Knast. Er war all die Jahre derselbe geblieben. 15 Jahre, die er wegen Doppelmordes an zwei Prostituierten hatte abhocken müssen, und das zu Unrecht, wie er noch immer fand. Nein, die Welt änderte sich nicht, weil die Menschen sich nicht änderten. Und für diese Weisheit musste man nicht studieren, nur ein paar Monate im Knast sitzen, war Rene überzeugt.

Etwas Gutes gab es aber an dem Sozialarbeiter: Rene musste zugeben, dass dieser Mann ihm immerhin beibringen konnte, wie man sich zu verhalten hatte, wie man den Gutmenschen spielte, obwohl man sich in Wahrheit kein bisschen verändert hatte. Denn wirklich verändern, da waren sich Rene und sein Sozialarbeiter ausnahmsweise einig, wirklich ändern könne sich niemand, denn man ist nun mal, wer man ist. Es gehe also einzig und allein darum, seine Triebe unter Kontrolle zu halten. Ja, das war seine Meinung, und Rene stimmte ihm zu. Des Weiteren hatte der Sozialarbeiter zu Rene gesagt, dass er glaube, dass Rene ein zu ehrlicher Mensch sei, und ihm erklärt, dass man seine Meinung manchmal besser für sich behalten solle. Er nannte Rene ein Beispiel, und das in der Sprache, die dieser sofort verstand:

»Herr Schertenleib, stellen Sie sich vor, da kommt eine Angestellte zu ihrem Vorgesetzten. Sie hat sich auch an dem Tag besonders hübsch gemacht, trägt eine figurbetonte Hose und ein Oberteil, in dem ihr großer Busen vorteilhaft zur Geltung kommt. Sie fragt ihren Vorgesetzten: ›Wie finden Sie mein neues Outfit?‹« Der Sozialarbeiter blickte Rene eindringlich an. »Herr Schertenleib, was meinen Sie, was der Mann sich denkt?«

»Dass sie geile Titten hat und einen schönen Arsch?«

»Wahrscheinlich. Entscheidend für die Welt da draußen ist aber nicht, was der Mann denkt, sondern was er sagt: ›Frau Meyer, besprechen Sie doch Ihren Kleidungsstil mit unserer Personalchefin. Sie ist in solchen Dingen besser bewandert als ich.‹ Herr Schertenleib, verstehen Sie, was ich meine?« Wieder blickte er Rene vielsagend an. »Hätte er das gesagt, was er dachte, wäre er über kurz oder lang gefeuert worden. Für seine Gedanken aber kann man ihn nicht belangen. Also, hören Sie jetzt bitte gut zu: In gewissen Situationen sollte man nicht das sagen, was man wirklich denkt, denn heutzutage leben wir in einer Welt, in der gewisse Menschen nur darauf warten, dass man etwas Falsches sagt. Die Unkultur jemanden absichtlich misszuverstehen war noch nie so verbreitet wie heutzutage, und die Leute tun das nur, um jemanden in Schwierigkeiten zu bringen, jemandem wie Ihnen zu schaden. Kapiert?«

Rene verstand. Denn statt dem Sozialarbeiter zu sagen, wie lächerlich er diese Sitzungen fand, sagte er: »Danke schön. Ich werde mir das zu Herzen nehmen, denn ich verstehe nun, was Sie meinen.«

Mit dieser Lektion im Hinterkopf beteuerte Rene im Büro des Anstaltsdirektors: »Ja sicher, Herr Direktor, ich bedauere doch jeden Tag aufs Neue, die beiden Frauen getötet zu haben. Furchtbar, einfach nur furchtbar, das Leid, das ich da angerichtet habe … und ja, ich habe in den letzten Jahren viel unter Ihrer Führung gelernt, Herr Direktor, wirklich viel. Und ich hatte ja auch mehr als genug Zeit dazu. Und Zeit ist es doch und dazu die richtigen Menschen um einen, Menschen, die wie Sie einen zur Einsicht führen und somit verändern, nicht wahr Herr Direktor? Dies haben Sie uns doch am letzten und am vorletzten und an all den Weihnachtsessen zuvor gesagt, und ich habe es mir mit der Zeit zu Herzen genommen.«

Genau diese Worte, gesprochen in einem leicht unterwürfigen Ton, genau das wollte der Herr Direktor hören, wenn er aus seiner dickumrandeten schwarzen Hornbrille hinter seinem schweren Schreibtisch hervorstarrte, als wäre er ein

Gutmensch. Dabei dachte Rene, während er so mit ihm redete, dass die Gerüchte bestimmt stimmten: dass dieser Großkotz von einem Direktor ins Puff gehe, den Nutten Geld dafür gebe, dass sie ihm den Arsch so richtig versohlten. Oh ja, da hast du es, du böser, böser Junge, und immer fester mit der Rute auf den nackten Arsch des Herrn Direktors. Rene lächelte bei diesem Gedanken wie ein Sieger. Genau so ein peinlicher Verlierer war dieser Mann, und er, Rene, wusste es und konnte dennoch schweigen. Doch ausgerechnet so einer erdreistete sich, ihm zu predigen, was Gut und Böse sei.

Rene lächelte damals und biss die Zähne zusammen. Nie wieder wollte er so scheinheilig vor diesem Drecksack sitzen müssen. Aber nur so kam er hier raus. Wenn er dann mal draußen war, das hatte er sich geschworen, würde er sich von keinem dieser Arschkriecher und Möchtegerngutbürger mehr provozieren lassen. Die warteten doch allesamt nur auf so einen wie ihn, um ihn fertigzumachen. Nein, diesen Gefallen würde er niemandem tun. Er hatte zwar noch die eine oder andere offene Rechnung, die er halt noch begleichen musste. Aber erwischen lassen würde er sich bestimmt kein zweites Mal!

Rene stand in diese Gedanken versunken mit leicht gebeugter Haltung weiter an der Straße vor dem Gefängnis, beobachtet von den Kameras, wartete darauf, dass endlich das Taxi kam, schimpfte, weil es nicht kam, als könnte es jemand hören, und rauchte bereits die dritte Marlboro. Die Stummel der beiden anderen hatte er auf den Boden gespickt, in eine große Pfütze, die den trüben Aprilhimmel einfing.

Wohin ihn der Taxifahrer kutschieren solle, wenn er denn endlich auftauchte, wusste Rene genau: ins nächste Puff. Dort wollte wohl jeder Entlassene als Erstes hin, war sich

Rene gewiss. Immer wieder hatte er es sich in den letzten Wochen vorgestellt, wie er gleich drei der Weiber durchnageln würde, sodass sie eine Woche schief laufen und ihn deshalb nie mehr vergessen würden.

Geld dafür hatte Rene genug. In der Tasche hatte er mehrere tausend Franken in einem Couvert: der Lohn für seine jahrelange Arbeit in der Schreinerei und Schlosserei der Strafanstalt. Doch als das Taxi endlich kam, änderte er plötzlich seine Meinung. Er gab dem Fahrer die Anweisung, ihn zum nächsten Bahnhof zu fahren.

Obwohl der Himmel aufgeklart hatte und die Sonne hie und da ihren Weg durch das Blau fand, blieb sie machtlos gegen die Kälte dieses Apriltages. Rene blickte aus dem Zugfenster auf die vorbeiziehende Landschaft, während er, nachdem er am Zürcher Hauptbahnhof umgestiegen war, nun Richtung Chur fuhr, genauer gesagt nach Landquart, das wenige Kilometer vor der Hauptstadt und vor dem Taleinschnitt zum Prättigau lag.

Vom Bahnhof Landquart aus nahm er ein Taxi. Seine 63-jährige Tante Marisa lebte in einem alten, lottrigen Haus vor dem Schluchteingang der Klus an der vielbefahrenen Landstraße, die ins Prättigau, bis nach Klosters-Davos führte. Sie hatte ihn in den Jahren, die er bei verschiedenen Pflegefamilien und in Kinderheimen untergebracht worden war, später dann in Anstalten für jugendliche Straftäter, nie besucht. Sie kam ihn auch nicht in der JVA Pöschwies besuchen, nachdem er aus der Forensisch-Psychiatrischen Abteilung in den Normalvollzug versetzt worden war. Erst als er, wegen der nahenden Freilassung, im letzten Jahr in der JVA ins Haus Lägern wechseln konnte, in dem er, wie sie sagten, im offenen Strafvollzug auf seine Entlassung vorbereitet wurde, kam sie ihn eines Tages besuchen. Aber nicht ohne Grund: Es ging ihr wie immer nur ums Geld.

Während seiner Zeit im Haus Lägern wurde viel über Integration geredet. Er müsse sich in den ihm zur Verfügung gestellten Lern- und Übungsfeldern erst bewähren, um auf seine Reintegration vorbereitet zu sein. Seine Tante hatte den Behörden zugesichert, ihn nach der Entlassung bei sich wohnen zu lassen, Familie sei wichtig, hatte sie gesagt, aber er und sie wussten beide, dass sie das Geld für Kost und Logis, das der Staat ihr bezahlen würde, sehr gut brauchen konnte. Was seinen weiteren Unterhalt anbelangte, einigte man sich darauf, dass er sich selber eine Arbeit suchen solle. Ein Sozialarbeiter in Landquart würde sich jede Woche mit ihm besprechen, um die Jobsuche voranzutreiben, und bei Tante Marisa hätte er vorerst ein schönes Zuhause. Man würde ihn also nicht alleinlassen. Von wegen!

Rene wusste, dass seine Tante wegen ihres früheren Lebenswandels etwas vergesslich geworden war, so hatten es die Behördenvertreter beschönigend ausgedrückt. Das war ja grundsätzlich etwas Gutes, dachte Rene, solange man nur das Schlechte im Leben vergaß. Auch er hätte gerne Dinge vergessen: die baumelnden Füße seiner Mutter, die noch immer in seinen Träumen auftauchten, von denen er aber nie jemandem erzählt hatte, denn dafür hätte er doch keine Worte gefunden.

Hinter Landquart, in der Ganda, wo eine Tankstelle und ein Restaurant so dicht an der Landstraße standen, als würden die Autofahrer geradezu bedrängt, dort zu halten, befand sich die Lotterbude seiner Tante, weiter dahinter die Klus, die das Tal so verengte, dass die Straße in einem Tunnel verschwand.

Rene klopfte an die Tür, weil die Klingel keinen Ton von sich gab, und blickte aufs Türblatt, von dem die dunkelbraune Farbe abblätterte.

Bis die Tür endlich aufging, hatte Rene Zeit, sich umzuschauen: Eine rostige Gießkanne stand schief neben dem ebenfalls aus dem Lot geratenen Briefkasten. Der frivole Gartenzwerg, der seinen halb entblößten Hintern zeigte, hatte im Kopf ein kleines Loch, aber seine Farben leuchteten schön grell. Dennoch, das Schmunzeln des Zwergleins, das umrandet war von einem weißen Bart, wirkte in Anbetracht des lädierten Schädels irgendwie gestört, fand Rene. Deshalb gab er dem Kerl einen Tritt, sodass er ins Gestrüpp dahinter flog.

Seine Tante, die tatsächlich vergesslich geworden war, wie er schnell feststellte, freute sich gespielt, ihn zu sehen. So alt war sie ihm beim letzten Treffen in der JVA nicht vorgekommen. Gopferdeckel, dachte Rene bei ihrem Anblick, sie sieht aus, als hätte sie jemand auf dem Friedhof wieder ausgebuddelt.

Seit einem Schlaganfall war Marisa linksseitig in ihren Bewegungen eingeschränkt. Dennoch machte sie sogleich Anstalten, ihm noch auf der Türschwelle seine Tasche abzunehmen. Das und ihr schiefes Lächeln waren wohl ihre Leistung, für die sie nun jeden Monat 3776 Franken vom Staat kassieren würde.

Rene wusste, dass sie wusste, was er getan hatte, auch wenn sie beide nie darüber gesprochen hatten. Tötungen im Affekt, nannte es sein Anwalt, der Staatsanwalt hingegen hätte ihn gerne wegen Mordes eingebuchtet, doch es fehlte das Merkmal der Heimtücke und auch die Planung der Tat. Er war wirklich kein Mörder, fand er. Es war halt einfach verdammt blöd gelaufen, für alle, fand er und dachte, während er nun auf Marisas altem Sofa Platz nahm, an damals zurück:

Vor etwas mehr als 15 Jahren war Rene in Chur in einem Bordell im Quartier City West mit einer Frau in Streit geraten, weil er beim Sex heimlich den Gummi abgestreift hatte. Seine Erklärungen, die zugegeben allesamt gelogen waren, wollte sie nicht hören. Ihre Kollegin eilte hinzu, die beiden beschimpften ihn aufs Gröbste, nannten ihn einen Vergewaltiger, drohten ihm damit, die Polizei zu rufen, wenn er nicht mehr bezahle. Sie zeterten weiter auf ihn ein. Da stand halt dieser schwere Kerzenhalter perfekt in greifbarer Nähe, grad so, als hätte das Schicksal selbst ihn dort abgestellt, fand Rene auch im Nachhinein. Und plötzlich war da diese befreiende Totenstille …

Was war passiert?

Nur den erstaunten Blick der ersten Prostituierten sah er nach den Jahren noch anklagend vor sich, bevor diese blutüberströmt zusammensackte, als hätte sie sich im Bruchteil einer Sekunde erst dazu entschließen müssen. Danach folgte dieser gellende Schrei der zweiten Frau, nur kurz, wie ein Blitz aus heiterem Himmel, dann sah er wie er seine Hand erhob, als hocke jemand anderer in ihm. Die zweite Frau fiel im Verhältnis zur ersten augenblicklich zu Boden, als hätte sie sich sogar freiwillig hingeworfen. Bumpf, da lag sie schon auf dem Bauch und blutete kaum und war dennoch genauso mausetot wie die andere.

In ihm herrschte dann dieses Vibrieren, einem Summen gleich, welches alle sein Körperzellen in eine gemeinsame Schwingung versetzte – eine Schwingung, die alles verstand, was nun geschehen würde, als wäre jeder kommende Schritt bereits in Stein gemeißelt: von den kalten Handschellen bis hin zur Urteilsverkündung und dem Geräusch der schweren Stahltür, die er in der JVA Pöschwies tausende Male hören musste. Nur das Gefühl der Entlassung von heute Morgen, dieser Geruch des kühlen Aprils, der sowohl einen Schub Winter, zugleich aber samtgleich auch den von den weißen Blüten des Strauches neben der Strafanstalt in sich barg und ihn so an kalte Ostertage erinnerte, das Gefühl, das dieser Geruch auslöste, war als Einziges nicht in diesem Schwingen von damals bereits enthalten gewesen.

Den Kerzenständer hatte er damals mitgenommen und in die Plessur geworfen. An die Einrichtung aus billigem Goldkitsch erinnerte er sich noch ganz genau. Auch an den großen Spiegel im Eingang mit dem dicken verschnörkelten Rahmen, ebenfalls in Goldkitsch gehalten. Bei dessen Anblick hatte er sich gefragt, warum die Betreiber einen so großen Spiegel im Eingang aufgehängt hatten, denn manch ein Mann würde sich doch darin spiegeln, und weit nicht alle, da war Rene sich sicher, wollten sich eingestehen, dass sie dort waren. Denn, wenn man mal ehrlich zu sich selber war, so empfand er es, war jeder Mann, der den Weg in ein Puff sucht, auf der Verliererstraße angekommen. Er ja auch. Das zumindest hatte ihm der Psychiater in der JVA in den vielen Therapiestunden erklärt: »Herr Schertenleib. Ihnen ist es nicht um den Sex gegangen, sondern um das Gefühl von Macht. Warum sonst haben sie das Präservativ heimlich abgestreift? Diese Sexarbeiterinnen«, als würde dieses scheinheilige Wort aus dem Tun der Nutten etwas Besseres machen, dachte Rene, »geben ihnen begrenzte Macht über ihren Körper! Es geht dabei doch immer nur um Macht. Verstehen Sie das?«

Ja, er verstand: Der Psychiater hatte einen gehörigen Dachschaden, und dafür wurde der Kerl auch noch saugut bezahlt. Auch für das Tötungsdelikt hatte dieser Mann eine Erklärung parat: »Rene«, er sprach ihn immer in der Sie-Form und mit Vornamen an, nur um ihm Nähe vorzuspielen, »Rene, Sie haben die Kontrolle, die Macht über die Situation verloren, und somit die über sich selber. Sie haben aus einer Machtlosigkeit heraus gehandelt, um wieder die Kontrolle herzustellen, denn als Kind haben Sie diese bedauernswerterweise andauernd verloren.« Wie immer saß er in einem gestrickten Pullover da, als verstände er alles und jeden. »Rene, erst recht durch den Suizid Ihrer werten Mutter.«

Doch da war diese Mauer, dick und fest und unverrückbar. Hinter diese ließ Rene Schertenleib niemanden blicken. Doch als er damals seit Langem wieder vom Tod seiner Mutter hörte, bescherte es ihm einen Klos im Hals. Erinnerungen tauchten auf; er sah, wie der einäugige Bär-Anhänger am Schulranzen wackelte und roch das Haarspray aus der goldenen Dose, sah Mutters Beine vor sich baumeln. Er hatte damals sofort gefühlt, dass dieses Leben vorbei war – für immer. Nie wieder würde er sich heimlich in finsteren Nächten an seine schlafende und betrunkene Mutter schmiegen können, ihren leichten Schweißgeruch riechen, ihr Atmen fühlen, in ihre Wärme eintauchen. Sie war seine Welt gewesen.

Rene nahm nach seiner Tat den beiden toten Frauen das Geld ab, durchsuchte die Räume nach Wertsachen, dann stieg er beim Rausgehen über die beiden Leichen, die beide so still waren, wie er es sich nur wünschen konnte, vor allem nach so einem Geschrei. Sie konnten ihm nichts mehr tun. Außerdem war er sich sehr sicher, niemals erwischt zu werden, denn es war das erste Mal bei diesen beiden gewesen und auch das letzte Mal.

Sein Stolperstein war nicht die Kamera-Attrappe über dem goldenen Spiegel, diese hatte er samt Spiegel runtergeschlagen und gesehen, dass da nichts verdrahtet war. Sein Stolperstein war die kleine Kamera des Autohändlers, dessen schäbige Occasionen auf einem ebenso schäbigen Platz neben dem Bordell standen.

Wer, verdammt noch mal, lässt solche Schrottkarren überwachen?, hatte Rene sich später mehrmals gewundert. Doch diese Kameraaufnahmen belegten, dass er als Letzter aus dem Puff gekommen war. Somit war der Fall klar, denn die Tür hatte von außen einen Knauf.

Sie holten ihn schon am übernächsten Morgen, in dem Moment, als er seine kleine Wohnung im Churer Rheinquartier verließ. Die Kripo, das musste er im Nachhinein zugeben, hatte es verflixt schlau angestellt: Eine attraktive Frau hatte ihn vor dem Hauseingang bei den Briefkästen gegrüßt und ihm einen Zettel hingehalten, freundlich gefragt, ob er wisse, ob diese Person in dem Hochhaus wohne. Während er den Zettel in Augenschein nahm, packten ihn mehrere Beamte von hinten, und ehe er sich versah, lag er bäuchlings auf dem Boden, die Hände hinter dem Rücken in Handschellen gelegt, die Füße mit Ketten gefesselt. Die schöne Frau lächelte nun nicht mehr, zog eine dunkelblaue Jacke über, die mit *Polizei* beschriftet war, und sagte, dass er wegen Mordverdachts verhaftet sei. Er verschwand in einem dunklen Kastenwagen und wurde schließlich für 15 Jahre weggesperrt.

An den Namen eines Mannes, der ihn damals verhört hatte, konnte Rene sich auch jetzt, auf dem Sofa seiner Tante sitzend, all die Jahre später, noch gut erinnern, denn der Kerl hatte ein Gesicht wie aus Fels gemeißelt und hatte Rene stets so angesehen, als wäre er kein Mensch. Arnold Bonorand, genau so hieß dieser Sauhund!

11

Am Montag saß Giulia bereits um sieben Uhr im Kommando. Es ging ihr noch immer nicht aus dem Kopf, dass sie geschlafen hatte, als Ramona Gwerder nur vier Stockwerke unter ihr auf dem Parkplatz auf brutale Art und Weise umgebracht worden war. Sie haderte damit, es nicht irgendwie gespürt zu haben; die Todesangst, die stummen Signale, dass sie das innerliche Flehen des Opfers nicht gefühlt hatte. Und Wut kam in ihr hoch, darüber, dass der Täter diesen Mord so kaltblütig begangen hatte, und das direkt vor ihrer Haustür. Aber, damit hatte Nadia schon recht, mit diesem expliziten Akt der Grausamkeit hatte er auch etwas von sich preisgegeben, hatte Spuren seiner Psychologie hinterlassen, die es nun aufzuschlüsseln galt.

Um 8:30 Uhr wurde die Soko Bergschatten zu einer Lagebeurteilung einberufen. Peterelli übernahm als Kripo-Chef die Gesprächsführung, doch Giulia und Nadia waren die führenden ermittelnden Beamtinnen und standen ebenfalls zwischen Beamer-Leinwand und der großen Magnettafel. Oberste Priorität war, die Hütte des Täters schnellstmöglich ausfindig zu machen. Das abgesteckte Gebiet war zwar weitläufig, aber sie waren nicht orientierungslos. Da der Zeitdruck nun geringer war, da das Opfer nicht mehr gerettet werden konnte, wollten sie jetzt strukturierter vorgehen. Es mussten Gebäudeinformationen und Bauverzeichnisse bei den entsprechenden kantonalen Stellen und Gemeinden angefordert werden, dazu Kontakte zu den regionalen

Förstern und Jägern aufgenommen werden, die die jeweiligen Gebiete wie ihren Hosensack kannten. Cora und Corine, die beiden IT-Spezialistinnen, versuchten derweil weiterhin in den digitalen Spuren Ansätze für weitere Ermittlungen zu finden, doch noch war kein Durchbruch gelungen. Noch immer waren gewisse Dienstwege länger als erhofft, weil der Gesetzgeber gewisse Hürden noch nicht abgebaut hatte; dies betraf beispielsweise auch den Zugriff auf Konten auf sozialen Netzwerken.

Giulia und Nadia vernahmen gemeinsam um zehn und halb elf Uhr die beiden vorgeladenen Herren; den Anlageberater und den Autohändler, mit denen Ramona vor ihrem Verschwinden regelmäßig telefoniert hatte. Die beiden hätten unterschiedlicher kaum sein können. Willi Hofer arbeitete im unteren Kader der Kantonalbank, war gepflegt und unterwürfig, sorgte sich ständig darum, dass niemand erfahren dürfe, dass er mit der nun Ermordeten eine Affäre gehabt habe, gegen Geld wie er betonte, nicht aus Liebe, die gehöre einzig und allein seiner Frau Margrit, und das für immer und ewig.

Der andere, Marcel Bleisch, war ungepflegt, mit fettigem, dünnem schulterlangen Haar und arrogantem Auftreten, stank nach Zigarettenrauch. Er kam in Begleitung seines Anwalts und drohte, das Jüngste Gericht herbeizuführen, noch ehe die beiden Ermittlerinnen überhaupt ihre erste Frage stellen konnten. Giulia und Nadia ließen ihn ins Leere poltern, schwiegen, auch dann, als er gerade seine Tirade beendet hatte, sodass er irritiert seinen Anwalt anstarrte.

Er sagte daraufhin aus, dass er über Facebook mit der jungen Ramona Gwerder in Kontakt getreten sei und ihm schnell klar geworden war, dass sie ihre Treffen mit Geld verbinden wollte.

»Doch nicht mit einem wie mir.« Er brüstete sich. »Ich habe

noch nie für Sex bezahlt, nirgends, nicht bei meinem Aussehen und den Qualitäten, die ich den Frauen im Bett biete. Die müssten eher mich entschädigen.« Er lachte schäbig, sodass seine gelben Raucherzähne zum Vorschein kamen.

Giulia, die ihm und seinem Anwalt gegenübersaß, konnte nicht länger schweigen, zumal sie sah, wie er Nadia bewusst so lange auf die Brüste starrte, dass sie es bemerken musste. Sie sagte trocken: »Und vom bloßen Anblick gewisser Typen haben Frauen, wie wir es sind, gelernt zu kotzen und zwar ausgiebig und stilvoll in einem.« Demonstrativ wischte sie sich mit dem Handrücken über den Mund.

Der Anwalt blähte sich auf, doch der Autohändler wusste im Moment nichts mehr zu sagen. Giulias verbale Ohrfeige hatte gesessen. In ihrem Blick konnte jeder sehen, wie angewidert sie von Bleisch war.

Nun nahmen Nadia und Giulia den Typen in die Zange. Es zeigte sich, dass er nie Sex mit Ramona hatte, weil sie es nicht wollte. Giulia und Nadia gingen davon aus, dass es daran lag, dass der Kerl so ein ungepflegtes Arschloch war, dies im Gegensatz zu dem unterwürfigen Anlageberater.

Nadia winkte irgendwann ab. »Giulia, wir haben hier genug gesehen und gehört, um uns ein Bild zu machen. Wir rufen jemanden, der die beiden aus dem Kommando führt.«

Die Tür des Vernehmungszimmers, in dem sie saßen, war sowohl von außen wie auch von innen nur mit entsprechendem Badge zu öffnen. Nadia und Giulia ließen die beiden eine geschlagene Viertelstunde alleine warten, ehe ein Beamter den Auftrag erhielt, die zwei Männer aus dem Kommando zu führen.

Was die beiden Ermittlerinnen nach der Auswertung aller Informationen über Ramona nun erfahren hatten, war, dass sie gerne Geschenke oder Geld von diesen älteren Männern annahm. Dass sie sogar entsprechend Druck auf die Männer ausübte, mit denen sie verkehrte, das gehörte zu ihrem Spiel. Dennoch, den Sex, auf den sie sich einließ, schien sie stets gewollt zu haben, der war also einvernehmlich und nicht des Geldes wegen. Sie verband ihre Vorliebe für reifere Männer einfach damit, dass sie sich von ihnen entsprechend aushalten ließ. Das belegten auch die alten Protokolle ihrer früheren Ausrisse von zu Hause. Gerne hätten sie weitere Informationen zu dem ominösen Ex-Häftling in Erfahrung gebracht. Doch niemand außer dem Bankangestellten Hofer konnte dazu etwas sagen. Der Autohändler wusste nämlich nichts von der Sache.

Nach den Einvernahmen setzten sich Giulia und Nadia in den Kommandoraum, in dem die Soko Bergschatten ihre Zelte aufgeschlagen hatte, und fingen an, diverse Anrufe zu tätigen. Nicht aber ohne sich zuvor je einen Becher Kaffee aus dem Automaten geholt zu haben.

Giulia versuchte zur Mittagszeit, verschiedene Förster, Jäger, Landwirte und Hüttenbesitzer ans Telefon zu kriegen, die sich in den einzelnen Teilgebieten, in denen sich die Hütte befinden konnte, auskannten. Sie hatten das abzusuchende Gebiet nochmals ausgedehnt, um in jedem Fall auf der sicheren Seite zu sein. Giulia sprach sogar mit einer Kräuter- und Pilzfrau, so nannte die sich, die ein Teilgebiet im Schanfigg ausgesprochen gut kannte und gleich drei Hüttenstandorte vermittelte. Im Vorfeld hatte Giulia mit Nadia zusammen ein Datenblatt erstellt, mit den entsprechenden Eckdaten zur Hütte: rote Fensterläden, mittels Zufahrt erreichbare und von Bäumen umsäumt. Diese Beschreibung mailte sie an alle zwischenzeitlich erreichten Personen mit den jeweils nötigen Ortskenntnissen, in der Hoffnung, bald den entscheidenden Tipp zu erhalten. Gleichzeitig bat sie die Leute auch darum, die Beschreibung der gesuchten Hütte weiter zu streuen.

Sie hatten gemeinsam stundenlang am Telefon und vor dem Notebook gesessen, holten sich zwischendurch nur einen Salat und ein Sandwich, bis sich um 16:57 Uhr alles änderte! Nadia war erst wenige Minuten zuvor nach Hause gefahren, um ihre Mutter zu entlasten und nach Amira zu sehen.

Der Notruf einer jungen Frau ging bei der Kantonspolizei Graubünden ein, der via Einsatzzentrale direkt an Giulia durchgestellt wurde.

Everita Palazzi meldete ihre beste Freundin, die 18-jährige Laura Bonorand als vermisst. Dass sie die Tochter von Arnold Bonorand war, einem der Polizeigrenadiere, die am Sonntagmorgen ebenfalls im Einsatz gestanden hatten, machte Giulia stutzig.

Giulia wollte aber als Erstes von Everita wissen, warum sie gleich Alarm schlage. Nach so einem publik gemachten Mordfall wurden manche Leute nämlich nervös und gerieten schnell in Sorge, sobald einer ihrer Liebsten sich verspätete; dachten vorschnell an ein Verbrechen.

Palazzi hatte eine helle Stimme, die sich gestresst anhörte. Sie sprach schnell: »Frau de Medici, vor knapp einer halben Stunde habe ich mit Laura telefoniert. Sie saß auf ihrem Fahrrad und war auf dem Weg in die Obere Au, denn wir hätten jetzt Fußballtraining. Sie hat gemeint, sie sei in fünf Minuten vor Ort, doch sie ist nicht angekommen, und ihr Handy ist plötzlich aus. Deshalb fuhr ich ihr entgegen auf dem Weg, den wir hin und wieder gemeinsam fahren. Ich stehe nun hier in der Unteren Plessurstrasse vor ihrem Fahrrad, das im abschüssigen Gelände neben der Straße liegt, doch von Laura keine Spur. Da ist definitiv was passiert! Vielleicht ist sie auch gestürzt und in den Bach gefallen.« Sie redete immer schneller: »Kommen Sie bitte schnell!«

»Führt der Bach bei der Hitze und Trockenheit überhaupt Wasser?«

»Ja, ich sehe den Bach, doch da liegt sie nicht. Es hat auch nicht viel Wasser. Bitte, Sie müssen Hilfe schicken, schnell.«

»Wir kommen sofort.« Giulia stand auf und zog ihren Blazer vom Haken neben der Tür, während sie weiterredete. »Hören Sie jetzt gut zu. Bleiben Sie an Ort und Stelle. Es soll niemand was berühren. Und erschrecken Sie nicht, ich alarmiere aus Sicherheitsgründen dennoch die Wasserrettung und die Ambulanz und mache mich persönlich sofort auf den Weg zu Ihnen, mit Blaulicht und Sirene. Okay?«

»Okay.« Everitas Stimme zitterte. »Bitte kommen Sie schnell.«

Ein dunkles Gefühl beschlich Giulia, als sie den Vater der Vermissten alarmierte, der sich nur zwei Stockwerke unter ihr ebenfalls im Kommando befand. Die Einsatzzentrale bot derweil die Wasserrettung und die Ambulanz auf, dazu eine Hundestaffel. Giulia meldete den Fall unverzüglich auch Major Peterelli und bat ihn, die Arosastrasse ins Schanfigg und die Straße Richtung Lenzerheide, direkt oberhalb des Rosenhügels, eilends zu sperren, da möglicherweise derselbe Täter, der Ramona Gwerder ermordet hatte, bereits wieder am Werk sei. Peterelli meinte zwar, sie solle nicht gleich den Teufel an die Wand malen, die letzte Tat liege noch keine 48 Stunden zurück, daher sei das sehr unwahrscheinlich. Dennoch ordnete er die Straßensperren an.

Giulia hetzte in die Tiefgarage. Der 45-jährige Arnold Bonorand kam mit schnellen Schritten hinzu. Giulia setzte das Blaulicht aufs Dach ihres zivil wirkenden roten Audi Q5 und schaltete die Sirene ein, denn vielleicht lag die Frau ja weiter unten im Bachbett im Wasser und brauchte dringend Hilfe.

Hoch konzentriert fuhr sie mit der für einen solchen Einsatz erlaubten Höchstgeschwindigkeit zur Unteren Plessurstrasse. Bonorand, ein graumelierter Mann mit klaren Gesichtszügen, die eine gewisse Härte trugen, wären da nicht seine warmen Augen gewesen, wirkte konzentriert und gefasst. Ein Profi, dachte Giulia.

Keine zwei Minuten später bog Giulia in die Plessurstrasse ein. Nur wenige alte Häuser, die sich hinter Hecken, Bäumen und Gesträuch versteckten, säumten die kaum mehr als fahrzeugbreite Straße, die meist nur von den Anwohnern befahren wurde. Auch jetzt war kein anderes Fahrzeug unterwegs.

Von Weitem sah Giulia auf der kerzengeraden Straße vor sich eine junge Frau winken und hielt bei ihr mitten auf der Straße an, sodass ihr Audi mit dem weiterblinkenden Blaulicht die Durchfahrt versperrte.

Arnold und Everita kannten sich der Begrüßung nach zu urteilen gut. Als beste Freundin der Vermissten war sie bestimmt öfters bei den Bonorands zu Hause, schlussfolgerte Giulia und blickte sofort auf den abschüssigen Hang, wo das Fahrrad lag, als wäre es von jemandem hinuntergeworfen worden. Was Giulia sofort irritierte: Das Rad war mit einem hellblauen Schloss abgeschlossen, ein Unfall war daher ausgeschlossen. Doch wieso lag das Velo im Bord?

Sie stieg im seitlichen Abstand von zehn Metern zum Velo den Hang hinunter und blieb kurz vor dem mehrere Meter breiten Bachbett stehen. Von Weitem hörte sie leise die Ambulanz heranrasen. Der Kanal war an den seitlichen Rändern teils dick überwuchert. Giulia wollte sicher sein, dass die Frau nicht irgendwo weiter unten im Wasser lag, und stieg ins knietiefe Wasser, watete 50 Meter flussabwärts und wieder zurück, während die Ambulanz eintraf und deren Sirene verstummte. Die Strömung hätte problemlos gereicht, um einen Körper fortzutragen. Dass das Handy von der Vermissten nicht mehr funktionierte, konnte ein Hinweis darauf sein, dass Laura damit ins Wasser gefallen war. Dennoch: Das abgeschlossene Fahrrad und Giulias Gefühl sagten ihr, dass es sich so nicht zugetragen hatte. Doch was war tatsächlich geschehen?

Giulias dunkle Jeans hatte sich bis zu den Oberschenkeln mit Wasser vollgesogen, als sie aus dem Bachlauf stieg. Oben auf der Straße war es heiß, doch Giulia spürte die Hitze kaum. Ihren Blazer hatte sie im Wagen gelassen. Sie trug ein helles Shirt mit der Aufschrift *Polizei*, ihre Waffe steckte im Schulterholster. Ihre Umwelt spiegelte sich in ihrer dunklen Sonnenbrille, während sie ihr Cap richtete und den Wartenden berichtete, dass sie unten beim Bach nichts gefunden habe. Auf ihrem Wagen, mit dem sie die schmale Straße blockiert hatte, blinkte noch immer das Blaulicht, dahinter parkte die Ambulanz. In diesem Moment näherte sich ein tieffliegender Heli, der dem Bachverlauf bis hinunter zur Einmündung in den Rhein folgte. Bevor Giulia die Ambulanz zurückschickte, ging sie die Plessurstrasse in beide Richtungen ab, auf der Suche nach möglichen Spuren, während Bonorand in der Zwischenzeit versuchte, den letzten Standort von Lauras Handy abzufragen. Das funktionierte nämlich auch dann noch, wenn das Gerät ausgeschaltet war, sofern es nicht gänzlich zerstört wurde. Ansonsten wäre der letzte Standort in der Karte verzeichnet.

Giulia sah schon an Arnolds zackigen Schritten auf sie zu, dass sich an der Lage etwas verändert haben musste. Er sagte, dass das Handy seiner Tochter nur wenige Straßen entfernt irgendwo liege und zeigte ihr die Position auf seinem Bildschirm. In diesem Moment kam eine weitere Patrouille der Kapo angefahren und riegelte den Ort zwecks detaillierterer Spurensicherung ab. Giulia setzte sich mit Arnold in ihren Wagen. Everita musste zurückbleiben, die Kollegen würden sich fürs Erste um die junge Frau kümmern.

Die beiden Ermittler fanden nach kurzer Suche das ausgeschaltete Gerät in einem Gebüsch neben der Austrasse. Giulia fotografierte die Lage des Geräts, bevor sie sich die blauen Gummihandschuhe überzog und das Handy in einen Plastikbeutel eintütete, von denen sie immer welche im Wagen mitführte. Erst jetzt erkannte Giulia einen Anflug von Sorge im Gesicht des Grenadiers, während er zu ihr sagte: »Ich befürchte, der Kerl hat unfassbarerweise bereits wieder zugeschlagen und hat nun meine Tochter in seiner Gewalt.«

Giulia dachte, dass er recht hatte, denn das Profil passte: 18-jährige junge Frau mit einem Elternteil bei der Polizei. Sie sagte zu Arnold: »Vielleicht ist die Sache auch ganz anders. Aber wir müssen natürlich alles in Betracht ziehen, um effektiv handeln zu können. Die Straßen aus Chur sind übrigens bereits gesperrt, jeder Wagen wird kontrolliert.«

Giulia ordnete unverzüglich an, dass auch die Fundstelle des Handys abgesperrt wurde, damit die Spurensicherung den Platz ungestört untersuchen konnte. Dann fuhren sie und Arnold zurück in die Plessurstrasse, wo Lauras Velo noch immer im Bord lag. Dr. Kaspersky und Adrian Hugentobler waren soeben eingetroffen, begannen mit der Spurensicherung.

Giulia nahm Arnold etwas zur Seite. »Arnold, dir als erfahrenem Beamten muss ich ja nicht sagen, wie wichtig die ersten Stunden in einem solchen Fall sind. Ich muss dich daher kurz befragen, als Vater.«

Er nickte.

»Sag, siehst du irgendeinen Zusammenhang mit dem Fall von Ramona Gwerder, abgesehen vom Umstand, dass du wie auch Ramonas Mutter bei der Polizei arbeitest? Kannten sich deine Tochter und Ramona? Irgendwelche Verbindungen?«

»Nein, nicht aus meiner Sicht.« Er winkte Everita zu sich.

»Everita, sag, habt ihr Kontakt gehabt zu Ramona Gwerder, Laura und du? Ich nehme an, du weißt von dem Fall.«

Everita wirkte aufgelöst, war sichtlich nervös, hatte Mühe, überhaupt zu sprechen: »Nein, nein, wir haben uns nur gestern Nachmittag in unserem Girl-Chat darüber ausgetauscht. Wir wissen ja, wie unbedingt Laura Polizeibeamtin werden will, aber nein, wir kennen diese Ramona nicht. Alles nur aus den Medien gehört. Ihr glaubt doch nicht etwa …«

»Mach dir im Moment nicht zu viele Sorgen. Wir von der Polizei müssen immer in alle Richtungen ermitteln«, sagte Giulia, und Arnold stellte die nächste Frage.

»Ist dir in den letzten Tagen etwas seltsam an Laura vorgekommen? Ihr redet ja untereinander anders als mit uns Eltern. Hat sie dir vielleicht etwas anvertraut, das in Anbetracht der jetzigen Situation von Bedeutung sein könnte? Hat sie jemanden getroffen?«

»Nein, so ist Laura doch nicht. Es ist auch kein neuer Freund am Start gewesen, alles wie immer, nur dass sie sich sehr für den Fall dieser entführten Frau interessiert hat. Das scheint sie beschäftigt zu haben. Sie sprach in den letzten Tagen mehrmals über sie.« Everita blickte zu Giulia.

»Sie, Frau de Medici, sind Lauras großes Vorbild. Das hat sie auch gestern noch gesagt, nach der Berichterstattung und den Fotos von Ihnen in den Medien.«

»Das kann ich nur bestätigen«, sagte Arnold zu Giulia. »Erst recht, seit Laura mich vor einem Jahr im Kommando besuchen kam und ich euch beide vorgestellt habe. Du hast dich ja mit ihr noch unterhalten, weißt du noch?«

Giulia konnte sich noch gut an die kurze Begegnung erinnern. Laura trug etwas in ihrem glasklaren Blick, das Giulia dazu bewog, sie in ihrer Berufswahl der Kriminalbeamtin zu bestärken. Doch mit der Bewunderung, von der Giulia jetzt hörte, konnte sie wie immer nur schlecht umgehen, wusste daher im ersten Moment gar nicht, wie sie reagieren sollte. Sie sagte: »Also benahm sich Laura in den letzten Tagen, zu Hause und im Freundeskreis, so wie immer?«

Beide bestätigten dies.

Giulia hakte bei Everita nach: »Ihr besucht dieselbe Schule, richtig?«

»Ja, die Kantonsschule in Chur.«

»Weißt du, ob sie dort heute mit jemand Fremdem geredet hat?«

»Kann ich nicht mit Bestimmtheit sagen, denn wir sehen uns ja nicht ununterbrochen den ganzen Tag, sind nicht in derselben Klasse, denn ich bin ein Jahr älter.«

»Okay, letzte Frage: Du hast sie, als sie auf dem Weg ins Training war, angerufen. War da irgendwas an ihrer Stimme anders, oder wirkte sie sonst irgendwie komisch?«

»Nein, sie hat mich angerufen, weil sie etwas spät dran war. Sie ist sonst eine, die immer zeitig kommt, also zu früh.«

»Und warum war das heute anders? Ich weiß, ich frage dir jetzt ein Loch in den Bauch, und du machst dir Sorgen …«

»Schon gut. Ich glaube, sie musste noch wegen einer Arbeit etwas in der Schule mit einem der Lehrer nachbesprechen, deshalb fuhr ich schon mal los.«

»Okay. Falls du was von ihren anderen Freundinnen erfahren solltest, was uns weiterhelfen könnte, ist hier meine Karte.« Giulia streckte sie ihr hin. »Wir werden uns nun weiter auf die Suche nach ihr machen. Kommst du soweit alleine klar?«

Everita nickte.

»Sicher? Eine Streife kann dich auch nach Hause fahren.«

»Nein, nein, ich gehe runter ins Training, vielleicht erfahre ich dort noch was, oder vielleicht kommt sie ja doch noch«, sagte Everita und hielt sich dabei am Lenker ihres Damenrades fest.

Giulia wusste, dass Menschen sich in solchen Momenten, in denen schon klar ist, dass etwas Ungeheuerliches passiert sein musste, weiterhin an die Hoffnung klammerten, dass doch noch alles gut wird. Sie aber hatte gelernt, anders zu denken, was keineswegs hieß, dass sie eine Pessimistin war. Doch wer Tatsachen ignorierte, so hatte es ihr nun längst pensionierter Ausbildner erklärt, der konnte weder situationsgerecht entscheiden noch handeln, und wichtige Zeit konnte verloren gehen. Für Giulia war deshalb klar: Das Spurenbild deutete nicht auf einen Selbstunfall hin, sondern auf eine Entführung, auch wenn das abgeschlossene Fahrrad Fragen aufwarf.

Giulia und Arnold klingelten an sämtlichen Häusern an der idyllischen Unteren Plessurstrasse, von denen aus man möglicherweise das Geschehen auf der Straße hätte beobachten können, doch niemand hatte etwas gesehen.

Sie fuhren daraufhin auf direktem Weg zur Kantonsschule, die sich im Hang über Chur, an der Straße nach Arosa befand. Gemeinsam befragten sie die Lehrerschaft. Es war die Deutschlehrerin, die bestätigte, dass sie kurz nach vier mit Laura etwas hatte nachbesprechen müssen. Sie zeigte sich ganz erschüttert über das Auftauchen der Polizei, obwohl sich Giulia und Arnold über den Grund ihres Besuchs ausschwiegen. Doch ihnen war bewusst, dass wohl alle wussten, dass sie nicht gekommen waren, um einen Geburtstagskuchen zu überreichen.

Da auch der Rest der Familie Bonorand in größter Sorge war, fuhr Arnold anschließend nach Hause zu seiner Frau Chloe und seiner jüngsten Tochter, der elfjährigen Mia. Außerdem wusste er, dass sich der Fall bei Giulia und Nadia in den Händen des besten Ermittlungsteams überhaupt befand.

Die Straßensperren blieben bis 20 Uhr bestehen. Sie waren zwar wie erwartet erfolglos, doch das war nun mal ein großer Teil solcher Ermittlungen: Dinge zu tun, die wahrscheinlich kein Ergebnis zu Tage brachten. Aber in diesem Fall ging es um ein Menschenleben, das es zu retten galt. Im Verlauf des Nachmittags war auch die Suche nach der Hütte vorangetrieben worden. Es waren mehrere Patrouillen unterwegs, um einige der Hütten abzuchecken, deren Standorte die Soko aufgrund von Giulias und Nadias Telefonaten ermittelt hatte. Doch die Liste war lang und wurde stetig länger.

Nadia blieb an diesem Abend noch lange mit Giulia im Kommandoraum der Soko. Dies, nachdem sie Amira ins Bett gebracht und ihre Mutter gebeten hatte, sie zu Hause abzulösen.

Nadia sammelte, bewertete und ordnete die Hinweise, die tagsüber reingekommen waren, und ergänzte die Faktenlage, sodass auf der großen Magnettafel ein kleines Labyrinth aus Linien, Fotos und Notizen entstand.

Erst gegen Mitternacht verabschiedeten sich die beiden Freundinnen in der Tiefgarage voneinander.

Giulia fuhr nach Hause. Als sie den Wagen in ihrer Garage parkte, fragte sie sich plötzlich: Was, wenn der Täter auch dieses Opfer wieder hier, vor ihrer Haustür, umbringen wollte? Es war nicht ausgeschlossen, dass es wegen der Großfahndung sogar schon in dieser Nacht geschah. Vielleicht musste es für den Täter diesmal schneller gehen, und er befand sich möglicherweise sogar noch immer in Chur.

Sie rief trotz der späten Stunde Kommandant Hartmann an. Solche Dinge musste sie nun mal mit ihm persönlich bereden, denn sie kannten sich schon lange. Er hatte vollstes Verständnis und ließ Giulias Wohnhaus während dieser Nacht von zwei Beamten der Securitas überwachen. Dies, weil die internen Ressourcen der Polizei gerade sehr strapaziert waren, da noch immer Beamte nach der Hütte fahndeten.

Für Giulias neue Liebe Gian blieb an diesem Tag kaum Zeit. Sie hatten sich nur kurz nach 22 Uhr per Telefon gehört, als Nadia und Giulia eine Pause machten, etwas aßen, das Peterelli ihnen vom Chinesen hatte liefern lassen. Und wieder hatte sie sich bedeckt halten müssen.

Als Giulia nun im Bett lag, schickte sie Gian eine liebe Sprachnachricht, sagte aber auch, dass der Fall sie unerwartet noch mehr forderte als ursprünglich gedacht. Aber sie ließ ihn auch wissen, dass sie es kaum erwarten könne, ihn schon bald wiederzusehen.

Danach legte sie ihr Handy zur Seite und ging ins Bett. Wenn sie ihre Augen schloss, dann fühlte sie seine Wärme, als läge er neben ihr. Sein Duft lag plötzlich im Raum. Sie lächelte, doch dann kamen wieder die Bilder vom Fall: Everitas aufgeregte Stimme, das abgeschlossene Damenrad im Bord, der Moment, in dem Arnold Bonorand begriff, dass seine Tochter einem Verbrecher in die Hände gefallen sein musste, und das tote Gesicht von Ramona, als Giulia die Plastiktüte aufriss.

Am nächsten Morgen:

Der Dienstag zeigte sich von seiner sommerlichen Seite. Die Suche nach der Hütte hatte die ganze Nacht angedauert, brachte aber leider nach wie vor keinen Treffer. Dafür zeigten sich die ersten Ermüdungserscheinungen bei den Einsatzkräften. Viele Überstunden waren bereits am Samstag und am Sonntag im Fall von Ramona geleistet worden, und nun der nächtliche Großeinsatz. Weitere Schritte mussten daher gut geplant sein, war sich Giulia bewusst. Sowohl vom Korps der St. Galler als auch der Zürcher Kantonspolizei könnten weitere Einsatzkräfte nach Chur beordert werden, falls dies nötig sein sollte. Das hatte Kommandant Erich Hartmann bereits am Vorabend abgeklärt.

Nadia wartete noch immer auf Meldungen der verschiedenen Strafbehörden der umliegenden Kantone, um die Liste der im letzten halben Jahr entlassenen Straftäter zu komplettieren. Denn, falls das stimmte, was dieser Bankangestellte Hofer in der Einvernahme tags zuvor ausgesagt hatte, und Ramona sich tatsächlich mit einem noch nicht lange zuvor entlassenen Ex-Häftling getroffen hatte, könnte dies eine heiße Spur werden. Doch an diese Daten ranzukommen, war gar nicht so einfach, wie Nadia bereits gewarnt hatte. Verschiedentlich musste sie nachhaken, denn gewisse Gesetzesmühlen mahlten derart langsam, dass es zum Verzweifeln war. Dennoch, die Liste wuchs. Nadia legte bei ihrer Recherche ein besonderes Augenmerk auf Delikte gegenüber Frauen.

Während des gesamten Dienstags wurde fieberhaft die Suche nach der Hütte vorangetrieben, während Giulia und Nadia in den Morgenstunden sämtliche Mitschülerinnen und Mitschüler von Laura befragten. Das Entsetzen stand in den Gesichtern der jungen Menschen geschrieben. Der Mörder hatte eine von ihnen in seiner Gewalt!

Danach suchten sie alle Spielerinnen des Fußballteams, mit denen Laura drei Mal die Woche trainierte, einzeln auf. Das dauerte. Auch bei ihnen saß der Schock tief. Das Bild, das die beiden Ermittlerinnen von Laura bei den Befragungen erhielten, war eindeutig: Laura war eine beliebte und außerordentlich intelligente Mitschülerin, sehr umgänglich und ehrgeizig – auch im Sport.

Anschließend fuhren die beiden zu Nadia nach Hause und aßen gemeinsam mit Nadias Mutter zu Abend. Amira war aufgedreht, half mit ihrem fröhlichen Wesen allen ein wenig abzuschalten.

Um mögliche Verbindungen zum ersten Opfer aufzudecken, mussten die beiden nochmals los. Erst nach 22:00 Uhr konnten sie Ramona Gwerders Lehrmeister und die Angestellten des mittelgroßen Bäckereibetriebes befragen, in dem sie gearbeitet hatte. Die Schicht, die auch Ramona gearbeitet hatte, fing immer erst um 22:00 Uhr an, damit das Brot frisch um fünf Uhr ausgeliefert werden konnte, und endete meist gegen halb sechs Uhr in der Früh.

Einige der Angestellten waren zutiefst erschüttert, andere schienen das Fehlen ihrer Auszubildenden bereits stillschweigend akzeptiert zu haben. Ramona schien mit ihrer Art dem einen oder der anderen auch auf der Arbeitsstelle gehörig an den Karren gefahren zu sein, wie zwischen den Zeilen zu erfahren war. Giulia und Nadia legten bei ihrer Befragung ein besonderes Augenmerk auf die älteren Männer. Dabei stach ihnen der gutaussehende 48-jährige Schichtleiter ins Auge. Den befragten sie daher genauer.

Im Gespräch gab er an, dass Ramona vor ungefähr einem Jahr versucht habe, mit ihm zu flirten, ihm ein unmissverständliches Angebot gemacht habe. Zuerst habe er gedacht, dass es bloß eine Spielerei von ihr sei, um auszuloten, wie weit sie es treiben könne, denn sie sei eine Grenzgängerin gewesen. Doch dann habe er realisiert, dass sie es ernst meinte. Er habe daraufhin mit ihr gesprochen, ihr unmissverständlich erklärt, dass er nicht der Typ Mann sei, der Interesse an so jungen Frauen habe. Ihm sei wichtig gewesen, sie dabei nicht zu brüskieren. Sie sei wohl damals schon in einer schwierigen Lebensphase gewesen, meinte er abschließend, und sein Mitgefühl war ihm anzumerken.

»Wie hat Ramona auf diesen Korb reagiert?«, wollte Giulia von ihm wissen.

»Sie hat nicht viel gesagt und auch danach nie wieder darüber gesprochen.«

»Ramona hat also keinen Stunk gemacht?«

Er schüttelte den Kopf. »Nein. Sie war im Herzen eine Gute. Ich bin einfach sehr traurig über das, was ihr passiert ist. Sie schien mir eine verlorene Seele gewesen zu sein, die Heimat gesucht hat und dabei nicht immer einfach im Umgang war.«

Auch der Schichtleiter konnte nichts zu dem ominösen Ex-Häftling sagen, aber er gab zu bedenken, dass Ramona eine notorische Lügnerin war, dass da also nicht unbedingt etwas dran sein müsse.

Erst um 23:10 Uhr waren Giulia und Nadia mit den Befragungen durch, ohne dabei auch nur einen Schritt vorangekommen zu sein.

Immerhin lag in der Zwischenzeit der Bericht von Dr. Kaspersky vor. Die Forensikerin hatte Giulia um kurz vor 23 Uhr angerufen und ihr mitgeteilt, dass der Bericht in der Datenablage zu finden sei. Sie betonte, dass dieser noch nicht abschließend sei, aber dennoch wichtige Informationen enthalte. Giulia und Nadia fuhren gemeinsam zu Nadia nach Hause und lösten dort Nadias Mutter ab. Lena fuhr nach Hause, während Giulia und Nadia Kasperskys Bericht aufriefen.

Die blasse Forensikerin, die sich umnebelt von klassischer Musik in der Leichenhalle stundenlang und minutiös an die Obduktion von Ramona gemacht hatte, stellte Folgendes fest: Ramona Gwerder hatte in den letzten fünf bis sechs Tagen vor ihrem gewaltsamen Tod keinen ungeschützten Geschlechtsverkehr gehabt. Das toxikologische Gutachten ergab, dass der Frau eine Substanz, ähnlich wie K.-o.-Tropfen, verabreicht worden war. Da sich das Opfer nach der Verabreichung noch Tage in der Gewalt der Täterschaft befunden hatte, sei eine genaue Bestimmung der Zusammensetzung nicht mehr möglich. Im Bericht wurde weiter festgehalten, dass man weder an der Leiche selbst noch an der zur Fesselung des Opfers benutzten Verschnürung irgendwelche DNA-Spuren finden konnte, was doch ziemlich erstaunlich sei. Fazit: Die Täterschaft musste sehr professionell vorgegangen sein. Die Kleidung, die das Opfer trug, gehörte ihr nicht und war nicht zurückzuverfolgen, da es Massenware war. Die Bodylotion hinterließ feinen Glitzer auf der Haut, überall, selbst im Gesicht, aber auch da muss der Täter wohl Handschuhe getragen haben.

Giulia und Nadia, die am Küchentisch vor Nadias aufgeklapptem Notebook saßen und den Bericht gemeinsam durchgegangen waren, schlussfolgerten aus der aktuellen Faktenlage, dass die Tat nicht in erster Linie sexuell motiviert gewesen sein konnte, dass es anscheinend vor allem um einen krankhaften Trieb ging, um Macht, die aber durchaus auch sexualisiert wurde, denn warum sonst sollte das Opfer betäubt und nackt mit dieser Glitzer-Lotion eingecremt worden sein, und das überall? Die Abschiedsbriefe, die Todesuhr im Blickfeld – das waren emotionale Qualen, mit denen der Täter Ramona seine Macht demonstrieren wollte. Dass nun auch das zweite Opfer weiblich und jung war, konnte ebenso System haben wie der Umstand, dass auch die entführte Laura Bonorand einen familiären Bezug zur Polizei aufwies. Das konnte aber auch Zufall sein. Dennoch, man musste nun von einem Serientäter ausgehen, auch wenn noch nicht bewiesen war, dass Laura vom selben Täter entführt worden war.

Giulia fiel um kurz nach Mitternacht todmüde ins Bett, nicht aber ohne zuvor Gian eine liebe Nachricht geschickt zu haben.

12

Am zweiten Morgen nach Laura Bonorands Verschwinden, es war Mittwoch, schrillten in der Soko Bergschatten alle Alarmglocken. Die Entführte hatte sich überraschenderweise in der Nacht von Dienstag auf Mittwoch gemeldet. Nicht per Mail, wie das erste Opfer, sondern über das Kontaktformular auf der Webseite der Kantonspolizei, und das um kurz nach halb zwei Uhr in der Nacht. Solche Nachrichten wurden erst zu den Bürozeiten in der Administration der Medienabteilung der Kantonspolizei gelesen. Umgehend wurde Giulia de Medici alarmiert, die bereits seit sieben Uhr im Kommandoraum der Soko recherchierte. Sie hatte gehofft, dass Laura, wie Ramona, jeweils in der Früh Abschiedsbriefe zu schreiben hatte und dabei ebenfalls die Internetverbindung bemerken und sich dann umgehend melden würde.

Giulia und Nadia setzten sich gemeinsam um 8:15 Uhr vor den Bildschirm, um die übermittelte Nachricht von Laura zu verifizieren und auf mögliche Hinweise zu untersuchen.

Jetzt bestätigte sich der Verdacht, dass es sich hier um dieselbe Täterschaft handelte wie bei Ramona. Somit hatten sie es mit einem Serientäter zu tun. Laura konnte aber im Gegensatz zu Ramona durch eine defekte Lamelle einen Spaltbreit nach draußen spähen. Ramona hatte nur die Lichtverhältnisse erkannt, dafür aber die Hütte von außen gesehen, da ihre Betäubung bereits nachgelassen hatte, als sie reingetragen wurde. Laura aber konnte durch den Spalt mehr erkennen und beschrieb, was sie sah. Damit bestätigte sie, was die Polizei dank der Ortung mittels Schüsse bereits wusste: Die Hütte stand irgendwo zwischen dem Schanfigg und Churwalden und zwar unterhalb der Waldgrenze. Außerdem konnte Laura eine grobe Beschreibung des Täters durchgeben. Sie hatte diesen in der Spiegelung der Scheibe gesehen. Es handelte sich somit um einen bärtigen Mann mit breitkrempigem Hut und schwerem Gang. In Lauras Zeilen erfuhren sie zudem, dass auch sie dem getakteten Spiel des Entführers ausgesetzt war und Abschiedsbriefe schreiben musste. Die 18-Jährige schloss ihre Zeilen damit, dass sie in genau 24 Stunden wieder auf die Seite der Kantonspolizei zugreifen werde und hoffe, dass bis dann ein Chatfenster eingerichtet werden könne.

Sofort machten sich die IT-Spezialistinnen daran, diese Chatmöglichkeit aufzubauen. Sie wollten sie gleich nach Mitternacht aufschalten, dann, wenn die Seite mit großer Wahrscheinlichkeit von niemand anderem mehr aufgerufen wurde. Warum Laura mitten in der Nacht diese Briefe schreiben musste, blieb unklar.

Diesmal wollten sie, sobald der Kontakt mit Laura zustande kam, das Gebiet mit dem Heli anfliegen. Laura würde durch den Spalt in der Lamelle nach draußen spähen können und den Heli dank der direkten Chatverbindung schnell zu sich lotsen können. In der Dunkelheit wäre das blitzende Positionslicht sehr gut auszumachen. Giulia teilte die Neuigkeiten umgehend Arnold Bonorand mit, so neutral wie möglich, um nicht zu viel Hoffnung zu schüren, denn noch war Laura nicht befreit.

Der Tag war aber noch zu jung, um tatenlos schon auf die Nacht zu warten. Sie wollten nicht unnötig Zeit verstreichen lassen, denn gestern waren sie keinen entscheidenden Schritt weitergekommen. In Chur ging derweil längst die Angst unter den jungen Frauen um. Die Medien spekulierten wie wild und schürten diese Ängste noch so gerne, denn dies versprach viele Klicks auf den Onlineportalen.

Die Suche nach der Hütte wurde auf Hochtouren weitergetrieben. Was die Liste mit den entlassenen Straftätern der letzten Monate betraf, konnte Nadia diese noch immer nicht komplettieren, da zwei außerkantonale Strafbehörden nicht alle Daten zur Hand hatten, wie sie sagten. Auch die zuständige Beamtin des Kantons Zürich hatte zwar versprochen, schnellstmöglich eine konsolidierte Liste zu mailen, auch von jenen Tätern, die sich dem Ende ihrer Strafe näherten und sich bereits im offenen Vollzug befanden, sich also quasi »draußen« frei bewegen konnten. Daran hatte weder Giulia noch Nadia bisher gedacht, dass es sich bei dem sogenannten Ex-Häftling auch bloß um einen sogenannten Freigänger handeln könnte. Doch die Liste traf nicht ein.

Giulia ging in der Zwischenzeit nun auch ihre eigenen alten Fälle von Sexualstraftätern durch, um etwaige Parallelen auszumachen. Dafür bewegte sie sich in den nachfolgenden Stunden keinen Schritt weg von ihrem Schreibtisch. Gleichzeitig wuchs in ihr die Sorge um Laura. Giulia wurde zunehmend ungeduldig, musste sich zwingen, die nötigen Hintergrundrecherchen sauber Schritt für Schritt weiterzuführen, als um kurz nach 16 Uhr endlich eine der Spuren heiß wurde.

Dabei ging es um diese ominöse Prepaid-Handynummer, die Ramona nur wenige Tage vor ihrer Entführung mehrere Minuten lang angerufen hatte. Die Recherchen der IT-Spezialistinnen hatten soeben ergeben, dass es sich bei dem angerufenen Handy um ein sogenanntes kaltes Telefon handelte, das anscheinend nur dazu benutzt worden war, um sporadisch angerufen zu werden. Aktiviert wurde diese Nummer zum ersten Mal vor über 20 Jahren, und seither war sie kaum genutzt worden. Jahrelang wurde das

Telefon gar nicht eingeschaltet, seit wenigen Wochen schien es aber wieder in Gebrauch. Immer wenn es eingeschaltet wurde, verband es sich mit dem Swisscom-Netz, so wie jedes Mobiltelefon es tut. Diese Daten lagen den IT-Forensikerinnen nun vor. Es war mehr als nur verdächtig, dass sich das Gerät ausgerechnet mit der Kopfstation in der Region Malix-Churwalden verbunden hatte, und das just in den Tagen, in denen Ramona entführt wurde. Doch egal wie sehr sich Corine und Cora bisher bemüht hatten, alle Versuche, den Inhaber der Nummer zu ermitteln, schlugen fehl. Es konnte einzig festgestellt werden, dass das Gerät an einem Dienstag, am 21. April 1998, in Chur zum ersten Mal aktiviert wurde und dass es sich damals um ein heute veraltetes Nokia 6150 handeln musste. Mit diesen neuen Erkenntnissen rückte dieser Unbekannte noch mehr in den Fokus der Ermittlungen, denn es gab sowohl eine telefonische Verbindung wie auch eine örtliche zumindest zu einer der Taten. Die lange Inaktivität des Telefons ließ zudem auf eine lange Haftstrafe schließen. Dieser Umstand stützte Ramonas Aussage, welche sie gegenüber ihrem Liebhaber, diesem Willi Hofer, gemacht hatte, dass sie in einer Beziehung mit einem Ex-Knacki stehe. Das hieß nun, dass sie nach einem Mann suchen mussten, der im Jahr 2007 zu einer langen Haftstrafe verurteilt worden war. Je nach Länge des Gerichtsverfahrens könnte die Verurteilung aber auch später erfolgt sein, was eine schnelle Eingrenzung erschwerte.

Giulia verließ um 18 Uhr das Kommando. Da sie Lauras Kontaktaufnahme mitten in der Nacht, erneut um 1:30 Uhr erwarteten, musste sie eine Ruhezeit einlegen. Hartmann persönlich hatte dies so angeordnet.

Giulia fuhr hoch zu Gian. Ihre Waffe verstaute sie im dafür eingebauten Fach im Wagen, da sie nie wusste, ob und wann sie plötzlich in den Einsatz gerufen würde – vielleicht würde ja die Hütte bald endlich aufgespürt.

Sie hatte Gian am Telefon mitgeteilt, dass sie spätestens um ein Uhr nachts wieder im Kommando stehen müsse, aber eine Pause ihr guttun würde.

Sie aßen gemeinsam auf der Terrasse zu Abend. Gian hatte gekocht. Er stellte die Karaffe Wasser auf den Tisch, nachdem er beiden nachgeschenkt hatte. »Ich hab's gestern in den Nachrichten gehört, das wegen der zweiten Verschwundenen. Sie wurde vorgestern, am Montag, entführt, oder?«

Giulia bejahte.

»Ich stelle mir das sehr nervenaufreibend vor, einen Menschen retten zu müssen, ohne zu wissen, wo er ist. Ich hoffe, du findest hier ein wenig Ruhe im Sturm.«

Als Antwort reckte sie sich über den Tisch und gab ihm einen liebevollen Kuss.

Später, nach einem viertelstündigen Spaziergang mit Lux und Seppa-Toni versorgten sie die beiden Tiere im Haus mit Futter. Gian nahm danach eine weiche Decke aus dem Schrank im Flur und führte Giulia in die Weide über dem Hof, wo das Gras beinahe hüfthoch stand. Die Wiese atmete die Wärme des Tages aus, ein süßer Duft nach Honig und Blüten hüllte die Verliebten ein.

Gian breitete die Decke aus. Sie legten sich nebeneinander auf den Rücken, in der Mitte fanden sich ihre Hände. Giulia blickte auf die Grashalmspitzen über ihr, wie der Wind sie wiegte, mit ihnen spielte, darüber der blaue Himmel. Sie hörte das beruhigende Summen der Insekten. In diesem Moment stand ihr der Sinn nur nach stiller Nähe und Zweisamkeit. Sie redeten kaum. Giulia schloss die Augen, als es gegen 22 Uhr dunkel wurde, und döste weg. Die Luft um sie roch nach Sommer, nach Landwirtschaft und nach den bewaldeten Bergen.

Mit sanften Küssen weckte Gian sie um kurz nach Mitternacht. Giulia brauchte eine Sekunde, um zu verstehen, wo sie war. Sie richtete sich kurz auf, dann fragte sie leise:

»Wie spät ist es?«

Gian konnte sie beruhigen, dass sie nicht zu spät dran war.

»Wow, ich habe tatsächlich geschlafen? Und du hast die ganze Zeit wach neben mir gelegen?« Sie drehte sich wieder auf den Rücken.

Er stützte sich weiter auf seinen Arm auf und blickte sie von oben an, nickte und küsste ihre Nasenspitze. Sie umschlang ihn mit ihren Armen, zog ihn zu sich. »Danke.« Dann setzte sie sich auf. Die Berge waren längst schwarz, der Wald trug die Farbe von Tinte, und der Himmel zeichnete sich heller ab. Im Mättali unter ihnen brannte ein Licht im Haus.

Es blieb noch Zeit für einen Kaffee, den sie zu zweit auf der Terrasse tranken, bevor sich Giulia beim Wagen das Waffenholster übers T-Shirt band.

»Du siehst beeindruckend aus«, sagte Gian, dem ihr Anblick sichtlich gefiel.

»Na ja, ich merke das Ding gar nicht mehr. So, jetzt muss ich leider los. Du darfst mich noch immer gerne umarmen, keine Angst, meine Waffe geht dabei nicht los.«

Sie hielt in dieser Nähe die Augen fest geschlossen, versuchte den Moment tief in ihrer Seele zu bewahren, dann riss sie sich los. »Ciao, mein Lieber. Es fällt mir schwer zu gehen, aber es zieht mich dennoch. Der Fall …«

Um Punkt 1 Uhr hatte sich das gesamte Kernteam der Soko, außer Dr. Kaspersky, im Kommandoraum versammelt. Sie standen oder saßen um die vier Monitore, als exakt um 01:37 Uhr eine Nachricht von Laura reinkam.

Ich bin Laura Bonorand.

Sofort antwortete Giulia: *Allegra Laura, Giulia de Medici, Chefermittlerin Kapo. Wir haben uns schon mal auf dem Kommando gesehen. Somit weiß ich, wer du bist. Lass uns keine Sekunde vergeuden.*

Du siehst hinunter nach Chur, ja? Und den Calanda, richtig?

Ja.

Was denkst du, Laura? Auf welcher Höhe befindest du dich ungefähr?

1000 bis 1500 Meter vielleicht? Richtung Churwalden oder oberhalb von Tschiertschen. Vielleicht auch weiter hinten im Tal, doch dann müsste die Hütte höher liegen. Auf jeden Fall unterhalb der Baumgrenze. Ich sehe nur durch einen kleinen Spalt aus dem Fenster. Einen Ausschnitt vom Rheinquartier, etwa bis Mitte Calanda.

Das ist gut. Ein Polizeihubschrauber ist bereits in der Luft. Wenn du eine Linie vom Fenster aus ziehen müsstest, wo über der Stadt träfe die auf den Calanda?

Über der Oberen Au.

Bene. Siehst du jetzt auch aus dem Spalt?

Ja.

Sehr gut, Laura. In einer Minute solltest du den Heli hören, wir hielten ihn bis jetzt fern von dem Gebiet, damit es nicht auffällt. Doch jetzt wirst du ihn gleich hören und sehen. Schreib mir: höher, tiefer, links oder rechts, okay?

Ja!

Gut. Es sind Grenadiere an Bord, die holen dich dann raus. Giulia atmete laut aus. *Kannst du schon was hören, oder siehst du vielleicht das grelle Blinklicht, das wir extra eingeschaltet haben? Das solltest du in der Dunkelheit sehr gut erkennen können.*

Laura schrieb einen Tick zu lange nicht zurück.

Bist du noch dran?, schrieb Giulia und hoffte, dass die Leitung nicht wieder so kurz vor der Entscheidung getrennt wurde.

Dunkelheit?, schrieb Laura.

Giulia verstand nicht. *Ja, es ist doch mitten in der Nacht.*

Ich verstehe das nicht …

Laura, was verstehst du nicht?

Draußen scheint doch die Sonne!

»Was?!«, stieß Giulia aus und starrte kurz zu Nadia rüber und sogleich zurück auf den Bildschirm, als könne sie nicht glauben, was da stand. Über ihr erhellten Lampen nur gedimmt etwas den Raum, der Monitor vor ihr leuchtete dagegen grell. Sie schrieb an Laura: *Bei dir ist es Tag?*

Ja, kurz nach halb neun Uhr am Freitagmorgen. Das zeigt mir auch das Notebook an!

Freitagmorgen, dachte Giulia verwirrt, das konnte nicht sein, draußen dämmerte ja in ein paar Stunden erst der Donnerstagmorgen heran. Wie konnte es sein, dass Laura Bonorand das Gebiet bei Chur in der Morgensonne sah, und das am Freitagmorgen, während sie hier im Kommando saßen, mitten in der Nacht von Mittwoch auf Donnerstag, wahrscheinlich nur wenige Kilometer von Laura entfernt? Giulia überkam ein Verdacht.

Hallo?, schrieb Laura, *Was soll ich jetzt tun? Der Kerl wird mich umbringen …*

Laura, wir geben nicht auf. Ich muss sicher sein, dass du es bist, die hier mit mir schreibt.

Ich bin mir auch nicht mehr sicher, ob Sie wirklich von der Polizei sind, schrieb Laura ihrerseits zurück. *Denn wie kann es sein, dass es hier draußen taghell ist und bei euch soll es Nacht sein?*

Um unsere Identität zu bestätigen, hat dein Vater Arnold mir Folgendes gesagt, was ich dir schreiben soll: Du hast am

Montagmorgen mit deiner elfjährigen Schwester Mia beim Frühstück gestritten. Du hast sie eine Bergziege genannt.

Das stimmt.

Entschuldige, Laura, aber ich muss meinerseits ebenfalls sichergehen, dass du wirklich Laura bist. Deshalb frage ich dich: Wo haben wir uns beide das erste Mal gesehen?

Im Hansahof in Ihrem Büro. Ich war mit meinem Vater dort, und Sie haben mir Mut gemacht, Kriminalbeamtin zu werden.

Das stimmt auch. Dann müssen wir jetzt rausfinden, was hier für ein Spiel gespielt wird.

Giulia schüttelte mehrmals den Kopf. Sie war ratlos. Vielleicht, kam es ihr in den Sinn, zwang der Täter Laura zu diesen Aussagen. Aber warum? Um sie zu verwirren?

Der Heli kreiste weiter über dem Gebiet, das dank Lauras Beschreibung weiter eingegrenzt werden konnte, immerhin. Zudem waren ihnen ja dank Ramona schon einige äußere Merkmale der Hütte bekannt, auch die Ortungsaktion mit den Schüssen war nicht ganz umsonst gewesen. Dennoch kam die Suche nach der Hütte der Jagd auf ein Gespenst gleich.

Lassen wir das mit der verschobenen Zeit mal beiseite, schrieb Giulia. *Laura, ich habe einen Plan, es geschieht nun Folgendes: Der Heli müsste dennoch ganz in der Nähe sein. Am besten lässt du dich vom Blick nach draußen nicht irritieren. Höre nur auf den Lärm der Rotoren. Schreib lauter oder leiser, sobald du ihn hörst. Okay?*

Laura schrieb nicht gleich zurück. Giulia war schon in Sorge, dass die Verbindung wieder abgebrochen wurde wie bei Ramona Gwerder, doch dann schrieb Laura: *Ich habe Angst. Mein Countdown läuft in 2,5 Stunden ab!*

Das verstehe ich, aber versuch dich auf die Geräusche von draußen zu konzentrieren. Ich bin in Gedanken ganz bei dir.

Noch höre ich nichts.

Der Heli schwebte über dem Gebiet Malix und drehte große Kreise.

Und jetzt?

Ich höre nichts.

Das kann doch nicht wahr sein, dachte Giulia. Welchem kranken Scherz saßen sie hier auf? Als Antwort schrieb sie: *Moment, ich melde mich gleich wieder.*

Der Pilot vermeldete, dass er nun im Tiefflug bei Churwalden und Malix, im Schanfigg und ebenfalls bei Tschiertschen bestimmt alle Leute aus dem Bett geholt hatte. Doch Laura hatte nichts gehört.

»Verdammt noch mal, was ist hier eigentlich los?« Giulia starrte auf den Monitor. »Wenn sie wirklich in dieser Hütte ist, und darüber haben wir keine Zweifel, dann muss sie den Lärm doch hören, Ramona hatte die Schüsse ja auch gehört.«

»Die Schüsse waren bestimmt auch lauter. Vielleicht steht die Hütte irgendwo weiter hinten«, sagte Peterelli, der sonst keinen Ton von sich gab.

»Klar, ein Schuss macht ein anderes Geräusch als Rotorenlärm, aber wir hören den Heli ja sogar noch von hier unten leise. Wo verdammt noch mal steckt Laura? Wieso sieht sie Chur im Sonnenschein im Tal unter sich? Ramona hatte die Lichtverhältnisse doch richtig eingeschätzt, bei ihr stimmten auch die Tageszeiten.«

Eine Nachricht im Chat kam rein:

Jetzt höre ich den Heli. Er wird lauter!!!

Super! Schreib mir, sobald er leiser wird oder wenn du das Gefühl hast, er ist in unmittelbarer Nähe.

Scheiße, der Mann kommt, ich glaube, er hat den Heli auch gehört. Sagt meiner Familie, dass ich sie liebe.

Giulia presste die Lippen zusammen. *Bleib online so*

lange du kannst, schließ das Fenster erst im letzten Moment. Okay? Ihre Finger hetzten über die Tastatur, doch der Chat war bereits unterbrochen, die Verbindung weg.

Giulia war voller hilfloser Wut. Erst jetzt zitterten ihre Finger. »Verdammt noch mal, das gibt's doch nicht! Das ist kein Zufall!« Sie stand so schnell auf, dass der Stuhl, auf dem sie gesessen hatte, nach hinten umfiel. Sie starrte weiter auf den Monitor, in der Hoffnung, dass Laura doch noch mal schrieb. Ihr traute sie sogar zu, dass sie den Mann überwältigte, denn sie war eine, die niemals aufgeben würde.

Als auch nach fünf Minuten keine Nachricht mehr kam, fragte Giulia beim Piloten nach, auf welcher Position sich der Heli zuletzt befunden habe, und schaute sich die Region auf der Karte, die an der Wand hing, genauer an. Dann tippte sie auf die Karte. »Diese beiden Hütten hier sind noch nicht überprüft worden. Ich mache mich sofort auf den Weg. Ruft mich an, wenn Laura noch mal schreibt. Vielleicht finde ich sie ja doch noch, viel Zeit haben wir nicht mehr.«

Giulia trug ihre Waffe die ganze Zeit im Schulterholster. Sie zog deshalb nur eine dünne Jeansjacke über und eilte los.

»Kann ich Sie begleiten?«, fragte Ivana Grugovic, eine neue Kollegin, blutjung und frisch ab der Polizeischule. Sie wirkte angespannt, aber bereit, und da Giulia eigentlich sowieso nicht alleine ausrücken durfte, nickte sie.

»Verstärkung kann ich immer gut gebrauchen.« Sie blickte zu Peterelli, der dem ganzen Vorhaben mit einer kaum erkennbaren Kopfbewegung zustimmte.

Giulia fuhr um kurz vor zwei Uhr in die warme Sommernacht hinaus. Der Motor lärmte auf, als sie ihren Wagen die Bergstraße nach Lenzerheide hochjagte.

»Ivana, hast du die Koordinaten der beiden Hütten?«, fragte Giulia, die auf die von den Scheinwerfern beleuchtete

Bergstraße blickte. Diese Straße war tückisch, vor allem bei Nacht, denn es gab einige Spitzkehren, die man besser kennen sollte.

Auf dem Weg zur ersten Hütte fuhren sie durch Malix, oberhalb des Mättali vorbei. Giulia dachte an Gian, und ein warmes Gefühl machte sich in ihrer Brust breit, ehe sie weiter auf der menschenleeren Straße durch die Nacht Richtung Churwalden raste.

Ivana war eine ausgesprochen gute Lotsin, denn das Navi hatte keine korrekte Route berechnen können, da es die Waldwege, überall Fahrverbote, nicht einbezog. Gleichzeitig übernahm Ivana den Funkverkehr mit der Einsatzleitung, machte Standortdurchsagen. Laura hatte sich leider wie erwartet nicht mehr gemeldet, erfuhren sie via Funk.

Irgendwann lotste Ivana Giulia auf eine schmale Naturstraße. Auch hier galt eigentlich Fahrverbot. Die Straße, die sich durch Wald und Wiesen den Berg hochwand, war schlecht, wäre ohne Allrad kaum zu schaffen. Den letzten Kilometer fuhr Giulia nur noch mit Abblendlicht und niedertourig, damit sie unbemerkt blieben. Sie parkte 100 Meter vor der zu überprüfenden Hütte.

Von nun an verständigten sich die beiden nur noch flüsternd oder mit Handgesten. Leise nahmen sie je eine schusssichere Weste aus dem Kofferraum und zogen sie an. Den Funkverkehr schalteten sie auf lautlos, aber blieben mittels Ohrstöpsel miteinander und mit der Zentrale verbunden.

Hier oben war es etwas kühler, der Nachtwind rauschte leise im dichten Blätterwerk über ihnen, die Nacht war stockdunkel, als sie sich vorsichtig der Hütte näherten. Tatsächlich, die Hütte hatte geschlossene rote Läden vor dem einzigen Fenster. Giulias Anspannung stieg, als sie sah, dass in der Hütte Licht brannte. Ungewöhnlich um diese Zeit. Der kraftlose Schein drückte durch die Läden und war an einer Stelle tatsächlich etwas heller, als wäre eine Lamelle nicht richtig geschlossen.

Giulia deutete mit einer Kopfbewegung auf die hellere Stelle, flüsterte ins Mikrophon: »Wir nähern uns dem ersten Objekt, Licht im Innern, eine Lamelle wirkt kaputt, ein alter Opel Kombi steht im Unterstand neben der Hütte.« Sie gab das Autokennzeichen durch. »Warten auf weitere Anweisungen.«

»Reingehen, wir haben keine Zeit mehr«, kam prompt der Befehl von Peterelli. »Aber seid wachsam.«

»Verstanden. Wir gehen rein.«

Ivana hielt sich schräg hinter Giulia, sicherte ihren Rücken, während sie sich der Hütte näherten. Neben der Glock im Anschlag trugen beide auch einen Taser an der Hüfte.

Schritt für Schritt näherten sie sich seitlich dem Fenster mit den roten Läden. Vorsichtig schielten sie durch den Spalt im Fensterladen ins Innere der Hütte. Giulia bemerkte, dass Ivana kurz zusammenzuckte, doch die junge Beamtin gab keinen Laut von sich, fing sich sofort wieder. Giulia wusste auch, warum sich Ivana erschrocken hatte, denn auch sie starrte auf einen Holztisch, der voller Blut war! Über diesem baumelte eine lose Glühbirne. Menschen sahen sie keine, aber es war offensichtlich, dass das Blut frisch war!

Aus dem Innern der Hütte vernahm Giulia eine tiefe Stimme. Sie spähte vorsichtig weiter durchs Fenster. Ein bärtiger Kerl, groß und grobschlächtig, tauchte mit einem Messer in der Hand im Zimmer auf, seine Hände waren voller Blut. Er schien mit sich selbst zu reden, möglicherweise aber auch mit jemandem, der sich im Raum dahinter befand, doch das konnte Giulia nicht verifizieren.

Giulia schlich der Wand entlang zur Eingangstür, während sie via Knopf im Ohr mit Ivana verbunden blieb. Dort wartete sie einen Moment ab. Der Typ redete wohl tatsächlich mit sich selbst, denn Ivana hatte noch immer niemand anderen erspäht und blickte weiter in den Raum. Giulia hätte gerne überprüft, ob sich irgendwo im Innern doch noch eine weitere Person aufhielt. Sie hasste unliebsame Überraschungen, dennoch war sie bereit reinzugehen. Ivana bestätigte, dass sich der Mann noch immer im Raum befand. Giulia drückte daher vorsichtig die Türklinke. Die Tür war unverschlossen!

Sie schaltete ihre Taschenlampe ein und betrat den kleinen Vorraum. Etwas Holz, ein roter Kanister, ein Seil, eine Motorsäge und eine Axt lagerten darin. Es roch nach Motorenöl. Giulia setzte ihre Schritte bedacht, denn sie wusste, wie schnell so ein Holzboden knarzende Geräusche von sich geben konnte. Sie horchte. Nur leise vernahm sie Schritte von einer Person aus dem angrenzenden Raum.

Die Hütte besteht sehr wahrscheinlich nur aus drei Räumen, dachte Giulia. In ihrer Linken hielt sie weiter die Taschenlampe, die Rechte an ihrer Waffe. Schwer übertünchte der Geruch von Blut den des Motorenöls, als Giulia sich der Tür zum Hauptraum näherte. Sie schaltete ihre Taschenlampe aus. Unter dem Türspalt vor sich sah sie das Licht. Sowohl ihr Cap als auch ihre kugelsichere Weste waren gut sichtbar mit POLIZEI beschriftet, man würde sie somit sofort als Beamtin erkennen. Sie hörte aus dem Ohrknopf Ivanas Stimme, die ihr leise sagte, dass der Kerl in diesem Moment zur Tür gehe, hinter der Giulia stand. Er habe das Messer noch immer in der Hand!

Giulia trat ein paar Schritte zurück, blickte dabei weiterhin auf den Lichtstrahl unter dem Türblatt, während Ivana zu ihr eilte, um ihr den Rücken zu sichern. Giulia sah, wie sich das Licht unter dem Türspalt kurz verdunkelte, bevor der Kerl die Tür öffnete. Giulia schaltete mit der linken

Hand das grelle Licht ihrer Taschenlampe ein, der Strahl traf das Gesicht des Mannes.

»Kantonspolizei Graubünden! Keine Bewegung oder wir schießen!«, befahl Giulia mit gefasster Stimme.

Der Mann blieb wie versteinert stehen, in der Hand hielt er noch immer das blutige Messer. Nur zögerlich hob er seine Arme. Er drehte seinen Kopf seitlich nach unten, um weniger geblendet zu werden.

»Messer fallen lassen!«, rief Giulia.

Er tat es.

»Jetzt zwei langsame Schritte auf mich zu.« Sie wollte ihn weg vom Messer und der Tür haben, da noch nicht klar war, ob sich ein Komplize im Raum dahinter verbarg. »Jetzt auf die Knie … und jetzt auf den Bauch, die Arme seitlich ausgestreckt. Die Handflächen nach oben.«

Ivana schloss die Eingangstür hinter sich und gab Giulia weiterhin Rückendeckung.

»Wie seid ihr mir so schnell auf die Schliche gekommen?«, fragte der Mann, sichtlich überrascht.

»Sind Sie allein?« Giulia hielt nun die Waffe schräg nach unten auf den Mann gerichtet.

»Ja.«

»Was haben Sie ihr angetan?«

Er schwieg

»Wo ist sie?«

»Ich habe sie bereits zerlegt. Sie liegt im hinteren Raum. Schon verpackt.«

Giulia konnte nicht fassen, mit welcher Kaltblütigkeit der Mann über sein Opfer sprach.

»Behalt du ihn im Auge«, sagte Giulia zu Ivana, da sie der jungen Beamtin das Grauen ersparen wollte, und betrat den Hauptraum der Hütte mit dem Holztisch, in dessen vielen Kerben sich das Blut gesammelt hatte.

Sie ging zur verschlossenen Tür an der Rückwand des Hauptraumes, in dem auch ein kleiner Holzofen stand. Giulia holte einmal tief Luft und behielt die Waffe im Anschlag, ehe sie die Tür mit dem gestreckten Bein aufstieß. Sie ließ das Licht ihrer Taschenlampe kurz durch den Raum schweifen. Ihr stockte der Atem. In mehreren Kunststoffboxen lag blutiges Fleisch. Doch dann erkannte sie rechts von sich zu ihrer großen Erleichterung den Kopf einer Gämse.

Sie ging zu Ivana. »Verdammt noch mal, ein Wilderer.« Sie deutete Ivana an, selber nachzuschauen. »Mit *sie* hat er eine Gämse gemeint.«

»Was habt ihr denn gedacht? Dass ich Menschen fresse?«, presste der noch immer auf dem Boden liegende Mann hervor. »Es ist doch nur Wild.«

Giulia konnte dem Mann nicht sagen, dass sie zum ersten Mal froh über eine Straftat war. Er durfte aufstehen. Giulia ließ sich von ihm den Personalausweis zeigen, den er im Wagen liegen hatte, und fotografierte diesen. Ivana informierte das Kommando und überprüfte die Personalien des Mannes. Sie stimmten mit jenen des Fahrzeughalters überein. Es lag sonst nichts gegen ihn vor. Die Wildhut wurde aufgeboten.

Danach schossen Giulia und Ivana mit ihren Handys Fotos vom Innern der Hütte, machten zum Beweis auch noch ein Video. Sie wussten, dass der Mann nun eine Anzeige wegen Frevels kassieren würde, und falls es sich bei ihm um einen Jäger handeln sollte, würde er seinen Jagdschein für lange Zeit nur noch im Gedächtnis ansehen können. Sie beide aber mussten weiter, es stand noch eine weitere Hütte auf ihrer Liste. Sie befahlen dem Mann, alles exakt so zu belassen, wie sie es dokumentiert hatten, und auf die Wildhut zu warten.

Erst um kurz vor halb sieben Uhr morgens kehrten die beiden Ermittlerinnen unverrichteter Dinge ins Kommando zurück. Sie hatten auch noch die andere Hütte aufgesucht, erfolglos, sie war seit langer Zeit unbewohnt. Ein freundlicher Sommermorgen erwachte, Vögel zwitscherten, es roch nach Landwirtschaft und Heu. Giulia stand mittlerweile schon fast 24 Stunden im Einsatz, von der abendlichen Pause bei Gian mal abgesehen. Alles andere als ein Dienst nach Vorschrift.

Nach einer kurzen Lagebesprechung und einem Telefongespräch mit Nadia, die um kurz nach zwei Uhr nach Hause gefahren war, kaufte Giulia sich frisches dunkles Brot beim Bäcker und fuhr zu ihrer Wohnung. Auch letzte Nacht hatten zwei Securitas-Männer vor ihrem Haus Wache gehalten. Daher brauchte sie sich nicht zu sorgen, was sie zu Hause erwarten würde.

In der Wohnung legte Giulia eine Kapsel in die Kaffeemaschine und bestrich sich eine Schnitte Brot mit Honig, verdrückte am Ende deren drei und trank die zweite Tasse Kaffee, bevor sie sich unter die Dusche stellte. Sie fühlte sich wie nach einer verlorenen Schlacht, doch sie war noch lange nicht bereit aufzugeben. Sie musste sich aber zwingen, nun genug Kraft zu tanken, sich erst mal auszuruhen.

Sie fragte sich, während das heiße Wasser über ihren gebräunten Körper rann, ob Laura überhaupt noch lebte und ob sie sie bald endlich finden würden. Doch vielleicht lag sie bereits irgendwo, noch unentdeckt. Daran mochte Giulia gar nicht erst denken. Lieber hoffte sie, dass Laura sich selber befreien konnte und sich bald bei der Polizei melden würde. Möglich wär's ja. Giulia fühlte sich unter Druck, denn sie war für Laura ein Vorbild, und Vorbilder sollten einen nie im Stich lassen.

13

Giulia schlief fünf Stunden lang wie ein Stein. Um 13:30 Uhr riss der Wecker sie aus tiefem Schlaf. Sie ging barfuß ins Wohnzimmer, wo ihr Handy am Aufladen war. Es war so eingestellt, dass nur Nadia sie im Notfall erreichen konnte. Sie hatte Gian um halb acht eine Sprachnachricht geschickt, dass sie jetzt erst nach Hause gekommen sei und erst mal eine Runde schlafen müsse.

Sie telefonierte nun kurz mit ihm, während sie etwas Obst aß. Dann zog sie sich frische Sachen an und setzte sich in ihren Wagen. Giulia brauchte zum Glück nur wenig Schlaf. Sie fühlte sich munter, sah aber angespannt aus, wie sie fand, während sie einen Blick in den Rückspiegel warf. Auf der Fahrt tauschte sie sich mit Nadia und der Einsatzzentrale aus: Am Fall hatte sich nichts weiter getan. Sie fuhr nach Malix.

Giulia wurde von Gian erwartet. Er hatte sie zuvor am Telefon gefragt, ob sie schon zu Mittag gegessen habe, sie hatte verneint. Als er ihr anbot, was Kleines zu kochen, hatten sie sich auf Spaghetti Napolitano geeinigt.

Noch auf dem Vorplatz umarmten sie sich. Giulia küsste ihn dabei zärtlich und so lange, als wäre sie von einer langen und gefährlichen Reise endlich zurückgekehrt. Erst danach, als hätte er sich vornehm zurückgehalten, kam Lux angetrottet, im Schlepptau das kleine Hausschwein Seppa-Toni, das vor lauter Wiedersehensfreude grunzte.

Giulias Gesichtszüge entspannten sich zu einem Lachen,

während sie die beiden verschmusten Tiere in der Hocke streichelte.

Gian und dieser Ort hier ließen sie für einen Moment durchatmen, Luft holen, damit sie danach weiter an diesem dunklen Fall arbeiten konnte.

Das Essen war lecker, sie saßen auf der Terrasse und Giulia wischte mit einem Stück Brotrinde den Teller sauber aus.

»Ihr habt sie noch nicht gefunden, oder?«, fragte er.

»Leider nein. Aber wir waren so verdammt nah dran … mehr darf ich nicht dazu sagen … du weißt ja. Hat nichts mit Misstrauen zu tun, ist einfach Vorschrift, und daran habe ich mich bisher immer gehalten.«

Gian nickte. »Ich will dir nur sagen, dass ich immer an deiner Seite stehe und dass es mich interessiert, was du tust, wie's dir geht.«

Giulia warf ihm einen verliebten Blick zu. »Weißt du, Gian, wir jagen im Moment das Mensch gewordene Grauen in unserer Bergwelt, und hier bei dir ruht alles so friedlich. Eine schöne Welt. Äußerlich gesehen dieselbe, und doch ist sie im Moment für jemanden die Hölle …« Wieder fragte sie sich, wie es bloß möglich war, dass Lauras Realität scheinbar zeitverschoben war.

»Giulia, magst du mit mir ein paar Schritte durch den Wald unterhalb des Mättali gehen?«, riss er sie aus ihren kreisenden Gedanken.

Nach einer halben Stunde kehrten die beiden zurück und blieben vor Giulias Wagen stehen. Zuvor waren sie Händchen haltend in der frühnachmittäglichen Sonne durch den kühleren Wald spaziert. Hin und wieder waren sie im Lichtschattenspiel der Baumkronen stehen geblieben, hatten sich umarmt und geküsst. Die Stimmung blieb nachdenklich und innig. Giulia mochte die Ruhe, die Gian ihr schenkte. Nun unterbrach aber ein Anruf von Nadia ihre Zweisamkeit.

»Giulia, ich habe vor wenigen Minuten etwas herausgefunden, dem wir beide unverzüglich nachgehen müssen!«, kam sie sofort auf den Punkt.

»Sag schon, was los ist.« Giulia lächelte Gian entschuldigend an, während sie Nadia zuhörte. »… Okay, ich mach mich jetzt auf den Weg, bin aber noch in Malix. Gib mir dann im Auto die Details durch.«

Giulia küsste Gian lächelnd auf seine schönen Lippen und fuhr danach zärtlich mit den Fingerkuppen ihrer Linken über diese, als würde sie den Kuss so zu bewahren suchen. Dann stieg sie in ihren Wagen, startete den Motor und winkte ihm mit der linken Hand zum Abschied aus dem Fenster.

Kaum hatte sich Giulias Handy mit der Freisprecheinrichtung des Wagens verbunden, rief sie Nadia zurück. »Okay, du kannst loslegen.«

»Wie gesagt, ich habe nun endlich auch die konsolidierte Liste der freigelassenen Straftäter aus dem Kanton Zürich erhalten. Viele Informationen haben wir nicht bekommen, aber ein Profil ist, um es in deinen Worten zu sagen, verdammt verdächtig. Am 17. April wurde nämlich aus der JVA Pöschwies ein gewisser Rene Schertenleib entlassen, Jahrgang 1972, dies nach 15 Jahren Haft wegen Doppelmordes an zwei 18-jährigen Prostituierten. Diese Taten verübte er damals in Chur.«

»Oha, davon weiß ich ja gar nichts«, erwiderte Giulia.

»Da warst du süße 19, Bella.«

»Ich war nie süß, aber dafür frech«, gab Giulia zurück und lachte. »Aber ja, das ist lange her. Trotzdem erstaunt es mich, dass ich davon noch nie gehört habe, weißt du, die alten Hasen, die reden doch dauernd von ihren früheren Fällen, vor allem wenn es sich um Kapitalverbrechen handelte.«

»Stimmt, aber in dem Fall ist die Geschichte auch nicht sonderlich spektakulär, es brauchte für die Festnahme des Mörders nämlich wirklich keine Meisterleistung an Ermittlungsarbeit. Dank einer Überwachungskamera konnte Schertenleib bereits zwei Tage nach der Tat verhaftet werden. Und jetzt kommt's: Weißt du, durch wen?«

»Bonorand?«, kam prompt Giulias Antwort.

»Du bist gut, aber das weißt du ja schon. Nachdem ich den Aktentiger in Zürich erschlagen hatte, bekam ich von der Justizvollzugsanstalt eine Adresse in Landquart, dort soll Schertenleib direkt nach der Entlassung im April bei seiner Tante, einer gewissen Marisa Schertenleib, untergekommen sein. Möglicherweise wohnt er noch immer da. Abgemeldet hat er sich gemäß Einwohnerkontrolle jedenfalls nicht. Also lass uns sofort dort hinfahren und mal schauen, was der Kerl so treibt, denn es gibt bewiesenermaßen eine Verbindung zu Bonorand. Außerdem passt sein Alter zum Fall von Ramona, und vergessen wir nicht, er saß für den Mord an zwei 18-jährigen Frauen.«

Aufgrund der Aktenlage rund um den Fall Schertenleib und dessen Vorgeschichte fuhren Giulia und Nadia in Begleitung einiger schwerbewaffneter Polizeigrenadiere nach Landquart. Dies brauchte eine entsprechende Vorlaufzeit und Koordination. Mit Google Earth wurde die Gebäudesituation eingeschätzt. Sie stellten fest, dass es sich um ein altes Gebäude handelte, das sich hinter der Ganda-Tankstelle und einem Restaurant befand, die beide unmittelbar an der viel befahrenen Landstraße nach Klosters-Davos lagen.

Vor Ort näherten sie sich um 16:35 Uhr in drei Teams von drei Seiten, nachdem sie eine Drohne über das Gebäude geschickt hatten. Ein Team sicherte den möglichen Fluchtweg in den Wald. Dafür wurde ein Hundeführer eingesetzt.

Bewusst wurde starke Polizeipräsenz gezeigt. Falls der Gesuchte zu Hause war, sollte er sogleich erkennen, dass jegliche Gegenwehr zum Scheitern verurteilt war. Diese Vorgehensweise war Teil der polizeilichen Deeskalationsstrategie.

Giulia klopfte und trat zurück von der Tür. Nadia hielt sich neben ihr. Jemand schob im oberen Stockwerk einen vergilbten Vorhang zur Seite. Nach nochmaligem energischen Klopfen öffnete sich zaghaft die Tür. Hinter Giulia und Nadia, die beide sichtbar ihre schusssicheren Westen trugen, standen zwei vermummte Grenadiere.

Die Frau stellte sich als Marisa Schertenleib vor, die Tante von Rene Schertenleib. Die Frau wirkte abgewettert, wie auf Crackentzug, dachte Giulia. Außerdem hatte sie anscheinend mal einen Schlaganfall erlitten.

Giulia stellte sich und Nadia ebenfalls vor, erklärte, dass sie sich im Rahmen einer polizeilichen Vorabklärung dringend mit Rene unterhalten müssen, der hier ja wohne.

»Tut mir leid, ich kann Ihnen beim besten Willen nicht sagen, wo mein Neffe steckt«, sagte Marisa mit heiserer Stimme. Dann blickte sie zwischen Giulia und Nadia hindurch auf die Grenadiere in Vollmontur. »Wirklich, er ist seit Tagen nicht mehr zu Hause aufgetaucht. Und ich weiß nicht, wohin er gegangen ist.« Sie wandte sich wieder an die beiden Ermittlerinnen.

»Wir müssen uns dennoch kurz im Haus umsehen«, sagte Giulia und streckte ihr den Hausdurchsuchungsbefehl hin, den Nadia in aller Eile erwirkt hatte. Giulia wartete gar nicht darauf, dass die Frau ihr Einverständnis gab, sondern schob sich an ihr vorbei ins Haus, Nadia hinterher.

Das Innere schien schon vor Jahren in die Jahre gekommen zu sein. Es roch nach Kohlsuppe und stechend scharf nach etwas, das Giulia nicht zuordnen konnte. Als würde das Licht sich scheuen, ins Haus zu kommen, lagen der Flur und die beengten Kammern in einem zeitlosen Dämmerlicht.

Im kleinen Wohnzimmer, in dem ein wuchtiges Sofa mit grünem Samtüberzug stand, quollen gleich zwei Aschenbecher über, und in der Küche stapelte sich das Geschirr. Die drei Katzen, die vor Giulia flüchteten, erklärten den stechenden Geruch von Katzenurin.

Giulia zog blaue Latexhandschuhe über und zupfte einige der Zigarettenstummel aus den Aschenbechern. Alle von derselben Marke, Select.

»Welches Zimmer ist das von Rene?«

»Nein.«

»Was heißt Nein? Ihre Antwort passt nicht zu meiner Frage«, korrigierte Giulia die Frau. »Ihr Neffe muss doch irgendwo seine Sachen liegen haben.«

»Er schläft meist auf dem Sofa«, sagte sie und zündete sich eine Kippe an. Dabei musste sie mehrmals das Feuerzeug schütteln, damit es funktionierte.

Im kleinen Wohnzimmer lief leise ein kleiner Röhrenfernseher, darüber hing ein Bild von einer Frau und einem etwa fünfjährigen Jungen, ein Foto von früher, als es noch Fotoautomaten gab.

»Das ist meine verstorbene Schwester Elfi mit Kleinrene.« Marisas Stimme wurde melancholisch. »So nannte sie damals ihren Jungen.« Sie blickte hoch zur kleinen Stubenlampe, die an einer nikotingelben Decke hing. »Das ist lange her. Sie hat sich aufgehängt.« Mit Blick auf die Glut ihrer Zigarette fügte sie trocken an: »Der Junge hatte sie damals gefunden.«

»Tut mir leid zu hören«, sagte Giulia. Sie hatten noch nicht die Zeit gehabt, die ganzen Akten im Fall Rene Schertenleib zu lesen. Nadia würde sich später darum kümmern, um daraus ein aktuelles Profil des Mannes zu erstellen, falls sich der Verdacht erhärten sollte.

Die beiden Ermittlerinnen durchsuchten weiter das Haus, nachdem die Grenadiere jeden Raum gesichert hatten. Sie suchten nach Gegenständen oder Hinweisen, die Rene mit den Verbrechen in Verbindung brachten. Doch da war nichts. Marisa, die am linken Bein einen bräunlichen Verband trug, der nach essigsaurer Tonerde roch, setzte sich zwischenzeitlich an den eigelben Esstisch. Eine halb leere Tasse Kaffee stand vor ihr, ein Heft mit Kreuzworträtseln lag aufgeschlagen daneben.

Giulia und Nadia verließen das Haus. Vom Dämmerlicht in den hellen Sonnenschein zu schreiten, fühlte sich an, als würden sie eine andere Welt betreten. Im Lichtschatten alter Bäume gingen sie zur Rückseite des Hauses, zu einem Schopf.

Der gesamte Hinterhof wirkte wie ein heruntergekommener Schrottplatz, der seit Jahren seinem Schicksal überlassen wurde. Überall lag Gerümpel herum: alte Autofelgen, ein Kühlschrank mit offener Tür, morsches Holz, und einige blaue Fässer standen so schief in der Gegend, als wären sie allesamt high von den Chemikalien, die sie enthielten. Die gelben und weißen Etiketten mit den roten Warnsymbolen waren verwaschen, nicht mehr lesbar.

Das Interesse der beiden Ermittlerinnen wurde sogleich geweckt, als sie den alten Schopf durchsuchten, der zuvor von den Grenadieren gesichert worden war. Giulias Augenmerk fiel sofort auf eine Schweißanlage. Diese sah im Gegensatz zu allem anderen so aus, als wäre sie erst kürzlich noch benutzt worden. Giulia bat einen der Beamten, Marisa im Haus zu holen.

»Mein Neffe hat im Knast das Schweißen gelernt, eine Lehre als Schlosser gemacht«, erklärte Marisa, als sie vor dem Schopf stand. »Damit hat er nun wohl Geld verdient.«

Sie gab zu, dass er in den letzten Wochen viel Zeit im Schopf verbracht hatte, oft sogar bis in die frühen Morgenstunden hinein gearbeitet habe. »Hier hinten«, betonte sie, »so abseits von Landquart stört dies keinen Knochen.« Und danach, so berichtete sie freimütig weiter und immer noch an der Zigarette hängend, sei er jeweils mit dem alten Subaru Kombi, einem weinroten alten Klapf weggefahren. Geschäfte halt. Sie hustete heiser.

Die großen alten Kastanienbäume um den Schuppen legten alles in milden Lichtschatten, während sie sich vor der offenen Schopftür unterhielten. Den beiden Ermittlerinnen war längst klar, dass hier genug Material und Werkzeug herumlag, um damit einen Käfig zu bauen.

Auf Giulias Frage, ob sich Rene möglicherweise in einer Alp- oder Jagdhütte aufhalte, zurzeit gar in so einer wohne, zuckte Marisa nur mit den Schultern. »Er redet ja kaum ein Wort. Die Jahre im Knast haben ihn schweigsam gemacht. Als Kind hat er manchmal geredet und geredet, bis er einem auf die Nerven ging. Aber rufen Sie ihn doch an, ich gebe Ihnen seine Nummer.« Sie suchte in ihrer ausgebeulten hellbraunen Bundfaltenhose nach ihrer Lesebrille. Danach zog sie ihr Handy aus der anderen Hosentasche. »Haben Sie was zum Schreiben?« Umständlich tippte sie auf dem Gerät herum, bis sie die richtige Nummer gefunden zu haben schien.

Giulia und Nadia tippten die Nummer gleichzeitig in ihre Telefone. Kaum hatte Nadia die letzte Ziffer eingetippt, stieß Giulia ihr in die Seite, denn es handelte sich exakt um die Nummer, die Ramona Gwerder einen Tag vor ihrem Tod angerufen hatte. Rene Schertenleib war also tatsächlich der Typ, den sie suchten! Das Prepaid-Handy gehörte ihm. Und sie mussten nicht lange nachrechnen: Dass es so lange nicht aktiv gewesen war, passte perfekt zu der langen Haftstrafe, die der Mann abgesessen hatte.

Marisa steckte ihr Handy weg und winkte ab. »Sie werden ihn eh nicht erreichen, er schaltet sein Handy nur hin und wieder mal ein. So eine saublöde Angewohnheit von ihm.«

Giulia nahm die Frau ein wenig zur Seite. Sie hatte für solche Fälle immer eine Schachtel Zigaretten dabei; Brunette Doppel, das war die Marke, welche für alle Geschlechter ging, hatte sie rausgefunden. Sie streckte ihr die Schachtel hin mit den Worten: »Tut mir leid, dass wir hier so rumschnüffeln müssen.« Sie fand es seltsam, dass die Frau bis jetzt noch nicht mal gefragt hatte, warum sie überhaupt nach ihrem Neffen suchten.

Marisas tattrige Finger griffen nach der vollen Schachtel. Als hätte sie Giulias Gedanken gelesen, sagte sie: »Ihr sucht ihn wegen des toten Mädchens und wegen der, die nun verschwunden ist, nicht wahr?« Sie setzte sich auf zwei übereinander gestapelte Reifen mit rostigen Felgen, schob eine vergilbte Kunststoffplane zur Seite und nahm einen langen Zug. »Er ist seit ein paar Tagen verschwunden. Er ist mein Neffe, und doch muss ich sagen, dass ich ihm das zutraue, denn er hat mich während seiner ganzen Zeit hier wie Dreck behandelt, mich beschimpft, sogar geschlagen, und nicht nur das … Aber was sollte ich auch tun? Ich bin nun mal abhängig von ihm, weil ich das Geld vom Sozialamt brauche, das ich nur bekomme, wenn er bei mir wohnt. Was soll ich sonst mit einer minimalen AHV-Rente anstellen?« Dann holte sie weiter aus: »So sieht's doch aus in der reichen und gar sauberen Schweiz. Für alles hat man Geld, nur nicht für die Rentner, die mit ihrem Lebenswerk den Reichtum erst ermöglicht haben. Nein, uns Alte lässt man allein.«

Marisa sog an ihrer Zigarette, blies den Rauch durch bernsteinfarbene Zähne, zupfte sich ihr fleckiges Trägerleibchen zurecht, in dem ihr schrumpeliger Busen baumelte. Dann wurde ihr Blick heimtückisch, ihre Stimmlage auch: »Er hat Frauenkleidung mit nach Hause gebracht!«

Giulia ließ sich nicht anmerken, dass dies eine wichtige Information war, obwohl sie sich sicher war, dass Marisa um die Schwere dieser Worte wissen musste. Giulia versuchte, sachlich zu bleiben: »Wann hat er die Kleider nach Hause gebracht?«

»Na ja, gefunden habe ich sie vor drei Tagen. Aber er verhält sich schon seit Wochen so geheimnisvoll.«

»Was für Kleidungsstücke waren das?«

»Es ist so«, sie hustete heiser, »ich habe wie gesagt vor drei Tagen, am späten Abend, nachdem er hier Essen gemacht hatte und damit verschwunden war, Zigaretten bei ihm gesucht, die Tankstelle an der Straße vorne hatte da schon zu, müssen Sie wissen. Ähm, was wollte ich eigentlich sagen?«

»Dass Sie Zigaretten in Renes Sachen gesucht haben, aber stattdessen Frauenkleider gefunden haben?«

»Genau. Da war dieser Sack unterm Sofa, den wollte er dort vor mir verstecken. Er glaubt wohl, ich sei blöd.« Sie lachte, als hätte sie soeben was gewonnen.

»Und weiter?«

»Darin fand ich zwei Höschen und eine kurze Jeans. Alles sauber, eingetütet und verschnürt.«

Die Durchsuchung des Hauses hatten Giulia und Nadia zuvor nur grob vorgenommen, dabei hatte Giulia aber standardmäßig unter jedes Bett und das Sofa geblickt. Doch da war nichts gewesen.

»Wissen Sie, wie viele Höschen sich darin befanden?« Giulia hatte registriert, dass er Essen mitgenommen hatte, vielleicht für sein Opfer, dachte sie.

»Das habe ich doch eben gesagt: zwei.«

Giulia hatte natürlich auch das gehört, wollte nur die Wertigkeit der Aussage durch erneutes Nachfragen überprüfen.

»Gibt es sonst noch etwas, das für uns von Interesse sein könnte?«

Marisa schüttelte lächelnd den Kopf. »Ich sehe es Ihren Augen an, dass das schon mehr als genug war. Mehr als Sie erwartet haben.« Sie blickte zu ihren Füßen, die in Kieferlatschen steckten. »Er war's, da bin ich mir sicher, denn das ist nicht mehr der liebe, arme Bub, der er wirklich mal gewesen ist.« Ihre Augen glänzten traurig. »Es ist schon verrückt, was das Leben aus Menschen machen kann, oder? Sogar aus lieben Kinderlein.«

»Ich finde aber auch«, Giulia stemmte ihre Hände in die Seiten, »dass es manchmal verrückt ist, was Menschen aus ihrem Leben machen, denn nicht das, was uns widerfährt, prägt unser Leben, sondern wie wir damit umgehen.«

Es dauerte einen Moment, bis Giulia die Augen der Alten aufhellen sah, als hätte sie das Leben noch nie aus diesem Blickwinkel betrachtet. Es wäre ja nicht das erste Mal, dass Giulia auf Menschen traf, die Lebensjahrzehnte hindurch immer und immer wieder gegen dieselbe Wand laufen, statt sich nur einmal umzudrehen.

»Und wo ist der Sack mit den Kleidern jetzt?«, fragte Giulia.

»Liegt er denn nicht mehr unter dem Sofa?«

»Bitte, Frau Schertenleib, warten Sie hier einen Moment.« Giulia trat mit Nadia zur Seite und besprach mit ihr die neue Lage. Die Grenadiere waren mittlerweile abgezogen. Rene trug, wie seine Tante zuvor bestätigt hatte, einen Bart und meist einen Hut und passte somit perfekt zu Lauras Beschreibung. Was ebenfalls als gesichert galt: Rene und Ramona hatten Tage vor ihrem Verschwinden mehrere Minuten miteinander telefoniert – somit bestand eine Verbindung von Schertenleib zum ersten Opfer! Und dass er damals ausgerechnet von Lauras Vater verhaftet worden war, konnte kaum ein Zufall sein.

Sie riefen Peterelli an, der damit einverstanden war, dass

Dr. Kaspersky mit Team anrückte. Da Marisa Schertenleib die Kleider der Frauen erst vor drei Tagen neben dem Bett aus dem Sack geholt hatte, könnten noch immer DNA-Spuren beider Frauen zu finden sein. Um einen DNA-Vergleich mit dem ersten Mordopfer und der nun entführten Laura vornehmen zu können, wurde vor Tagen bereits aus deren jeweiligem Zuhause Proben genommen; von Kamm und Zahnbürste.

Giulia drückte Frau Schertenleib eine 50-Franken-Note in die Hand, sagte, dass sie sich im Restaurant bei der Tankstelle ein frühes Abendessen gönnen solle, bis die Forensik das Haus wieder freigebe, was durchaus zwei bis drei Stunden dauern könne. Sie bezahlte ihr das Geld aus eigener Tasche, denn für so was gab's keine Spesenabrechnung. Damit Marisa Schertenleib nichts im Haus veränderte, gar verschwinden ließ, begleiteten sie die Frau ins Haus, damit sie Schuhe anziehen konnte. Danach schlurfte Marisa durch den heruntergekommenen Umschwung Richtung Ganda-Tankstelle. Giulia blickte ihr mitfühlend hinterher und fragte sich, wieso die Frau nie einen anderen Lebensweg beschritten hatte.

Als die Streife vor Ort war, die später die Arbeit des nächstens eintreffenden Teams der Forensik schützen sollte, fuhren Giulia und Nadia zurück nach Chur, das sie nach 17:30 Uhr erreichten. Hartmann war es, der zur Lagebesprechung einberufen hatte, die Fahndung nach Rene Schertenleib war längst angelaufen.

Die Besprechung begann mit dem Update des Tages und den neuen Erkenntnissen, die Giulia und Nadia von der Ganda zurückgebracht hatten. Im Fokus stand noch immer die Suche nach der Hütte, die trotz größtem Aufwand noch nicht entdeckt werden konnte. Giulia stand vor dem versammelten Kernteam, bei dem nur Dr. Kaspersky fehlte, da diese mit ihrem Assistenten Hugentobler in der Ganda an der Arbeit war, und erklärte:

»Hier drin geht keiner davon aus, dass Laura in eine andere Zeitzone entführt wurde, das wäre absoluter Blödsinn. Folglich muss sie getäuscht worden sein, mit Drogen oder was auch immer. Wie und wieso der Täter das gemacht hat, weiß ich noch nicht. Aber wir wissen mit Sicherheit, dass wir vergangene Nacht Kontakt zu ihr hatten. Warum sie den Heli erst so spät gehört hat, wissen wir ebenfalls nicht. Wir können nur Vermutungen anstellen, die uns bis jetzt aber nicht weitergebracht haben. Darum würde ich dies im Moment bei Seite lassen.« Sie blickte in die Runde. Niemand hatte etwas dazu zu sagen. »Kommen wir somit zu Rene Schertenleib. Der 51-Jährige passt als Täter ins Bild, mehrere Indizien deuten stark darauf hin. Beispielsweise die Beschreibung von Laura, aber vor allem, dass er bewiesenermaßen telefonischen Kontakt mit Ramona hatte, kurz bevor diese verschwand. Belastend ist auch die Aussage seiner Tante, dass sie vor drei Tagen zwei Damenhöschen in seinen Sachen gefunden habe. In einem Plastiksack versteckt unter dem Sofa. Außerdem ist er verschwunden.« Giulia ließ ihren Blick erneut in die Runde schweifen. »Was mich außerordentlich beschäftigt, ist die Frage, ob wir Laura noch retten können und was in der kommenden Nacht geschehen wird. Dass wir noch mal mit ihr chatten können, halte ich für unwahrscheinlich, denn der Countdown von ihr muss mittlerweile abgelaufen sein. Und wieso wir diese verdammte Hütte noch immer nicht finden konnten, ich versteh es nicht. Da ist was faul! Mein Gefühl sagt mir, dass wir getäuscht werden, und das gröber.«

Peterelli hob den Kugelschreiber. »Die Hütte des Wilderers von letzter Nacht haben wir auch erst überprüfen können, weil der Heli dort kurz vor Abbruch der Verbindung von Laura am lautesten gehört wurde. Aus der Vogelperspektive war diese zuvor nicht zu sehen gewesen, erst von Ihnen auf der Karte. Aber ich gebe Ihnen recht, denn auch ich frage mich: Was, wenn der Täter ein perfides Vexierspiel mit uns treibt, wenn das alles zu seinem dunklen Plan gehört? Wir wissen außerdem, dass er bei der Entführung von Ramona Drogen eingesetzt hat, müssen daher auch davon ausgehen, dass die Wahrnehmung der Opfer beeinträchtigt sein könnte. Somit dürfen wir deren Aussagen nicht einfach für bare Münze nehmen.«

»Aber es werden ja nicht beide dasselbe halluzinieren; dass sie in derselben Hütte im selben Käfig hocken. Das ist ausgeschlossen«, konterte Giulia. »Aber dass wir getäuscht werden, da bin ich mir ganz sicher, und ja die Täterschaft treibt ihr dunkles Spiel mit uns, da bin ich ganz bei Ihnen.«

»Aber wir haben doch während des Chats und des Mailverkehrs überprüft, dass auch wirklich das Opfer mit uns schreibt«, wandte Cora, die IT-Spezialistin ein. »Nur leider können wir die IP-Adresse bisher nirgends zuordnen. Außerdem muss noch ein zweites Handy im Spiel sein, da das Gerät von Schertenleib seit Tagen ausgeschaltet ist und somit nicht als Hotspot in der Hütte dienen konnte. Möglich, dass er zwei besitzt oder ein weiterer Täter beteiligt ist.«

Peterelli erhob sich mit einem Becher Kaffee in der Hand. »Die Suche nach der Hütte läuft auch diesen Abend und die Nacht hindurch weiter. Es stehen mehrere Zweierteams im Einsatz, und wir haben das abzusuchende Gebiet nochmals ausgedehnt. Ich schlage daher vor, dass die, welche nicht unmittelbar in einem Einsatz eingebunden sind, nun nach Hause gehen und sich etwas erholen, selbstverständlich auf Abruf. Der Tag morgen wird uns wieder fordern. Noch besteht Hoffnung, dass wir Laura Bonorand lebend finden.

Vergessen wir nicht: Sie ist die Tochter eines der Unsrigen.« Er ließ seine Worte im Raum schweben. »Die Medien tun übrigens wie immer das Ihre, um uns unter Druck zu setzen, man muss in den Revolverblättern nur die Schlagzeilen lesen. Doch im Moment können wir leider nicht mehr tun. Ein übertriebener Aktivismus bindet Ressourcen und strapaziert frische Kapazitäten.« Mit Blick auf Nadia und Giulia fügte er hinzu: »Aber wir sind nun doch einige Schritte weiter. Gute Arbeit.«

Giulia saß an diesem Abend bei Nadia zu Hause. Die beiden kochten zusammen, wie sie es zwei Mal die Woche alternierend bei Giulia oder Nadia taten. Sie würden morgen in der Früh weitere Berichte zu Schertenleib einfordern. Vor allem sämtliche Gutachten und Akten, die bereits Jahre zurücklagen.

Während sie in der Küche standen und kochten, hörten sie Musik. Amira schlief derweil tief und fest. Mark hatte sich aus dem Berner Oberland gemeldet und den beiden einen erholsamen Abend gewünscht. Nadias Mutter Lena, die tagsüber auf die Kleine achtgegeben hatte, war mit einer Freundin essen gegangen.

Die beiden Freundinnen saßen in der sommerlichen Wärme draußen im Garten unter den Bäumen am Holztisch, während es zusehends eindunkelte. Sie tranken Eistee und aßen Hühnchen mit Reis und frischem Gemüse, das Babyfon stand auf dem Tisch, das Kontrolllämpchen leuchtete grün.

Immer wieder schweiften die beiden beim Essen auf den Fall ab. Auch später beim Geschirrspülen gingen sie noch einmal die Details durch.

Erst gegen 23 Uhr kehrte Giulia heim. Sie parkte ihren Wagen in der Einzelgarage und ging zum versteckt geparkten

Wagen der Securitas-Beamten, der an der Zufahrt hinter einem Gebüsch stand. Als sie sie herankommen sahen, stiegen sie aus.

»Ich bring euch gleich einen Kaffee, wenn ihr mögt?«, sagte Giulia und brachte den beiden wenige Minuten später Kaffee und Gebäck, um sich für ihren Einsatz zu bedanken. Sie war beruhigt, dass die zwei Männer rechtzeitig eingreifen könnten, falls der Täter sein Opfer nachts erneut zum Sterben vor ihr Haus legen würde.

Als Giulia später im Bett lag, dachte sie nach. Die beiden Fälle waren so verwirrend, und das Ganze war noch lange nicht zu Ende, das fühlte sie. Der oder die Täter hatten einen Plan, und den galt es rechtzeitig aufzudecken.

Sie schrieb Gian, ob er noch wach sei und telefonieren möge. Umgehend klingelte ihr Telefon.

»Bitte, Gian, lass uns nur über Schönes reden«, sagte sie müde.

Er antwortete: »Dann lass uns über dich sprechen.«

Um 3:20 Uhr ging Giulias Telefon. Sie war in einem traumlosen Nichts gefangen gewesen, schreckte auf. Ihr Shirt war verschwitzt. Auf dem Display leuchtete: Nadia, Kapo.

Sie setzte sich auf, strich ihr schwarzes langes Haar zurück.

»Nadia?«

»Giulia, komm sofort hierher … Laura liegt in meinem Garten. Sie lebt. Rettung ist unterwegs.«

»Was?! Bin sofort bei dir«, sagte Giulia und glaubte, sich verhört zu haben.

Sie sprang aus dem Bett, drückte den Lichtschalter. Kleider hatte sie für den Fall der Fälle schon bereitgelegt; Jeans, ein Shirt und Turnschuhe, in die sie nur barfuß schlüpfte.

Zehn Minuten davor:

Nadia hatte bereits zwei Mal in Amiras Zimmer gehen müssen, um nach der Kleinen zu schauen. Die hatte schlecht geträumt, oder vielleicht bekam sie ihr erstes Zähnchen. Nadia hatte sie beim ersten Mal liebevoll wieder in den Schlaf gesungen. Beim zweiten Mal nahm sie Amira zu sich ins Bett.

Um 3:10 Uhr, das zeigten die Ziffern der roten Digitalanzeige ihres Weckers, war Nadia wieder wach geworden. Sie dachte im ersten Moment, dass Amira leise jammerte. Doch ihre kleine Tochter schlief friedlich. Hatte sie dies also nur geträumt?

Nadia wollte sich soeben zurück aufs Kissen legen, als sie das Geräusch erneut vernahm. Ein leises, aber sich gequält und gepresst anhörendes »Mhhhh«. Sie schlug die Bettdecke zurück und stand auf, ging zum Fenster, das gekippt war. Das Geräusch wurde lauter. Die Straßenlaterne der Loëstrasse warf ein wenig von ihrem gelben Schein durch das Blätterwerk in den Garten, als Nadias Blick auf etwas fiel, das neben dem Tisch, an dem sie vor wenigen Stunden mit Giulia gegessen hatte, auf dem Boden lag.

Nadia hatte immer eine Waffe im Haus griffbereit, den alten Revolver ihres Großvaters, und der war geladen. Sie warf nochmals einen Blick auf Amira, verschloss von außen die Schlafzimmertür und steckte den Schlüssel ein. Leise schlich sie aus der Terrassentür, die nur von innen abschließbar war. Das Geräusch, das da aus ihrem Garten kam, hörte sich verzweifelt an. Dennoch wollte Nadia nicht blindlings dahin stürmen, denn es hätte ja auch eine Falle sein können, nur um sie aus dem Haus zu locken.

Als sie mit der eingeschalteten Taschenlampe, die einen grellen breiten Lichtkegel warf, in die Nähe des Esstisches kam, der unter einem der vier Bäume stand, erkannte sie, dass da eine Frau auf dem Boden lag. Diese wand sich bäuchlings liegend und schien keine Luft zu kriegen. Hände und Füße waren hinter dem Rücken miteinander verschnürt.

»Oh nein«, entfuhr es Nadia, während sie sofort zur Liegenden eilte. Sie kniete sich auf den Boden, drehte die Frau zur Seite und riss die Plastiktüte vor deren Gesicht entzwei, danach so vorsichtig wie möglich das Montageklebeband vom Mund.

Ein lautes Einatmen, als wäre die Frau soeben aus der Tiefe eines Sees endlich an die Wasseroberfläche gekommen, füllte die Stille der Nacht.

»Ich bin bei der Kantonspolizei. Ich rufe gleich die Rettung«, sagte Nadia zu Laura Bonorand, die keuchend weiter nach Atem rang. Nadia rief sofort die 144 an, die Rettungsfahrzeuge waren zum Glück nur etwa 200 Meter von ihrem Haus entfernt beim Kreuzspital stationiert. Sie meldete den Notfall, dann rief sie sofort Giulia an und eilte zurück ins Haus und holte ein Messer, um die Gefesselte zu befreien.

Giulia hetzte von den Blicken der verdutzten Beamten der Securitas begleitet zu ihrem Wagen, schaltete das Blaulicht ein, setzte es aufs Dach und raste hinunter in die Loëstrasse. Nach nicht mal 90 Sekunden brachte sie ihren Wagen mittels einer Vollbremsung auf dem Gehsteig neben dem Gartentor zum Stehen. Fast zeitgleich raste auch der Krankenwagen heran.

Nadia hatte in der Zwischenzeit das Opfer befreit, Laura saß nur in einer hellblauen Panty und einem weißen Trägerleibchen am Tisch im Garten.

Giulia ging vor Laura in die Hocke, während Nadia sofort im Haus verschwand, um eine Decke zu holen.

»Laura, ich bin's, Giulia. Du bist frei! Es ist vorbei!«, stieß Giulia erleichtert aus und glaubte noch immer zu träumen.

Laura blickte im Licht der Lampe, die Nadia so auf dem

Tisch abgelegt hatte, dass der Schein nicht blendete, Giulia ins Gesicht. Die Blaulichter blinkten in ihren Augen. »Ich dachte eben, dass ich sterben muss …«

Giulia legte ihren Arm um Lauras Schultern und zog sie nah an sich heran. Nadia kam angelaufen, reichte ihr die Decke und verschwand wieder im Haus. Giulia blieb bei Laura, bis die Rettungskräfte sich ihrer annahmen, dann folgte sie Nadia ins Haus.

»Psst, Amira war zuvor gerade kurz wieder wach.« Nadia hielt den Finger an die Lippen und verschloss ihre Schlafzimmertür. Sie hatte im Wohnzimmer nun das Licht eingeschaltet.

»Lass uns sofort die Bonorands anrufen«, sagte Giulia und wählte die Nummer, während sie im Wohnzimmer standen. »Ich stelle auf Lautsprecher.« Sie trat näher an Nadia, hielt das Telefon zwischen sie beide.

Arnold hob ab, seine Stimme hörte sich sehr bedrückt an.

»Laura lebt und ist frei!«, sagte Nadia.

»Sie ist frei? Und bei euch?« Er konnte es hörbar nicht fassen.

»Ja, Arnold! Und sie ist den Umständen entsprechend wohlauf. Sie wird aber zur Kontrolle und für die forensische Untersuchung gleich ins Kantonsspital gefahren, aber ja, sie ist gerettet! Alles wird gut.«

Bonorands Frau musste neben ihm gestanden haben. Sie hörten ihre helle Stimme im Hintergrund: »Mia, hör doch! Deine Schwester ist frei. Es geht ihr gut.«

Unter Tränen reichte der hartgesottene Grenadier das Telefon seiner Frau weiter. Im Hintergrund hörten sie das helle Schluchzen der elfjährigen Mia. Giulia bat Frau Bonorand, sofort hierher, zu Nadia zu fahren, damit Laura in ihrer Begleitung ins Spital gebracht werden konnte. Die Familie konnte ihr Glück kaum fassen. Giulia bekam einen Kloß im Hals. Dieser Moment des Glücks entschädigte sie für so vieles, was sie an Grausamkeiten in ihrem Beruf schon hatte miterleben müssen.

Die Notärztin hatte Laura zwischenzeitlich Sauerstoff verabreicht. Ihre Werte erholten sich schnell, sogar der Puls fiel bald deutlich unter 100. Ihr kam ihre außerordentlich gute Fitness zugute.

Giulia trat an die junge Frau heran, lächelte.

»Frau de Medici, würden Sie mit mir ins Krankenhaus fahren, bis meine Eltern kommen?«, bat Laura.

»Deine Familie ist bereits informiert, deine Mama auf dem Weg hierher. Du kannst dir ihre Freude ja vorstellen. Wie ich weiß, wohnt ihr ja nur wenige hundert Meter entfernt in der Cadonaustrasse. Hier bist du übrigens in der Loëstrasse, im Garten von Nadia Caminada, meiner Ermittlungskollegin.«

»Was? Aber wie bin ich überhaupt hergekommen?« Die Verwirrung war ihr anzusehen.

»Das werden wir alles in Ruhe in den nächsten Tagen mit dir klären. Wichtig ist jetzt einzig und allein, dass du frei bist und dich gut erholst.« Dann blickte sie Laura hoffnungsvoll an. »Den Rest kriegen wir hin. Okay?« Giulia legte wiederholt ihre Hand auf Lauras Schulter, so als müsse sie sich jedes Mal neu versichern, dass diese wirklich vor ihr saß.

Lauras Augen schimmerten.

Giulia lächelte sie an. »Du hast es geschafft, Laura. Alles wird gut. Ich weiß es einfach.«

Nadia, die neben Giulia stand, nickte. »Ja, so jemand wie du wird das alles meistern.«

Laura stand auf. Giulia und Nadia nahmen sie umarmend in ihre Mitte. Erst jetzt begann Laura heftig zu schluchzen, ihr Körper bebte. Was sie sagte, verstand Giulia nicht, aber sie fühlte es, und sie war froh, dass man ihre eigenen Tränen nicht sah.

14

Karl-Marx-Stadt, Herbst 1984

Die 14-jährige Kerstin Wagner fand sich in einer kaum mehr als zwei pritschenbreiten Zelle im Stasi-Knast Kaßberg wieder. Sie konnte und wollte nicht verstehen, dass ihre Mutter aus irgendeiner Verstrickung heraus, aus einer Liebschaft, ausgerechnet mit einem Klassenfeind aus dem Westen, ihren Vater umgebracht haben soll. Dass sie eine Agentin der BRD sein sollte, ebenso nicht. Und dass sie mit Kerstin eine Republikflucht geplant haben soll, das war doch irre.

Dennoch hörte man nicht auf, sie immer und immer wieder dasselbe zu fragen. Meistens saß ihr dabei diese Genossin Strunke gegenüber und blickte sie mit kalten schiefergrauen Augen gleichgültig an. Sie weckten sie oft mitten in der Nacht, um sie zu befragen, oder ließen das Licht in der Zelle stundenlang flackern und kamen dann am Morgen. Immer wieder behaupteten sie, ihre Mutter hätte längst alles zugegeben, was unlogisch war, denn warum bräuchten sie dann von ihr die Namen der Hintermänner, Fluchthelfer und irgendwelcher Kontakte in der BRD?

Was man nicht weiß, kann man ja auch nicht sagen, hielt die 14-Jährige immer wieder standhaft dagegen. Je länger man sie quälte, desto widerständiger wurde sie. Ihr Vater hatte ihr früher einmal erklärt, was der Geheimdienst im Westen seinen Gegnern so antat, um sie zum Sprechen zu bringen. Dabei berichtete er stolz von den Helden, die jede seiner Torturen überstanden hatten, und dass dies nur dank des unumstößlichen Glaubens an eine übergeordnete Sache möglich war. So gesehen fühlte sie sich weiter eng mit ihrem Vater verbunden, stellte sich vor, dass er zusah, wenn man sie quälte und sie allem standhielt. Er saß in ihrer Vorstellung immer seitlich mit am Tisch. Wie meist trug er ein hellbraunes Hemd, das seine gute Haltung betonte, und eine dunkle Krawatte. Er war immer sauber rasiert und gepflegt. Durch seine dicke Hornbrille blickte er sie hellwach an. Mit seinem Blick sagte er: Das, ihr Verräter, das ist meine Tochter, die nicht wanken wird, nicht irgendwas zusammenlügen wird, nur um in Ruhe gelassen zu werden. Nein, sie würde den Namen unserer Familie im Leben nie beschmutzen. Und ihr, ihr seid keine Sozialisten, sondern Feinde der Republik.

Was Kerstin hingegen mittlerweile glauben musste, war, dass ihr Vater, warum und durch wessen Hand auch immer, tatsächlich umgebracht worden war. Dennoch, obwohl sie täglich über 23 Stunden alleine in ihrer Zelle verbrachte, fand sie nicht die Zeit, um zu trauern. Sie brauchte alle Kraft, um durchzuhalten. Irgendwer musste doch die Wahrheit rausfinden – irgendwann!

Der einzige Lichtblick, und das auch im wahrsten Sinne des Wortes, waren die 30 Minuten, die sie täglich in einem der kleinen, schmutzigen Innenhöfe, die sie Schweinebuchten nannten, verbringen durfte. Diese Minuten, in denen sie eingepfercht zwischen den hohen Mauern in den Himmel starrte, waren für sie die seltsamsten, denn aus einer dieser Schweinebuchten, aus jener, die sich ganz am einen Ende des riesigen Knastes befand, konnte sie die obersten Stockwerke des Gymnasiums sehen, das sich unmittelbar hinter der großen Mauer erhob und schon Jahre vor dem Gefängnis erbaut worden war. Dabei sah sie aus etwa 50 Metern Entfernung sowohl Jungen wie auch Mädchen, die in ihrem

Alter oder älter waren, am Fenster stehen und schräg zu ihr hinunterstarren. Einige winkten ihr sogar spottend zu, machten den Hitlergruß. In dieses Schulhaus wäre sie nach den langen Sommerferien auch gekommen, der Bescheid der Schulbehörde lag längst vor, Kerstins Noten waren hervorragend gewesen, Klassenbeste wie jedes Jahr.

Ein Tag reihte sich an den nächsten. Kerstin war außergewöhnlich belastbar, wahrscheinlich hatte sie dies von ihrem Vater vererbt bekommen, denn sie waren ja in so vielem gleich, wie sie immer öfters feststellte.

Mit der Zeit lernte sie einige andere Insassinnen kennen, wenn auch nur sehr flüchtig. Auf den Gängen und den Treppen aus Stahl, die stechend gelb bemalt waren und in deren Zwischenräume Gitternetze vor Selbstmord schützen sollten, begegnete Kerstin eines Tages der dicken Berta. Sie hieß wie die mächtige Kanone im Ersten Weltkrieg. Die lebende Berta war aber gar nicht dick, eher kernig zäh. Und sie lächelte Kerstin stets aufmunternd zu, grüßte sie, wenn sie von Wärtern geführt einander im Gefängnis über den Weg liefen. Berta sagte immer so lustige Sachen beim Vorbeigehen wie: »Grüß Gott, gnädiges Fräulein«, und als sie gleichzeitig in die Schweinebuchten gelassen wurden, unterhielten sie sich über die weniger hohe Mittelmauer hinweg. Die dicke Berta erzählte sogar DDR-Witze: »Ein DDR-Inlandsflug wird nach Westdeutschland entführt. Die Forderungen des Kidnappers: vier neue Reifen für seinen Trabant. Um seinen Forderungen Nachdruck zu verleihen, droht er an, stündlich zwei Geiseln freizulassen.«

Doch Kerstin konnte nicht lange über solche Witze lachen, über die man sich übrigens auch in den Stasi-Kreisen amüsiert hatte, in denen sie sich zuvor heimisch gefühlt hatte. Nur Witze über Honecker und Mielke wurden damals ausschließlich hinter vorgehaltener Hand geteilt. Doch eine der Wärterinnen sagte eines Tages zu Kerstin: »Verstehst du dich gut mit der dicken Berta? Ja? Kein Wunder, ein Klassenfeind wie du, aber die sind wir bald los, und dich hoffentlich bald auch.«

Kerstin erfuhr auch, warum die dicke Berta, dicke Berta hieß: Sie »verschoss« sozusagen geheime DDR-Akten in Richtung Westen, war der Kopf eines Kurierdienstes gewesen. Diesen habe übrigens Kerstins Vater vor zwei Jahren aufgedeckt, wie ihr eine der Wärterinnen unter die Nase rieb und anfügte: »Sag, schämst du dich nicht? Was, wenn dein Vater das alles wüsste? Der war ein wirklich guter Mann.«

Von diesem Moment an verspürte Kerstin nur noch Verachtung für die dicke Berta, die Kerstin dennoch weiter anlächelte, ehe sie eines Tages verschwand wie der letzte Tropfen im Metall-Lavabo in Kerstins Zelle, wo sie manchmal das Wasser laufen ließ, um sich weniger alleine zu fühlen.

Es war längst ein offenes Geheimnis, wohin Leute wie Berta verschwanden: Die DDR brauchte dringend westliche Devisen, der Handel, der Freikauf von Gefangenen florierte deshalb. Diese wurden deshalb vom Westen freigekauft, und ausnahmslos alle diese Häftlinge, saßen die letzten Tage ihrer Haft im Kaßberg ab.

Es wurde Spätherbst im selben Jahr, als Kerstin eines Tages hörte, dass auch sie in den Westen abgeschoben werden würde. Jedoch ohne ihre Mutter. Die saß wegen Mordes im Frauenzuchthaus Hoheneck in Stollberg eine lebenslange Haftstrafe ab, ohne die Möglichkeit, jemals entlassen zu werden. Kerstin hatte während all der Zeit nichts von ihr gehört, obwohl sie ihr einen Brief geschrieben hatte. Und das, obwohl die Beamtin ihr versprochen hatte, diesen der Mutter zu bringen, nachdem sie ihn durchgelesen und für harmlos befunden hatte.

Kerstin wurde für die Abschiebung vorbereitet. Ihr blieb keine Wahl, sie musste unterschreiben, dass sie immer gut versorgt und wohl behandelt worden war, was für die letzten beiden Wochen auch tatsächlich stimmte. Das Essen war gut gewesen, sie hatte keine Schläge mehr gekriegt, war auch verbal nicht mehr erniedrigt worden, was Kerstin sofort hatte misstrauisch werden lassen. Nun wusste sie, warum. Man wollte gegenüber dem Westen sozusagen mit reiner Weste dastehen, dies, obwohl, und das war ihr auch in diesen jungen Jahren längst bewusst, keiner dem anderen traute. Andererseits fragte sie sich, was das Ganze für einen Sinn hatte. Kaum wären die Freigekauften im Westen, würden bestimmt alle über die tatsächliche Behandlung in Kaßberg berichten, und man würde ihnen sowieso alles glauben, denn sie kamen ja aus Feindeslanden.

Was Kerstin mehr traf als die monatelange Einzelhaft im Stasi-Knast, auch mehr als die Schläge, war die Aussicht, dass man sie nun zu denen steckte, die ihre Heimat, die Deutsche Demokratische Republik, heimtückisch verraten hatten. Karl-Marx-Stadt war ihr Zuhause gewesen, ein gutes Zuhause, ihr hatte es an nichts gefehlt, sie hatte Freundinnen gehabt, ein gutes Elternhaus. Doch nun fühlte sie sich im freien Fall, war heimatlos. Ihre Eltern fehlten ihr, vor allem ihr Vater. Dass ihre Mutter eine Mörderin sein sollte, daran glaubte sie noch immer nicht. Nicht ihre Mutter. Irgendwann würde sich diese Intrige auflösen und die Wahrheit ans Licht kommen.

Dann brach der Morgen ihrer Abschiebung in den Westen an. Es war ein klarer Herbsttag Ende Oktober. Drei beige Busse, die im Volksmund Wunderbusse hießen, fuhren in aller Herrgottsfrühe in den großen Innenhof. Kerstin hatte nichts außer den Kleidern am Leib. Misstrauisch und überrascht schaute sie auf die vielen Gefangenen, die mit ihr in den Innenhof geführt wurden, fast so, als triebe man sie für eine Hinrichtung zusammen.

Die Stimmung war bei den meisten verhalten gut, wenige strahlten sogar, lächelten Kerstin verheißungsvoll an. Doch sie verdrückte sich auf den hintersten Fensterplatz im Bus. Sie saß in einem bis auf den letzten Platz besetzten Bus voller Klassenfeinde, sodass es ihr übel wurde. Sie hatte dieses Wort so viele Male in ihrer Kindheit gehört: von ihrem Vater, an Veranstaltungen, zu denen sie ihn begleitet hatte, sie wusste, was das für Leute waren. Und sie wusste, ihr Vater wäre stolz, wenn er sähe, wie sie auch jetzt nicht wankte.

Die Busse wurden von mehreren Wagen der Staatssicherheit eskortiert. Fast andächtig langsam passierte der Tross das große Tor, bog nach links ab, fuhr an der Oberschule vorbei, vorbei auch an den vielen Villen, die nun von herbstlich reich gefärbten Bäumen behütet dastanden, als hätte sich die Welt nicht verändert. Auch an der Villa, die den Wagners zur Verfügung gestellt worden war, führte der Weg vorbei.

Kerstin drückte ihre Nase an der Scheibe platt. Ein Schmerz formte sich in ihrer Brust. Ihr Fahrrad stand nicht mehr beim kleinen Schopf, auch der Wagen der Familie war weg, ein anderer parkte nun dort. Die Gemüsebeete gab es noch, auch den Strauch, der immer so schön blau am Weg zum Haus geblüht hatte. Zwischen dem herbstlich gefärbten Blätterwerk der Bäume erblickte sie ihr Zimmerfenster. Die Läden waren geschlossen. Wer nun wohl da wohnte?

Schmerzerfüllt starrte sie weiter nach draußen, wie die Landschaft ihrer Heimat hinter ihr verschwand. Wiesen, herbstlich gefärbte Wälder, Flüsse, brachliegende Äcker und Nebelfelder zogen an ihr vorbei.

An der Grenze hielten sie an.

Wolfgang Vogel, der auch Kerstin bekannte Anwalt, betrat

mit mehreren Männern den Bus, klärte alle auf, wie es nun weiterging. Kerstin schien es, als spiele er den Retter. Ihren Blick richtete sie deshalb teilnahmslos aus dem Fenster auf den schräg vor ihnen stehenden Bus, als sie sah, wie dessen Kennzeichen wie von Zauberhand automatisch zu einem aus der BRD wechselte.

Dann überquerten sie die Grenze, die Begleitfahrzeuge drehten um. Ein Ruck ging durch die Reisenden, als sie an dem großen Schild mit dem Wappen der BRD vorüberfuhren. Es schien, als könnten die anderen es erst jetzt so richtig glauben.

Kerstin aber fühlte sich verloren, wäre am liebsten in dem weichen Sitz aus braunem Stoff versunken. Sie hatte keine Ahnung, wohin sie nun gebracht wurde, wo sie leben würde, mit wem. Sie kannte doch keine Menschenseele im Westen, an dem Ort, der nichts Gutes für sie bereithalten konnte. Sie würde fliehen. Irgendwie würde sie es zurück über die Grenze schaffen, da war sie sich sicher.

Die Busse hielten zehn Fahrminuten später auf einem großen gekiesten Parkplatz. Eine Frau und ein Mann betraten den Bus, begrüßten sie herzlich, sagten, dass sie nun alle ins Aufnahmelager Gießen gebracht würden, dort gäbe es dann ein Willkommensgeschenk.

15

Nachdem Chloe Bonorand ihre Tochter lange umarmt hatte, verließen sie gemeinsam Nadia Caminadas Garten und stiegen in den Krankenwagen, dessen Blaulicht die nächtliche Umgebung rhythmisch tünchte. Es war Freitagmorgen, halb vier Uhr in der Früh, ein erster scheuer Schleier des neuen Tages zeigte sich bereits über den Bergkämmen im Osten.

»Sie lebt! Gott sei Dank«, sagte Nadia und reichte Giulia eine Tasse Kaffee, als sie zehn Minuten später draußen am Gartentisch unter den Bäumen saßen. Sie hatten zuvor Hartmann und Peterelli telefonisch über die glückliche Rettung informiert. Erleichterung war zu spüren, auch bei den Teams, die via Einsatzzentrale von der nächtlichen Suche nach der Hütte zurückbeordert wurden.

Nadia wirkte verständlicherweise noch immer aufgewühlt. Sie hatte Laura beinahe ersticken sehen. »Giulia, das Bild, das sich mir im Garten bot, war wie ein Déjà-vu des Grauens: eine junge Frau in einer hellblauen Panty und einem weißen Trägerleibchen. Ihre Füße an die hinter dem Rücken gefesselten Hände gebunden … doch sie lebte!« Nadia atmete hörbar aus, nahm einen Schluck Kaffee und lehnte sich zurück. »Der Täter wollte sie auf dieselbe Art und Weise umbringen wie Ramona Gwerder, aber diesmal vor meiner Haustür. Hätte meine Kleine diese Nacht nicht gezahnt, ich weiß nicht, ob ich Laura gehört hätte. Gar nicht auszudenken …« Sie blickte zum Babyfon.

»Nadia, Laura lebt! Das andere hast du verhindert. Du!«

Während sie weiter im frühmorgendlich erwachenden, aber noch dunklen Garten saßen, der damals von Nadias Großvater und seiner Frau Menga angelegt worden war, fragte sich Giulia, was wohl Landjäger Walter Caminada zu den Ereignissen dieser Nacht gesagt hätte. Dazu, dass ein Fräulein, wie man damals junge und unverheiratete Frauen nannte, in seinem Garten beinahe umgebracht worden war. Gerade er, der in seinen vielen Dienstjahren mehrere Fräuleinmörder gejagt und verhaftet hatte, hätte bestimmt niemals gedacht, dass so was ausgerechnet mal in seinem Garten geschehen könnte.

Die beiden Ermittlerinnen wussten, dass mögliche Spuren des Täters im Garten während der Rettungsaktion kontaminiert oder gar ganz verwischt worden sein mussten, aber Lauras Rettung war die oberste Priorität gewesen. Die Forensik würde in diesem Fall ihre Arbeit erst aufnehmen, wenn es hell wurde.

Schweigend saßen die beiden Freundinnen weiter beisammen. Die Vögel begannen leise ihr Morgenlied zu zwitschern. Zaghaft erwachte die Stadt, der Duft von frischem Brot wehte von irgendwo her.

Nadia durchbrach das Schweigen: »Giulia, der Täterschaft geht's nicht allein ums Töten, sondern darum, die Opfer ausgeliefert vor sich zu haben, es geht bei dem ganzen Grauen auch darum, uns zu zeigen: Schaut her, ich spiele mit euch, lege meine Opfer den beiden führenden Ermittlerinnen vor deren Haustüren!« Nadia nahm vom Orangensaft, den sie zuvor aus der Küche geholt hatte. »Hätten wir rechtzeitig weitergedacht, so hätte ich eine Kameraüberwachung installiert, doch er wusste, dass ich dies nicht tun würde, dass er uns einen Schritt voraus ist, und das ärgert mich nun.«

»Nadia, mit diesem vereitelten zweiten Mord haben wir es

nun quasi mit einem Serienmörder zu tun. Was auch heißt, dass wir alle Mittel bekommen und noch weitere Ressourcen. Und ja, auch ich wäre nie darauf gekommen, dass er das Opfer hierherbringt. Ich habe das Ablegen von Ramona vor meinem Haus zu sehr auf mich bezogen, befürchtet, er tue es wieder.«

»Er bringt seine Opfer in unser Zuhause, damit wir beide immer daran denken müssen, die Frauen immer wieder dort liegen sehen. Verstehst du?«

Giulia fühlte trotz dieser Worte vor allem Erleichterung in diesem Moment. »Aber zwei wie wir werden das von uns abschütteln, glaub mir. Irgendwann, wenn wir daran zurückdenken und der Kerl für den Rest seines Lebens hinter Gittern sitzt, werden wir sagen, dass wir den Fall gelöst haben und weitere Opfer verhindern konnten. An dem halte ich mich fest. Und ja, im Moment sieht es zwar nicht danach aus, im Moment sind wir die Gejagten, aber du kennst uns. Er hat sich die zwei Falschen ausgesucht!«, gab sich Giulia kämpferisch. »Aber legen wir uns doch noch ein wenig hin, wenigstens die zwei Stunden, bis die Forensik kommt.«

Giulia legte sich auf Nadias Sofa, und Nadia schlich zu ihrer Kleinen ins Bett. Bis kurz vor acht Uhr versuchten sie ein wenig zu schlafen. Sie waren zwar beruhigt, im Wissen, dass Laura nun in Sicherheit war, doch die Aufregung war nicht so einfach abzuschütteln.

Dr. Kaspersky und Hugentobler erschienen pünktlich um acht Uhr und nahmen ihre Arbeit auf. Längst verzauberte die Morgensonne den Garten. Alles wirkte so freundlich, als hätte es die letzte Nacht nie gegeben.

Kommandant Hartmann war persönlich mit Major Peterelli um halb neun Uhr vor Ort. Sie blieben hinter den von der Forensik gezogenen gelben Absperrbändern stehen, um das Spurenbild im Garten nicht noch mehr zu ramponieren. Sie standen dabei neben Giulia und Nadia, blickten mit den beiden auf das Geschehen im Garten. Sie sahen, wie Kaspersky, blass wie immer und in ihrer unverrückbaren stilvollen Haltung, ihrer Arbeit nachging. Sie hatten bereits mit einem Metalldetektor den Boden abgesucht, daher ließ sie nun über einen Lautsprecher klassische Musik ertönen. Das ergab ein seltsames Bild, als inszeniere jemand eine skurrile Szene für einen Netflix-Streifen.

Nadia wurde von allen Seiten gelobt, rechtzeitig eingegriffen zu haben, und Amira würde bestimmt noch das eine oder andere Geschenk erhalten, war sich Hartmann sicher, während er die Kleine anlächelte, die auf dem Arm ihrer Mutter in ihrer kindlichen Neugierde das Geschehen betrachtete.

Die Spurensicherung dauerte bis elf Uhr, dann wurde das Grundstück freigegeben. Um halb zwölf Uhr veröffentlichte die Kantonspolizei Graubünden eine schriftliche Pressemitteilung. Erwähnung fand selbstredend, dass die Bündner Kriminalbeamtin und Profilerin Nadia Caminada die Entführte rechtzeitig aus einer lebensbedrohlichen Lage habe befreien können, und das in letzter Minute, sodass es der jungen Frau den Umständen entsprechend gut gehe. Weiter wurde vermeldet, dass weiterhin mit Hochdruck nach dem Serientäter gefahndet werde. Ein Foto von Rene Schertenleib und ein Symbolbild eines weinroten Subaru Kombis mit der entsprechenden Graubündner Autonummer wurden ebenfalls veröffentlicht. Dem Mann soll nur mit größter Vorsicht begegnet werden. Sachdienliche Hinweise wurden an jede Dienststelle oder ans Kommando der Kantonspolizei Graubünden erbeten.

Nadia fuhr über Mittag mit Amira zu ihrer Mutter nach Hause, Lena hatte gekocht, während Giulia sich zu Hause frisch machte und nach Malix hochfuhr. Gian hatte sie zum Mittagessen eingeladen. Sie hatte ihn direkt nach der Pressemitteilung angerufen und ihn grob über die Ereignisse aufgeklärt.

Giulia fühlte sich freier, weil Laura gerettet war. Auch wenn Ramona Gwerder bedauerlicherweise dem Täter zum Opfer gefallen war und noch viele Fragen offen blieben, musste dieser Moment der Erleichterung auch seine Zeit finden, ehe sie am späteren Nachmittag Laura befragen würden.

Gian hatte Hühnchen mit Reis gekocht, dazu einen Salat mit frischen Kräutern aus seinem Garten zubereitet. Giulia war kaum aus ihrem Wagen gestiegen, als er sie in seine kräftigen Arme schloss. Sie flüsterte ihm zu: »Ich habe dich ja so was von vermisst.«

»Und das, obwohl ich dich immer in meinem Herzen trage, meine Liebste«, erwiderte er und gab ihr einen Kuss. Dann blickte er sie einen Moment lang mit einem Anflug von Bewunderung an. »Du bist ja so wunderschön. Vor allem mag ich die kleinen Fältchen um deine Augen, erst recht wenn du so strahlst. Komm, das Essen steht für uns bereit.«

Auch an diesem Tag lief er barfuß, und er trug eine legere blaue Shorts und ein hellbraunes ausgebleichtes Shirt. Händchen haltend führte er sie auf die Terrasse, die Gänse begrüßten sie schnatternd. Seppa-Toni fläzte sich im Schlammloch, das Gian hinter dem Haus der Hitze wegen für ihn gegraben hatte, und Lux folgte den beiden wedelnd auf Schritt und Tritt, bevor er sich auf der Terrasse unter dem Tisch zu Giulias Füßen legte.

Die Berge und das Mättali lagen im Sonnenschein, nur wenige Schönwetterwolken zogen gemächlich über die Bergkämme dahin, als Gian und Giulia später nebeneinander im

Schatten eines Baumes in den Liegestühlen saßen und Kaffee tranken.

»Du wirkst erleichtert, gelassener als sonst«, sagte Gian. »Das freut mich für dich.« Er blickte zu ihr. »Kein Wunder, nach all der Anspannung und nun der Rettung in allerletzter Minute.«

Giulia fühlte sich wirklich gelöster. Die Ereignisse hatten sich in den letzten Tagen ja regelrecht überschlagen. Außerdem half ihr der Ort hier beim Abschalten. Obwohl das Mättali nur etwas mehr als eine Viertelstunde von Chur entfernt lag, kam es ihr vor wie eine andere Welt.

Sie sonnten sich noch eine Weile in ihren Liegestühlen, ehe Giulia aufstand, Gian bei der Hand nahm und ihn ins Haus führte, ins Schlafzimmer, das ein übergroßes Fenster mit Sicht auf die Berge hatte.

Nachdem sie sich lange im Stehen geküsst und gestreichelt hatten, zog sie langsam ihre Shorts aus, dann ihr Höschen, stand nur noch im hellblauen Damenhemd vor ihm, das ihren Schritt bedeckte.

Er griff nach ihren Händen, küsste ihre Fingerspitzen und deutete mit seinem Blick auf einen mit samtweichem Leder überzogenen Sessel, der in der Zimmerecke stand. »Möchtest du dich setzen?«

Im lichtdurchfluteten Schlafzimmer duftete es nach Arve, ein mit Ölfarbe gemaltes Bild von einer bunten Blumenwiese hing über dem Doppelbett. Giulia setzte sich, während Gian sein Shirt auszog und sich vor sie hinkniete.

Wellen voller wilder Liebeslust wechselten sich mit zartfeinen Streichelmomenten ab. Giulia, die für gewöhnlich die Initiative übernahm, konnte für einmal ganz loslassen.

Später lagen sie ineinander verwoben ruhig atmend auf dem Bett. Giulias Feuer hatte Gian in für ihn ungeahnte Höhen gehoben.

Giulia bewegte sachte ihren Kopf, suchte seine Lippen, küsste ihn. »Ich muss leider bald los, mein Lieber.« Nach einer Umarmung ging sie duschen, machte sich für den Dienst bereit.

In der Küche trafen sie sich wieder. Giulia band ihr noch feuchtes Haar zurück. Er reichte ihr ein Glas kaltes Wasser mit Holunderblüten und Zitronensaft und ein wenig vom eigenen Honig darin. Als sie die Gläser absetzten, trat er nahe an sie.

»Giulia, danke für deine Liebe.« Er öffnete seine Hände, sie legte ihre hinein. »Es war so vieles in einem, berauschend schön und innig …« Er stand da, nur in seiner Shorts, sein Oberkörper war braun gebrannt, seine Schultern kräftig und in seinen blauen Augen spiegelte sich Giulias Lächeln.

16

Um 15 Uhr traf Giulia gemeinsam mit Nadia in der Cadonaustrasse ein. Die Bonorands bewohnten ein altes, renoviertes Haus unterhalb der psychiatrischen Klinik Waldhaus. In einem Nebengebäude aus Holz, das früher ein Schopf gewesen war, führte die Mutter ihre Praxis für Psychologie.

Laura hatte sich zwischenzeitlich etwas ausgeruht und war bereit für eine kurze Einvernahme. Endlich bekämen Giulia und Nadia so direkte Informationen aus der Hütte, konnten diese mit den Informationen, die sie mittlerweile recherchiert hatten, abgleichen.

Es herrschte eine seltsame Stimmung im Hause Bonorand; einerseits gelöst und noch immer freudig, weil die Tochter nun gerettet und zu Hause war, andererseits drückte die Sorge darüber bereits durch, welche Spuren das Erlebte hinterlassen hatte, ob das Leben je wieder sein würde wie davor.

Sie setzten sich alle gemeinsam ins Wohnzimmer, dessen weiche bunte Polstermöbel Behaglichkeit ausstrahlten, ebenso der kleine Kamin, der aus roten Ziegelsteinen gebaut war.

Zum ersten Mal sah Giulia auch die elfjährige Mia, die förmlich an ihrer Schwester klebte und überglücklich wirkte.

Obwohl es Nadia war, die Laura rechtzeitig gefunden hatte, und Giulia gleich zweimal darauf hinwies, wurden sie beide gleichermaßen als Retterinnen gefeiert. Noch gingen sie auf keine Details ein, denn Mia, die dieselben wachen Augen hatte wie ihre große Schwester, saß unter ihnen.

Dann bat die Mutter, der kraftvolle Ruhepol der Familie, Arnold, mit Mia auf einen kurzen Spaziergang zu gehen, bis die Ermittlerinnen Laura befragt hatten.

Laura und Chloe blieben daher sitzen. Die 18-Jährige trug eine weite Trainingshose, ihre Hände hatte sie zurück in die Ärmel ihres Hoodies gezogen, als ob sie fröre.

»Ist es für dich okay, wenn wir mit unseren Fragen beginnen?«, fragte Giulia.

»Ja, wir wollen den Kerl ja kriegen.« Laura zwang sich zu einem Lächeln. »Dass ich hier bin … ich glaub's noch gar nicht.«

»Das kann ich verstehen, denn derart Gutes braucht manchmal seine Zeit, bis man es fassen kann«, bestätigte Giulia.

»Auf jeden Fall habe ich endlich wieder gegessen und getrunken und gehe später noch eine Runde laufen, aber im Moment nur in Pas Begleitung.«

»Laufen ist eine tolle Idee«, pflichtete Nadia ihr bei. »Das befreit von so vielem.«

Giulia nickte und fragte: »Laura, du ahnst vielleicht, was wir als Erstes von dir wissen wollen.«

»Vielleicht, wie ich mir erkläre, dass es bei mir Morgen und bei euch mitten in der Nacht war?« Sie nahm einen Schluck Tee und aß ein Vollkornbiskuit, von denen einige schön angerichtet auf einem Teller lagen. Sie kaute ein paar Mal, ehe sie antwortete: »Ich hatte schon gedacht, der Kerl verarscht mich und ich chatte mit ihm, statt mit euch, nur damit er sich mir gegenüber überlegen fühlt. Aber ich weiß ja jetzt, dass es tatsächlich ihr wart. Aber wie das sein kann, wegen des Tag-und-Nacht-Unterschieds … ich weiß es nicht. Aber ich habe Chur gesehen, diese eine Lamelle im Fensterladen saß ein wenig schief. Da konnte man durchgucken, wenn auch nicht gut.«

»Hast du ihn dir vielleicht einfach so sehr gewünscht, diesen Anblick? Immerhin warst du in einem Käfig gefangen«, fragte die Mutter verständnisvoll.

»Offen gesagt, kommt mir jetzt, wo ich wieder hier bin, eh alles sehr komisch vor, wie wenn ich geträumt hätte. Und je mehr ich darüber nachdenke …« Ihr Blick verlor sich für einen Moment. »Die Substanz, die ich am Montag oder wann auch immer verabreicht bekommen habe, dazu der ganze Stress, der Schlafmangel… ich weiß nicht. Aber den Heli, den habe ich ja gehört, ihr wart ja dabei, das zumindest war keine Einbildung.«

Giulia nahm einen Schluck Mineral. »Du darfst nicht denken, dass wir dir nicht glauben. Im Gegenteil: Ich bin mir sogar ganz sicher, dass du uns alles so berichtest, wie du es erlebt hast. Und wie du sagtest, da waren Drogen und Schlaflosigkeit im Spiel … wir verstehen dich.«

Laura senkte ihren Kopf. »Ja, vielleicht habe ich mir den Anblick erhofft, er gab mir ja auch Kraft. Ich war über dem Limit. Aber der Heli … ich spinn doch nicht.«

»Das tust du nicht. Wir wissen auch vom ersten Opfer, dass es diese Hütte gibt, und das irgendwo in dem Gebiet, in dem auch du den Heli gehört hast.«

»Tut mir leid, wenn ich euch mit meiner Aussage in die Irre geführt haben sollte. Ich habe sogar die Tage durcheinandergebracht. Dachte gestern, es wäre schon Freitag, dabei war erst Donnerstag. Es war alles so verwirrend, und irgendwie habe ich noch immer ein Durcheinander mit den Wochentagen.«

Nadia antwortete: »Alles gut. Falls dir noch was dazu in den Sinn kommen sollte, melde dich einfach. Was mich aber noch interessieren würde: Sag, weißt du, wie du die Hütte verlassen hast, was letzte Nacht genau passiert ist, nachdem unser Chat unterbrochen wurde? Ich weiß, das sind keine schönen Gedanken, da möchte man lieber laufen gehen.«

»Aber ich will darüber reden.« Entschlossenheit zeichnete sich in Lauras Gesichtszügen ab. »Ich kann mich noch an den Chat mit euch erinnern und dass der Kerl zur Tür reinkam. Ich ließ das Notebook offen stehen, hatte aber den Chat geschlossen. Da ertönte der Gong, ich stellte mich in die Ecke, und von da an Filmriss, bis ich mit diesem Plastiksack über dem Kopf halbwegs zu mir kam und wusste, dass er mich so umbringen wollte.« Sie trank nochmals und aß zwei Biskuits. Tränen glitzerten in ihren Augen. Ihre Mutter legte ihr die Hand auf den Arm. Laura nickte, schloss kurz die Augen, eine Träne rann über ihre Wange. »Ich schaffte es, mich auf die Seite zu drehen, meine Hände und Füße waren ja hinter meinem Rücken aneinandergebunden. Da lag etwas Hartes auf dem Boden, vielleicht ein Stück Holz oder ein Stein. Daran habe ich mein Gesicht gerieben und so das Klebeband an meinem Mund ein wenig wegreiben können, sodass ich Laute von mir geben konnte. Luft bekam ich aber noch immer keine, nur die verbrauchte im Sack. Und immer wenn ich einatmete, sog ich den dünnen Plastik an mein Gesicht. Deshalb versuchte ich, weiter zu reiben und Geräusche von mir zu geben, bis ich Licht sah und Nadia mich rettete.« Sie blickte mit einem dankbaren Blick seitlich zu Nadia. Die Mutter blickte auch rüber, ihre Lippen formten ein Danke.

Nadia lächelte zurück und sagte: »Das hast du gut gemacht.«

»Ich weiß.« Laura begann zu lachen und strich sich dabei die Tränen aus dem Gesicht.

»Ja, du warst verdammt tapfer und bist es immer noch«, sagte Giulia. »Kannst du dich an Gerüche oder sonst etwas erinnern, das wir dem Täter oder den Tätern zuordnen könnten. Irgendwas?«

»Nur, dass ich den Kerl einmal in der Scheibe gespiegelt gesehen habe. Die Beschreibung habt ihr ja. Er benahm sich sehr vorsichtig, als halte er sich an ein Protokoll oder Drehbuch.«

Nadia nickte. »Danke vielmals, Laura. Das reicht vorerst. Vielleicht kommt dir später noch etwas in den Sinn, dann kannst du dich jederzeit bei uns melden. Von unserer Seite kann ich nicht oft genug wiederholen, dass wir einfach unendlich dankbar sind, dass du wieder zu Hause bei deinen Liebsten bist. Sobald wir ein Stimmenmuster des Verdächtigen vorliegen haben, würden wir es dir gerne vorspielen. Ich weiß, auch das wird nicht einfach für dich sein.«

»Das schaffe ich. Und jetzt werde ich erst recht Kriminalbeamtin«, sagte Laura kämpferisch, »denn was uns nicht umbringt, macht uns stärker. Nicht wahr?« Dann blickte sie kurz nach unten, ihre Stimme wurde leise. »Was mir aber noch immer große Angst macht, ist, dass ich nicht weiß, wie er mich gekriegt hat!« Sie blickte die drei an. »Versteht ihr? Es ist, als hätte man einen Sekundenschlaf im Auto und erwacht auf der Intensivstation. Ich habe Angst, die Augen zu schließen, denn wenn ich sie öffne, könnte ich wieder in seinem Käfig sein.«

Giulia rückte auf ihrem Sessel an die Kante, näher an Laura. »Das kann ich gut verstehen. Aber ich kann dir versichern: Bis wir den Kerl haben, stellen wir dich unter Personenschutz, damit du, wenn du wieder dafür bereit bist, zur Schule gehen und weiter deine Freizeit genießen kannst. Der kriegt dich nie wieder in die Hände. Du hast mein Wort.«

»Ich brauche aber Personenschutz, der gut laufen kann.« Laura lächelte verschmitzt.

»Mit dir mal laufen gehen, das würden wir beide gerne übernehmen. Wir laufen sowieso drei Mal die Woche oder gehen schwimmen.«

»Versprochen?«
»Versprochen.«

Zwei Stunden später waren Giulia und Nadia zurück im Hansahof im Kommandoraum der Soko Bergschatten. Hartmann stand mit zurückgekrempelten Hemdsärmeln am Kopfende des Tisches, trat vor die Leinwand. »Allen hier ist wohl klar, das ist nicht ›nur‹ ein beinahe Doppelmord«, sagte er mit seiner tiefen Stimme, »es ist auch ein Angriff gegen uns, die ermittelnden Behörden. Wir werden so oder so dem Täter entsprechend antworten, und das im Rahmen des uns innerhalb des Gesetzes zugebilligten Spielraums. Wir werden alle Hebel in Bewegung setzen, um diese unsägliche Serie hier und heute abreißen zu lassen, damit es nicht noch weitere Opfer gibt. Denn ob wir erneut, dank einer Nadia Caminada, das Leben von einem weiteren Opfer retten können, das steht auf einem ganz anderen Blatt Papier geschrieben.« Hartmann, 54-jährig, war ein gut aussehender gepflegter Mann. Sein graumelierter Oberlippenbart saß perfekt getrimmt in seinem Gesicht, und er roch meist nach einem süßlich-herben Rasierwasser. Er blickte in die Runde. »Dennoch ist heute einer der Tage, die uns immer gut in Erinnerung bleiben werden. Ein großer Sieg, eine junge Frau wurde vor dem sicheren Tod bewahrt durch eine von uns.« Alle blickten zu Nadia, die das Lob gerne mit einem Lächeln annahm und dabei auch an ihren verstorbenen Großvater, den Landjäger, dachte. »So, aber nun müssen wir uns daran machen, die Täterschaft zu ermitteln, es gibt ja einen der Tat dringend verdächtigen Mann«, schloss der Kommandant und bat Giulia und Nadia, das Wort zu übernehmen. Die beiden traten nach vorne, Giulia stützte beim Reden die Hände in die Taille.

»Kommandant Hartmann hat recht: Es ist ein Angriff

auf jede und jeden von uns. Nadia und ich glauben aber mittlerweile, dass noch mehr dahintersteckt. Es geht offensichtlich um Aufmerksamkeit. Der Täter hat ein krankhaft gesteigertes Bedürfnis, irgendwie zur Geltung zu kommen, vielleicht auch durch die Berichte der Medien und das Wissen angestachelt, dass wir noch im Dunkeln tappen.« Giulia trat einen Schritt zur Seite und blickte zu Nadia, die an den Tisch getreten war und das Foto von Schertenleib auf die Leinwand projiziert hatte.

»Wie ihr alle mittlerweile wisst, reden wir von diesem Mann hier, Rene Schertenleib.« Nadia blickte auf die Leinwand, auf das übergroße Foto, das kurz vor seinem Austritt aus Pöschwies gemacht worden war. »Dieser Mann hier hat 2007 zwei junge rumänische Sexarbeiterinnen in Chur getötet, und er wurde erst vor wenigen Wochen aus der JVA Pöschwies entlassen. Dies, nachdem er wegen schlechter Führung die gesamte Haftstrafe von 15 Jahren hatte absitzen müssen. Was ich ebenfalls in Erfahrung bringen konnte, ist, dass in dieser Zeit wiederholt Anträge auf Verwahrung gestellt worden waren. Diese wurden allesamt abgelehnt, der Mann wurde freigelassen, obwohl sich, soweit ich aus der ersten Sichtung der Aktenlage erfahren habe, die zuständige forensische Psychiaterin vehement für eine Verwahrung ausgesprochen hatte. Genauere Details liegen mir aber noch nicht vor.« Nadia blickte in die Runde, sie war voll in ihrem Element. »Kurz und bündig gesagt: Wir müssen diesen Kerl so schnell wie möglich finden und ins Verhör nehmen. Zu Hause in Landquart, wo er bei seiner Tante gemeldet ist, war er nicht, ist dort auch zwischenzeitlich nicht aufgetaucht, das Haus wird selbstverständlich observiert. Mit ihm scheint auch sein weinroter Subaru wie vom Erdboden verschluckt zu sein. Aus ermittlungstechnischer Sicht interessant zu wissen ist außerdem, dass wir in seinem

Schopf einiges an Material und Werkzeug gefunden haben, das für den Bau eines Käfigs sehr geeignet scheint.«

»Könnte Schertenleib ein Alleintäter sein?«, erkundigte sich der Kommandant.

Nadia blickte erneut zum Bild auf der Leinwand. »Wir können seine Intelligenz noch nicht abschließend beurteilen. Aus den Akten und den Gutachten, es liegen wie so oft in solchen Fällen gleich mehrere vor, ist zu entnehmen, dass er nicht gerade die hellste Kerze auf der Torte ist. Aber ja, es liegt aufgrund seiner Historie der Verdacht nahe, dass er wieder zum Mörder wurde. Möglicherweise ist alles ein Racheakt gegen uns, die Polizei, da nahe Angehörige der beiden Opfer bei der Polizei tätig sind. Grenadier Bonorand hat Schertenleib damals verhaftet. Welche Verbindung Schertenleib zu Ines Gwerder, eine leitende Beamtin der Stadtpolizei, hat, ist mir noch nicht bekannt.«

Giulia ergänzte: »Sollte er tatsächlich hinter all dem stecken, was sehr wahrscheinlich ist, so müsste er seine Stimme in der Hütte aber stark verstellt haben, denn Ramona und er hatten ja Tage vor ihrem Verschwinden länger miteinander telefoniert. Sie hat seine Stimme aber in der Hütte nicht erkannt. Vielleicht hat er seine Stimme auch technisch manipuliert, er sprach ja nur durch den Lautsprecher mit ihr, nie direkt. Mit den technischen Möglichkeiten heutzutage, kein Problem. Gesehen wurde der Täter in der Hütte jedenfalls nur von Laura, und für sie war er ein Fremder, wobei sie ihn nur sehr vage kurz ins Blickfeld bekam. Doch sobald wir Stimmmuster von Schertenleib haben, falls Aufnahmen aus den Verhören oder von den Videoaufnahmen der Therapien bestehen, werden wir diese Laura vorspielen, denn ihr gegenüber hätte er seine Stimme ja nicht zu verstellen gebraucht.«

Nadia verlegte ihr Gewicht von einem Bein aufs andere,

sagte: »In den Akten und Verhörprotokollen von diesem Rene Schertenleib ist ein Name wiederholt aufgetaucht. Die Gutachterin, die sich gegen seine Entlassung und für eine Verwahrung ausgesprochen hatte. Dr. Kerstin Wagner heißt die Frau, forensische Psychiaterin und Gerichtsgutachterin, die im Auftrag des Kantons Zürich arbeitet und laut Akten in Innerthal, im Kanton Schwyz, wohnhaft ist. Eine schweizweit bekannte Größe. Die kann uns mit Sicherheit detailliert über die Psyche des Verdächtigen Auskunft geben.«

»Stimmt«, bestätigte der Kommandant. »Wir haben sie doch auch schon konsiliarisch beigezogen. Ich meine vor zwei oder drei Jahren.«

Nadia antwortete: »Wie gesagt, sie kann uns bestimmt mehr über den Mann sagen. Sie war es, die ihn damals vor über 15 Jahren, gleich nach seiner Verhaftung exploriert hatte, persönlich, und das während mehrerer Sitzungen, und nicht wie die meisten, die ihr Gutachten auf von Dritten erfassten Daten erstellen. Ich hoffe, dass es noch Videomaterial zu diesen Sitzungen gibt und sie es uns zur Verfügung stellen kann.«

Nadia schlug vor, sich noch heute mit der Frau zu treffen, um so schnellstmöglich mehr über Schertenleib und dessen Persönlichkeit zu erfahren. Noch war kein weiteres Opfer verschwunden. Doch wie die beiden Fälle von Ramona und Laura belegten, konnte dies schnell passieren.

Der Kommandant war einverstanden, zu dringlich waren die Fälle, und zu wenig hatten sie in der Hand. Einzig das Haus von Schertenleibs Tante in Landquart wurde längst observiert, in der vagen Hoffnung, dass der Gesuchte bei Nacht und Nebel kurz nach Hause gehen würde. Er wandte sich der Forensikerin zu, die wie immer fast bewegungslos am Tisch saß, als wäre sie Teil des Mobiliars: »Dr. Kaspersky, von Ihnen haben wir heute noch nichts gehört.«

»Meine Berichte sprechen eigentlich für sich, und ein jeder hat sie bereits vorliegen. Aber bitte schön, ich fasse zusammen: Laura wurde nicht vergewaltigt. Es fanden sich bei ihr, ebenso wie beim ersten Opfer, weder Sperma- noch Blutspuren. Fremde DNA-Spuren haben wir an Lauras Körper zwar gefunden, müssen diese aber noch mit den Profilen der Einsatzkräfte, die letzte Nacht vor Ort waren, abgleichen. Was wir bei beiden Opfern fanden, war diese seltsame Glitzer-Lotion mit der sie am gesamten Körper eingecremt worden waren. Ansonsten muss ich zugestehen, dass da Profis am Werk waren. Alles musste minutiös geplant und durchgeführt worden sein. Dass Laura überlebt hat, hat meines Erachtens mit einem Fehler der Täterschaft zu tun, ebenso mit der Cleverness der jungen Dame und nicht zuletzt mit der Achtsamkeit von Nadia Caminada.«

»Fehler aus Sicht der Täterschaft?«, fragte Hartmann.

»Am Montageklebeband wurde an der einen Stelle, an der Laura es zur Seite zu reiben vermochte, die Abziehfolie nicht zur Gänze entfernt. Wäre dieses vollständig angeklebt worden, wäre sie zweifellos erstickt, weil sie sich nicht laut genug hätte bemerkbar machen können. Hinzu kommt, dass ihre Betäubung wahrscheinlich etwas zu schwach dosiert oder ihr zu früh verabreicht worden war. Wie auch immer. Nur aus all diesen Gründen konnte das Opfer geistesgegenwärtig handeln.«

»Und DNA-Spuren im Haus der Tante Schertenleib, wie sieht es da aus?«, wollte Hartmann weiter wissen.

»Steht auch in meinem Bericht. Wir fanden welche. Die meisten konnten wir Schertenleib und seiner Tante zuordnen. Dazu kommen drei weitere, die aber keine Treffer in den Datenbanken ergaben, die jedoch allesamt von Männern stammen, wir wissen somit nicht, ob die von der Tante gefundene Kleidung den Opfern gehörte.«

Hartmanns Gesichtsausdruck zeigte, dass er nicht zufrieden war. Er knurrte: »Wir müssen diesen Schertenleib fassen, und wenn wir jeden Murmeltierbau im Kanton umgraben müssen. Der Kerl kann sich doch nicht in Luft aufgelöst haben.«

Giulia entgegnete: »Aber er kann seine Füße verdammt gut stillhalten. Wer lange im Knast saß, der hält es in einem Versteck elend lange aus, vor allem wenn er weiß, dass ihm sonst wieder der Bau droht.«

Fazit der Lagebesprechung: Laura Bonorand wurde weiter unter ständigen Personenschutz gestellt, da möglicherweise die Täterschaft in deren Überleben eine Niederlage sah und ihr böses Tun zu Ende führen wollte. Für die Rolle der Personenschützerin, Laura hatte sich eine Frau gewünscht, schlug Giulia Ivana Grugovic vor, die den Auftrag gerne übernahm.

Die Fahndung nach Schertenleib wurde aufrechterhalten, nun auch mit Aufrufen über die sozialen Medien. Dies hatte Nadia vorgeschlagen, um noch mehr Druck auf den Mann und gegebenenfalls sein nächstes Umfeld auszuüben.

Giulia und Nadia würden ihrerseits umgehend Dr. Kerstin Wagner aufsuchen und mit der forensischen Psychiaterin den Fall im Detail anschauen.

Über die entsprechenden Systemberechtigungen erhielt Nadia nach der Lagebesprechung die persönliche Telefonnummer von Frau Dr. Wagner und rief diese noch im Kommandoraum der Soko an. Wagner hob mit klarer Stimme ab. Sie sitze im Wagen auf der Fahrt von Zürich ins Innerthal, wie sie erklärte.

Nadia fasste kurz die Lage zusammen. Von dem Tötungsdelikt hatte Wagner längst gehört, auch davon, dass das zweite Opfer gerettet werden konnte.

Als Giulia über die Freisprecheinrichtung des Konferenztelefons fragte, was Wagner zu dem allem sage, ob sie an eine mögliche Verbindung zu Schertenleib glaube, hörte man für einen Moment nur noch das leise Rauschgeräusch des fahrenden Wagens, sodass Giulia nachfragen musste, ob Frau Wagner noch in der Leitung war.

Nach einem langen Atemzug sagte die forensische Psychiaterin: »Meine Warnungen wurden bedauerlicherweise allesamt in den Wind geschlagen. Von einem Ausschuss, dessen Mitglieder noch nie einem Täter gegenübergesessen sind, dafür Ordnern gefüllt mit Berichten, aber davon muss ich Ihnen beiden ja nichts sagen, sie arbeiten ja auch wie ich an der Front.«

Da hatte sie wahrlich recht. Nadia wollte wissen: »Wir würden die Verbrechen, die bei uns geschehen sind, in denen es klare Verbindungen zu Rene Schertenleib gibt, gerne ausführlicher mit Ihnen besprechen. Wir befürchten, dass die Serie noch nicht abgerissen ist, und offen gesagt, tappen wir noch ein wenig im Dunkeln.«

»Hören Sie, Frau Caminada, ich sitze, wie gesagt, gerade in meinem Wagen auf dem Weg von Zürich nach Hause. Ich komme etwa in einer halben Stunde dort an. Wollen Sie beide nicht besser zu mir nach Hause kommen, nach Innerthal? Das Ganze stellt sich nicht so einfach dar, dazu braucht es ein persönliches Gespräch.«

»Das wäre uns mehr als recht. Leutnant de Medici und ich würden uns in wenigen Minuten auf den Weg zu Ihnen machen, ist das in Ordnung?«

»Das ist mir sogar sehr recht. Solche Gespräche führe ich, wie gesagt, am liebsten persönlich. Für mich zählt noch immer der Mensch im 1:1. Ich gebe Ihnen meine Adresse.«

17

Giulia kannte das Dorf Innerthal, wo Dr. Kerstin Wagner wohnte. Der kleine Ort war idyllisch, aber auch ab vom Schuss im Wägital gelegen, direkt am naturbelassenen Bergsee. Die Fahrt dahin würde etwas mehr als eine Stunde dauern.

Giulia und Nadia verließen Chur um halb sechs Uhr. Der Himmel war mittlerweile durchzogen von Schönwetterwolken. Die beiden fuhren auf der A13 und später der A3 folgend Richtung Zürich. Nadia telefonierte unterwegs mit Mark, der nach den Ereignissen der letzten Nacht am liebsten sofort nach Hause gekommen wäre, doch Nadia und Lena hatten ihm versichert, dass es allen gut ging. Amira war bei ihrer Großmutter bestens versorgt. Außerdem müsste Mark seine Weiterbildung im nächsten Jahr als Gesamtes wiederholen, wenn er sie jetzt abbrach, und morgen, am Samstagnachmittag, wäre sie ja bereits zu Ende.

Am oberen Zürichsee angekommen fuhren die beiden Ermittlerinnen auf der Landstraße weiter ins bergige Hinterland bis zum Wägitalersee, der sich wie auf einer Postkarte von Bergen und ansteigenden Weiden umrahmt vor ihnen auftat. Das Tal war naturbelassen, das einzige Dörfchen hieß Innerthal.

Auf dem Weg hatte Nadia Giulia erzählt, dass Wagner vor Jahren eine Biographie auf den Markt gebracht hatte, mit dem Titel: *Das Lachen der Wölfe*. »Ich habe das Buch gelesen, kann mich aber nicht mehr an alles erinnern. Aber Giulia, die Frau hat es in ihrer Kindheit alles andere als einfach gehabt. Ist in der DDR aufgewachsen. Als sie eine Teenagerin war, wurde ihr Vater umgebracht, war wohl der Top-Spion der DDR schlechthin, wie die Offenlegung der Akten Mitte der Neunziger belegte. Auf jeden Fall war Wagners Mutter am Mord beteiligt.« Sie blickte zu Giulia, die am Steuer saß und durch ihre dunkle Sonnenbrille auf die Straße vor sich blickte. »Stell dir vor, Wagners Mutter wurde 1986 als letztes Opfer überhaupt in der Geschichte der DDR zum Tode verurteilt und mittels Genickschuss in einem der Gefängnisse umgebracht. Wagner behauptet in ihrem Buch, dass man damit die Wahrheit hinter der Intrige um ihren Vater ausgelöscht habe.«

»Krass«, sagte Giulia und blickte kurz zu Nadia rüber.

»Wagner wurde in den Westen abgeschoben, wurde von Pflegefamilie zu Pflegefamilie rumgereicht, bis sie endlich Fuß fasste. Ich weiß noch genau, wie sehr es mich beeindruckt hat, wie lange Wagner als Kind und später als Jugendliche und junge Erwachsene an den Werten der DDR festgehalten hatte, ehe sie differenziert auf das Gute und Schlechte beider Staaten blicken konnte«, erklärte Nadia. »Nun, sie hat ihren Weg gemacht, hat studiert, mit Bestnoten ihr Studium der Medizin und der Psychologie abgeschlossen. Ich kann dir das Buch nur empfehlen, denn sie schreibt auch darüber, wie man die Wölfe um sich erkennt, auch dann, wenn diese noch so nett lächeln.«

»Den berühmten Wolf im Schafspelz also«, kommentierte Giulia vielsagend.

Dr. Wagner wohnte weiter hinten am See. Nur wenige Weiler hatten auf dem Weg dahin in den Weiden ober- oder unterhalb der schmalen Straße, die sich im Hang eingebettet ins Tal schmiegte, ihren Platz gefunden. Der Himmel war etwas bedeckt, die Sonne warf ihr Licht in dutzenden Kegeln an die Hänge und auf den See, ein intensives Naturspiel, das Giulia verinnerlichte.

Sie fuhren durch bewaldetes Gebiet, ehe sich nach einer Kurve die Bergweiden zu beiden Seiten der Straße wieder auftaten. Unterhalb stand auf einem von üppigen Weiden überzogenen Bödeli ein Haus mit graugrüner Schindelfassade und ein alter Stall. Dahinter wölbte sich der Hang 30 Meter hinunter zum Seeufer.

Die naturbelassene Zufahrtstraße zum Haus war schlecht. Der überwachsene Mittelstreifen stand hoch, sodass nur ein Wagen mit viel Bodenfreiheit, wie Giulias Q5, durchkam. Sie fragte sich, wie Wagner bei Schnee oder tagelangem Regen zu ihrem Haus kam.

Sie hielten vor der Umzäunung des alten Gebäudes, dessen Schindelfassade auch von Nahem verwittert aussah, wie der Stall daneben, beides in dunklem Holz gehalten.

Giulia war sich nicht sicher, ob sie wirklich an der richtigen Adresse waren, denn Haus und Grundstück schienen verlassen. Auch ein Fahrzeug sah sie nirgends, keine Garage oder einen Unterstand. Ein massiver, mannshoher Holzlattenzaun umfasste das Grundstück, auf dem ein knorriger Birnbaum stand, dessen eine Seite abgestorben war.

Sie stiegen aus. Der Geruch des Sees wehte mit einer leichten Brise vom Ufer zu ihnen hoch. Das Wasser glitzerte silbrig und goldig in den Lichtkegeln. Sie traten vor das geschlossene Holztor. Ein nicht zu übersehendes Schild warnte eindringlich vor den Hunden. Giulia blieb daher stehen, blickte sich um – keine Klingel. Sie wollte soeben Wagner anrufen, als diese aus dem Haus trat und auf sie zukam.

Sie öffnete mit einem Schlüssel das Gartentor: »Kommen Sie nur herein. Meine Hunde wissen Bescheid.« Sie sprach mit ruhiger, heller Stimme in perfektem Hochdeutsch.

»Danke, dass Sie sich so schnell und unbürokratisch Zeit

nehmen«, sagte Giulia nach der Begrüßung, dann folgten sie und Nadia Dr. Wagner zum Haus.

Wieso Giulia sich Wagner größer vorgestellt hatte, wusste sie nicht. Die Frau war schätzungsweise nur 1,65 Meter groß. Sie trug ihr braunes Haar streng nach hinten gebunden, eine Hose wie eine Reiterin, dazu kniehohe, enge schwarze Stiefel, trotz des warmen Sommertages. Ihr blaues Hemd hatte etwas Uniformhaftes an sich. Giulia wusste, die Frau war 51 Jahre alt, doch sie schien körperlich topfit zu sein.

Wagner führte sie neben das Haus auf eine überdachte Terrasse, von der aus man den gesamten See überblicken konnte. Von den Hunden war nichts zu sehen oder zu hören. Doch Giulia hatte bemerkt, dass der Boden unmittelbar an der Innenseite des Zauns typische Laufspuren aufwies, weil die Tiere daran entlangliefen, um ihr Revier zu verteidigen.

»Eine schöne Aussicht auf den See und die nahen Berge haben Sie hier«, sagte Nadia in ihrer freundlichen Stimme, die andere dazu neigen ließ, sie zu unterschätzen. Dass sie blond und attraktiv war, förderte diesen Eindruck bei manchen erst recht, doch nie lange, denn schnell drückte die große Caminada-Persönlichkeit durch.

»Da haben Sie recht, Frau Caminada. Diesen Platz habe ich mir schon vor Jahren ausgesucht, ideal um Gutachten zu schreiben und sich danach bei langen Spaziergängen oder Ausritten mit meinem Pferd immer wieder neu zu verorten. Außerdem mag ich diese ländliche Abgeschiedenheit, mal abgesehen von den Wochenenden in der Fischfangsaison. Doch das Gebiet hier hat so viele schöne Gesichter.« Lachfältchen umspielten ihre Augen. Dann blickte sie konzentriert zu Giulia. »Frau de Medici, deswegen sind wir ja aber nicht zusammengekommen. Doch was bin ich auch für eine schlechte Gastgeberin? Entschuldigung, was darf ich Ihnen beiden denn Schönes anbieten? Kalte Getränke? Kaffee und Kuchen? Sie müssen wissen, ich liebe Kuchen.«

Sie verschwand durch eine Seitentür ins Haus.

Giulia beugte sich seitlich zu Nadia und diese sich zu ihr, sodass sich ihre Schultern berührten. »Die Frau ist auf Zack. Ich bin mir sicher, diese Stiefel haben schon den einen oder anderen Arsch kräftig getreten.«

»Kann ich mir sehr gut vorstellen. Aber immerhin ist Wagner eine der wenigen Gerichts-Psychiaterinnen, die sich mit den Menschen, die sie begutachtet, persönlich auseinandersetzen, und keine von denen, die leichtfertig ihre Unterschrift unter irgendein Gefasel setzen. Auch wenn sie hier so abgeschieden lebt: Ihr Wort hat großes Gewicht in der Branche, das darf man nicht vergessen.

»Und doch ließen die Behörden Schertenleib trotz der negativen Prognose einer Dr. Wagner einfach so rausspazieren«, wunderte sich Giulia. »Wieso?«

Nadia und Giulia lehnten sich zurück, da in diesem Moment Wagner aus der Tür trat. Sie stellte einen Krug Eistee, dazu drei Gläser und etwas Gebäck auf den Tisch. »Komme sofort wieder«, sagte sie und war soeben auf dem Weg zurück ins Haus, als ein Pferd laut wieherte.

Wagner lachte und deutete auf den Stall. »Das ist Attila, mein Hengst. Er will raus. Er weiß, dass ich nach Hause gekommen bin.« Sie verschwand im Haus und kam mit einer dicken Akte in den Händen zurück. »Ich mag es, wenn wir gleich zur Sache kommen.« Wagner setzte sich. Nach einem großen Schluck Eistee schlug sie unverzüglich die dicke Akte auf. »Rene Schertenleib, geboren am 12. März 1972, hatte eine durchwegs traumatische Kindheit, was einiges erklären kann, doch nichts entschuldigt oder rechtfertigt. Wir, die hier am Tisch sitzen, wissen, dass statistisch gesehen die meisten Verbrecher eine sogenannt unauffällige Kindheit hatten. So gesehen müsste man eine normale Kindheit fast schon als Prämisse für Kriminalität betrachten.« Sie blätterte konzentriert in der Akte. »Die Morde, die er vor etwas mehr als 15 Jahren an zwei 18-jährigen Prostituierten verübt hat, konnte man ihm problemlos nachweisen. Dass er der Täter war, stand außer Zweifel, aber seine Schuldfähigkeit, die hatte sein Anwalt natürlich infrage gestellt. Damals schon, genau wie nun erneut vor wenigen Monaten habe ich in meinem Gutachten davor gewarnt, dass grundsätzlich eine sehr hohe Rückfallgefahr von ihm ausgeht, denn das war damals keine Tat im Affekt, auch wenn es vordergründig danach aussah. Die Tat ist der Grundstruktur seines Charakters geschuldet.«

»Aber die Haftstrafe wurde nicht aufgrund von Mord verhängt, denn das Mordmerkmal Heimtücke und die Planung der Tat waren nicht gegeben, richtig?«, stellte Nadia zur Diskussion.

»Richtig. Die sogenannten Maßnahmen wurden aber wiederholt verlängert, weil er ein uneinsichtiger Frauenhasser ist, mit einer sehr gefährlichen Persönlichkeitsstörung. Daher die lange Haftstrafe, obwohl aus juristischer Sicht tatsächlich kein Mord vorlag.«

»Wie zeigt sich dies, die Persönlichkeitsstörung meine ich?«, fragte Giulia.

»Richtige und wichtige Frage! Genau das macht einen wie Schertenleib so brandgefährlich, und so hat er auch die Entscheidungsträger für seine Entlassung getäuscht. Seine Persönlichkeitsstörung ermöglicht es ihm, sich sehr angepasst und im Bedarfsfall beinahe schon unterwürfig zu verhalten. Er weiß sich situationsgerecht zu benehmen, wenn er es muss. Vor allem, wenn die hierarchischen Strukturen klar gegeben sind. Die JVA Pöschwies stellte ihm für die letzten beiden Jahre somit auch ein sehr gutes Führungszeugnis aus. Schertenleib scheint auf den ersten und zweiten Blick ein freundlicher Mann, kleinbürgerlich, mit einer herzzerreißend tragischen Kindheitsgeschichte.« Dann veränderte sich der Ton von Wagners Stimme. »Doch auf den dritten Blick wird glasklar: Frauen sind für ihn wertlos, aber nicht nutzlos.«

Giulia kam in den Sinn, dass seine betagte Tante erzählt hatte, wie schlecht ihr Neffe sie behandelte, weil er um ihre finanzielle Abhängigkeit wusste. Eine Machtdemonstration. Giulia berichtete Wagner davon.

Diese legte ihre Hände gefaltet auf den Tisch. »Das passt natürlich gut ins Bild. Er möchte stets die Kontrolle haben. Auch Sexarbeiterinnen ziehen ihn magisch an und stoßen ihn gleichermaßen ab.« Sie hob die Augenbrauen. »Das wiederum erklärt sich aus seiner Kindheit: Seine Mutter nahm ihre Freier mit in die Wohnung, in der sie mit dem Jungen lebte.« Wagner nahm einen langen Atemzug. »Traurig, sehr traurig, was ihm damals passiert ist. Am Ende fand er, damals erst siebenjährig, die Mutter eines Tages erhängt im Zimmer. An dem Morgen, an dem eigentlich sein erster Schultag war.« Sie ließ die Schwere dieser Worte einen Moment wirken. »Ja, so was muss eine kleine Menschenseele erst verdauen, oder eben nicht. Danach folgte für ihn eine Pflegefamilie nach der anderen. Und sein Unglück hielt an: Die letzte Pflegemutter hatte ihn vier Jahre lang grün und blau geschlagen. Als er 15 war, hat er sie brutal vergewaltigt und dabei beinahe erwürgt.«

»Was?« Nadia war überrascht. »Das wird in meinen Akten nirgendwo erwähnt.«

»Fiel damals unters Jugendstrafrecht. Für ihn folgten daraufhin Psychiatrie, später Jugendhaftanstalten. 20-jährig wurde er auf freien Fuß gesetzt, bis die Morde in Chur passierten. Schertenleib gibt, ohne im Detail darüber reden zu wollen, seiner Kindheit für alles die Schuld.«

Giulia sagte: »Traumatisches ist ihm tatsächlich in seiner Kindheit widerfahren, wie anderen leider auch. Doch noch schlimmer empfinde ich es, wenn sich jemand nie von diesem Geschehen lösen kann, ständig Schuldige sucht, statt Eigenverantwortung im Hier und Jetzt zu übernehmen. Wir können alle jeden Tag entscheiden, einen anderen Weg einzuschlagen.«

»Finde ich auch«, sagte Nadia. »Es gibt Menschen, die würden auch noch als Hundertjährige bei einer Erkältung die Hebamme beschuldigen, sie nach der Geburt nicht gut genug zugedeckt zu haben.«

Wagner lachte überraschend herzhaft. »So, und nun berichten Sie mir doch im Detail von den aktuellen Straftaten, denn ich weiß nur das aus den Medien.«

Giulia fasste alles zusammen, Nadia ergänzte da und dort. Dann schwieg Wagner für eine lange Minute. Der See, die Berge lagen dabei noch immer im Zauber des Lichtschattenspiels. Ein einzelnes Boot zeichnete sich schwarz in der Seemitte ab, das Wasser war spiegelglatt wie dunkles Silber.

»Also, auch wenn er intelligent genug wäre, was er nicht ist, um die Taten wie von Ihnen beschrieben zu verüben, würden sie nicht zur Gänze in sein Profil passen. Denn der Täter scheint sich versteckt zu halten, auch vor den Frauen, die er entführte. Er gab sich den Frauen nicht zu erkennen, arbeitete mit Betäubung und sprach nur durch Lautsprecher zu ihnen, wenn ich das richtig verstanden habe.«

Giulia und Nadia nickten.

»Das passt nicht zu ihm. Die direkte Verbindung zu den Opfern, das war bisher immer ein zentraler Punkt bei Schertenleibs Taten.«

»Taten?«, kam es unisono von Giulia und Nadia. Giulia hakte nach: »Er wurde doch in Anführungszeichen ›nur‹

wegen dieses Doppelmordes verurteilt, oder haben wir hier was verpasst? Oder beziehen Sie sich hier auf die Vergewaltigung seiner Pflegemutter?«

»Ich komme gleich dazu. Diese Verbindung zu seinen Opfern gab ihm das Gefühl von Macht. Er musste spüren, wie sie in dem Moment leiden.« Sie blätterte ihn den Akten. »Ich erzähle Ihnen etwas, was erst im Laufe meiner Gutachten auf den Tisch gekommen ist.« Sie stützte ihre Arme auf den Holztisch. »Schertenleib war süchtig nach Prostituierten. Doch er forderte von ihnen nicht nur den ›normalen‹ Sex. Er fesselte sie, zwar einvernehmlich, und spielte Vergewaltigungen mit ihnen durch. Doch immer wieder hat er dabei die abgemachten Grenzen überschritten. Zur Anzeige brachten es aber keine der Frauen. Diesen Sexarbeiterinnen fehlt meistens die Macht dazu.«

»Und woher wissen Sie denn dann von den Taten?«

»Sagen wir es so: Ich verbrachte viel Zeit, viele Sitzungen mit Schertenleib. Er glaubte, dass ihm diese Geständnisse helfen würden, eine mildere Strafe zu bekommen. Doch Gegenteiliges ist geschehen.«

»Das würde auch zu dem passen, was seine Tante uns gegenüber ausgesagt hat. Wir vermuteten aufgrund ihrer Aussagen sogar, dass es auch zu sexualisierter Gewalt gegen sie gekommen ist.«

»Zurück zu Ihrer Frage: Sie haben mich gefragt, ob er der Täter ist. Also, was ebenfalls gegen ihn als Einzeltäter spricht, neben der erwähnten, hier fehlenden direkten Verbindung zu den Opfern, ist die für die Taten benötigte Logistik, der exakte zeitliche Ablauf und das, wie Sie mir sagten, nicht auswertbare Spurenbild. Das würde einer wie er niemals alleine bewerkstelligen können. Schertenleib trägt dafür weder die nötige Ruhe noch Ordnungskraft in sich. Es muss jemand über ihm stehen, der andere Ziele verfolgt. Nein, ich denke, Schertenleib ist, wenn überhaupt, in diesem Fall nur des Teufels böser Knecht.«

Für einen Moment hingen alle ihren Gedanken nach, ehe Wagner ergänzte: »Wir hier am Tisch, da bin ich mir sicher, haben alle schon in scheußliche menschliche Abgründe geblickt. Wir haben doch längst gelernt, eine Tat nicht verstehen zu wollen, sondern diese nur in ihrer ganzen Tragweite zu erfassen. Denn als psychisch Gesunder kann man kranke Triebtäter niemals verstehen. Doch wir können die Chronologie des Bösen aufschlüsseln, mit all ihren Unfassbarkeiten, die einen hin und wieder dazu verführen, nicht an den wahren Sachverhalt glauben zu wollen, weil dieser das eigene Weltbild verstörend ins Wanken bringen kann. Nur weil wir etwas niemals tun würden, heißt das nicht, dass es auch ein anderer nicht tut.«

Die beiden Ermittlerinnen konnten ihr nur beipflichten. Nadia führte nochmals die Tatsache an, dass Ramona Gwerder und Laura Bonorand zum Sterben vor die Haustüren von Giulia und Nadia abgelegt worden waren.

»Macht, schlichtweg Macht und Überheblichkeit, vielleicht aber auch mit Rache verbunden. Eine hochgradig pathologische Persönlichkeit. Ein Schachspieler des Bösen. Sie müssen demnach nach jemandem fahnden, der Verbindungen zur Polizei hat, der eine Rechnung mit dem System zu begleichen hat.«

»Frau Dr. Wagner«, Nadia setzte sich bequemer hin, »aus psychiatrisch-forensischer Sicht könnten wir Ihre Unterstützung mehr als nur gut gebrauchen. Ich habe meine Weiterbildung zur Profilerin erst letztes Jahr abgeschlossen, und mir fehlt in diesem Fall leider noch die Erfahrung. Erfahrung, die Sie haben. Hätten Sie also Kapazität, uns zu unterstützen?«

»Ich bin seit Jahren in der komfortablen Lage, mir meine

Fälle aussuchen zu können, Fälle, die mich persönlich interessieren. Nur deshalb übe ich diesen Beruf überhaupt noch aus. Dieser Fall hat mit einem meiner eigenen Fälle zu tun. Daher mein spontanes, aber dennoch wohlüberlegtes Ja.«

Sowohl Giulia als auch Nadia wussten, dass Dr. Wagner die Koryphäe schlechthin war, wenn es darum ging, hinter die Fassaden gestörter Triebtäter zu blicken, genauso wie Dr. Kaspersky aus Chur den Ruf genoss, die Beste im Bereich der Spurensuche und Leichenschau zu sein.

»Dann freut es mich, uns«, sagte Nadia mit Blick auf Giulia, die nickte. »Wie gesagt, ich bin noch Frischling auf dem Gebiet. Muss mir als Profilerin erst noch meine Sporen verdienen, aber am Willen wird's definitiv nicht fehlen.« Nadia trug, wie ihre Mutter öfters anmerkte, den Stolz ihres Großvaters in sich. Ein Stolz, der nie überheblich wirkte, sondern einer, der in sich selbst ruhte. Nadia wusste, wer sie war und wer nicht, quälte sich nicht mit Selbstzweifeln, wie es Giulia manchmal tat.

»Beste Voraussetzungen«, sagte Wagner, und ein Lächeln erhellte ihr Gesicht, sodass sie für einen Moment diese Unnahbarkeit verlor.

Giulia dachte darüber nach, dass sich Wagner möglicherweise in all den Jahren ein neues Gesicht, eine professionelle Maske, zugelegt haben musste, um sich von den teils hochintelligenten, geisteskranken Triebtätern nicht in die Karten blicken zu lassen.

Wagner riss sie aus den Gedanken. Mit ernster Miene sagte sie: »Für mich liegt die Vermutung nahe, dass die Täterschaft sehr schnell wieder zuschlagen wird. Laura wird ja gut bewacht, wie ich nun weiß. Das ist gut, denn diese Niederlage, die der narzisstische Täter erlitten hat, wird er wieder wettmachen wollen. Es ist deshalb richtig und wichtig, dass nun alle Töchter der Polizeikräfte in Graubünden informiert werden. Sie sollen keinesfalls mehr alleine, auch bei Tag nicht, unterwegs sein. Doch wir alle hier wissen leider nur allzu gut: Jemand wird sich zu sicher fühlen, das Ganze für zu übertrieben halten … Auf jeden Fall werde ich morgen in aller Früh meiner Assistentin im Rechtsmedizinischen Institut der Universität Zürich den Auftrag erteilen, Ihnen all die Unterlagen zum Fall Rene Schertenleib zuzustellen, samt Videoaufzeichnungen und somit Stimmproben von ihm, und bitte Sie beide darum, mich auf dem Laufenden zu halten, was die Fälle in Graubünden betrifft. Noch Fragen?«

Wagner, de Medici und Caminada verließen erst eine halbe Stunde später die Terrasse. Sie hatten doch noch länger geredet als gedacht. Die Sonne stand mittlerweile tief, der See schimmerte geheimnisvoll. Es roch nach Heu, und irgendwo hörte man einen Traktor in der Ferne, ansonsten war es still.

Wagner begleitete die beiden Ermittlerinnen zum Tor. Giulia zeigte auf das Schild. »Gibt's die Hunde wirklich, oder soll diese Tafel hier bloß die Einbrecher abschrecken?« Sie dachte daran, dass es in der Nacht bestimmt nicht immer angenehm sein konnte, hier allein zu wohnen. Sie kannte das Gefühl von ihrer Hütte.

»Ich wohne allein, aber meine Hunde …« Wagner stieß einen Pfiff aus, worauf vier riesige Rottweiler hinter dem Haus heranstürmten, als hätten sie nur auf das Kommando gewartet. Wagner schnalzte kaum merklich, und je zwei Tiere legten sich seitlich zu ihren Füßen auf den Boden, als hätten sie einen Ein- und Ausschaltknopf.

»Dank meinen Freunden hier schlafe ich auch in den dunkelsten und stürmischsten Herbstnächten tief und fest. Sie müssen wissen, in meinem Beruf lernt man leider auch an das Böse im Menschen zu glauben. Außerdem weiß ich, dass es da draußen bestimmt mehr als nur einen gibt, der mir noch so gerne den Hals umdrehen möchte. Herr Schertenleib gehört auch dazu, denn er hat schon in der JVA erfahren, dass ich ihn verwahrt haben wollte. Es könnte also durchaus sein, dass ich bald von ihm Besuch bekomme.« Sie lächelte selbstsicher mit Blick auf die vier Rottweiler, von denen ein jeder ein Halsband in einer anderen Farbe trug. Die Tiere wirkten sehr gepflegt, waren äußerst kräftig und ebenso wachsam.

Giulia nickte. »Wir Beamtinnen sind immer einem Risiko ausgesetzt, das ist der einen mehr, der anderen weniger bewusst.«

»Es ist, wie es ist. An meinen Hündchen kommt jedenfalls niemand ungeschoren vorbei.«

Giulia dachte an den kleinen Lux, der im Moment noch so süß war, aber ausgewachsen ebenfalls mal ein sehr eindrucksvoller Rüde werden würde. Er war bei Gian in besten Händen. Hunde, das wusste Giulia, waren nie per se böse, aber sie waren formbar, zum Guten wie zum Bösen. Und diese vier Rottweiler hier waren dazu erzogen worden, ihre Herrin mit ihrem Leben zu schützen.

»Darf ich Ihre Hunde streicheln?«, fragte Giulia.

»Auf jeden Fall. Ich sehe Ihnen an, dass Sie wie ich Tiere sehr mögen.«

Wieder gab Wagner ein Geräusch von sich, ein Klicken mit der Zunge. Sofort löste sich die Anspannung bei den Tieren. Giulia ging in die Hocke und ließ die Hunde erst zu sich kommen, ehe sie sie streichelte. Die vier freuten sich, wurden sogar ein wenig übermütig. Nichts deutete darauf hin, dass sie auch anders sein konnten. Ein Schnalzen von Wagner, und schon legten sich die vier wieder neben ihre Herrin.

»Prachtvolle Tiere«, sagte Giulia, auf deren Gesichtszügen nun das Orangerot der Himmelsstimmung lag. »Und noch eine Frage habe ich: Was fahren Sie für einen Wagen. Im Winter den Weg hier herunter, wie schaffen Sie das?«

»Gar nicht. Nicht mal bei schönem oder trockenem Wetter, denn ich fahre einen ganz gewöhnlichen weißen Audi. Meine Garagenbox ist dort oben.« Sie deutete auf die Straße im Hang über ihnen. »Ihnen entgeht aber auch gar nichts.« Sie lächelte.

»Na ja, ich denke halt praktisch. Also, nochmals herzlichen Dank für Ihre Zeit und für die zugesagte Unterstützung.«

Giulia fuhr langsam den schmalen Weg zur asphaltierten Straße hoch und folgte dieser dem See entlang zurück. Sie hatte Hunger und Nadia ebenso. Nach kurzer Fahrt hielten sie beim Restaurant Obersee, das direkt an der Straße lag. Sie setzten sich auf die Terrasse, blickten in diese geheimnisvolle Abendstimmung und aßen gemeinsam zu Abend, bevor sie zurück nach Chur fuhren.

Mittlerweile waren dichte Wolken ins Churer Rheintal gezogen, als die Stadt um 21 Uhr vor ihnen in der Senke auftauchte. Einzig im Südosten verharrten rotorange die letzten Sonnenstrahlen in einem sonst grauen Himmel.

Giulia hatte während der Rückfahrt immer wieder an Gian gedacht, wie sie miteinander geschlafen hatten, auch an das Essen davor, der Moment ihrer Zweisamkeit. Ihre Liebe zu ihm fasste mehr und mehr Vertrauen. Sie würde später zu ihm fahren.

Was Giulia in diesem Moment weder ahnen, geschweige denn wissen konnte: Das Grauen war bereits auf dem Weg, um an ihre Tür zu klopfen. Bald würde kein Stein in ihrem Leben mehr auf dem anderen liegen, ein Kampf auf Leben und Tod würde bald entbrennen!

18

Giulia kam um 21:20 Uhr beim Mättali an. Noch dichtere Wolken lagen nun über dem Tal, doch es war mild und windstill.

Gian hatte Birchermüsli zum Dessert zubereitet, mit vielen Beeren aus dem großen Garten und Obst von den eigenen Bäumen.

»Weißt du, meine Liebste«, so nannte er sie liebevoll, während sie Kaffee tranken und aßen, »heute war ein guter Tag. Ihr habt einer jungen Frau das Leben retten können, und für mich war es der gefühlvollste und intensivste Tag, den ich je erleben durfte …«

Giulia hob vielsagend ihre Augenbrauen. »Ich könnte mir vorstellen, dass es die Dämmerung auch in sich hat.« Sie lächelte und legte ihren Löffel auf den Tisch.

Gian nahm eine kuschelweiche Decke aus dem Schrank im Flur, mit der er sich im Winter gerne zudeckte, wenn er auf dem Sofa das Feuer im Kamin betrachtete und dabei Musik hörte.

Hand in Hand liefen Giulia und Gian die Weide hinter dem Haus hoch. »Falls du gerne heust, diese Bergwiese ist in ein paar Tagen fällig«, sagte Gian, »doch zuerst kommt der Regem.«

Stille lag über dem Mättali. Der Wald, der die Weiden umschloss, ruhte dunkel. Die umliegenden Berge färbten sich zunehmend schwarz. Das letzte Licht erhellte scheu den Himmel im Westen. Es roch nach Landwirtschaft, die Grillen zirpten. Der Abendwind spielte mit Giulias offenem

Haar, während die beiden barfuß zu einem großen Laubbaum gingen, der seitlich über dem Hof inmitten der Weide stand.

»Hier kann uns niemand sehen.« Gian legte die Decke ins kniehohe Gras.

Die Liebe, die nun über sie kam, war fein und zart, wie die langsamen, bedeutungsvollen Bewegungen ihrer Körper, ihr Flüstern, ihre Blicke in einer Welt, in der alles nur noch schemenhaft zu erkennen war, dafür inniger zu erfühlen. Leise Geräusche des Windes, der Natur und die der Liebe.

Erst nach Mitternacht legte sich Giulia vom langen Tag aufgewühlt zu Hause ins Bett und schlief sofort ein.

Um 07:10 Uhr am Samstagmorgen, eine graue Wolkendecke lag über Chur, riss das Klingeln ihres Handys sie aus dem Schlaf. Doch als sie den Anruf entgegennahm, hatte Nadia bereits wieder aufgelegt. Giulia wollte gähnend soeben zurückrufen, als eine SMS von Nadia sie aufschreckte:

Giulia, bitte komm sofort zu mir nach Hause, es ist wegen Amira, du musst kurz auf sie aufpassen, es ist ein Notfall. Okay? Bin am Telefon, schreib bitte.

Giulia versuchte Nadia anzurufen, doch sie hob nicht ab. Daher schrieb sie, dass sie in spätestens zehn Minuten bei ihr sei.

Gut, ich erkläre es dir, wenn du kommst.

Giulia wurde ob dieser Antwort misstrauisch, legte zur Sicherheit ihr Waffenholster über dem Shirt an, denn das war nicht Nadias Art. Was für ein Notfall das wohl war? Vielleicht war was mit ihrer Mutter Lena oder mit Mark, der heute, am späteren Samstagnachmittag, von seiner Weiterbildung zurückkehren sollte.

Nur wenige Minuten später parkte Giulia ihren roten Wagen hinter Nadias weißem Skoda und klopfte erst an die Tür, denn vielleicht schlief Amira ja noch. Nadia öffnete nicht, und die Tür war verschlossen.

Giulia besaß einen Zweitschlüssel. Sie schloss auf. Mit einem leisen »Hallo« trat sie ein.

»Nadia?«, flüsterte sie, während sie weitere Schritte in den dunklen Flur machte, doch es kam keine Antwort. »Nadia?« Diesmal war ihr Fragen forscher, doch von Nadia keine Spur. Giulia schob vorsichtig alle Türen auf, die zu Amiras Kinderzimmer zuletzt. Die Kleine saß in ihrem Gitterbettchen und blickte verängstigt drein.

Giulia streichelte ihr übers Köpfchen: »Ich komme gleich zu dir, meine Süße, ich muss nur noch schnell deine Mamma suchen gehen.« Doch Nadia blieb wie vom Erdboden verschluckt. Giulia versuchte sie anzurufen, doch ihr Handy war aus.

Was war hier los?

Giulia wurde unruhig. Ein dunkles Gefühl beschlich sie, doch sie konnte sich keinen Reim darauf machen, denn Nadias Wagen stand draußen und das Haus war verschlossen gewesen. Sie ging zurück ins Kinderzimmer und nahm Amira aus ihrem Bettchen, trug sie auf dem Arm, während sie nochmals versuchte, Nadia zu erreichen. Zwecklos, das Handy war ausgeschaltet. Giulia öffnete ein Fenster zum Garten und rief nach ihrer Freundin. Keine Antwort.

Giulia versuchte, Mark zu erreichen, der sie zwei Minuten später zurückrief. Er sagte, dass er noch vor einer halben Stunde mit Nadia gesprochen habe, sie sich einen guten Morgen gewünscht hatten, so wie jeden Morgen. Und dass er ihr gesagt habe, dass er ungefähr um 15 Uhr zu Hause sei. Giulia wählte die Nummer von Lena, doch der Anruf wurde nach mehrmaligem Klingeln an den Anrufbeantworter weitergeleitet.

Giulia überlegte, wieso und wohin Nadia notfallmäßig gegangen sein könnte. Doch sie verwarf den Gedanken sofort wieder, denn sie hätte nie und nimmer ihr Töchterlein allein hier zurückgelassen, selbst dann nicht, wenn sie wusste, dass Giulia gleich kommen würde.

Mit Amira auf dem Arm ging Giulia in den Garten. Vielleicht hatte Nadia selbst einen medizinischen Notfall und lag irgendwo. Sie blickte sogar in den Schopf, wo noch immer das Velotöffli von Landjäger Caminada stand. Gleichzeitig versuchte sie weiter, Nadia und Lena zu erreichen. Die Handy-Ortung funktionierte bei Nadias Telefonmodell leider nicht, wenn das Gerät ausgeschaltet war.

Bedrohlich kroch zunehmend eine tiefe schwarze Angst in Giulia hoch, ein ungeheuerlicher Verdacht kam auf. Daher wählte sie schließlich die Nummer des Kommandanten.

»Erich, Nadia ist verschwunden!« Sie zwang sich ruhig zu sprechen, denn Amira spürte sonst ihre Angst. »Was, wenn der Typ nun auch sie entführt hat? … Ja, ja, ich weiß, sie ist keine 18 mehr, aber sie war es, die Laura gerettet hat. Ist dies nun seine Rache? Wir müssen sofort was unternehmen!«

»Giulia, ich veranlasse umgehend eine Großfahndung nach ihr, und du meldest dich sofort, falls du was von Nadia hören solltest. Wir müssen in Anbetracht der Umstände tatsächlich rasch handeln. Ich schick dir sogleich Verstärkung«, antwortete Hartmann.

Amira begann zu weinen, während Giulia mit umgeschnallter Waffe durchs Gartentor auf den Gehsteig der Loëstrasse lief, dies in der Hoffnung, dass Nadia doch noch endlich auftauchte, doch das tat sie nicht. Giulia gab derweil ein seltsames Bild ab: eine bewaffnete dunkelhaarige junge Frau in Jeans und Shirt mit einem weinenden Kleinkind auf dem Arm, das sich kaum trösten ließ.

Zwölf Minuten später kam die Verstärkung. Ein Einsatzkommando mit zwei Spürhunden raste heran. Giulia wusste, das Grauen würde nun seinen Lauf nehmen, und sie musste versuchen, es aufzuhalten, und das alleine, ohne Nadia. Als würde das Schicksal sich über sie lustig machen, hielt sie dabei deren kleine Tochter auf dem Arm.

Endlich rief Lena zurück. In großer Sorge kam sie nur Minuten später in ihrem Wagen vorgefahren, parkte diesen halb auf dem Gehsteig. Giulia küsste Amira aufs Köpfchen, bevor sie das Kind der Großmutter in die Arme gab.

Giulia konnte Lena leider nicht mehr sagen, als dass die furchtbare Vermutung im Raum lag, dass Nadia entführt wurde.

»Eine wie Nadia lässt sich nicht einfach so aus ihrem eigenen Haus entführen«, entgegnete Lena. Dennoch flackerte große Sorge in ihren dunklen Augen auf. »Aber Nadia würde auch im Leben nie ihre Tochter alleine zurücklassen.«

»Das weiß ich doch, Lena. Ich bin deshalb gerade verdammt ratlos.«

Lena wollte mit Amira zu sich nach Hause fahren. Die Stimmung vor Ort war bedrückt und helfen konnte sie hier sowieso niemandem. Giulia versprach ihr, sie auf dem Laufenden zu halten.

Kaum war Lena weggefahren, ertappte sich Giulia dabei, wie sie am liebsten Nadia zu Rate gezogen hätte.

Hartmann war mittlerweile persönlich vor Ort. Er zeigte sich betroffen, auch wenn er Haltung wahrte und Ruhe ausstrahlte.

»Erich, es hat kein Kampf im Haus stattgefunden. Die Tür hat Nadia oder wer auch immer verschlossen. Wie gesagt, sie hat mich kurz nach sieben Uhr versucht anzurufen, und als ich nicht rechtzeitig abhob, da hat sie mir diese Nachricht hier geschickt.« Giulia streckte Hartmann ihr Handy hin.

»Giulia, was denkst du ist passiert?«

»Nadia muss überrascht worden sein. Ich bin mir mittlerweile sogar sicher, dass sie unter Drohung gezwungen wurde, mitzugehen. Sie muss dabei aber einen Deal rausgeholt haben, sodass sie mich anrufen und mir schreiben konnte, denn nur so konnte sie sicher sein, dass Amira nicht allein zu Hause zurückbleiben musste. Dass der Täter sie zuerst sogar anrufen ließ, bedeutet für mich, dass sie den Täter nicht kennt, sonst hätte sie mir seinen Namen doch sofort verraten können. Schertenleib kann es also schon mal nicht gewesen sein. Ich weiß, Erich, eine komische These, aber ich kenne Nadia. Sie ist wie eine Zwillingsschwester für mich.«

»Das wissen wir doch alle längst«, sagte Hartmann ruhig.

»Sie muss sich aber in jedem Fall sicher gewesen sein, dass Amira nichts passiert, eine Art glaubhafte Versicherung erhalten haben.« Nach einem Moment des Nachdenkens fügte Giulia hinzu: »Erich, ich bin mir nun sicher, der von uns gesuchte Täter hat sie in seine Gewalt gebracht. Vielleicht beginnt nun aus seiner Sicht ein ganz neues Spiel, denn Nadia ist keine 18 mehr, sondern 35, und außerdem ist sie unsere Profilerin und die Retterin von Laura Bonorand in einem.«

Hartmann verschränkte die Arme, dann strich er sich über den graumelierten Schnauz. »Wir müssen handeln, das ist klar, aber wir dürfen keinesfalls die Nerven verlieren. Jeder Beamte weiß nun Bescheid, wir haben Straßensperren rund um Chur errichtet, und zwar in jedes Tal, da kommt keine Maus mehr raus. Ein Heli sollte mittlerweile auch schon in der Luft sein.«

Giulia hätte kotzen können. Es war ihr, als hätte man ihr das Herz geraubt. Sie liebte Nadia. Nach anfänglichen Reibereien, die zugegebenermaßen von Giulia provoziert waren, weil sie sich von der allseits beliebten und geschätzten Nadia in den Schatten gestellt gefühlt hatte, waren sie nun so was von eng miteinander geworden. Sie waren wie Schwestern, Zwillingsschwestern.

Giulia versuchte, ihre aufgescheuchten Gedanken zu beruhigen. Sie fühlte, dass irgendetwas hier ganz falsch war. Es lag vor ihren Augen, das wusste sie, doch sie sah es nicht.

Der Bus der Spurensicherung kam angefahren und parkte auf der mittlerweile nur noch einspurig befahrbaren Loëstrasse.

»Gut, dass ihr so schnell gekommen seid.« Giulia lief Dr. Kaspersky und Hugentobler entgegen. »Wir müssen Nadia finden.«

Dr. Kaspersky blieb vor Giulia stehen. Nieselregen setzte ein und legte ein feines Muster auf ihren perfekt sitzenden Dutt. »Leutnant de Medici, das werden wir alle gemeinsam tun. Adjutant Caminada, sollte sie tatsächlich entführt worden sein, wird das Ihrige dazu beitragen. Führen Sie uns daher unverzüglich ins Haus.« Mehr sagte sie nicht, zeigte wie immer vornehme Zurückhaltung.

Vor der Eingangstür schlüpften Kaspersky und Hugentobler in ihre weißen Overalls, Giulia zog blaue Latexhandschuhe über. Sie hatte zwar davor schon ohne Handschuhe die Türklinke berührt. Außerdem würde es in Nadias Haus nur so von Spuren von ihr wimmeln – dennoch, es war eine eingespielte Routine.

Rein optisch kam Giulia im Haus nichts verändert vor. Nadia war sehr ordentlich: In der Küche stand nur eine leere Tasse neben der Spüle. Nadia trank vor dem Zubettgehen immer Tee und stellte die Tasse dann jedes Mal genau dorthin. Ihr Handy und der Schlüsselbund waren verschwunden. Ihre Handtasche, die sie im Alltag nutzte, hing an der Garderobe.

»Die Frage, die sich mir stellt: Hat jemand Fremdes das Haus überhaupt betreten?«, rätselte Kaspersky und blieb nachdenklich im Flur stehen, direkt neben dem alten schweren Telefonapparat von Landjäger Caminada. Der schwarze Apparat hing seit den fünfziger Jahren noch immer an derselben Stelle im Haus. Nadia nahm dort alle Festnetz-Anrufe entgegen, so wie damals ihr Großvater. Um dies möglich zu machen, hatte sie extra einen Adapter beschafft. Selber anrufen konnte sie von dem Gerät aus wegen der analogen Wählscheibe hingegen niemanden mehr.

Giulia erkannte ihren Fehler und korrigierte sich: »Nadia würde im Leben nie um diese Uhrzeit einem Fremden die Tür öffnen. Entweder sie kannte die Person, was sehr zu bezweifeln ist, oder sie wurde mittels einer Finte vor die Tür gelockt, möglicherweise wurde sie getäuscht und dabei mit Waffen oder emotionaler Gewalt derart unter Druck gesetzt, dass sie schließlich mitging.«

Kaspersky sagte: »Sie kennen das Haus gut, Leutnant de Medici, und ihre Freundin noch besser. Schauen Sie sich weiter um. Wer weiß, vielleicht hat Frau Caminada ein Muster für Ihre Augen hinterlassen, das nur Sie zu erkennen vermögen. Wir werden zwischenzeitlich mit dem Spezialstaubsauger nach Haaren, Hautschuppen und so weiter suchen, den Flur saugen. Aber sie wissen ja, dass wir dafür die nötige Zeit beanspruchen.«

Giulia zwang sich, sich zu konzentrieren. Darin war sie nicht umsonst besonders geschult worden, doch da es sich nun um Nadia handelte, war es ungleich schwieriger. Alles hier im Haus verband sie mit ihr.

Sie durchsuchte weiter die Zimmer nach Unregelmäßigkeiten, die ihr etwas hätten sagen können, nach einem Zettel oder etwas, das Nadia hätte geschickt fallen lassen können. Zwischendurch versuchte sie wiederholt, Nadias Handy zu orten, erfolglos.

Plötzlich riss eine SMS-Nachricht von Nadia Giulias Konzentration ganz auf sich: *Der von Ihnen gewünschte Teilnehmer mit der Nummer +41 79 130 54 50 ist nun wieder erreichbar.*

Herzklopfen. Giulia wählte sofort Nadias Nummer. Nach mehrmaligem Klingeln schaltete sich der Anrufbeantworter mit Nadias Stimme ein. Aufgewühlt klickte Giulia sofort den Ortungsdienst auf ihrem Handy an, dieser funktionierte endlich. Gebannt blickte sie auf die Karte, um den Standort zu erkennen, als sie völlig irritiert nach draußen, vor die Tür lief, zum Kommandanten, der im feinen Nieselregen stand und in ein Telefongespräch vertieft war.

»Erich, Nadias Handy ist wieder an. Ich habe es soeben geortet.«

»Wo ist es?«

»Da ist ja das Verrückte. Es ist bei mir zu Hause!«

»Was?!«

»Ja, verdammt, Erich, was läuft hier eigentlich? Wir müssen sofort dahin … aber ich habe verdammt noch mal Angst, dass wir Nadia dort finden …«

Er winkte einen der Beamten zu sich. »Sie lassen hier keinen rein. Leutnant de Medici und ich müssen kurz weg.«

Giulia setzte sich ans Steuer von Hartmanns BMW. Sie wusste, dass er wusste, wieso sie dies tat, dass sie zu schnell fahren würde. Der Sechszylinder startete kraftvoll. Ohne Blaulicht hätte sie sich an die Geschwindigkeitsbegrenzung halten müssen, was Giulia aber nicht tat. Der kurze Weg kam ihr endlos vor, als sie endlich die schmale Zufahrtstraße zu ihrem Haus erreichten.

Angstvoll starrte sie über den Vorplatz zu ihrer offen stehenden Garagentür, vor der sie am letzten Sonntag Ramona Gwerder tot aufgefunden hatte. Sie fuhren langsam dahin. Gott sei Dank, die Garage, die Giulia zuvor in der Eile offen zurückgelassen hatte, war leer.

Sie stiegen aus. Giulias rechte Hand lag an ihrer Waffe, so angespannt war sie und so unsicher darüber, was sie nun erwarten würde. Mit der Linken wählte sie die Wahlwiederholung, doch sie hörte kein Klingeln.

»Erich, es muss hier irgendwo sein.« Sie zoomte auf der Karte näher ran, dann kam ihr ein Verdacht.

Sie betraten das Treppenhaus durch den Haupteingang, während Giulia es noch mal klingeln ließ. Doch da war nichts zu hören. Sie deutete Hartmann an, dass er ihr folgen solle, während sie durch das Treppenhaus in den vierten Stock stieg. Keiner ihrer Nachbarn schien zu Hause zu sein. Giulia wusste, dass die alte Frau Gruber jeden Samstagmorgen mit ihrer Tochter, die im untersten Stock wohnte, erst Kaffeetrinken und dann einkaufen ging. Und die Nachbarin im zweiten Stock verbrachte ihre Wochenenden immer in Zürich bei ihrem Freund.

Giulia schloss ihre Wohnungstür auf. Sie gab sich gar nicht die Mühe, Fingerabdrücke zu verhindern. Ihr Herz klopfte, denn sie hörte ein leises Surren aus ihrer Wohnung. Auch Hartmann war sichtlich angespannt.

Giulia hätte im Leben nie gedacht, dass sie ihre Wohnung mal mit gezückter Waffe und mit dem Kommandanten im Schlepptau betreten würde. Auch Hartmann hatte seinerseits die Waffe gezogen, sicherte Giulias Rückseite ab, während sie dem Vibrieren näher kamen.

Was, wenn der Täter Nadia tot in meiner Wohnung abgelegt hat?, dachte Giulia, und Panik stieg in ihr hoch, während sie in jeden Raum blickte.

Sie fand Nadias Handy in ihrem Bett, auf ihrem Kopfkissen! Hell leuchtete das Display auf: *Bella* stand geschrieben.

Erst kontrollierte Giulia als Letztes noch das Wohnzimmer, ehe sie wieder an ihr Bett trat, das noch ungemacht war.

Sie blickte Erich Hartmann an. »Was verdammt noch mal soll das?« Ihr war sofort klar, dass der Eindringling den Zweitschlüssel, den Nadia besaß, benutzt hatte, um hier einzubrechen.

»Erich, der spielt mit mir oder mit uns. Der scheint immer ganz genau zu wissen, was mein nächster Schritt ist. Während wir bei Nadia auf Spurensuche waren, taucht der in aller Seelenruhe hier auf und legt Nadias Handy in mein Bett, auf mein Kopfkissen! Verstehst du! In – mein – Bett!«

Obwohl Giulia in größter Sorge um ihre Freundin war, fühlte sie sich wie verraten, dass der Täter in ihrem Zuhause gewesen, in ihren Rückzugsort eingedrungen war, nur um ihr zu zeigen, dass er ihr überlegen war.

Hartmann wollte die Spurensicherung anrufen. Giulia winkte ab. »Der oder die Täter wissen, was sie tun. Zeitverschwendung, aber den Schlüsseldienst, den brauche ich sofort.« Sie blickte Hartmann an, der vier Jahre lang versucht hatte, Giulia den Hof zu machen, ehe er sich Hals über Kopf in eine Zürcher Staatsanwältin verliebt hatte und nun glücklich liiert war. »Erich, eine Beamtin soll bitte herkommen, meine Wohnung im Auge behalten, bis der Schlüsseldienst alles geregelt hat. Sie kann mir dann die Schlüssel überreichen. Ich finde die Zeit heute logischerweise …«

Er unterbrach sie, indem er sein Handy ans Ohr hielt und die entsprechende Order gab.

Gegen Mittag kam Mark zu Hause angefahren. Er war in großer Sorge. Mittlerweile fiel der Nieselregen stärker. Da Nadias Schlüssel fehlten, hatte Giulia bereits vorsorglich den

Schlüsseldienst auch dafür aufgeboten, und so war im Nu ein neues Sicherheitsschloss in beiden Häusern eingesetzt worden. Da sich der Mann vom Schlüsseldienst auch auf Sicherheitssysteme spezialisiert hatte, brachte er auch gleich verschiedene Kameras am Haus an, dies in Absprache mit Mark, der danach bis zum Abend zu seiner Schwiegermutter verschwand. Mark war keiner, der viel redete. Er wirkte nach außen hin immer gefasst, doch der Eindruck täuschte in diesem Fall. Giulia versuchte ihm, bevor er ging, Zuversicht zuzusprechen, die sie selbst noch nicht gefunden hatte.

Der Fall um das Verschwinden von Nadia Caminada war nach dem medialen Hype um die Befreiung von Laura innert Stunden in den Medien zu finden: Dass eine leitende Beamtin der Kantonspolizei, die als Profilerin am Fall arbeitete, nun selber verschwunden war, warf hohe Wellen. Die Boulevardmedien spekulierten, schlachteten zugleich noch den Umstand aus, dass Nadia erst vor wenigen Monaten zum ersten Mal Mutter geworden war, hinterfragten respektlos, ob sich eine Mutter überhaupt solchen Gefahren aussetzen dürfe.

Alle weiteren Bemühungen, Spuren oder Hinweise über den Verbleib von Nadia zu finden, blieben auch in den nächsten Stunden ergebnislos. Der Himmel blieb trostlos dick verhangen, der Nieselregen wollte nicht aufhören. Giulia befragte in der Zwischenzeit alle Nachbarn rund um das Einfamilienhaus, doch niemand hatte etwas Verdächtiges gehört oder gesehen; weder ein Fahrzeug noch jemand Fremdes auf dem Grundstück. Nadia schien sich in Luft aufgelöst zu haben.

Nach 18 Uhr fuhr Giulia im Regen durch die Stadt zum Waldhausstall hoch, musste raus, suchte den Blick übers Tal. Sie parkte am Wegrand und rief noch im Wagen sitzend

Dr. Kerstin Wagner an. Giulia musste ihr unbedingt die tragische Wendung schildern.

Wagner schwieg einen kurzen Moment, nachdem Giulia alles berichtet hatte. Sie schien jemand zu sein, der Worte bedacht wählte, sich Zeit dafür nahm. »Frau de Medici, ich muss mich zuerst wiederholen. Wie gestern bereits gesagt, handelt es sich hier um ein Machtspiel. Dennoch muss ich nach der heutigen Faktenlage ergänzend folgenden Blickwinkel eröffnen: Möglicherweise geht's in den Fällen tatsächlich nur um Sie, Frau de Medici. Vielleicht haben wir alle bisher zu weit gedacht.«

»Um mich? Aber ich wurde ja nicht entführt.«

»Richtig, denn das wäre für Sie weniger schlimm gewesen. Doch nun sind auch Sie genauso die Gefangene des Täters wie Frau Caminada. Oder wie fühlen Sie sich?«

So hatte es Giulia noch nicht betrachtet. Aber die Frau hatte recht. Sie hätte tatsächlich lieber mit Nadia getauscht, als so hilflos und ausgeliefert zu sein wie in diesem Moment, weil sie ihrer Freundin nicht beistehen konnte.

»Frau de Medici, denken Sie bitte darüber nach. Fragen Sie sich Folgendes: Wer will Ihnen sehr nahe sein und kann es auf keine andere Art und Weise, als so wie er es jetzt tut? Sie fühlen Schmerz und Angst, bestimmt sogar große Verzweiflung. Mit diesen Gefühlen bindet der Täter Sie an sich, denn er hat sie in Ihnen ausgelöst. Das ist aus seiner Sicht sehr intim.«

Giulia kannte niemanden, der in das Profil passte. Sie hatte hin und wieder Verehrer gehabt, aber diese hatte sie stets frühzeitig und bestimmt abgewiesen, jedoch immer ohne jemanden zu verletzen. Gian wollte ihr nahe sein, sie ihm aber auch, und diesen Schertenleib kannte sie nicht, hatte ja auch nichts mit den alten Fällen zu tun gehabt, im Gegensatz zu Grenadier Bonorand.

Wagners Stimme riss sie aus ihren Gedanken: »Halten Sie sich von den Medien fern, denn es könnte ihn erregen, mehr über Sie und Ihre Gefühlslage zu erfahren, denn es ist eine Art gestörte Intimität, die ihn mit Ihnen verbindet. Das belegt Frau Caminadas Telefon auf Ihrem Bett, auf Ihrem Kopfkissen! Der Platz, an dem man sein Haupt zur Ruhe legt. Denken Sie daran, Sie taten bisher immer, was er von Ihnen erwartet hat. Ihr Gefühlschaos ist sein Frieden, seine Befriedigung.«

»Ich fühle mich offen gesagt gerade so verdammt hilf- und machtlos. Als wollte ich den Wind einfangen.«

»Und auch das weiß er. Auch dass sich Ihre Gedanken nur noch um ihn drehen. Er hat mit der Entführung von Nadia den Einsatz erhöht. Nun hat er große Macht über Sie, weil Sie ihr Leben auf sein Werk ausrichten müssen.«

»Also muss ich anfangen so zu denken wie er? Lernen, ihm einen Schritt voraus zu sein?« Giulia blickte durch die Windschutzscheibe, über die der Regen kleine Rinnsale jagte.

»Exakt. Fragen Sie sich, was er als Nächstes von Ihnen erwartet. Er weiß genau, wie Sie handeln, sobald es um Ihre Gefühle geht. Ich glaube, der Haupttäter, ich gehe mittlerweile von zwei Tätern aus, muss jemand sein, der Sie sehr gut kennt und dabei diesen Schertenleib als rechte oder linke Hand, wie man es nimmt, einsetzt.«

Giulia nahm einen langen Atemzug. Die Berge um sie waren mit triefenden, schweren Nebelschwaden verhangen. Das Licht im Tal hatte sich seit dem Morgen kaum verändert.

»Vielleicht wird er sogar versuchen, Sie in einer Art Finale ebenfalls in den Käfig zu stecken?« Wagners Stimme holte Giulia erneut aus ihren Gedanken. »Sein Meisterstück. Doch zuvor will er sie gänzlich zu Boden ringen, indem er Nadia Caminada umbringt.« Für eine Sekunde hielt sie inne. »Bitte entschuldigen Sie diese harten Worte, aber wir haben keine Zeit für Floskeln, hinter denen Sie ja sowieso erkennen, was ich meine.«

»Wissen Sie, obwohl er Nadia in seiner Gewalt hat, glaube ich, weiß er nicht, mit wem er es wirklich zu tun hat.«

»Wie meinen Sie das?«

»Nadia ist eine Löwin, die ihr Junges zu beschützen hat! Er mag sie zwar entführt haben, aber damit hat er sich auch sein Verderben ins eigene Haus geholt.« Giulia wurde zunehmend kämpferischer.

Wagner sagte nichts.

»Warum schweigen Sie?«

»Leutnant de Medici, ich bin, wie Sie längst wissen, bekannt für meine Direktheit. Ihre Aussage sagt mir, dass Sie sich so hilflos fühlen, dass Sie mehr auf Nadias Stärke vertrauen, als dass Sie damit rechnen, dass Sie Ihre Freundin finden und retten können. Wachen Sie auf! Wecken Sie Ihren berühmten Kampfgeist, von dem auch ich schon mehrmals gehört habe. Sie sind nicht irgendwer! Sie sind Giulia de Medici, die Chefermittlerin der Kripo Graubünden, die dafür bekannt ist, unbeirrbar ihre eigenen Wege zu gehen, um ans Ziel zu kommen.«

Nun war es Giulia, die einen Moment schwieg, ehe sie sagte: »Danke. Ja, ich bin nicht jemand, der freiwillig einfach so aufgibt, und das werde ich nun erst recht nicht tun. Aber es stimmt. Es kommt mir so vor, als jage ich ein Phantom, und die Zeit läuft mir unerbittlich davon. Und ja, ich habe zum ersten Mal so richtig Angst. Nicht um mich, aber um Nadia. Ich halte es für wahrscheinlich, dass er auch Nadia vor dieses Notebook sitzen lässt, denn bis jetzt sind all seine Spiele aus seiner Sicht aufgegangen. Was er aber genau plant? Ich weiß es nicht.«

»Glauben Sie denn nicht, dass er weiß, dass ihr seiner Hütte immer näher kommt?«

»Doch, das auf jeden Fall. Aber vielleicht ist es ja genau das, was er will, dass wir ihn jeweils beinahe haben, um erst unsere Hoffnungen in Ratlosigkeit und nach der Tat dann in Bestürzung aufzulösen. So wie sein Spiel mit Nadias Handy von heute Morgen. Und wer sagt uns denn, dass der Countdown diesmal nicht noch kürzer wird. Bei Ramona waren es sechs Tage, bei Laura weniger als vier ...«

»Gut, genau das meine ich. Denken Sie weiter, Frau de Medici.«

»Wissen Sie, was verrückt ist?«

»Sie werden es mir gleich sagen.«

»Die ganze Zeit überlege ich mir, wo der Täter Nadia umbringen will: Ist es vor dem Haus des Kommandanten, wieder vor meiner Tür? Wo? Denn wüsste ich es mit Sicherheit, könnten wir einfach abwarten und sie dann dort retten, so wie Nadia es mit Laura getan hat.«

»Das wäre zwar ein Plan, aber mit viel zu viel Risiko behaftet.«

»Das stimmt, dennoch werde ich mir sogleich überlegen, welche Orte wir nun überwachen müssen, während wir unter Hochdruck weiterfahnden. Und ja, ich habe Angst, und ja, ich bin verzweifelt, aber das heißt nicht, dass ich kraftlos und mutlos wäre. Im Gegenteil, jetzt lernt er mich erst recht kennen!«

Die Scheiben des Wagens waren mittlerweile dick angelaufen. Giulia musste den Motor starten und die Frontscheibenlüftung einstellen, damit sie ins Kommando fahren konnte.

Nachdem die außerordentliche Lagebesprechung im Kommandoraum damit geendet hatte, dass man feststellen musste, dass weder ein Spurenbild noch die Fahndung nach Schertenleib, der weiterhin wie vom Erdboden verschluckt schien, bisher etwas gebracht hatten, einigte man sich darauf, die aufgegleisten Maßnahmen aufrechtzuerhalten und sie nach Möglichkeiten weiter zu intensivieren. Niemand gab es gerne zu, aber im Moment hatten sie keine heiße Spur. Auch die Suche nach der Hütte erinnerte an die Suche nach dem heiligen Gral.

Den ganzen Samstag hindurch hatte Giulia immer wieder die letzte SMS von Nadia gelesen und schmerzhaft diejenigen davor. Sie hatten einander immer Mut im Leben zugesprochen, und nun war da dieses Loch in Giulias Leben. Nadia war fort, und es ging ihr bestimmt nicht gut. Doch diesen Gedanken, diese Gefühle durfte Giulia nicht zu nahe an sich ranlassen. Giulia musste raus aus dem Kommando, wollte aber nicht nach Hause, wo sich am Morgen der Täter aufgehalten hatte. Sie beschloss zu Gian zu fahren.

19

Nadia nahm nur langsam Konturen um sich herum war. Es waren fahrige Fetzen von einem Traum, aus dem sie sich freizustrampeln versuchte. Sie lag in einem großen weichen Bett draußen in einer schier endlosen Wiese. Ein lauwarmer Wind wehte, sie spürte ihn auf ihrer Haut, als wäre sie nackt. Doch sie konnte sich nicht sehen, nur fühlen. Durch den kornblumenblauen Himmel zogen engelsgleich buschige weiße Wolken. Das Licht war hell, aber nicht gleißend, denn sie Sonne stand tief. Blätter rauschten irgendwo, dazu spielte Musik in der Ferne. Swing, es hörte sich nach Swing an. Sie fühlte, es musste Ende Sommer sein, der letzte warme Sommertag im Jahr, der bereits diese herbstliche Melancholie in sich barg. Ein Tag voller sanftem Licht, aber durchwoben von der Ankündigung hereinbrechender Schatten. Ein Tag, um liebevoll auf einen lichtdurchfluteten Sommer zurückzublicken, auf glänzendes Wasser, atmende Weiden und auf welkende Blumen, um Lebewohl zu sagen. Lebewohl zu diesem Teil ihres Lebens, der von nun an nur noch in Erinnerung gelebt werden konnte. Lebensherbst, Lebenslicht, Licht und Schatten, verwoben mit der Melancholie des unaufhaltsamen Dahinziehens der Lebenszeit, im Wissen, dass alles ein Ende finden muss. Doch in alledem war das süße Gebrabbel von Amira zu hören. Nadias kleiner Engel lag neben ihr auf dem Rücken in diesem großen Bett, spielte mit ihren Füßchen, versuchte in ihre eigenen Zehen zu beißen, versuchte es immer wieder. Dabei gab sie glucksende Geräusche von sich. Nadia lächelte. Die Melodie verschwand in der Ferne, das weiche Himmelslicht löste sich auf, gab eine Zimmerdecke frei, eine aus Holz, auch ein Balken, der sich seltsamerweise hinter Gitterstäben versteckte.

Nadia drehte ihren Kopf. Schwindel. Ihr Blut schien ganz warm zu sein und floss angenehm schwer durch ihren Körper. Sie spürte ihr Herz schlagen, hörte jede Kontraktion des Muskels ... Bum, Rauschen, Bum, Rauschen. Sie drehte erneut ihren Kopf. Schwindel. Die Zunge lag schwer in ihrem Mund, wie ein Stück Fleisch, das nicht zu ihr gehörte. Sie versuchte zu sprechen, doch der Muskel gehörte ihr nicht. Ihre Worte hörten sich seltsam verwaschen an. Sie schloss die zitternden Augenlider, wollte zurück in diese Wärme, in dieses laue Septemberlicht, hin zu diesem Wind, der den Abschied vom Sommer und den Duft des Herbstes verwob, zurück in die Wärme des Lebens, zurück zu Amira.

Allmählich wurde Nadia wach.

Zunehmend verstand sie, wo sie war, auch wenn der Schreck darüber noch nicht gänzlich erwacht war. Dann setzte sie sich ungelenk auf. Schwindel. Sie ließ ihre schwachen Beine neben dem Bett herunterhängen. Sie waren nackt. Sie war nackt. Schwindel.

Erst jetzt pochte das Adrenalin durch ihren Körper, ein Funke, der sie wachzündete. Sie verstand. Sie musste, auf welchem Weg auch immer, hierhin verschleppt worden sein, an den Ort, den sie so dringend zu ermitteln versucht hatte. Da war der Käfig, die Uhr, der Countdown, der Tisch, das Bett und das Fenster, durch dessen offene Lamelle sie tatsächlich nach draußen blicken konnte. Sie erblickte den von Regenwolken verhangenen Calanda. Laura hatte also die Wahrheit gesagt, sie hatte nicht phantasiert. Doch wie war dies möglich?

Scham erwachte. Auf dem Nachttisch lag eine hellblaue

Panty und ein Trägerleibchen, wie sie die beiden anderen Opfer getragen hatten. Sie schlüpfte hinein, beides passte auch ihr wie angegossen.

Amira!, schoss es ihr plötzlich durch den Kopf. Ging es ihr gut, wo war sie, bei wem?

Krampfhaft versuchte sie sich zu erinnern, wie und auf welchem Weg sie hier hochgekommen war. Doch da war nichts. Die letzten Erinnerungen waren die vom Abend. Sie hatte mit Giulia telefoniert, war das gestern gewesen? Ihr Zeitgefühl war durcheinander.

Sie dachte: Wie kann es sein, dass ich, ausgerechnet ich, dem Täter in die Falle getappt bin? Außerdem bin ich ja keine 18 mehr, passe also nicht ins Beuteschema. Plötzlich kam Angst in ihr auf: Sie fragte sich erneut, wie es Amira ging. War sie ohne die Kleine unterwegs gewesen? Wo war Giulia? Was für ein Tag war heute? Welche Uhrzeit?

Nadia starrte durch die Lamelle nach draußen. Wie war es möglich, dass sie die Hütte nicht gefunden hatten? Sie musste sich, dem Ausblick nach zu urteilen, im Gebiet oberhalb von Malix, irgendwo zwischen Churwalden und Tschiertschen befinden. Und mit Blick auf den Countdown fing sie an zu rechnen. War sie länger als die anderen betäubt gewesen, oder war der Countdown nochmals verkürzt worden? Denn es waren nur noch 48 Stunden übrig.

Der Lautsprecher knackte. Eine männliche Stimme sagte: »Allegra, Adjutant Nadia Caminada. Willkommen in meinem bescheidenen Heim. Ihr Aufenthalt wird, wie Sie an der Uhr erkennen können, nicht für ewig sein. So, und nun hör gut zu, ich erklär dir meine Regeln, an die du dich zu halten hast …«

Nadia kannte diese Stimme! Es war zweifellos die von Rene Schertenleib. Sie hatte erst gestern Abend spät von Dr. Wagner einen Link zu den Vernehmungsvideos erhalten und reingesehen und -gehört. Also war Schertenleib auf jeden Fall zumindest an der Tat beteiligt.

Nadia stand auf, wandte sich der Kamera zu. Trotzig sagte sie: »Solange ich nicht weiß, wie es meiner Tochter geht, kriegst du rein gar nichts von mir.«

»Das habe ich mir gedacht, und ich glaube dir sogar. Darum versichere ich dir, Amira geht's gut. Deine Kleine wird im Moment von deinem Mann und deiner Mutter gut umsorgt. Sogar Leutnant de Medici hat sich nach deinem Verschwinden sofort liebevoll um sie gekümmert.«

»Und wie weiß ich, dass du mich nicht anlügst?«

»Ich mag vieles sein, aber kein Kindsmörder. Verstanden?«

»Wir wissen, wer du bist, Rene Schertenleib«, sagte Nadia. »So oder so, irgendwann findet dein Versteckspiel sein Ende.«

Er lachte. »Du weißt nichts, absolut rein gar nichts über mich. So, und nun zu meinen Spielregeln.« Er senkte seine Stimme. »Wir müssen uns in deinem Fall etwas beeilen, den Ablauf etwas straffen. Schau genau auf den Countdown.« Nadia wusste ja, dass ihr keine 48 Stunden mehr verblieben. »So, und nun nimm den Schreibblock auf dem kleinen Tisch neben dir und mach gefälligst, was ich dir befehle!«

Nadia hörte zu, doch gleichzeitig dachte sie fieberhaft nach: Wie würde sie es schaffen, aus dem Käfig zu fliehen? Denn das Fenster zu öffnen, um daraus zu entkommen, wäre danach keine Sache. Wie sie überwältigt worden war, das war ihr noch immer ein Rätsel. Blessuren sah sie keine an sich, aber auch sie war mit dieser glitzernden Lotion eingecremt worden, und das am gesamten Körper, außer im Brust- und Schambereich, wie sie feststellte, dies im Gegensatz zu den ersten beiden Opfern. Wieso?

Wenn Schertenleib glaubte, sie würde aus Angst vor ihm gleich zu Boden fallen, irrte er sich. Sowohl Giulia als auch sie trainierten jede Woche einmal gemeinsam Nahkampf, Selbstverteidigung und Angriff. Nadia wusste daher, wie sie sich zu wehren hatte. Deshalb fragte sie sich: Hat man mich betäubt, ohne dass ich es bemerkte? Aber womit und wie wurde es mir verabreicht?

Sie verweigerte das Niederschreiben ihrer Gefühle auf dem Block und wartete sitzend ab. Erst nach langer Zeit stand sie auf. Die Panty saß zwar, hatte aber einen sehr eng anliegenden Schnitt, weswegen sie sich ausgestellt fühlte. Doch im Moment hatte sie andere Sorgen.

Sie blickte zur Kamera. Sie war sich ziemlich sicher, dass da niemand permanent vor einem Monitor saß, nur um sie zu beobachten. Sie würde es so oder so gleich herausfinden. Sie nahm den Kissenbezug und trat an die Käfigseite. Dann zielte sie und warf den Überzug über die Kamera, sodass deren Sicht verdeckt wurde. Dann machte sie sich an die Arbeit.

Es zeigte sich, dass der Käfig nirgends verschraubt, sondern ausnahmslos geschweißt worden war. Diese Arbeit war, so wie es für Nadia aussah, zweckmäßig ausgeführt worden: dicke Schweißnähte, nirgends wurde nachgeschliffen. Sie prüfte jeden einzelnen der fingerdicken Rundstäbe auf dessen Stabilität. An einer Stelle fand sie einen, der sich etwas bewegen ließ. Auch die Schweißnaht darüber sah nicht über alles erhaben aus. Nadia nahm schnell den kleinen Tisch und legte ihn seitlich zu Boden, verkeilte danach eines seiner Beine mit dem Gitterstab, damit sie die Hebelwirkung ausnutzen konnte. Die untere Naht brach locker weg, die obere hielt aber stand. Dennoch war sie sich sicher, dass mit genügend Wiederholungen auch diese nachgeben würde, denn sie bewegte sich etwas. Und wenn diese brach, würde sie sich rauswinden können.

Sie hörte Schritte vor der Tür, aber kein Gong war ertönt. Dennoch stellte sie den Tisch rasch wieder hin und setzte sich aufs Bett. Die Schritte blieben im Vorraum. Es war nur eine Person, die sich dort aufhielt.

Als es wieder still wurde, machte sie sich erneut ans Werk. Obwohl die Schweißnaht standhaft blieb, versuchte sie es weiter, denn in 46 Stunden, 11 Minuten und 6 Sekunden wäre sie an der Reihe, um zu sterben. Sie wusste, dass ihre Liebsten bestimmt voller Sorge waren und dass Giulia gerade alles, wirklich alles in Bewegung setzte, um sie hier rauszuholen. Sie hoffte, da ihr viel weniger Zeit blieb als den anderen beiden Opfern, dass sie bereits morgen das Notebook bekäme und sich bei Giulia melden konnte. Warum Schertenleib sie alle zwang, diese seltsamen Abschiedsbriefe zu schreiben, wusste sie nicht. Möglicherweise befriedigten diese seine kranke Seele beim Lesen. Vielleicht las er darin vom Wert des Lebens im Anblick der Vergänglichkeit. Nadia musste nun alle ihre Kräfte bündeln und wollte spätestens ab morgen kein Wasser mehr zu sich nehmen. Denn wer konnte schon wissen, ob er sie damit nicht betäuben wollte, um sie danach fortzubringen, so wie die ersten beiden Opfer.

Während Nadia über ihre Situation nachdachte, traf sich zeitgleich Giulia mit Gian. Es war 19:30 Uhr, und Nadia war seit mehr als zwölf Stunden verschwunden.

Überall in den Medien wurde mittlerweile die Nachricht über das Verschwinden einer der führenden Ermittlerinnen im Fall verbreitet. Gian hatte davon im Radio gehört, als er in seiner Schreinerei an einem Möbelstück arbeitete. Giulia hatte sich den ganzen Tag nicht bei ihm gemeldet, nun wusste er, warum.

»Was kann ich sagen, meine Liebste? Lass dich umarmen, wenn du magst«, sagte er, nachdem Giulia aus ihrem Wagen gestiegen war.

Sie umarmte ihn, versuchte Trost bei ihm zu finden, doch ihre Gefühle waren im Moment andere. Sie war aufgebracht und wild entschlossen, Nadia irgendwie aufzuspüren. Ihre Sinne waren alle alarmiert, für Romantik und Feinfühligkeit blieb daher gerade kein Platz.

»Danke, mein Lieber«, sagte sie und strich ihm liebevoll über die Wange. »Ist es nicht verrückt? Gestern war einer der schönsten Tage meines Lebens und heute?« Ihre Gesichtszüge wirkten angespannt. Ihr Shirt war verschwitzt, doch dies war ihr egal.

Er nickte, strich ihr eine Haarsträhne aus dem Gesicht, zeigte ihr mit der Art, wie er sie anblickte, dass sie erzählen konnte.

»Gian, der Täter will mich ausbluten lassen, verbrennen, zur Verzweiflung treiben.« Ihre Augen funkelten zornig. »Aber wie sagt man so schön; im Gegenwind steigt man immer höher als mit Rückenwind.«

»Weißt du, Giulia, du bist unglaublich, und das in vielerlei Hinsicht. Wie könnte ich dich nicht lieben? Und deine Liebe zu Nadia wird dir mehr Kraft geben als jede Wut. Lass dich von dieser leiten und nicht vom Zorn treiben.«

Giulia blickte ihm einen Moment schweigend tief in die Augen, als suche sie darin etwas. »Du hast recht. Weißt du, morgen in der Früh weiß ich mehr. Darüber kann ich leider wieder nicht reden, aber ich bin bis dahin ein weiteres Mal zum Nichtstun verdammt. Wir haben keine einzige Hütte mehr, die wir anfahren könnten«, rutschte es ihr raus. »Gian, alles, was wir im Moment tun können, ist aufgegleist, aber meine innere Unruhe lässt mich drehen wie ein Kreisel.«

»Hast du denn schon was gegessen?«, Seine Frage kam im ersten Moment für Giulia irgendwie unpassend.

»Irgendwann einen Happen. Aber das ist nicht so wichtig.«

»Glaub mir. Man muss auch essen, wenn man Sorgen hat, sonst hat man Sorgen und Hunger.« Er küsste ihre Stirn. »Komm, lass uns reingehen. Ich mach uns schnell was Kleines. Vielleicht magst du es ja trotzdem.«

Während Gian kochte, saß Giulia am Küchentisch und blickte aus dem Fenster. Draußen regnete es noch immer, die Berggipfel ertranken im Grau. Lux lag still zu ihren Füßen, als wüsste der kleine Kerl Bescheid. Nur Seppa-Toni grunzte missmutig neben dem Tisch in der Hoffnung, endlich was abzubekommen, doch Gian wusste, dass man Tiere niemals beim Essen füttern sollte.

Draußen dämmerte es wegen des dick verhangenen Himmels früher ein, über der Kochinsel dampfte es. Gian stellte eine Lautsprecherbox vor Giulia und sagte: »Lauter oder leiser kannst du ja selber machen, aber mir ist eben dein Lied in den Sinn gekommen.« Rihannas »Lift me up« begann. »Du kannst es so laut stellen, wie du willst, im Mättali störst du niemanden, und ich mag dieses Lied auch.«

Giulia schloss die Augen, die Melodie und die Worte gingen ihr direkt in die Seele.

Brenne in einem hoffnungslosen Traum.
Halte mich, wenn du schlafen gehst.
Halte mich sicher in der Wärme deines Herzens.
Wenn du gehst, beschütze mich.
Sicher und geborgen.

Giulia spielte es drei Mal hintereinander ab. Das Lied gab ihr Kraft. Sie fühlte die Verbundenheit zu Nadia, und dass es Nadia ebenso erging – sie waren schließlich Schwestern im Herzen.

Gian stellte das dampfende Risotto vor sie hin.

Das Lied lief erneut, während Giulia appetitlos aß. Eine

Träne glitzerte auf ihrem gebräunten Gesicht. Gian bot ihr seine Hand über den Tisch an. Giulia legte ihre Rechte hinein. Sie sagte leise: »Ich habe verdammt noch mal Angst, wie ich es nur einmal in meinem Leben gehabt habe, damals, als meine Mutter im Sterben lag.«

»Du bist nicht allein.« Gian blickte sie tiefgründig an.

Sie wischte sich die Träne weg, lächelte. »Das finde ich gut, das mit dem nicht allein sein.« Sie aß den Teller leer, denn sie wusste, sie brauchte auch körperliche Kraft. Sie hob ihren Blick vom leeren Teller. »Gian, ich bereite mich darauf vor, den Kerl zu kriegen. Ich weiß, er wird einen Fehler machen, und dann werde ich da sein. Vor ihm, hinter ihm, auf allen Seiten.«

»Ja, das wirst du, meine Liebste.« Er stellte die Musik lauter und setzte sich neben Giulia, die nun ihren Kopf an seine Schulter lehnte. Er gab ihr das Gefühl, stark zu sein, auch dann, wenn sie sich schwach fühlte.

Am nächsten Morgen stand Giulia bereits um sechs Uhr im Hansahof, im Kommandoraum der Soko Bergschatten. Der Sonntagmorgen hatte sich zwei Stunden zuvor aus einem Einheitsgrau geschält. Noch immer regnete es, und es war etwas kühler geworden. Giulia war wie auf Nadeln, denn niemand wusste, wann und ob sich Nadia überhaupt melden würde, da die Nachrichten in den beiden ersten Fällen zu völlig unterschiedlichen Zeiten reingekommen waren. Nur die jeweils zweite Kontaktaufnahme war in beiden Fällen konsistent gewesen: exakt 24 Stunden nach der ersten.

Auch Cora und Corine kamen an diesem Sonntag sehr früh ins Kommando. Die Stimmung war bedrückt, aber weder kraft- noch mutlos. Hartmann betrat seinerseits um Punkt sieben Uhr sein Büro. Der Geruch seines Rasierwassers lag vertraut in der Luft, und doch war alles anders.

Der Fall von Nadia, die von allen sehr gemocht wurde, war überall fühlbar, egal in welchem Stockwerk des großen Gebäudes. Eine von ihnen fehlte. So was ging jedem Beamten nahe, denn sie waren eine Familie.

Die beiden IT-Schwestern hatten den Chat wieder aktiviert, Nadia würde sich bestimmt über diesen melden, falls es möglich sein sollte. Die Frage war bloß, wann, denn sie war schon seit 24 Stunden verschwunden.

Um 8:37 Uhr war es so weit. Nadia schrieb: *Ich bin online X7*. Das X7 ließ Giulia durchatmen. Diesen Code hatten sie mal für genau solche Fälle abgemacht. Stand am Ende einer Nachricht ein X7, hieß das, dass sie alleine war und sich frei äußern konnte. Stand da kein X hieß das, dass sie von jemandem gezwungen wurde, diese Nachricht zu schreiben.

Giulias Finger zitterten.

Nadia! Was ist passiert? Wie geht's dir?, tippte sie in die Tastatur.

Zuerst: Wie geht's Amira, Mamma und Mark?

Allen gut, natürlich sind wir alle in großer Sorge. Sag, weißt du, was passiert ist, du hast mir gestern Morgen um 07:10 Uhr eine Nachricht geschickt, mir geschrieben, ich solle mich sofort um Amira kümmern. Keine Sorge, ich fand sie zu Hause friedlich im Bett, aber du warst weg, Haus verschlossen. Was ist passiert?

Ich weiß es nicht mehr. Kann mich an nichts erinnern. Mir ergeht es wie den beiden anderen Entführten. Keine Ahnung, wie ich überhaupt in diese Hütte gekommen bin. Aber tatsächlich, ich sehe durch die kaputte Lamelle den in Regenwolken eingehüllten Calanda. Laura hat es sich also nicht eingebildet. Aber noch was viel Wichtigeres: Die Stimme aus dem Lautsprecher ist die von Schertenleib. Kein Zweifel!

Was?

Ja, ich habe sie erkannt. Wir haben doch von Wagner Aufnahmen von einer seiner Therapiesitzungen bekommen. Gesehen habe ich zwar weder ihn noch sonst jemanden. Die Person, die jeweils hinter meinem Rücken reinkommt, verdeckt ihr Gesicht mit einem breitkrempigen Hut, wie ich aus meinem Augenwinkel und der schwachen Scheibenreflektion erkennen konnte. Ein bärtiger Mann, den Kopf hielt er gesenkt, kann also nicht sagen, ob es wirklich Schertenleib war.

Giulia wusste, dass mit Wagner abgemacht worden war, dass alle Daten zu Schertenleib direkt und ausschließlich an Nadia, als Profilerin, zu mailen sind. Nadia würde diese dann jeweils an Giulia weiterleiten. Doch Nadia hatte die Daten wahrscheinlich erst so spät in er Nacht vor ihrem Verschwinden erhalten, dass sie noch nicht die Möglichkeit gehabt hatte, diese Giulia weiterzuleiten. Doch dafür war später noch Zeit. Giulia schrieb: *Weitere Infos, die uns helfen können, dich zu finden?*

Nein. Was ich weiß, ist, dass die Kamera in meinem Zimmer fake ist. Habe gestern den Kissenüberzug darüber geworfen, und noch hat's niemand bemerkt. Nicht mal, als der Typ hier reinkam. Der Hut hat ihm wohl die Sicht nach oben verdeckt. Doch leider habe ich auch eine nicht so tolle Nachricht: Dieser Psycho spielt zwar dasselbe Spiel wie mit den anderen beiden, doch mein Countdown ist kürzer.

Wie lange noch Nadia? Giulias Herz begann zu rasen.

In ungefähr 33 Stunden ist Schicht im Schacht. ABER einer dieser Gitterstäbe ist schlecht verschweißt, ich glaube, ich könnte den mit der Zeit so lösen und verbiegen, dass ich mich durchzwängen kann. Das Fenster und der Fensterladen sind danach kein Problem.

Wir schaffen das, Nadia. Der Heli ist übrigens seit deiner ersten Zeile auf dem Weg Richtung Hütte. Schreib mir, wenn du ihn hörst oder siehst, okay? Und Nadia, mein Herz ist bei dir!

Danke, Bella, ich habe zwar eine Scheißangst, aber ich bin zuversichtlich. Aber noch höre oder sehe ich nichts. Ist aber auch schlechtes Wetter, was die Sicht betrifft.

Ich glaube, du müsstest ihn gleich sehen.

Warte, ich schiele raus … hören tue ich ihn jetzt, aber noch sehe ich nichts.

Muss jeden Moment sichtbar werden.

Die Verbindung brach ab.

Nadia?

»Verdammt, wieso bricht diese Leitung jedes Mal zusammen?« Giulia stand vor dem Computer. »Das kann kein Zufall sein! Nicht immer dann, wenn wir kurz davor sind. Das – ist – kein – Zufall, der Kerl weiß längst von dem Chat! Das verfluchte Arschloch spielt mit uns.« Giulias Augen funkelten zornig.

Hartmann machte einen Schritt nach vorne. »Aber wir wissen nun immerhin, dass Zeit und Ort stimmen.«

»Aber dort oben haben wir doch bald jeden Quadratmeter umgedreht, oder nicht? Verdammt Erich, hier stimmt etwas nicht. Der Kerl verarscht uns! So sieht's doch aus, dieses verdammte Arschloch verarscht uns!« Sie blickte sich zu den anderen um, die schwiegen. »Ja, will das denn keiner sehen? Wir dürfen nichts mehr glauben, was wir nicht selber sehen oder hören.«

»Giulia, das war Nadia, kein Zweifel«, hielt Hartmann dagegen.

»Dass sie dran war, das weiß ich doch auch. Aber was, wenn ich sage, dass das Ganze zum Spiel des Täters gehört? Was, wenn er den Chat immer im für ihn richtigen Moment unterbricht, er jedes Wort mitliest? Uns so manipuliert?« Sie blickte zu Cora und Corine.

Cora antwortete: »Das wäre technisch zwar möglich. Aber es ändert nichts daran, dass Nadia mit uns geschrieben hat, wir also auf der richtigen Spur sind. Ich verstehe, du bist aufgebracht, es ist deine Freundin …«

Giulia stand auf, stemmte ihre Hände in die Taille. Ja, sie war aufgebracht. »Ich sag's euch, der Heli wird wieder einen Scheiß dort oben finden. Diese Hütte ist zu gut versteckt, und das weiß Schertenleib, oder falls es tatsächlich noch einen Haupttäter gibt, was ich nicht ausschließe, dann erst recht auch der. Aber aufgrund des bisherigen Geschehens müssen wir einen Sprung nach vorne denken, ihm voraus sein, die Hindernisse frühzeitig erkennen, ihm ebensolche in seinen Weg stellen, sonst ist Nadia morgen tot. Und wenn sie stirbt, dann stirbt ein Teil meines Herzens mit ihr. Bisher rannten wir ihm alle hinterher, ab jetzt rennen wir ihm entgegen!«

Blicke der Betroffenheit hingen an Giulia, die sich aufgewühlt abdrehte. »Nadia wird heute nicht mehr online sein, ich weiß es. Und ich muss raus hier.«

Zeitgleich war Nadia frustriert, dass die Verbindung so kurz vor der Entscheidung abgebrochen wurde. Ein Verdacht kam in ihr hoch: Es lag nahe, dass der Täter den Chat bewusst genau so lange zuließ, wie es ihm passte, dass das alles zu seinem Spiel gehörte. Er wollte damit sie und auch die anderen quälen. Ein Spiel, um Hoffnungen zu zerstören, und damit das funktionierte, musste er die Hoffnungen zuerst schüren. Ihr lief die Zeit davon, doch noch gab sie sich nicht geschlagen.

Giulia verließ aufgebracht das Kommando. Die Berge um Chur waren noch immer von Wolken und Nebelbänken schwer verhangen, es regnete noch immer. Alles Grau in Grau.

Giulia fuhr ohne Ziel mit ihrem Wagen durch die Stadt. In ihrer Not rief sie Dr. Wagner an, die zu Hause in Innerthal war. Giulia bat sie um ein Treffen, dem Wagner zustimmte. »Frau de Medici, Sie können jederzeit bei mir vorbeikommen. Wir werden gemeinsam versuchen, einen Weg zu finden.«

Auf dem Weg nach Innerthal kam Giulia die Fahrt mit Nadia in den Sinn, die sie beide doch erst vor zwei Tagen unternommen hatten. Der Platz im Wagen neben ihr war nun schmerzhaft leer.

Während sie mittlerweile auf der A3 in Richtung Kanton Schwyz fuhr, rief sie Mark und Lena an, hielt die beiden auf dem Laufenden, sprach beiden Zuversicht zu.

Im Gebiet des Zürichsees hingen ebenfalls dunkle Wolken, die der Wind zerzaust durch den Himmel schob. In Innerthal fiel nur leichter Nieselregen, Nebelschwaden lagen auch über dem Wägitalersee. Die Tageszeit war in diesem Einheitsgrau nicht zu erahnen, und niemand außer einem Hundebesitzer war unterwegs. Als sie am Dorf vorüberfuhr, läutete soeben die Kirchenglocke zum sonntäglichen Gottesdienst.

Das regennasse Schindelhaus von Dr. Wagner sah an diesem Regentag noch verlassener aus als beim letzten Mal. Diesmal hatte Giulia oben an der Straße geparkt, auch wenn ihr Wagen über Allradantrieb verfügte, so war der Weg hinunter vom Regen völlig durchweicht. Als Giulia sich dem Tor näherte, stürmten die vier Hunde an den Zaun. Tiefes Bellen, fletschende Zähne. Kein Zweifel, niemand hätte einen unbefugten Zutritt überlebt. Giulia ging hinter dem Zaun vor den Tieren in die Hocke, senkte ihren Blick und schob sachte ihre Hand an den Zaun, sodass sie nicht gebissen werden konnte. Die Tiere beruhigten sich, noch bevor Wagner rauskam.

»Ich bin einmal mehr von Ihnen beeindruckt, Leutnant de Medici. Sie verstehen sich außerordentlich gut mit Tieren«, gab sich Wagner erstaunt. Sie öffnete das Tor, die Rottweiler kamen Giulia freundlich entgegen. Giulias dünne Jeansjacke war an den Schultern vom Nieselregen dunkel gesprenkelt. Obwohl es regnete, waren die Temperaturen dem Sommer entsprechend mild. Sie nahmen daher wieder auf der überdachten Terrasse Platz. Auch hier musste Giulia den Schmerz und die Angst verdrängen, als sie auf den leeren Stuhl neben sich blickte, auf dem Nadia erst vorgestern noch gesessen hatte. Vor ihrem geistigen Auge sah sie Nadias Gesicht, wie sie in ihrer freundlichen, aber auch bestimmten Art, für die schon ihr Großvater bekannt gewesen war, dort gesessen und geredet hatte.

»Ich fühle mich diesem Fall nicht mehr gewachsen. Es kommt mir vor, als jagte ich meinen eigenen Schatten oder einen Geist«, gestand Giulia.

»Wir beide wissen, dass es keine Gespenster gibt.« Wagner hatte Kaffee geholt und stellte zwei Tassen auf den Tisch. Ihre Augen waren freundlich, Lachfältchen umspielten sie, fast mütterlich wirkte sie an diesem Morgen in ihrer leichten hellbraunen Strickjacke, als wollte sie Giulia Kraft spenden.

»Wir wissen immerhin mehr. Wir wissen, dass Schertenleib mit Sicherheit Täter in dem Fall ist, wahrscheinlich gemäß Ihren Einschätzungen der Mittäter«, sagte Giulia.

»Wieso wissen Sie das?« Wagner ließ einen Würfelzucker in den Kaffee fallen und begann diesen umzurühren.

»Dank Ihnen. Nadia hat seine Stimme in der Hütte wiedererkannt. Sie haben ihr doch in der Nacht vor ihrem Verschwinden die Aufnahmen gemailt. Und wir wissen nun von ihr, dass uns nur noch sehr wenig Zeit bleibt – ungefähr 30 Stunden.« Sie erklärte die Umstände und dass es sich somit als richtig erwiesen habe, dass sie nach der Einvernahme von Schertenleibs Tante sein Foto auch auf den sozialen Medien veröffentlicht hatten, und fügte an: »Sie müssen noch eines wissen, Frau Dr. Wagner: Nadia ist für mich die Schwester, die ich nie hatte.«

Wagner lächelte. »Das weiß ich doch, seit Sie beide hier gesessen haben. Ich sah es in Ihrer beider Augen, wie Sie einander angesehen haben. Das ist Familie im Herzen.«

Giulia nickte. »War das so offensichtlich?«

»Für jemanden wie mich, der sein Leben lang Menschen studiert hat, ja.«

»Also, was kann ich noch tun, was mache ich, machen wir falsch?«

»Wie schon mal gesagt, fangen Sie an, wie er zu denken, versuchen Sie zu verstehen, was er will, was ihm wichtig ist, was ihm egal ist, woher er seine Lorbeeren bekommt. Fragen Sie sich: Was genießt er? Wovor fürchtet er sich? Leutnant de Medici, Sie gehören zu den erfolgreichsten Menschenjägern der Schweiz. Ihnen steht aber mit diesem Fall der wohl intelligenteste Täter Ihrer bisherigen Karriere gegenüber und somit nicht nur Schertenleib, so wie ich es eingeschätzt habe. Er hat Sie aus seiner Sicht zu einem Wettstreit herausgefordert. Der Einsatz ist Leben oder Tod. Den größtmöglichen Einsatz hat er bereits ins Spiel geworfen: einen Menschen, den Sie lieben. Doch indem er Sie herausfordert, fordert er auch das System heraus. Und als Letztes, wie schon mehrfach erwähnt: Diese Taten verbinden Sie und den Täter sehr eng, ob Sie es wollen oder nicht. Um diese Intimität geht es ihm.«

Giulia hatte in ihrer ganzen Zeit bei der Polizei sehr selten mit Arbeitskolleginnen zu tun gehabt, mit denen sie sich von Frau zu Frau hätte austauschen können. Die meisten Kollegen waren Männer gewesen. Da ging es darum, nie Schwäche zu zeigen. Nur Dr. Kaspersky hatte Giulia in schwierigen Situationen schon manches Mal mit knappen Worten über Wasser gehalten, aber sie war keine, mit der man reden konnte. Dann kam Nadia und mit ihr erst der Sturm und dann diese wunderbare Freundschaft. Dr. Wagner besaß aber die nötige Persönlichkeit und Ausstrahlung, sodass sich Giulia vor ihr öffnen, auch über Schwächen reden konnte. Außerdem besaß die 51-Jährige ein immenses psychiatrisches Fachwissen, was Giulia beeindruckte und wovon sie hoffte, profitieren zu können.

Die beiden redeten noch eine ganze Weile, während der Nebel, der wie von Zauberhand über dem See hochstieg, die gesamte Welt verschlucken wollte.

Nachdem Giulia sich verabschiedet hatte, lief sie gedankenverloren im Nieselregen den Weg hoch zu ihrem Wagen. Doch sie fuhr nicht nach Hause. Sie parkte ihr Auto weiter vorne am See, zog eine Regenjacke über und begann am Seeufer entlangzugehen. Sie versuchte dabei, innerlich ruhig zu werden, was sehr schwer war. Dann kamen ihr die Tränen. Angst, Wut und Verzweiflung brachen aus ihr hervor. Weit und breit war niemand zu sehen. Giulia weinte lange, vergrub ihr Gesicht in den Händen. Ihr Haar war mittlerweile klitschnass. Der Regen und die Tränen mischten sich auf ihren Wangen, ihre dunklen Augen schimmerten traurig, aber das Feuer brannte wieder kraftvoll.

Zwei Stunden ging sie danach am Ufer entlang, bis sie wieder bei ihrem Wagen ankam.

Mittlerweile war früher Nachmittag geworden. Sie hatte sich vorgenommen, an dem Tag keinen Schritt mehr ins Kommando zu setzen. Die bisherigen Fahndungsmaßnahmen, die zwar bislang allesamt noch nichts gebracht hatten, liefen weiter auf Hochtouren. Sie aber musste den anderen, den richtigen Weg finden.

Auf dem Weg zurück nach Chur hörte sie laut Musik, die Scheibenwischer kämpften beim Walensee gegen den Starkregen, ehe im Sarganserland wieder Nieselregen fiel.

Zu Hause angekommen schritt sie zuerst vorsichtig durch alle Räume, obwohl das Schloss gewechselt worden war. In der Küche warf sie alle Lebensmittel weg, die nicht verschlossen waren, nahm auch eine neue Zahnpasta und Zahnbürste aus dem Vorratsschrank im Flur. Es war ein komisches Gefühl, zu wissen, dass hier, in ihrer Wohnung, wahrscheinlich genau der Mann gestanden hatte, den sie schon so lange händeringend suchte. In Gedanken rund um den Fall versunken, wechselte sie die Bettwäsche und warf auch noch alle offenen Kosmetika weg, bevor sie staubsaugte und den Boden putzte. Wer konnte schon wissen, was der Täter hier drin getrieben hatte.

Sie trank ein Glas Leitungswasser, nachdem sie das Glas ausgespült hatte, und setzte sich ins Ermittlungszimmer.

Gedankenverloren starrte sie aus dem Fenster. Chur ertrank im Grau dieses Regensonntages. Sie dachte an Nadia, wie es ihr im Moment wohl erging, stellte sich vor, wie sie einen Weg aus dem Käfig suchte.

Giulia versuchte, im Geist nochmals alle Informationen durchzugehen, und telefonierte mit der JVA Pöschwies, um möglicherweise einen Tipp zu bekommen, wem Schertenleib nun folgte, wer der Haupttäter sein könnte. Eines wusste sie aus Erfahrung: Gefängnisse sind auch immer Fortbildungsstätten des Verbrechens für diejenigen Insassen, die danach den Weg des Verbrechens weitergehen wollten.

Sie telefonierte auch kurz mit Mark und Lena. Sie wirkten nach außen hin gefasst, sagten, Giulia brauche sich nicht um sie beide zu kümmern, sondern solle ihre ganze Aufmerksamkeit dem Fall widmen.

Egal wie Giulia es auch drehte und wendete, sie fühlte sich gegenüber dem Täter am kürzeren Hebel. Sie hatte am Nachmittag noch eine Kamera vor ihrem Haus anbringen lassen, obwohl sie sich sicher war, dass Nadia, falls das Unaussprechliche geschehen sollte, nicht dort abgelegt werden würde. Aber so sicher war sie sich dann plötzlich doch nicht mehr gewesen. Eigentlich war nur eines gewiss: dass der Täter Nadia umbringen würde, wenn ihn keiner stoppte. Aber wie und wo, das wusste Giulia nicht. Er gab die Spielregeln vor. Was Giulia hingegen verwunderte, war der Umstand, dass der Entführer im Falle von Nadia einen viel kürzeren Todescountdown eingestellt hatte. Das passte nicht ins Bild, falls die Lust am Quälen der Grund für sein Handeln war. Oder übersah sie da schon wieder etwas? Wollte er sie damit schlicht noch mehr unter Druck setzen, sie zu Fehlern verleiten?

Ihr kam in den Sinn, dass Nadia ihr empfohlen hatte, das Buch, welches Wagner verfasst hatte, zu lesen. Darin sei der Weg, den diese Frau gemacht habe, eindrücklich beschrieben, und es werde ein Blick hinter die Kulissen der psychiatrischen Forensik zugelassen, dem Bösen sozusagen ein Gesicht gegeben.

Giulia suchte im Web nach dem Buch. *Das Lachen der Wölfe* war beachtliche 336 Seiten stark. Sie würde es daher nur querlesen können. Da es Sonntag war, lud sie es sich als E-Book runter, was zugleich den Vorteil hatte, dass sie darin nach Stichwörtern suchen konnte. Sie hoffte, der Inhalt würde ihr einen Anstoß geben, um einen Blickwechsel vornehmen zu können.

Giulia erfuhr, dass Wagner in der DDR aufgewachsen war, wohlbehütet in einem noblen Villenquartier in Chemnitz, der ehemaligen Karl-Marx-Stadt. Erst Jahre nach dem Mauerfall wurde im Rahmen der Aufarbeitung bekannt, dass ihr Vater Karl Wagner der berüchtigte Stasi-Agent mit dem Decknamen Wolf gewesen war, der Topspion der DDR schlechthin, von dem der Westen nie ein Bild zu Gesicht bekam. Wolf war ein Mysterium, ein Schatten gewesen. Selbst in der DDR hatte kaum jemand gewusst, wer er wirklich war, der attraktive Mann, der in der Bezirksdienststelle im Ministerium für Staatssicherheit von Karl-Marx-Stadt arbeitete. Gefährlich wurde ihm einzig die Liebschaft seiner Frau Karin zu einem BRD-Spion, doch nicht mal das deckte seine geheime Tätigkeit auf. Denn auch sie hatte nicht gewusst, was ihr Mann wirklich tat. Ihre grenzenlose Liebe zu diesem Mann aus dem Westen hatte sie aber dazu gebracht, ihren Ehemann umzubringen, als ihr Liebhaber befürchtete, dass ausgerechnet Wolf ihn als Agent enttarnt hatte. Die Mutter fasste einen Plan, wie die entsprechenden Verhörmethoden der DDR im Detail erst zutage förderten, nachdem Kerstin, die bis dahin verdächtigt wurde, Mitwisserin gewesen zu sein, längst schon in den Westen abgeschoben worden war: Karl Wagner musste weg, und Karin Wagner wollte danach zusammen mit ihrer Tochter in den Westen fliehen, mithilfe ihres BRD-Spion-Liebhabers. Drüben wollte sie nach einiger Zeit so tun, als hätte sie den Mann erst kennengelernt und sich verliebt. Das wäre der Plan gewesen. So hoffte die Mutter, auch bei ihrer Tochter nicht in Ungnade zu fallen, ihre Tochter Kerstin Wagner, die ihren Vater regelrecht verehrte.

Karin Wagner erschoss deshalb ihren Mann im Frühjahr des Jahres 1984, während er beim Fischen war. Um zu verhindern, dass ihre Tochter mit ihrem Vater, den sie über alles vergötterte, mit zum Fischen ging, schüttete sie ihr am Abend zuvor eine Substanz in ihr Essen, sodass es der 14-Jährigen bis zum nächsten Mittag übel war und sie deswegen zu Hause bleiben musste. Und da die Tochter bis 10 Uhr in ihrem Zimmer schlief, konnte die Mutter das

Haus ungesehen verlassen, um es nur eine Dreiviertelstunde später, als Mörderin, wieder zu betreten. Ihre minutiös geplante Republikflucht flog nur wenige Tage später auf. Ihr Geliebter war nur zwei Tage nach dem Mord ausgerechnet Agenten von Wolf ins Netz gegangen. Wolf selbst hatte noch am Morgen seines Todes aus seinem Büro eine entsprechende Verfügung zur Verhaftung des Mannes erlassen – es stimmte, er war ihm auf der Spur gewesen. Wagner selbst hatte allerdings nie erfahren, dass der Mann, dem er und seine Agenten schon länger auf den Fersen waren, zugleich der Geliebte seiner Frau war.

Karin Wagners Geliebter hielt den Verhören der Stasi nicht lange stand. Sein Widerstand brach nach wenigen Tagen wie loser Mörtel. Karin Wagner wurde daher observiert, um gegebenenfalls weitere Hintermänner zu enttarnen, ehe sie als nutzlos betrachtet und verhaftet wurde. Ihr wurde der Prozess gemacht, sie wurde für schuldig befunden und zu einer lebenslänglichen Freiheitsstrafe verurteilt. Es war der BRD-Spion, ihr Geliebter, der unter Folter »gestand«, dass auch Kerstin Wagner in die Pläne ihrer Mutter eingeweiht gewesen sei. Deshalb erfolgte auch der Zugriff auf die 14-Jährige.

Zweieinhalb Jahre später, im Herbst 1986, wurde Karin Wagner im Frauenzuchthaus Hoheneck durch einen »für sie unerwarteten Nahschuss ins Hinterhaupt hingerichtet«, wie es in den im Buch veröffentlichten Akten trocken hieß. Auf dem Totenschein wurde ihr Ableben als Herzversagen getarnt. Es war die letzte Hinrichtung der DDR gewesen. Nur wenige Monate später, 1987, wurde die Todesstrafe im ganzen Land abgeschafft.

Angespannt las Giulia, dass die damals 14-jährige Kerstin Wagner der Mitbeteiligung zur Republikflucht beschuldigt worden war. Die Teenagerin wurde deshalb monatelang im Stasi-Gefängnis Kaßberg untergebracht, in verschärfter

Einzelhaft. Fotos und Protokollauszüge in der Biographie belegten alles. Erst nach endlosen Monaten wurde sie im Herbst 1984 vom Westen freigekauft und in diesen abgeschoben.

Im Westen angekommen, nahm sich eine liebevolle Pflegefamilie in Münster ihrer an. Schnell wurde erkannt, dass Kerstin Wagner hochbegabt war. Alle Berufswege standen ihr daher offen. Sie entschied sich für ein Studium der Humanmedizin. Bereits mit Mitte 20 fing sie mit der Aufarbeitung der Vergangenheit an, begann an ihrer Biographie zu schreiben.

Deutschland war seit sechs Jahren wiedervereint, als Kerstin zusammen mit ihrer Pflegefamilie zum ersten Mal zurück in die neuen Bundesländer fuhr, nach Karl-Marx-Stadt, das nun wieder Chemnitz hieß. Die Villa Wagner stand noch, auch das Gefängnis, das nun vom Freistaat Sachsen betrieben wurde. Wagner schrieb, wie schwer es gewesen sei, die Wahrheit nicht wirklich zu kennen, denn all die Vorwürfe gegen ihre Mutter konnten ja nie nachgewiesen werden, und die Hinrichtung verunmöglichte weitere Nachforschungen. Die damaligen Staatsorgane der DDR hatten sich einzig und allein auf die Aussagen eines BRD-Spions gestützt.

War ihre Mutter wirklich eine Mörderin? Und wie war es dazu gekommen? Und wenn dem tatsächlich so war, wieso hatte Kerstin nie etwas in ihrer Mutter gesehen, das diese dunkle Seite verraten hätte?

Wagner schrieb im Buch, dass diese existenziellen Fragen schlussendlich die treibende Kraft dafür waren, Psychiaterin zu werden, und das im Gebiet der Forensik. Denn falls ihre Mutter tatsächlich eine Wölfin gewesen sein sollte, eine kaltblütige Mörderin, so wollte sie zukünftig hinter die Fassade blicken können, denn das Lachen ihrer Mutter sei stets so herzlich gewesen.

Erst nach dem Studium und mit vielen Jahren Berufspraxis habe sie den Schlüssel, das Muster entdeckt, um das Lachen der Wölfe zu enttarnen. Diese Fähigkeit habe ihr dann den Weg bereitet, um zu der zu werden, die sie heute sei.

Giulia war enttäuscht. Dr. Wagners Geschichte war durchaus interessant gewesen, doch nicht in dieser Situation. Sie hatte gehofft, irgendeine Weisheit im Buch zu erkennen, etwas, das ihr geholfen hätte, Nadia zu retten. Am liebsten hätte sie das Buch in eine Ecke geschmissen, tat es aber aus Respekt gegenüber Dr. Wagner nicht. Außerdem hatte ihr ja nicht Wagner vorgeschlagen, das Buch zu lesen, sondern Nadia.

Frustriert machte sich Giulia spätabends aus dem Haus. Sie wollte nicht bis am Morgen tatenlos abwarten, bis Nadia sich allenfalls wieder meldete, denn der Chat hatte sie bisher in keinem der Fälle entscheidend vorangebracht. Wagners Assistentin hatte ihr die ganzen Unterlagen zum Fall Schertenleib bereits am Samstag elektronisch zugestellt, und Giulia hatte sie in den langen Stunden des Sonntagnachmittags ebenfalls durchgelesen. Eines war ihr dabei aufgefallen, nur ein kleiner Puzzlestein zwar: In diesen Unterlagen war die Prepaid-Nummer von Schertenleib verzeichnet. Ausgerechnet Grenadier Bonorand hatte diese Nummer damals zu Protokoll gegeben, doch als Giulia ihn deshalb umgehend anrief, konnte er sich nicht mehr daran erinnern. Außerdem waren die Akten dazu nicht mehr im Archiv der Kripo Graubünden aufzufinden, wie sich herausstellte.

Giulia fragte sich, wieso diese verschwunden waren. Wer hatte dies veranlasst? Und wann? Denn auch wenn zehn Jahre als Aufbewahrungsfrist galt, blieben die Akten bei solchen Verbrechen für gewöhnlich weit länger im Archiv liegen. In diesem Fall war dies besonders ärgerlich, denn hätte Bonorand sich daran erinnert, dass Schertenleib ein anonymes Handy gehabt hatte, wären sie ihm viel schneller auf die Spur gekommen. Mit einem komischen Gefühl im Bauch schob Giulia dieses Indiz gedanklich zur Seite, obwohl ihre Intuition ihr sagte, dass da noch mehr dahinterstecken könnte.

Giulia stieg kurz nach 23 Uhr in ihren Wagen. Die beiden Securitas-Beamten standen wieder im Einsatz und grüßten sie freundlich, als sie an ihnen vorüberfuhr.

Bis zu diesem Zeitpunkt hatte keine der Fahndungsmaßnahmen gegriffen, wie Giulias Telefonat mit der Einsatzzentrale zeigte. Es waren zwar einzelne Meldungen bei der Kripo über den möglichen Aufenthaltsort von Schertenleib eingegangen, aber die hatten allesamt ins Leere geführt.

Es fiel noch immer leichter Regen, als Giulia nach Churwalden fuhr. Sie wusste nicht, was genau sie vorhatte, doch warum sie tat, was sie tat, das wusste sie genau. Irgendwo hier oben musste Nadia stecken. Sie wollte ihr einfach näher sein.

Es war kurz vor Mitternacht, als die Wolken aufrissen. Giulia war ihrem Bauchgefühl gefolgt und verschiedene Wege, allesamt mit Fahrverbot belegt, hochgefahren und stand nun auf einer kleinen Anhöhe im kniehohen nassen Gras. Der Regen hatte beinahe aufgehört, als sich die aufgerissenen Wolken über ihr verfärbten. Giulia blickte hinter sich und wurde vom Anblick, der sich ihr bot, gefesselt: Ein übergroßer Vollmond erhob sich blutrot hinter einem schwarzen Bergkamm. Sein Anblick wurde zwar von Wolkenbändern immer wieder schleierhaft verdeckt, doch gerade deshalb wirkte er so furchterregend schön. Hätte Giulia nicht vor Tagen gehört, dass dieser außergewöhnliche Blutmond heute am Himmel stehen würde, sie hätte gedacht, er entspringe ihrer Phantasie.

Sie, die so sehr eins war mit der Natur, nahm diesen Anblick als Zeichen, dass der Täter bluten würde, dass die Natur ihr damit sagen wollte: Giulia, Gerechtigkeit wird kommen, und du wirst dafür sorgen. Es war ein Zeichen, nur für sie. Sie nahm ihr Handy und fotografierte diesen imposanten Anblick, tippte ein paar Worte und verschickte eine Nachricht.

Dieser Moment schenkte ihr große Zuversicht.

Während Giulia Minuten später durch die Weide ging, die blassrot schimmerte, fühlte sie, wie die Kraft in sie zurückkehrte. Der Blutmond stand nun gänzlich über dem Bergkamm, als sie das Abblendlicht eines Fahrzeuges, schätzungsweise 200 Höhenmeter unter sich, ausmachte. Niemand fuhr diese schmale Bergstraße nur mit Abblendlicht hoch, wenn er nicht etwas zu verstecken hatte, war sie sich sicher.

Sie eilte über die Weide, musste dabei aufpassen, um in der Nässe nicht hinzufallen. Ihre Schuhe waren nass, ihre Jeans bis zu den Knien hoch ebenfalls, doch das machte ihr nichts aus. Auf dem schmalen Weg angekommen lief sie 20 Meter talwärts, dem Wagen entgegen, um sich irgendwo zu verstecken. Der Wagen würde an ihr vorbeifahren und wer auch immer am Steuer saß ihren Wagen oberhalb am Wegrand sehen, dann wahrscheinlich anhalten. Für solch einen Fall hatte sie vorgesorgt und das gelbe Schild in die Scheibe gelegt: *FORSTDIENST.*

Sie versteckte sich hinter einem Holzstoß, der mit einem rostigen Wellblech mehr schlecht als recht überdacht war. Der Wagen näherte sich, fuhr langsam an ihr vorbei. Obwohl er nur mit Abblendlicht fuhr, konnte sie nicht durch die Frontscheibe ins Innere sehen, denn es fiel wieder leichter Nieselregen. Erst als er ganz nah an ihr vorbeifuhr, sah sie, dass das Fahrzeug ein Subaru war und ein Mann mit Bart am Steuer saß. Ob noch weitere Personen darin saßen, konnte sie nicht erkennen, dafür das hintere Nummernschild – die Autonummer von Rene Schertenleib!

Tatsächlich, der Wagen hielt 20 Meter weiter oben bei Giulias Wagen, doch Schertenleib stieg nicht aus, sondern fuhr gleich wieder los.

Giulias Puls schnellte in die Höhe. Sie zückte ihr Handy und meldete der Zentrale, dass sie einen Wagen verfolgen werde und bat um Unterstützung. Ihren Standort konnten die Kollegen durch die Ortung ihres Wagens jederzeit feststellen.

Kaum verschwand der Subaru 50 Meter weiter oben um die nächste Rechtskurve, lief Giulia zu ihrem Wagen. Das Licht des Blutmondes ergoss sich über die Berglandschaft, als sie ihre schusssichere Weste und ihr Waffenholster anzog.

Ihr war sofort klar, dass es nur drei Möglichkeiten gab. Die erste: Sie verlor die Spur des Wagens, was sie aber hier oben als nicht realistisch einstufte. Die zweite: Sie verfolgte den Wagen, ohne dabei bemerkt zu werden, bis zu dessen Ziel, das hoffentlich die Hütte war. Und die dritte: Sie wurde bemerkt, eine Verfolgung und eine Auseinandersetzung wären die Folgen.

Letztere stufte sie als die wahrscheinlichste ein, denn eine verdeckte Verfolgung auf dieser kurvenreichen Bergstraße, von der man immer wieder auf die Straßenführung darunter blicken konnte, war nicht realistisch, das wusste Giulia. Außerdem, auch wenn sie ihm nun mit Abblendlicht folgte, war das Licht in der Nacht schon von Weitem durch die Bäume zu sehen.

Und so war es auch. Schertenleib musste sie nach wenigen Minuten entdeckt haben, denn sein Wagen nahm an Fahrt auf. Giulia schaltete das Fernlicht ein und drückte gehörig aufs Gas. Sie setzte mit der linken Hand durch das offene Seitenfenster das Blaulicht aufs Dach, mit der rechten hielt sie das Steuer, dann ließ sie die Sirene heulen. Sie wusste, dies würde Druck machen, dabei ließ sie sich bis zu einem Abstand von 40 Metern zum Subaru zurückfallen, falls er das Feuer auf sie eröffnen sollte. Immer halsbrecherischer raste Schertenleib vor ihr durch die Nacht, trotz des schlechten Zustands der Straße und des Nieselregens. Giulia durfte ihn nicht zu sehr drängen, ein Unfall hätte den Mann vernehmungsunfähig machen können, und wie käme sie dann an die Information zu Nadias Aufenthalt?

Als sie zu einem leeren Holzlagerungsplatz kamen, der etwa 50 Meter breit war, leuchteten die Bremslichter des Subarus plötzlich grell auf. Der Wagen kam ins Schleudern, drehte sich um 90 Grad und kam schließlich mit der linken Seite zu Giulia gerichtet zum Stehen. Giulia bremste ihrerseits, während sie erkannte, wie eine dunkle Gestalt aus der von ihr abgewandten Beifahrertür aus dem Wagen flüchtete. Auch sie versuchte, ihren Wagen seitlich zum Stehen zu bringen, als bereits Schüsse fielen und ihre Windschutzscheibe von mehreren Kugeln durchlöchert wurde. Giulia spürte einen Schlag mitten in der Brust, sodass sie für einen Moment nicht mehr atmen konnte.

Geistesgegenwärtig ließ sie sich durch die offene Fahrertür zu Boden gleiten, während weitere Schüsse die Luft krachend zerrissen.

Sie ging hinter dem Rad und dem Motorblock in Deckung. Zu ihrem Glück hatte sie vor der Verfolgung ihre schusssichere Weste über das Shirt angezogen, dennoch war der Treffer schmerzhaft. Schertenleib musste eine großkalibrige Waffe haben.

Sie blieb in Deckung. Um den Platz erhoben sich dunkle Tannen, die im drehenden Blaulicht wankten.

Giulia feuerte aus ihrer Deckung einen Warnschuss in die Luft und schrie: »Kantonspolizei Graubünden! Kommen Sie mit erhobenen Händen hervor, sonst eröffnen wir das Feuer.«

Zur Antwort fielen sechs weitere Schüsse. Giulia verharrte weiter in Deckung. Die Lichtkegel der beiden Autoscheinwerfer fingen den silbrigen Nieselregen ein. Beide Motoren drehten leise im Leerlauf.

Giulia wollte und durfte nicht blind in seine Richtung schießen, denn sie brauchte ihn unbedingt lebend, um Nadia zu finden. Giulia gehörte zu den besten Schützen des gesamten Korps. Sie hatte als junge Biathletin bereits achtjährig intensives Schießtraining gehabt, war sozusagen mit Brettern an den Füßen und einer Waffe in der Hand groß geworden. Daher war sie es auch, die hin und wieder polizeiinterne Weiterbildungen im Schießen gab.

Als der Mann nochmals eine weitere Salve verschoss, er musste zwei Waffen tragen, stöhnte Giulia auf, als wäre sie getroffen worden. Dabei spähte sie seitlich neben dem Rad unter ihrem Wagen hindurch zum Subaru. Im Scheinwerferlicht konnte sie seine Füße hinter dem Wagen gut erkennen.

Giulia legte sich hin, stöhnte nochmals, dann zielte sie und flüsterte: »Du Vollidiot, du stehst genau im Licht.« Sie feuerte zweimal ganz kurz hintereinander. Ihre Glock schlug zurück, der Kerl sackte mit je einer Kugel in den Fußgelenken zu Boden. In Panik raffte er sich auf die Knie und feuerte wie wild um sich, dabei verlor er wieder an Deckung. Giulia sah sein linkes Knie neben dem Rad hervorlugen und setzte den nächsten Treffer. Sie hatte die Schüsse von ihm nicht alle gezählt, doch es mussten gegen 30 sein. Dennoch konnte sie sich nicht sicher sein, wie viel Munition er noch hatte und ob er noch Magazine bei sich trug oder nicht.

In dem Moment rief der Mann: »Ich ergebe mich. Ich blute wie ein Schwein.«

»Werfen Sie Ihre Waffen über das Autodach in meine Richtung, sodass ich es erkennen kann.«

Er tat es. Sie hörte die beiden Waffen auf dem weichen Waldboden aufschlagen.

»Und nun kriechen Sie in das Scheinwerferlicht Ihres Wagens.«

»Das geht nicht, ich bin schwer verletzt.«

»Darum sage ich auch kriechen.« Und sie dachte dabei: Du verdammtes Weichei, Nadia würde so noch einen Marathon laufen.

Sie hörte, wie er kläglich aufstöhnte. Giulia drückte, während sie ihn im Auge behielt, die Wahlwiederholung ihres Telefons. »Wir haben einen Verletzten, brauchen die Ambulanz, Beintreffer«, sagte sie leise, sodass er es nicht hören konnte, und legte wieder auf.

»Jetzt Beine und Arme abspreizen, die Handflächen zeigen nach oben«, befahl Giulia, die sich vorsichtig etwas aus der Deckung erhob und ihre Waffe mit beiden Händen auf ihn gerichtet hielt. Schertenleib gehorchte, bei jeder Bewegung stöhnte er.

»Ist noch jemand im Wagen?«

»Nein, ich bin allein.«

Giulia hatte keine Zeit, um auf Verstärkung zu warten. Sie rief mit fordernder Stimme: »Wenn sich noch jemand im Wagen aufhalten sollte, dann muss er sich mir jetzt zeigen, denn ich werde nun in den Wagen schießen.« Sie wusste, dass sie dies nicht tun konnte. Außerdem lag ja vielleicht Nadia im Kofferraum. Giulia erhob sich nun gänzlich aus ihrer Deckung und griff mit der Linken nach ihrer Taschenlampe. Vorsichtig ging sie auf den Wagen zu, den grellen Lichtkegel ihrer Taschenlampe auf dessen Scheiben gerichtet. Dann sagte sie zu Schertenleib: »Und du machst keinen Mucks, oder der nächste Schuss trifft dich im anderen

Knie.« Schertenleibs Waffen lagen vier Meter von ihr entfernt. Diese musste sie als Erstes sichern. Sie ging vor den beiden Schusswaffen in die Hocke, richtete dabei aber weiter ihre Glock auf das Fahrzeug. Sie legte die Taschenlampe zu Boden und nahm die Waffen jeweils mit der linken Hand hoch und warf sie den Abhang hinunter. Danach kontrollierte sie den Wagen. Er war leer.

Nun näherte sie sich von hinten Schertenleib, der noch immer bäuchlings ausgestreckt auf dem Boden lag und blutete. Giulia stellte ihm einen Fuß ins Genick, während sie die Handschellen erst um sein rechtes Handgelenk legte, dann diesen Arm nach hinten auf seinen Rücken drehte, ehe sie die zweite Hand heranzog und auch diese Handschelle schloss. Danach drehte sie ihn auf den Rücken.

»Ich brauche einen Arzt. Ich blute wie ein Schwein.«

»Wo ist Nadia Caminada, wo steht die Hütte? Wenn Sie mir das verraten, rufe ich sofort einen Arzt und lege einen Druckverband an.«

»Das dürfen Sie nicht! Sie müssen mich sofort verarzten, oder ich verrecke.«

»Wenn Sie wollen, dass ich einen Krankenwagen rufe, dann erinnern Sie sich besser ganz schnell, ansonsten behaupte ich später, dass ich leider nichts mehr für Sie tun konnte.«

»Ich kenne keine Nadia Caminada. Ich schwör's. Ich habe nichts dergleichen getan. Ihr jagt mich für nichts und wieder nichts.«

»Und warum schießen Sie auf die Polizei, auf mich? Ohne meine Weste wäre ich jetzt tot.«

»Damit ich nicht wieder in den Knast muss.«

»Diese Logik soll jemand verstehen. Also, wo ist Nadia, wo steht die Hütte?«

»Ich weiß nicht, wovon Sie sprechen.«

»Nadia Caminada hat Ihre Stimme erkannt. Sie haben

über den Lautsprecher heute und gestern mit ihr geredet. Also, ich frage noch mal: Wo ist die Hütte? Reden Sie, denn wenn Sie noch mehr Blut verlieren, dann war's das für Sie. Wenigstens bliebe Ihnen aber dann der Knast erspart.«

»Du verfluchte Fotze, dann lass mich eben verrecken. Überall sucht man mich, und ich weiß nicht, warum, denn ich habe nichts getan.«

»Ich will den Ort der Hütte. Wo steht sie? Rede!«

»Ach fick dich doch, du Bullenschlampe.«

Giulia blieb stehen und starrte ihm ins Gesicht. Er konnte ja nicht wissen, dass der Notarzt längst unterwegs war. Aber er blutete wirklich stark und war trotz allem ein Mensch, sie musste ihm Druckverbände anlegen.

Sie schnitt ihm die Hosen bis übers Knie auf und legte drei Druckverbände an, die Blutung hörte sofort auf. Leben schien in den Kerl zurückzukehren.

»Haben Sie etwa doch ein Gewissen?«, spottete er.

»Eine junge Frau musste bereits sterben in diesem kranken Spiel, und eine weitere wäre beinahe umgekommen. Meine beste Freundin ist entführt worden, das reicht auch mal, oder?« Dann beugte sie sich zu ihm hinab, kam seinem Gesicht ziemlich nahe. »Aber eines sage ich dir hier und jetzt: Wenn Nadia stirbt, dann wirst du nie mehr Tageslicht erblicken. Nie mehr! Verstanden? Sie hat ein kleines Mädchen zu Hause und Menschen, die sie lieben, die auf sie warten. Also, sag mir sofort, wo sie ist, und ich fädle einen Deal ein, auch darauf kannst du dich verlassen.«

»Du meinst, dass ich dann nicht in den Knast komme?« Er lachte.

»Nein, aber ich kann dafür sorgen, dass deine Kooperation bei dem Verfahren entsprechend berücksichtigt wird. Das kann ich tun. Du würdest ja ihr Leben retten, und wir wissen, dass du sowieso nur der Mittäter bist.«

»Sie ist dir wohl überaus wichtig, hm?« Er lächelte gequält.

»Mehr als das.«

»Gut. Ich sage dir, wo sie ist, und das hier und jetzt, aber ich will dafür was von dir, bevor ich in den Knast komme.«

Giulia sah ein dreckiges Lächeln und ahnte es schon. Dennoch fragte sie: »Was willst du?«

»Du brauchst mir nur die Hose zu öffnen und dich auf mich zu setzen. So wie du von hier unten ausschaust, geht das bei mir auch ganz schnell. Das ist mein Deal, dann sage ich dir auch, wo Nadia ist.«

Giulia blickte ihn verächtlich an.

»Ach, das ist sie dir dann doch nicht wert? Fünf Minuten von deinem Leben für ihres?«

Giulia blickte ihn an. »Okay, wir haben einen Deal.«

»Ja?« Er schien erstaunt, und die Lust flackerte in seinen Augen.

»Ja«, sagte sie und trat ihm mit aller Kraft zwischen die Beine. Er stöhnte auf, wand sich. Giulia war nun außer sich. Sie eilte zum Wagen, holte eine Plastiktüte und stülpte sie ihm über den Kopf, verschloss sie am Hals. Dabei zischte sie: »So ist das erste Opfer gestorben und das zweite beinahe.«

Schertenleib bekam sofort Todesangst. »Das dürfen Sie nicht, ich will nicht sterben«, japste er und bekam kaum Luft.

»So ist Ramona gestorben, genau so. Achtzehnjährig! Und so ist Laura beinahe gestorben, genau so. Ich werde nicht loslassen, bis ich weiß, wo Nadia ist.«

Schertenleib schrie wie am Spieß und kurz bevor er ohnmächtig wurde, zog Giulia die Plastiktüte weg. Er keuchte.

»Dann noch mal von vorne«, sagte sie und machte Anstalten, ihm die Tüte gleich nochmals überzustülpen.

»Hören Sie auf, bitte, bitte! Ich habe wirklich nichts mit

dem Fall zu tun! Ich verstecke mich, seit man Jagd auf mich macht, in der alten Schlosserei in Churwalden bei einem Knastfreund, für den ich schon länger als Schweißer und Schlosser arbeite.«

»Und was machst du hier oben um diese Zeit?« Giulia sah die Panik in seinen Augen. Seine Aussagen waren widersprüchlich, denn Nadia hatte seine Stimme einwandfrei identifiziert.

»Wir hatten vor zwei Stunden einen Krach zusammen. Er hat mich zum Teufel geschickt, weil mein Gesicht in allen Medien zu sehen ist. Ich wusste nicht, wohin. Also suchte ich hier oben irgendwo einen alten Stall, wo ich den Wagen und mich verstecken kann. Ehrlich, ich gebe Ihnen seinen Namen, ich war die ganze Zeit dort, aus Angst. Ich bin kein Mörder, nicht mehr! Habe gar nichts mit dem Verschwinden der Frauen zu tun!«

Giulia notierte die Adresse und Telefonnummer. Michael Roffler, hieß der Mann.

»Du lügst. Du hattest mit dem ersten Opfer Kontakt. Ramona Gwerder hat dich angerufen!«

»Ja, weil sie behauptet hat, ich hätte sie angerufen. Die hat sich bestimmt verwählt. Ganz ehrlich, so war's. Wir haben zwar miteinander gesprochen, das Missverständnis geklärt, aber das war's. Sie hat sich auch nie wieder gemeldet. Glauben Sie mir, ich lüge nicht.«

Giulia überlegte. Ein Riesenzufall? Nein, das glaubte sie nicht.

»Was ist mit den Frauenkleidern unter dem Sofa in der Ganda? Wem gehören die?«

»Davon habe ich noch mehr. Schauen Sie im Wagen nach. Unter der Abdeckung, wo das Reserverad wäre. Die Sachen habe ich im Freibad geklaut. Immer wenn mir eine junge Frau gefällt, merke ich mir ihren Schrank, dann öffne ich diesen mit einem Dietrich und klaue die Kleider. Ich find das halt irgendwie geil …« Er redete wie ein Wasserfall.

Giulia hatte sich, bevor sie die Druckverbände anlegte, blaue Latexhandschuhe übergezogen. Sie öffnete den Kofferraum und hob die Abdeckung zum Reserverad. Sie fand eine Plastiktüte, und tatsächlich, es kamen etliche Höschen darin zum Vorschein. Wobei das noch lange nichts bewies.

Sie ging zu ihm hin. »Okay, das stimmt.«

»Sage ich ja. Ihr habt mich in diese Lage hier reingeritten. Weil nun überall mein Grind in den Medien zu sehen ist, hat mich Roffler rausgeworfen. Er bekam Schiss, auch wieder in der Kiste zu verschwinden. Ich habe aber nichts mit den Fällen zu tun, verdammt nochmal!«

Giulia dachte nach. Konnte das wirklich sein? Wollte ihm jemand was anhängen? Doch wer und wieso? Und das mit der Stimme in der Hütte und dem Telefonanruf? Wie wäre das zu erklären?

»Du hast wirklich nichts mit den Entführungen zu tun?«

»Nein, aber immer wenn jemand aus dem Knast kommt und kurze Zeit später etwas passiert, stürzt sich die Polizei als Erstes logischerweise auf ihn. So trieb man mich in die Flucht.«

Giulia wusste, dass das stimmte, aber auch verständlich war, denn Wiederholungstäter gab es leider zu viele.

»Noch eine Frage: Was hast du dieser Ramona in den acht Minuten am Telefon über dich erzählt?«

»Ich habe ihr freiheraus gesagt, dass sie mit einem Ex-Knacki redet. Sie war ganz offen, hat sie wohl scharf gemacht, mit einem wie mir zu plaudern. Offen gesagt, ich mochte die sofort.«

»Das heißt?«

»Wir kamen ins Gespräch, als würden wir uns lange kennen. Ich prahlte mit meiner Kohle, die ich in den 15 Jahren verdient habe, dass ich sie für kurze Zeit damit glücklich machen könnte und so auch mich. Echt, ich mochte die, ich hätte sie nicht verarscht. Aber ich hatte sie wirklich vorher noch nie angerufen, kannte sie ja leider da noch nicht.«

Diese Antwort hatte Giulia hören wollen. Sie bekam in diesem Moment einen erweiterten Blickwinkel auf verschiedene offene Fragen. Zum ersten Mal überkam sie das Gefühl, dem Täter endlich näher zu kommen. Sein Prinzip war: Schrecken – Hoffnung – Erwartung – Wirkung – Verwirrung – Hoffnung – Schrecken!

Ihr kam Grenadier Bonorand in den Sinn und die von Schertenleib vor vielen Jahren anonym gelöste Telefonnummer, die dieser damals nach der Verhaftung in den Akten registriert hatte. Eine Nummer, die all die Jahre hindurch, in denen Schertenleib im Knast war, inaktiv geschlummert hatte. Und sie fragte sich erneut, warum die Akte, in der man die Nummer hätte nachlesen können, in der Zwischenzeit aus dem Churer Archiv verschwunden war. Ein Verdacht kam nun auf.

»Ehrlich, ich hab nichts damit zu tun. Ich hoffe, Sie finden Ihre Freundin wieder«, sagte Schertenleib und verzog sein Gesicht vor Schmerz, da das Adrenalin scheinbar nachließ. Er sagte dies in einem Ton, der Giulia hellhörig werden ließ. Sie trat wieder näher und sagte: »Jeder Mensch kann sich entscheiden, einen anderen Weg einzuschlagen. Was wir trotz unserer Vergangenheit aus uns machen, ist, was letztlich zählt.«

Die blauen Lichter vom Notarzt und der Polizei schwirrten wenige Minuten später durch den Wald. Der Krankenwagen hielt sich im ersten Moment zurück, bis Giulia winkte, dass die Lage gesichert sei.

Sie hatte in der Zwischenzeit einen Plan gefasst, doch darüber würde sie im Moment kein Wort verlieren, denn der Täter, so war sie sich sicher, musste Verbindungen zur Polizei haben.

Giulia bat alle Anwesenden, den Verletzten unter einem falschen Namen zu registrieren, und zwar wie folgt: Michael Roffler, wohnhaft in Churwalden. Sie betonte, das sei aus taktischen Gründen zwingend. Mehr sagte sie nicht dazu. Es wurde ihr zugesichert.

Den beiden Beamten von der Kripo bläute sie es nochmals separat ein, dass auch polizeiintern auf keinen Fall und niemandem gegenüber der richtige Name rausgerückt werden dürfe, sie als Chefermittlerin erteile ihnen diese Anweisung. Die beiden nickten, auch wenn sie nicht verstanden. Sie kannten Giulia, und so brauchte sie nicht zu betonen, dass ein Nichteinhalten ihrer Weisung ernste Konsequenzen nach sich ziehen würde.

Als Schertenleib notversorgt im Krankenwagen lag, kam der Arzt auf Giulia zu.

»Sie bluten ja.«

Giulia verstand nicht. »Ich?«

Er deutete an seinem Hals an die Stelle.

Giulia griff sich an den Hals. Tatsache, ihre Finger wurden klebrig.

»Ein Streifschuss. Sie hatten heute wohl zwei Schutzengel.« Er deutete auf das Einschussloch in der Weste. »Beides hätte auch anders enden können.«

»Dafür gibt's ja solche Westen«, sagte Giulia, die vom Nieselregen nass war.

»Lassen Sie mich das kurz verarzten.«

Giulia nickte und zog ihre Weste aus.

Giulias Auto würde abgeschleppt werden müssen. Ihr feuerroter Audi war von Schüssen durchsiebt. Einzig die Heckscheibe war heil geblieben. Der Krankenwagen fuhr langsam davon. Erst jetzt spürte Giulia ein Brennen an der linken Halsseite, dort wo ein Klebeverband die Wunde verdeckte.

Weitere Verstärkung inklusive Spurensicherung war auf dem Weg hierher. Giulia verließ mit der Patrouille den Holzrichtplatz und folgte dem Weg weiter den Berg hoch, um zu sehen, wo dieser hinführte. Nach zwei Kilometern endete er im Nichts. Giulia ließ sich nach Churwalden fahren, an die Adresse, die Schertenleib ihr angegeben hatte, zum echten Michael Roffler.

Sie fand eine alte schäbige Schlosserei am Dorfrand vor. In der Wohnung darüber rissen sie den Mann aus dem Schlaf, der aussagte, Schertenleib in den letzten Tagen Unterschlupf gewährt zu haben. Mit Händen und Füßen erklärte der angesoffene Mann, dass er da reingeritten worden sei, rein gar nichts mit den Verbrechen an den beiden Frauen zu tun habe und dass er Rene ja rausgeworfen habe, eben um sich den Ärger zu ersparen, den er nun trotzdem kriege. Er versicherte, dass Schertenleib die letzten Tage keinen einzigen Schritt aus dieser Wohnung gemacht habe. Der Subaru sei die ganze Zeit im alten Schopf hinter der Schlosserei gestanden.

Giulia sagte, dass sie ihm Glauben schenke und verlangte seinen Personalausweis, den sie fotografierte.

Erst um drei Uhr kam Giulia im Kommando an. Sie hatte zuvor Hartmann angerufen. Besorgt wartete er in seinem Büro auf sie, nachdem er von den Schüssen auf seine Chefermittlerin gehört hatte.

Giulia erklärte dem Kommandanten, dass sie Schertenleib unter einem falschen Namen in den Protokollen führte. Details würden folgen, er werde es später verstehen.

»Du glaubst, wir haben einen Maulwurf?«, wunderte sich Hartmann.

»Sagen wir es so: Schertenleib lügt, Nadia hatte seine Stimme eindeutig identifiziert. Aber er soll ruhig glauben, dass ich ihm glaube. Mehr sage ich dazu nicht. Es ist für dich besser, wenn du im Moment nicht mehr weißt. Ich suche das Schlupfloch, und dafür muss ich tricksen, auf meine Art. Du kennst mich. Wenn's schiefgeht, rollt nur mein Kopf. Okay?«

Hartmann fuhr Giulia persönlich nach Hause. Sie kroch todmüde in ihr Bett, dennoch fand sie keinen Schlaf. Sie fragte sich, wie es Nadia gerade ging. Was in dieser Nacht noch passieren könnte, die sich doch bereits mit einem hellen Streifen im Osten dem Ende neigte. Sie schrieb Gian eine liebe Nachricht. Kurze Zeit später erhellte sich das Display ihres Handys. Sie telefonierten nur ganz kurz, Giulia sagte nichts vom nächtlichen Einsatz, auch die Schüsse auf sie verschwieg sie ihm.

20

Nach zwei Stunden oberflächlichem Schlaf schreckte Giulia hoch. Draußen war es hell, ihre Uhr zeigte 5:26. Sie zwang sich, etwas Brot zu essen, und leerte zwei Tassen Kaffee, ehe sie einen der Securitas-Beamten bat, sie zu fahren.

Die beiden Kollegen hatten wie erwartet dichtgehalten. Giulia wurde nämlich nach 7 Uhr mehrfach gefragt, was es mit diesem Roffler auf sich habe. Sie hielt sich bedeckt, sagte, dass dies noch nicht ganz geklärt sei. Sie betonte, dass Roffler erst im Laufe des Nachmittags oder morgen vernommen werden könne, da er in der Nacht hatte operiert werden müssen. Dies sagte sie auch Grenadier Bonorand, als er sich nach Giulia und dem Stand der Ermittlungen erkundigte.

Giulia rief um 8 Uhr, ohne dass sie jemandem was davon sagte, Kerstin Wagner an. Sagte, dass sie Schertenleib tatsächlich zufällig gefasst hätten. Sie betonte auch, dass sie ihm vorspielte, seine aufgetischte Geschichte zu glauben, und dass sie diesen Roffler observieren ließ. Sie werde Schertenleib wahrscheinlich erst im Laufe des Tages nochmals befragen können.

Wagner sprach ihr Mut zu, auch für den Chat mit Nadia, der hoffentlich um 8:30 Uhr nochmals anstand. Sie gab Giulia aber recht, dass der Chat mit großer Bestimmtheit vom Täter so gewollt, von ihm kontrolliert war.

Nadia meldete sich diesmal erst um 8:40 Uhr, sodass Giulia bereits unruhig geworden war. Nadia schrieb, dass ihr heute Morgen eine andere Stimme durch den Lautsprecher die Anweisungen erteilt habe, sie frage sich daher, wo Schertenleib stecke.

Giulia stellte Nadia trotz des Codes, den ihre Freundin zuvor am Ende der Nachricht, wie auch im gestrigen Chat genutzt hatte, eine persönliche Frage, die nur Nadia beantworten konnte, um ganz sicher zu gehen, dass sie am anderen Ende saß: *Wie heißen der Hund und das Hausschwein von Felix?*

Du meinst von Gian? Lux und Seppa-Toni. Aber weißt du was, Giulia, dieser ganze Chat wird doch längst vom Täter mitgelesen, warum sonst bricht er immer kurz vor der entscheidenden Phase ab? Also, nur damit er es gleich mitlesen kann: Wir werden dich kriegen!

Lass dich nicht beirren, schrieb Giulia. *Nadia, diesmal findet der Heli dich, denn er ist nämlich bereits auf dem Weg zu dir. Du solltest ihn gleich hören.*

Nach wenigen Sekunden schrieb Nadia: *Ja, jetzt, aber von Weitem. Aber ich höre ihn näher kommen.*

Nadia, wir werden verarscht. Diesmal gibt's keinen Heli!

Echt? Aber ich höre ihn doch.

Die Verbindung brach ab.

Giulia stand auf. Ein bitterzartes Lächeln umspielte ihre Lippen, das Lächeln einer Siegerin.

Nadia war zur selben Zeit wütend und irritiert über den Abbruch des Chats, denn sie hörte noch immer den Heli. Sie riss den Tisch um, knickte das eine Bein weg und hebelte in größtem Zorn am noch immer lose sitzenden Gitterstab. Mit der Wut und dem Mut der Verzweiflung gelang es ihr endlich, den Stab so zu lösen, dass sie sich aus dem Käfig herauszwängen konnte.

Mit schnellen Schritten, das Tischbein noch in der Hand,

zur Waffe erhoben, eilte sie zum Fenster und öffnete es leise nach innen. Dann entriegelte sie den Laden und versuchte, ihn nach außen aufzustoßen. Der gab irritierenderweise nur ein Stückbreit nach. Doch was sie dann erblickte, ließ sie ungläubig den Kopf schütteln – das konnte unmöglich sein!

Sie wurde bestimmt unter Drogen gehalten, dachte sie. Denn ihre Hände berührten eine Betonwand, und hinter dem Fensterladen hatte sich der Ausblick nach Chur schräg verschoben. Dieser entpuppte sich als ein hochauflösender Flatscreen-Monitor, auf dem gestochen scharf der Blick nach Chur gezeigt wurde. Nadia starrte fassungslos in den Zwischenraum zwischen Hüttenwand und Betonwand. Da gab's Kabel und vier Lautsprecher, aus denen noch immer der Rotorenlärm des Helis zu hören war und ihr das Gefühl vermittelte, er flöge nun gleich über sie hinweg.

Dies war gar keine Hütte, sondern ein Bunker! Dieser gefakte Raum musste sich irgendwo unterirdisch befinden, da war sich Nadia sicher, ein Riesenschwindel dank modernster Technik. Und genauso wusste Nadia nun, dass ihr Entführer wahrscheinlich sogar geplant hatte, dass sie dem Käfig entkommen würde. Die Schweißnähte waren absichtlich schlecht geschweißt worden. So hatte er sie nun im wahrsten Sinne des Wortes emotional an die Wand gefahren, hatte ihre Hoffnung in eine Betonwand verwandelt. Sein Sieg! Doch noch war sie nicht tot. Sie würde weiterkämpfen. Immerhin war sie aus dem Käfig entkommen, Schritt für Schritt, auch wenn der Täter diese ihr noch vorgab.

»Wo gehst du hin, Giulia?«, fragte Hartmann, weil Giulia nach dem zusammengebrochenen Chat den Kommandoraum sofort verlassen wollte. »Vielleicht meldet sie sich noch mal.«

»Nein, das wird sie nicht, und sie wird auch nicht in einer Hütte gefangen gehalten, jedenfalls nicht in Graubünden. Sie hat einen Heli gehört, den es gar nicht gibt.« Sie blickte das Team an. »Nein, wir werden hier alle verarscht. Ich habe gestern und heute lange nachgedacht, habe mich sogar gefragt, wie der Landjäger Caminada, der kaum lesen und kaum schreiben konnte, den Fall gehandhabt hätte!« Alle blickten sie irritiert an. »Nadia erzählt mir immer wieder von ihm, die Geschichten, wie er Fälle gelöst hat. Da wurde mir klar: Wir verlassen uns viel zu sehr auf vermeintliche Fakten, auf das, was wir lesen oder hören oder sehen, hetzen herum. Er aber hat sich immer die Zeit genommen, um seinen Bauch und sein Hirn miteinander reden zu lassen. Diese Hütte, sie kann nicht irgendwo dort oben liegen, wir haben ja alles abgesucht.« Sie zeigte mit ausgestrecktem Arm in Richtung der Berge. »Wahrscheinlich gibt es sie gar nicht, ist nur ein Fake-Bau. Laura hat Chur bei Tag gesehen, bei uns war es Nacht. Alles ist ein Spiel, Fake und Fakten wild vermischt. Alles scheint möglich und ist doch bloß Quatsch.« Giulia stand aufgebracht vor ihrem Team, der Wundverband an ihrem Hals hatte sich rot gefärbt. »Ich war heute Morgen noch kurz bei Laura. Von ihr habe ich den letzten Hinweis bekommen, der mir gefehlt hat und der mir gerade im Chat bestätigt wurde. Aber dazu später mehr.« Verwunderung machte sich in den Gesichtern breit. Giulia fuhr fort: »Es geht in dem Ganzen gar nicht um mich, es geht darum, das Böse tun zu wollen. Verbrechen um des Verbrechens willen. Es geht um Macht, um Stärke, um sexuelle Befriedigung aufgrund von Macht und um die Ohnmacht der Opfer.« Sie drehte sich abrupt um, blickte in die Runde. »Wir waren ja so kurzsichtig.«

Lange Gesichter.

»Ich habe gestern Nachmittag alle Chatprotokolle nochmals genau durchgelesen, und darum habe ich den Heli heute eigenmächtig kurz vor dem Start abgesagt, ohne jemandem was zu sagen.«

»Und?«, fragte Hartmann.

»Ramona hat die Hütte niemals von außen gesehen. Ich bin mir sicher, dass all die Mails gar nicht von ihr kamen, keine einzige Mail war von ihr. Die Aussage, sie hätte die Hütte mit den roten Läden von außen gesehen, die haben wir einfach so übernommen, und damit fing die Hütte schon an zu existieren. Doch diese Information kam gar nicht von ihr. Das war der Täter selbst! Er wird Ramona gezwungen haben, ihm ihre Mailadressen zu nennen, ihm das Passwort zu geben und so weiter. Er hat diese Mail mit ihr zusammen geschrieben, auch den Mailverkehr mit uns. Er hat sie gesteuert, uns gesteuert. Davon bin ich fest überzeugt.«

»Aber die Schüsse, die hat sie doch gehört«, wandte Hartmann ein.

»Eben nicht!« Giulias Stimme wurde ungehalten laut. »Ich war ja so blöde und habe im Mailverkehr jedes Mal geschrieben, wann und wo wir in fünf Sekunden einen Schuss abfeuern werden. Da musste der Täter nur noch so tun, als hätte er es gehört, und als wir mit dem Heli ›näher kamen‹, brach er die Verbindung jeweils ab.« Giulia blickte noch immer in verwirrte Gesichter. »Und wieder untermauerte dies die Hüttengeschichte.«

»Und Laura?«, fragte nun Peterelli.

»Die hat den Chat gefordert, hat sich sauber identifiziert. Sie hat der Typ in der Hoffnung gelassen, dass sie nächstens gerettet würde, doch dann war bei uns Nacht, bei ihr verstörenderweise schon Morgen. Wie das genau ging, weiß ich noch nicht. Aber sein Plan ging auf – Verwirrung pur! Diese ganzen Abschiedsbriefe, die hatten wahrscheinlich nur den Zweck, dass er Laura eine plausible Möglichkeit gab, sich überhaupt bei uns melden zu können. Lest doch die Nachrichten noch mal durch. Mit diesem Wissen im Hinterkopf wird alles klar.«

Schweigen.

»Aber«, fuhr Giulia fort, »den größten Fehler hat der Täter gemacht, als er Nadia entführt hat, und ich sage euch auch, warum: Weil sie und ich uns perfekt kennen. Ich weiß somit, dass Nadia an dem Morgen nur jemandem die Tür aufgemacht hat, den sie kennen muss! Punkt! Nadia lässt sich nicht einfach so um diese Zeit aus dem Haus locken. Nein, nicht Nadia.«

Ein leises Raunen ging durch den Raum.

Giulia nickte. »Genau, der Täter ist also einer von uns!« Alle starrten sich gegenseitig kurz an. »Sie ließ den Täter rein, wurde bedroht. Bei mir klingelte ihr Anruf, als ich abhob, wurde aufgelegt. Das war der Täter, der wohl auf Nadias Drängen hin angerufen hatte. Dies, damit Nadia sicher sein konnte, dass ich ihre SMS sehen würde und mich um Amira kümmern würde. Sie muss dann betäubt und darauf in die Fake-Hütte verschleppt worden sein. Mehr darüber kann ich euch später erzählen, denn nach dem Chat soeben, bin ich mir nun sicher, wo Nadia gefangen gehalten wird, wo wir den Täter finden. Da es, wie gesagt, einen von uns betrifft, kann ich den Namen noch nicht preisgeben, damit der Täter nicht schon Wind davon kriegt und es zu keiner Kurzschlusshandlung kommt. Aber ich kann euch schon sagen, ich muss dazu das Fachwissen von Frau Dr. Kerstin Wagner beiziehen, um den Täter auf eine ganz besondere Art und Weise festzunehmen … wir hören uns später.«

Hartmann blickte Giulia an. »Ich habe das Team, das du kurz nach acht Uhr angefordert hast, bereits gestellt. Viel Erfolg.«

»Danke, Erich.« Giulia nickte konzentriert.

Arnold Bonorand und sein Team von Grenadieren waren bereits in Stellung, warteten mit drei Fahrzeugen auf Befehle von Giulia.

Heute Morgen erst hatte sie vom Kommandanten einen nagelneuen weißen BMW erhalten, den das Kommando soeben neu im Fuhrpark aufgenommen hatte. »Mit diesem X3 kommst du auch auf Waldwegen zurecht, ist ein Allradfahrzeug mit mehr Bodenfreiheit als die üblichen Modelle.«

Giulia stieg alleine in ihr neues Auto, denn sie musste die nötige Vorarbeit leisten, um Nadia sicher aus ihrem Gefängnis befreien zu können, und dazu musste sie mit Wagner reden. Die drei Fahrzeuge der Grenadiere folgten ihr in einigem Abstand.

Wagner hatte ihr gesagt, dass sie montags immer zu Hause arbeitete.

Weil es eilte, raste Giulia mit Blaulicht über die Autobahnen und Landstraßen durch den Regen dieses trüben Morgens nach Innerthal. Ihr neuer Wagen war etwas kleiner als der alte, das war ihr nur recht. Und er verfügte ebenfalls über einen kräftigen Motor.

Giulia parkte den weißen BMW oben an der Straße, denn der Weg hinunter zu Wagners Haus war völlig durchweicht.

Sie ging zu Fuß zum Tor. Ihre Hände hatte sie in den Taschen ihres Parkas vergraben. Die Hunde kamen sofort ans Tor gestürmt. Giulia begrüßte sie, ging in die Hocke.

»Kommen Sie doch schnell rein, Sie werden ja noch klitschnass. Die Hunde werden Ihnen nichts tun«, rief Wagner eine Minute später.

Die überdachte Terrasse hatte Wagner kurzerhand zu einem Wintergarten umfunktioniert und die große Glasschiebetür zugezogen, nachdem Giulia eingetreten war.

»Kaffee?« Wagner schien wie Giulia auch etwas aufgeregt.

Sie stellte zwei Tassen Kaffee hin und wollte sich soeben setzen, als Giulia sie fragte, ob sie ein wenig Zucker für ihren Kaffee bekommen könne, sie fühle sich unterzuckert. Wagner verschwand im Haus.

»Also, ich bin ganz Ohr. Wie kann ich behilflich sein? Sie haben sich ja ganz schön bedeckt gehalten«, sagte Wagner, nachdem sie sich gesetzt hatte, und nahm einen Schluck Kaffee. Und mit Blick auf die Tasche, die Giulia neben sich auf den Tisch gestellt hatte, fragte sie: »Was ist da drin?«

»Kleidung von einem der Opfer. Doch davon später, denn ich bin sicher, wir haben den Täter nun gefunden. Es ist ein ehemaliger Beamter von uns, der vor langer Zeit, nach der Verhaftung von Schertenleib, unfreiwillig aus dem Dienst entlassen wurde. Doch er hat bei diesen Taten hier einen Fehler gemacht, er fühlte sich überlegen, hat das Lachen der Leitwölfin nicht erkannt«, begann Giulia und erklärte lang und breit die Zusammenhänge der Chatprotokolle, als sich Wagner die Augen rieb.

»Was ist los?«, fragte Giulia besorgt.

»Mir ist etwas schwindlig. Ich leide unter tiefem Blutdruck. Ich hole mir Traubenzucker.«

Wagner versuchte aufzustehen, doch es ging nicht. Ein Anflug von Angst verdunkelte wie eine Wolke ihr Gesicht. Sie rief mit zitternder Stimme nach ihren Hunden, doch die kamen nicht. Dann blickte sie Giulia an, die etwas in ihr Handy sprach, das Wagner schon nicht mehr verstand. Wagner versuchte aufzustehen, fiel aber seitlich vornüber zu Boden und blieb auf dem Rücken liegen.

Giulia eilte sofort ins Haus, während die Männer in Kampfmontur hinunter zum Tor stürmten. Giulia hatte die Hunde bei ihrer Begrüßung mit präparierten Leckerlis betäubt, damit man sie nicht erschießen musste. Die schweren Tiere lagen reglos auf dem Rasen.

Giulia suchte aufgewühlt im Untergeschoss nach dem Kellerversteck, während die Grenadiere das Haus und den Stall kontrollierten.

Im Keller stieß Giulia auf eine Schleuse, die sie nicht aufbrachte. Die kräftigen Grenadiere schlugen die erste dicke und schallisolierte Tür rasch mit einem Rammbock auf. Die zweite ging noch schneller. Dann traten sie in einen kleinen Vorraum. Die Tür zum Raum dahinter trat Arnold persönlich ein. Sie flog mit Karacho auf. Giulia konnte den Anblick nicht fassen, der sich ihr bot: Vor ihr stand Nadia, nur in Unterwäsche aber mit einem Tischbein bewaffnet.

»Nadia!«

Giulia rannte auf sie zu. Nadia war noch einen Moment lang wie erstarrt, ehe sie das Tischbein fallen ließ. Die beiden fielen sich in die Arme. Bonorand sicherte den Raum. Die beiden Freundinnen schluchzten los, bis Nadia mit tränenerstickter Stimme und erleichtertem Lachen sagte: »Bella, ich brauche dringend frische Luft.«

Als Nadia mit Giulia aus der Haustür trat, sperrte sie ihren Mund weit auf. »Ich war hier gefangen? Bei Wagner?!« Sie blickte zu den auf dem Boden liegenden Hunden.

»Ja. Und ich war gestern schon hier und hatte keine Ahnung, dass du nur ein Stockwerk unter mir gefangen gehalten wirst. Dies hatte Wagner in vollen Zügen ausgekostet, doch ich habe noch rechtzeitig rausgefunden, wie Hyänen, nicht Wölfe, lächeln.«

Giulia zog schnell die Kleider für Nadia aus ihrer Tasche, damit sich ihre Freundin im Haus umziehen konnte.

Dann führte Giulia Nadia auf die Terrasse. Wagner lag auf dem Rücken und war völlig bewegungslos, aber nicht bewusstlos. Mit großen Augen starrte sie in die Welt.

»Sie bekommt alles mit«, erklärte Giulia Nadia, während die beiden etwas näher an Wagner herantraten. Giulia blickte auf Wagner hinunter und sagte: »Ich soll Sie übrigens noch ganz herzlich von Dr. Kaspersky grüßen. Den Cocktail, den ich Ihnen in den Kaffee geschüttet habe, als Sie für mich Zucker holten, lähmt innert Minuten alle Muskeln des Bewegungsapparates. Scheißgefühl, habe ich mir sagen lassen. Aber immerhin, Sie werden sich später an alles erinnern können.« Giulia blickte zu Nadia, die noch immer durch den Wind war.

Nadia, die wieder ihre Kleidung trug, trat einen Schritt hervor. »Dr. Kerstin Wagner, Sie sind wegen Mordes, versuchten Mordes und Entführung verhaftet.«

Giulia trat zur Seite, nahm ihr Handy und machte ein Video von der auf dem Boden liegenden Täterin. »Das ist für Ramonas Mutter. Sie haben ihre 18-jährige Tochter umgebracht.«

Während sich die Grenadiere und ein Arzt um den Abtransport der Verhafteten kümmerten, ging Giulia mit Nadia zum weißen BMW hoch. Nadia rief sofort Mark und Lena an. Der See lag unter einem dick verhangenen Himmel, Regen wehte in Schüben übers Wasser, raute es auf, während der Hengst Attila wiehernd nach seiner Herrin rief.

Giulia drückte aufs Gas. Wagners Schindelhaus verschwand, es sah bereits jetzt schon so aus, als wohne dort seit Ewigkeiten niemand mehr.

Giulia, die es noch immer nicht fassen konnte, blickte immer wieder während der Fahrt zu Nadia, die gerade eine ganze Flasche Schorle getrunken und den dritten Energy-Riegel verdrückt hatte. Giulia spielte über ihr Handy das Lied von Rihanna ab:

Brenne in einem hoffnungslosen Traum.
Halte mich, wenn du schlafen gehst.
Halte mich sicher in der Wärme deines Herzens.

Wenn du gehst, beschütze mich.
Sicher und geborgen.
Brenne in einem hoffnungslosen Traum.
Halte mich, wenn du schlafen gehst.
Beschütze mich.
Wir brauchen Licht, wir brauchen Liebe!

21

Noch nie hatte Giulia einen schöneren Weg vor sich gehabt als an diesem späteren Montagmorgen, als sie Nadia durch den Sommerregen nach Hause bringen durfte. Sogar das Wetter empfing sie im Rheintal mit föhnigen Aufhellern. Die Sonne warf ihr Licht durch die blauen Wolkenlücken, als sie in Chur ankamen.

Mark mit Amira auf dem Arm und Lena standen schon vor dem Haus, als der weiße BMW von Giulia vorfuhr.

Giulia rannen die Tränen über ihr gebräuntes Gesicht, während sie zuschaute, wie sie sich in die Arme fielen, bevor Lena, deren dunkles Haar von grauen Strähnen durchzogen war, auf Giulia zukam.

»Giulia, was du für uns getan hast, wir werden es dir niemals vergessen noch dir je genug dafür danken können!« Und dann sagte sie etwas, das Giulia nochmals die Tränen kommen ließ. »Du bist für mich zu einer zweiten Tochter geworden.« Sie zog Giulia an ihre Seite, Nadia auf die andere. »Meine Töchter im Herzen.« Nun weinten sie zu dritt, und sogar Mark bekam feuchte Augen.

Giulia hatte unterwegs Gian angerufen, ihm von ihrem Glück berichtet und fuhr, nachdem sie bei Nadia gemeinsam zu Mittag gegessen hatten, zu ihm hoch. Sie nahm ihn bei der Hand und spazierte mit ihm wortlos durch den lauwarmen Wind, der ihr pechschwarzes Haar wehen ließ. Der Himmel riss weiter auf. Giulias Augen schimmerten vor Glück und Erleichterung.

Am nächsten Tag bestand Nadia darauf, mit Giulia und einem Team nach Innerthal zu fahren, um den Tatort zu untersuchen. Bevor Giulia Dr. Wagner verhören wollte, so hatte sie es mit dem Staatsanwalt und Hartmann abgesprochen, wollte sie mehr Fakten, mehr über die Hintergründe erfahren. Giulia wollte so wenig wie möglich auf Antworten von Wagner angewiesen sein, denn die Frau war brandgefährlich und überaus intelligent. Sie würde sich eine gute Verteidigungsstrategie zulegen, auch wenn die Fakten Bände sprachen.

Der Sommer war auch ins Wägital zurückgekehrt. Der See lag aufgeraut von einer Sommerbrise vor ihnen, als das Team das Haus betrat.

Auch Cora und Corine gehörten mit dazu, sogar Hartmann und Peterelli fuhren vor Ort, da der Tatort so ungewöhnlich war.

Für Nadia war der Gang seltsam. Logischerweise hatte sie noch immer Mühe, dieses Haus mit ihrem Gefängnis in Verbindung zu bringen. Die Täuschung mit der Alphütte war so echt gewesen, dass sie sich noch immer von dieser Erinnerung lösen musste.

Wagner schien sich ihrer Sache sehr sicher gewesen zu sein. Sogar die Kleider von den drei Frauen fanden sie in einem der Räume, sauber zusammengelegt und sortiert wie Trophäen.

Es zeigte sich, dass Wagner den Keller wahrscheinlich über Monate hinweg ausgebaut hatte. Die hochintelligente Frau hatte ein kleines Netzwerk an Computern errichtet. Vor dem einen Rechner im oberen Stock befand sich ein Mikrophon, verbunden mit den Dolby-Surround-Lautsprechern in der »Hütte«. Alles wurde von der Kripo filmisch dokumentiert, danach von Technikern abgebaut und zur weiteren Untersuchung nach Chur gefahren. Dabei wurde eine kleine Kamera sichergestellt, die in einer der Glocken, die in der Ecke hingen, versteckt gewesen war. Wagner hatte alles gefilmt und aufgezeichnet.

Zuvor wollte Nadia unbedingt nochmals in die »Alphütte«. Sie blieb stumm im Raum stehen, ging sogar durch die nun offene Käfigtür ein und aus.

Giulia trat neben sie und reichte Nadia ihr Handy, das sie erst heute Morgen aus der Asservatenkammer der Spurensicherung zurückerhalten hatte.

»Schalt es ein, wenn du magst«, sagte Giulia.

Nadia blickte sie verwundert an. »Jetzt?«

»Es ist dein Handy. Wie ich dir erklärt habe, hat es Wagner nach deiner Entführung in mein Bett gelegt, auf mein Kopfkissen. Schalt es ein.« Giulia lächelte.

Nadia tat es. Da die Schleuse offen stand, hatte sie etwas Empfang. Diverse Nachrichten kamen rein.

»Eine ist von mir«, sagte Giulia, da Nadia nicht begriff.

Nadia öffnete die Nachricht, blickte auf das Foto, dann wieder auf den Text, dann zu Giulia, die nickte und sie in die Arme schloss.

Das Bild zeigte den Blutmond, die dunklen Berge und rotschlierigen Wolken. Darunter stand: *Nadia, ich bin auf der Suche nach dir, irgendwann wirst du diese Nachricht lesen. Ich weiß es einfach! Unsere Liebe wird uns zueinander führen. Love, deine Bella.*

»Wow!«, flüsterte Nadia.

Es dauerte über eine Woche, bis der Bericht der Spurensicherung und der von den IT-Spezialistinnen vorlag, sodass Giulia Dr. Kerstin Wagner vernehmen konnte. Die Vernehmungen dauerten mehrere Tage, bis Giulia am Ziel war. Am Ende, aufgrund der großen Beweislast und der Sympathie, die Wagner behauptete für Giulia zu haben, redete sie freimütig.

Es war Freitagmorgen. Im Kommandoraum der Soko Bergschatten roch es nach Kaffee und Gebäck. Ein großer Blumenstrauß stand auf dem Tisch, als Giulia vor das versammelte Team trat.

Ihre Schusswunde am Hals war gut verheilt, Giulia sah erholt und gut aus.

»Wo soll ich anfangen, um die Taten, das Motiv, korrekt zusammenzufassen?« Sie lächelte. »Ich stehe zwar vor euch, aber ein jeder hier im Raum hat das Seine dazu beigetragen, dass ich stellvertretend nun hier stehen darf.« Sie ließ ihre Worte einen Moment wirken, ehe ihr Gesicht ernst wurde. »Dr. Wagner hat vor etwa eineinhalb Jahren angefangen, ihr Verbrechen zu planen, als ihr klar wurde, dass Schertenleib aus der Haft entlassen würde. Das war aber nicht der Grund für ihre Verbrechen, sondern sie brauchte lediglich einen Aufhänger dafür. Ich komme noch später genauer dazu. Die Frau hat stets mit Wahrscheinlichkeiten gerechnet. Sie ist eine Schachspielerin mit einer zutiefst gestörten Persönlichkeit, die sie viele Jahre hinter der Fassade der führenden psychiatrischen Forensikerin verstecken konnte. Vielleicht, das bezweifle ich nicht mal, hat diese Rolle sie auch lange davon abgehalten, ihren dunklen Trieb, den schon ihr Vater hatte, auszuleben.« Giulia projizierte ein Ablaufdiagramm der Ereignisse auf die Beamer-Leinwand.

»Wagners Sexualität ist einzig und allein auf junge Frauen fokussiert. Sie hatte ihre Vorliebe sehr gut geheim gehalten, wie wir mittlerweile in Erfahrung bringen konnten. In regelmäßigen Auslandsaufenthalten hatte sie diese ausgelebt, meist gegen Bezahlung. Nun zu ihrem Motiv, bevor wir zu den einzelnen Taten und Hintergründen kommen.

Wagner wollte junge Frauen in ihre Gewalt bringen, und sie wollte das System, sprich die Polizei und andere Justizbehörden, herausfordern, ihr Spiel mit uns treiben. Das Spiel der Allmacht, des Manipulierens ist ihr Lebensinhalt. Wagner wurde als Kind bereits von ihrem Vater, dem berüchtigten Spion Wolf, in der DDR regelrecht dahingehend gezüchtet, im Dienste der Staatssicherheit mal besondere Aufgaben zu übernehmen. Aber es kam anders, der tiefe Fall der Familie. Sie hat darüber sogar ein Buch geschrieben.« Alle hörten Giulias Ausführungen aufmerksam zu. »Wagner hatte sich auf jeden Fall sicher sein können, dass, wenn nach Schertenleibs Entlassung junge Frauen in Chur entführt und umgebracht wurden, logischerweise zumindest ein Verdacht auf diesen Mann fallen musste. Sie kannte dessen Persönlichkeitsstruktur nur allzu gut, wusste, dass er sich sofort irgendwo verkriechen würde, um nicht von uns befragt zu werden. Und sie wusste, dass der Kerl oft übergriffig war. Auch wir fanden das selbstredend schnell heraus, notabene auch durch ihre Einschätzungen, die sie in den Therapiestunden mit ihm festgehalten hat. Und wir fühlten uns in unserem Verdacht bestätigt. Aus Sicht von Dr. Wagner geschahen die Verbrechen so …«

Kerstin Wagner fuhr wie immer auf Nebenstraßen, wenn sie auf dem Weg nach Chur war. Dort gab es keine Kameras, und sie hielt sich exakt an die Geschwindigkeitsvorgaben. Den Keller hatte sie in wochenlanger Arbeit so weit umgebaut, dass er nun täuschend wie das Innere einer Alphütte aussah.

Sie hörte laut klassische Musik, Wagner und Händel, und dachte dabei darüber nach, wie sie die jungen Frauen einfangen würde und was danach weiter mit ihnen geschähe. Seit Monaten dachte sie sich neue Einzelheiten aus, manchmal musste sie sogar herzhaft lachen, weil sie sich in ihrer Phantasie verstieg. Ihr Plan, ihre Pläne nahmen immer konkretere Formen an. Sie nahm sich die Zeit, denn das Planen war wunderschön. Und auf ihrem abgelegenen Grundstück beobachtete sie keiner, wenn sie nachts in ihrem Schopf mit dem Schweißgerät hantierte. Das waren schöne Momente gewesen, zu sehen, wie ihre Pläne sich umsetzen ließen, und nun war der Käfig fertig, die Kabel waren verlegt, und sie hatte viele Tests durchgeführt. Spaßeshalber hatte sie sogar die Stimme von Erich Honecker in den Raum unten eingespielt, dies war mittels einer Software, die mithilfe von Künstlicher Intelligenz Stimmen perfekt imitieren kann, problemlos möglich. »Stell dich in die Ecke«, ließ sie ihn in seinem Ostdeutschen Dialekt sagen, dann ließ sie die KI die Stimme von Erich Mielke nachahmen. Es hatte sich wirklich witzig angehört, ihr Vater hätte gelacht. Um durch die Lamelle eine Aussicht auf Chur vorzutäuschen, hatte sie die Geduld eines Jägers gebraucht. Sie war in das Tal bei Churwalden hochgefahren, hatte abseits eine Kamera aufgebaut und während eines Schönwetterhochs 24 Stunden lang aufgezeichnet. Doch dies reichte nicht, da sie nicht sicher sein konnte, welches Wetter an dem Tag der Entführung herrschen würde. So wiederholte sie diese Aufnahmen bei bedecktem Himmel und bei Regenwetter. Irgendwann hatte sie genügend Zeitschlaufen beisammen, um einen Tagesablauf vorzugaukeln.

Auf Ramona, ihr erstes Opfer war sie gekommen, als sie durch eine Fahndungsmeldung von der jungen Frau gehört hatte. Die junge Tochter einer leitenden Polizeibeamtin in Chur, eine Ausreißerin. Dies hatte sie erst auf die Idee gebracht, nach weiteren jungen Töchtern, deren Eltern bei der Polizei waren, zu suchen, und so fand sie schließlich auch Laura Bonorand. Geschickt sammelte sie über Wochen und

Monate hinweg Informationen, fand heraus, was die beiden Frauen in ihrer Freizeit taten. Dank des Internets keine große Sache mehr. Der Fußballklub gab ihr freimütig alle Auskünfte über die Trainingszeiten, als sie sich als Mutter einer Tochter ausgab, die so gerne im Team spielen würde.

Geduld und Selbstbeherrschung, das hatte ihr Vater sie gelehrt. »Lerne zu jagen, ohne je die Geduld zu verlieren.« Seine Fußstapfen hätten ihr Lebensweg sein sollen, ein Leben, für das sie gefeiert hätte werden sollen, und nicht ins Gefängnis gesperrt. Ihr Talent war vergeudet worden.

Bei Ramona brauchte sie weniger Aufwand zu betreiben als bei Laura. Ramona hatte immer dieselben Arbeitszeiten. Sie musste sie nur dazu bringen, freiwillig zu ihr in den Van zu steigen, um sie dann betäuben zu können. Doch dies war keine große Sache, wenn man wusste, wie man Menschen manipulieren konnte.

Dr. Wagner fuhr am Montagmorgen, 12. Juni 2023 in aller Früh in einem grauen Van, an dem sie ein gefälschtes Nummernschild aus dem Kanton Graubünden angebracht hatte, nach Chur.

Ramona kam um kurz vor halb sechs Uhr aus der Backstube ihres Lehrbetriebs in der Innenstadt und wollte mit dem Fahrrad nach Hause fahren, als sie bemerkte, dass sie einen Platten hatte.

»Shit!«, zischte sie, als ein grauer Van neben ihr hielt.

»Ramona Gwerder?« Eine in einem adretten Kostüm gekleidete Frau kam auf sie zu. Sie sprach einen komischen Unterländer-Dialekt.

»Ja, was ist?«, murrte Ramona angesäuert.

»Du musst sofort mitkommen, deine Mutter …«

»Ja, was ist mit der?«

»Sie hatte heute Morgen eine Hirnblutung und liegt im

Kantonsspital auf der Intensivstation. Sieht leider nicht gut aus. Sie hat nach dir verlangt und mir gesagt, wo ich dich finde. Du hattest keinen Empfang.«

»Was?« Sie blickte auf ihr Handy. »Doch ich habe Empfang.«

»Es geht ihr schlecht, doch noch ist sie bei Bewusstsein. Ich fahr dich ins Kantonsspital hoch. Ich will dir keine Angst machen, aber wir müssen uns wirklich beeilen.«

»Scheiße.« Ramona wollte soeben auf der Beifahrerseite einsteigen.

»Steig bitte hinten ein. Ich habe, weil ich es so eilig hatte, meinen Kaffee auf dem Beifahrersitz ausgeschüttet. Schau!«

Ramona stieg hinten in den Van mit den dunklen Scheiben und schnallte sich an. Sie wunderte sich noch über den Geruch und darüber, dass eine dicke Scheibe sie vom Fahrerraum trennte, dann schloss sich automatisch die Schiebetür.

Ramona wurde schlecht, sie brauchte frische Luft. Sie versuchte, eine der Fensterscheiben zu öffnen, das ging aber nicht. Sie klopfte an die Scheibe. »Mir wird schlecht, halten Sie bitte an …« Dann brach sie zusammen.

Außerhalb von Chur hielt Wagner an einer Stelle, an der sie sich ungesehen eine schützende Maske überziehen konnte. Sie fesselte die schlafende Ramona und verabreichte ihr durch den Mund K.-o.-Tropfen, die sie übers Darknet gekauft hatte. Dann fuhr sie mit ihrer Beute nach Hause.

Oben an der Straße lud sie die Betäubte in den Anhänger ihres Quads und spannte die Abdeckung darüber, ehe sie damit hinunter in den Schopf neben dem Haus fuhr.

Es war nicht so schwierig, die 50 Kilo schwere Frau in den unteren Stock zu tragen. Dafür hatte Wagner im Vorfeld mit einem Boxsack trainiert. Im Käfig legte sie Ramona ins Bett und zog sie ganz langsam aus.

Da lag sie vor ihr, völlig nackt und friedlich schlafend. Sie gehörte nun ganz ihr. Sie war ihre Göttin und ihr Verderben in einem. Ach, wie atmete sie schön, während sie sie mit der Glitzer-Lotion überall einschmierte und dabei ihr Leben in ihren Händen fühlte.

Ramona war wie erwartet schwach. Sie tat einfach, was Wagner ihr befahl, schrieb auch die Mails. Nur mit einem hatte Wagner nicht gerechnet: dass sich niemand um Ramonas erste Mail scherte, der Hilferuf einfach ignoriert wurde. Was waren das für hinterhältige Freunde, die sie hatte, fragte sich Wagner. Das Ganze brachte ihren Zeitplan etwas durcheinander, war aber nicht weiter schlimm.

Der Rest lief perfekt ab. Um reichlich Verwirrung zu stiften, hatte sie Ramona etwas mehr als eine Woche vor der Entführung noch von Schertenleibs Nummer aus angerufen. Dazu hatte sie eine Anrufsoftware verwendet, die auch viele Callcenter, die aus dem Ausland in die Schweiz anrufen, nutzten. Schertenleibs Nummer kannte sie ja aus den Akten. Sie ließ es nur ganz kurz klingeln, damit Ramonas Handy einen verpassten Anruf von Schertenleib vermeldete.

Ramona sah wie erwartet diese Nummer und rief, wie die meisten braven Schweizer Bürger es tun würden, zurück. Somit kam der Kontakt einmalig zustande, und die Spur wurde damit erfolgreich gesetzt. Wagner war sich sicher, dass diese de Medici den Fall übernehmen und die Spur zu Schertenleib schnell verfolgen würde.

Danach kam Ramonas Finale!

Eine perfekte Komposition, auf die ihr Vater stolz gewesen wäre. Zu gerne hätte Wagner Giulia de Medicis Gesicht gesehen, als diese Ramona vor ihrer Garagentür auffand, und erst recht, als sie später von Dr. Kaspersky erfuhr, dass Ramona direkt vor ihrer Nase umgebracht worden war, während die Polizei überall händeringend nach ihr gesucht hatte. Wagner empfand diese Symphonie des Grauens als erregendes Meisterwerk.

Bei Laura lief es ähnlich ab, mit dem Unterschied, dass die junge Frau blitzgescheit war. Sie dazu bringen zu können, freiwillig in den Van zu steigen, das schien unwahrscheinlich, deshalb verfolgte Wagner einen anderen Plan.

Sie wusste aus Beobachtungen, dass Laura manchmal alleine ins Fußball-Training fuhr. Es kam ihr sehr gelegen, dass Laura bereits am Montag, am Tag nach Ramonas Ermordung allein unterwegs war. Das gab Tempo ins Ganze.

Die untere Plessurstrasse war perfekt geeignet für den Zugriff: anonym, und doch mitten in der Stadt gelegen, hinter Gesträuch, Zäunen oder Mauern standen einige wenige Häuser, in denen nur alte Leute wohnten.

Wagner hatte sich diesmal eine pechschwarze Perücke übergezogen und ihre Lippen blassbläulich geschminkt. Sie hatte den Van angehalten und trat auf den Gehsteig, tat so, als bekäme sie schlecht Luft, ließ die Fahrertür offen. Sie setzte sich neben dem vorderen Wagenrad auf den Asphalt und lehnte sich nach hinten an das Fahrzeug. Von dort konnte sie niemand sehen, außer Laura, die mit dem Rad an ihr vorbeimusste.

Laura hielt kurz an, wie von Wagner erhofft.

»Geht's Ihnen nicht gut? Soll ich einen Krankenwagen rufen?«

Wagner schüttelte den Kopf, keuchte, »Asthma, mein Spray ist hinten im Wagen irgendwo in der Handtasche, aber ich schaff es nicht mehr hoch.«

Laura stellte ihr Rad ab. »Ich hole es Ihnen. Machen Sie sich keine Sorgen, alles wird gut.« Sie lächelte aufmunternd.

Wagner nickte, keuchte. »Danke. Irgendwo im Wagen hinten. Meine Tasche, eine schwarze, wahrscheinlich ganz hinten. Aber der Kofferraumdeckel ist kaputt.«

Laura zog die Schiebetür auf und stieg ein. Dunkel war es im Wagen, ihre Augen erkannten kaum etwas, dazu lag ein komischer Geruch in der Luft. Doch sie sah die Tasche schemenhaft ganz hinten im Wagen. Sie wollte die Tasche gerade hochheben, als die Tür hinter ihr zuging. Im ersten Moment dachte sie, dass dies die Elektronik selber gesteuert hatte, versuchte sie deshalb wieder zu öffnen. Dann klopfte sie mit der Handfläche an die Wageninnenseite. Wagner trat an die Schiebetür. Keuchte laut. »Die Tür klemmt, ich muss den Schlüssel holen.«

Eine halbe Minute später sank Laura vom Gas benebelt zu Boden.

Lauras Tasche lag noch im Korb ihres Fahrrads. Wagner verschloss mit dem darin gefundenen Schlüssel das Gefährt und fuhr davon. Sie schaltete Handschuhe tragend Lauras Handy aus und warf es in einer Kurve aus dem Fenster in ein Gebüsch.

Wie sich in den nächsten Tagen zeigte, war Laura tatsächlich sehr intelligent. Die 18-Jährige baute den Chat mit der Polizei auf, aber Wagner las die ganze Zeit mit. Als Giulia den Heli erwähnte, ließ Wagner in der »Hütte« im Keller Rotorenlärm aus den Lautsprechern erklingen und gleich darauf den Gong, damit sich Laura in die Ecke stellte und sie ihr das Notebook wegnehmen konnte. Natürlich war Wagner bewusst, dass das Spiel irgendwann durchschaut werden würde, aber es war ja auch ihr Ziel, Verwirrung zu stiften. Deshalb hatte sie Laura nach deren Aufwachen mittels der eingespielten Aussicht auf Chur eine falsche Tageszeit vorgegaukelt. Die falsche Datums- und Zeitangabe im Notebook bestärkten Laura in ihrem Irrtum, und so war sie sich nach einigen Tagen sicher, dass ein sonniger Freitagmorgen angebrochen war, obwohl es in Wahrheit mitten in der Nacht war, sogar ein anderer Wochentag. Um den

Verdacht auf einen Mann zu lenken, hatte Wagner sich einen Hut samt Perücke und Bart zugelegt und sich Laura so in der Spiegelung der Scheibe gezeigt.

Bevor Wagner Laura wegbrachte, hatte sie sie erneut mit K.-o.-Tropfen betäubt, die sie ihr ins Wasser geschüttet hatte. Danach war sie mit ihr nach Chur gefahren. In aller Ruhe hatte sie Laura mitten in der Nacht in Caminadas Garten gelegt.

Sie hatte keine Angst, dabei gesehen zu werden, denn um diese Zeit war hier keiner mehr unterwegs. Und für den Fall der Fälle hatte sie sich gut verkleidet und erneut ein falsches Kennzeichen an ihrem Wagen angebracht.

Doch es war nicht geplant, dass Laura überlebte. Das war im ersten Moment frustrierend für Wagner gewesen, eine Niederlage, ein krasser Fehlton in ihrer sonst göttlichen Symphonie.

Im Nachhinein, beim Verhör durch Giulia, musste sie zugeben, dass sie de Medici und Caminada unterschätzt hatte.

Laura hatte überlebt, damit musste Wagner nun mal leben. Aber sie wollte ihr Werk mit der Entführung und Ermordung von Caminada krönen, die sie mittlerweile ja persönlich kannte, was ihr nur in die Hände spielte und dem Ganzen eine wunderbare Tiefe, eine Würze der Ironie verlieh.

Wagner fuhr bereits am Morgen nach dem ersten Treffen mit Giulia und Nadia um halb sieben mit ihrem Van in die Zufahrt vor Nadias Haus, als wäre sie ein Lieferdienst. Sie trug eine dicke Hornbrille, einen Hoodie mit hochgezogener Kapuze. Erst vor der Tür zog sie die Verkleidung aus und klingelte. Sie wusste, es gab keine Kamera, sie hatten sich ja tags zuvor, nach dem Auffinden von Laura in Nadias Garten, darüber unterhalten, als die Ermittlerinnen bei ihr in Innerthal waren.

Nadia war überrascht, als sie Kerstin Wagner vor ihrer Tür stehen sah. Nachdem sie aus dem Guckloch gespäht hatte, öffnete sie die Tür mit eingehängter Kette. »Frau Wagner? Ist was passiert?«

»Guten Morgen, entschuldigen Sie, dass ich so früh störe. Schertenleib hat sich bei mir gemeldet, er ist bereit, sich mit uns in einer halben Stunde zu treffen. Er will einen Deal. Er wird alles zugeben.«

»Was?« Nadia, die noch in Jogginghose und Schlabbershirt rumlief, hängte die Kette aus, bat Wagner in den Flur und schloss die Tür hinter sich. »Weiß Giulia schon davon?« Sie drehte sich um.

In dem Moment sah sie Wagner, die eine Waffe gezogen hatte – mit Schalldämpfer!

Nadias Verwunderung war groß, so groß, dass Angst noch keinen Platz hatte. »Was tun Sie denn?«

»Ich werde gezwungen, das zu tun«, behauptete Wagner, »mehr kann ich Ihnen leider nicht dazu sagen. Außer dass Sie mit mir mitkommen müssen, oder ich werde Sie hier und jetzt erschießen und danach Ihre Tochter richten müssen.«

Obwohl Nadia es nicht fassen konnte, sah sie in den Augen von Wagner, dass die es ernst meinte.

»Wieso?«

»Sie werden es später erfahren, aber nicht von mir.«

»Ich werde meine Tochter nicht hier allein zurücklassen, solange ich nicht weiß, dass sie in Sicherheit ist. Ich schicke Giulia eine SMS, sie soll auf Amira achtgeben. Ich sage ihr, es sei ein Notfall«, schlug Nadia vor.

Sie einigten sich nach kurzem Hin und Her. Nadia verriet Wagner, wo ihr Telefon lag. Wagner, die Handschuhe trug, wählte Giulias Nummer, legte auf, als diese abnahm, und schickte dann die vorbereitete SMS. Dann zwang sie Nadia, das Haus zu verlassen. Wegen des dichten Blätterwerks war der Weg von der Straße her nicht einzusehen. Sie schlossen die Haustür ab. Nadia warf ihren Hausschlüssel wie abgemacht im hohem Bogen in ein Gebüsch, sodass diesen niemand finden würde. Den Schlüsselbund reichte sie danach an Wagner. Dann stieg sie sorgenvoll in den Van und kippte nach einer Minute weg. Wagner sah noch im Rückspiegel, wie Giulia heranraste, dann fuhr sie davon. Außerhalb der Stadt hielt sie an und flößte Nadia die K.-o.-Tropfen ein, bevor sie seelenruhig zu Giulias Wohnhaus fuhr. Sie hatte in den letzten Monaten auch dieses Haus genau observiert, wusste daher, dass die Post am Samstagmorgen immer um 9:00 Uhr kam, und nach 9:30 Uhr niemand mehr im Haus war.

Giulia stand noch immer vor der Truppe, während sie dies alles erzählte. »Es war wirklich ein verrückter und furchtbarer Fall. Und wisst ihr was? Wagner plante, Nadia bei sich zu Hause in Innerthal zu töten und vor ihrem eigenen Gartenzaun abzulegen. Dies im Wissen, dass wir dann nur außerhalb des Gebäudes nach Spuren gesucht hätten, ohne den Keller zu finden. Danach, so behauptet es Wagner zumindest, hätte sie aufgehört.«

Nachdenkliche Stille machte sich breit.

Peterelli räusperte sich. »Aber wie genau noch mal bist du Wagner auf die Schliche gekommen, das blieb mir bisher verborgen.«

»Mehrere kleine Ungereimtheiten und Fragezeichen ließen mich den unfassbaren Gedanken aufnehmen und weiterspinnen. Der Hauptgrund: Nadia musste die Person kennen, die sie ins Haus ließ, das war ein wichtiger Hinweis. Dann folgte die Schießerei mit Schertenleib, und da begriff ich, dass jemand seine Stimme einsetzte, um uns zu verwirren, denn ich glaubte ihm, als er sagte, dass er mit der

Entführung nichts zu tun habe.« Sie ließ ihren Blick noch einmal in die Runde gleiten. »Ich hatte da so eine meiner Methoden angewandt, um sicherzugehen, dass er mich nicht anlügt.« Interessanterweise hatte Schertenleib bisher nichts dazu gesagt, dass Giulia ihm eine Plastiktüre über den Kopf gestülpt hatte. »Außerdem war ich mir plötzlich unsicher, ob ich Wagner tatsächlich gesagt hatte, dass ich Nadias Telefon auf meinem Kissen gefunden hatte. Sie hat dies aber im Gespräch aufgebracht. Aber wie gesagt, ich war so im Stress an dem Morgen nach Nadias Verschwinden ... Dennoch, ich war mir ziemlich sicher, dass ich ihr gegenüber nur erwähnt habe, dass es im Schlafzimmer gelegen hatte, nicht, wo genau. Da blitzte zum ersten Mal der ungeheure Verdacht bei mir auf. Also habe ich mir Folgendes gedacht: Wenn ich nur Wagner sage, dass wir Schertenleib haben, dann ist sie gezwungen, seine Stimme für Nadia zu ersetzen. Zudem bat ich Laura sich die Stimme von Schertenleib anzuhören, doch sie erkannte diese nicht. Wäre aus Sicht von Wagner auch nicht nötig gewesen, denn sie hatte ja fest damit gerechnet, dass Laura stirbt – was ja zum großen Glück nicht geschah. Deshalb hat sie irgendeine Männerstimme mittels KI generiert. Doch bei Nadia wusste sie, dass sie die Stimme erkennen und uns somit Schertenleib als Verdächtigen bestätigen würde. So wollte sie uns weiter in die Irre führen. Also rief ich am letzten Morgen vor Nadias Befreiung Wagner an, sagte, dass wir Schertenleib hätten, er aber leider nicht vernehmungsfähig sei, wertete seine Festnahme vor ihr dennoch als Erfolg. Sie musste reagieren, und tatsächlich, eine andere Stimme sprach danach zu Nadia. Und da ich am Tag zuvor mehr oder weniger bewusst Reifenspuren eines Quads auf dem durchnässten Weg zu Wagners Haus registriert hatte, wusste ich plötzlich, wo Nadia war. Der Rest ist bekannt.«

Einen Monat später:

Es war Ende Juli und brütend heiß. Seit Tagen herrschte Hochsommerwetter. Der Geruch von Heu machte sich über dem Mättali breit. Gian hatte gestern die Weide oberhalb des Hofes gemäht, und heute war es Zeit, das Heu einzufahren. Giulia stand mit einem Holzrechen in den Händen am Hang. Sie trug kurze Jeans, ein weißes Shirt und ein Kopftuch wie eine Sennerin. Sie war daran, das Heu den Hang herunterzurechen. Etwas schräg unterhalb stand Nadia und tat es ihr gleich, während Lena mit Amira im Hof die Hühner fütterte und mit Lux und Seppa-Toni spielte.

Gian hievte derweil ein Bündel Heu auf den Rücken und trug es nach unten. So ging es schon den ganzen Nachmittag, bis sich die Schar auf der Terrasse einfand. Die Hitze ließ die Gesichter glühen, während sie im Schatten gemeinsam zu Abend aßen.

Gian saß neben Giulia. Die Stimmung war gelöst, die beiden schwer verliebt.

Sie erhoben die Weingläser. Nadia sprach den Toast: »Auf eure Liebe und das Leben.« Sie lächelte Giulia zu. Sie hatte ihre Freundin noch nie so glücklich, so angekommen erlebt.